小說 四書五經
소설 사서오경

대학 大學
중용 中庸
주역 周易

아침에 도를 듣고

김영수 저

명문당

소설(小說) 사서오경(四書五經)에 붙여

내가 〈논어〉를 이야기로 쓰려 했던 것은 세 가지 이유에서였다.

첫째는 쉬운 내용의 참된 가르침이 어려운 한문으로 되어 있기 때문에, 쉬운 우리 말로 바꿔 보려는 생각에서였다.

둘째는 가장 위대한 인류의 영원한 스승인 공자를 잘못 알고 있는 사람이 너무도 많기 때문에, 그런 사람들의 잘못된 인식을 바로 잡아 주려는 생각에서였다.

셋째는 개인적 이기심과 가치관의 혼란으로 인해 갈피를 잡지 못하는 오늘날의 현대인에게, 옳고 그름을 판단하고 참된 가치를 일깨우는 올바른 양식의 기둥이 되고자 하는 이유에서였다.

수천년을 통해 내려오면서 우리 동양인의 사고와 행동을 지배해 온 〈사서오경〉은 우주원리를 밝히고, 그 원리에 따라 인간이 나아가야 할 바른길과 도리를 제시하여 주기 때문이다.

〈사서오경〉을 써나가면서 〈논어〉의 경우는 쉬운 내용이므로 한문을 우리말로 옮겨 쓰면 된다는 생각이 들었었으나, 〈논어〉에 담긴 가르침의 주인공인 공자가 과연 어떤 분이었으며, 그분의 생애와 그 분이 살았던 시대적 배경과 사회적 분위기가 과연 어떠했던가를 정확히 하는 것이, 흥미와 함께 이해를 높일 수 있다는 것을 깨닫게 되어 〈논어〉와 공자의 가르침이 담긴 이야기를 포함시키는 방향으로 써나가게 되었다.

〈사서오경〉이란 이름은 사실 정확한 이름이 아니다. 〈사서삼경〉인 경우는 〈사서〉와 〈삼경〉이 전혀 다른 내용을 담고 있지만 〈사서오경〉의 경우는 그렇지가 않다. 〈사서〉 중의 〈중용〉과 〈대학〉이, 〈오경〉중의 하나인 〈예기〉 속에 들어 있기 때문이다. 그러므로 〈사서오경〉이라고 하기보다는 〈이서오경〉이라 불러야 옳다. 결국 〈사서삼경〉이란 고정된 관념에서 〈사서오경〉이란 부정확한 이름이 붙게 되었다고도 말할 수 있다.

그러나 또 어떤 면에서는 우리와 친숙해져 있고 이미 독립되어 있는 〈대학〉과 〈중용〉을 다시 〈예기〉 속에 되돌려 넣기 보다는, 〈대학〉과 〈중용〉을 독립분리 시키고 남은 그 〈예기〉를 포함한 〈오경〉이란 뜻으로 풀이해도 무방하다고 할 수 있다. 결국 〈예기〉 속에서 가장 중요한 〈대학〉과 〈중용〉을 뺀 〈예기〉가 〈오경〉으로 남게 된 셈이다.

〈사서오경〉 가운데 가장 쉬운 말로 되어 있고 가장 알기 쉬운 내용으로 되어 있는 〈논어〉가 모든 유교 경전의 바탕이 되어 있다는 것에 우리는 새삼 감탄을 금할 수 없다. 그와 동시에 참이니 진리니 하는 것은 바로 쉽고 가까운 곳에 있다는 것을 깨닫게 된다. 그것은 기독교의 성경에 있어서 가장 바탕이 되는 〈마태복음〉을 비롯한 〈4대 복음서〉가 가장 쉬운 말과 내용으로 되어 있다는 것과 너무도 흡사하다. 그 모양만이 아니라 그 속에 담겨 있는 깊은 뜻도 같다는 것에 새삼 진리는 하나라는 것을 우리는 느끼게 된다.

맹자는 이런 말을 했다.

"순(舜)은 그의 난 곳과 죽은 곳을 놓고 볼 때 동쪽 오랑캐의 사람임이 분명하다. 문왕(文王)은 난 곳과 죽은 곳으로 볼 때 서쪽 오랑캐 사람이 틀림없다. 땅의 거리가 천 리가 넘고 시대의 차이가 천 년이 넘건만 그들이 뜻을 얻어 나라를 다스린 것을 보면 하나도 다를 것이 없다."

공자와 예수의 경우도 맹자의 이 말이 그대로 적용될 것으로 여겨진다. 다만 두 분을 둘러싼 시대적 사회적 여건으로 인해 표현 방법에 차이가 있을 뿐이다.

〈논어〉 다음으로 쉬운 내용은 〈맹자〉다. 공자의 짤막한 말씀을 확대해서 설명하기도 하고, 공자가 드러내 놓고 하지 못한 말을 맹자는 드러내놓고 하기도 했다. 맹자가 산 시대는 언론자유가 보장되어 있던 백가쟁명의 시대였기 때문이다.

공자는 〈논어〉에서 임금이 묻는 말에 대해

"임금은 신하를 예로써 대하고, 신하는 임금을 참으로써 섬겨야 합니다."

라고 대답했는데, 맹자는 권위주의와 독재사상에 물들어 있는 제나라 왕을 일부러 찾아가서 이렇게 경고한 일까지 있다.

"임금이 신하를 손발처럼 아끼면 신하는 임금을 가슴과 배처럼 소중히 여기지만, 임금이 신하를 지푸라기처럼 여기면 신하는 임금을 원수처럼 생각합니다."

〈논어〉에는 없고 〈예기〉의 〈예운편〉에 나와 있는 공자의 대동사상(大同思想)을 바탕으로 맹자는 이런 말을 하고 있다.

"백성이 가장 소중하고 그 다음이 나라고, 가장 가벼운 것이 통치자인 임금이다."

중국 혁명의 아버지로 불리우는 손문(孫文)은 〈예기〉에 나오는 공자의 대동사상을 바탕으로 〈삼민주의〉라는 것을 창안했다고 한다.

그런데 혁명기나 개화기의 얼치기 지식인들은 공자의 케케묵은 봉건사상 때문에 중국이 병들었다며 공자를 배척하는 것이 보통이었다. 우리나라도 마찬가지였다.

그것은 공자를 간판으로 내세우고 있는 집권층들에 의해 공자가 잘못 인식된 때문이기도 했고, 흐려진 물을 보고 샘물자체가 원래 흐린 것으로 아는 것과 같은 지식인들의 속단과 과신에서 빚어진 현상이었다.

그것은 어느 목사 한 사람이 어떤 잘못을 저지르거나 또는 어떤 교회가 마음에 들지 않는 일을 하거나 했을 때, 성경의 말씀이나 예수의 가르침이 그런 결과로 나타났다고 판단하는 것과 같은 것이라 볼 수 있다.

누구나 손쉽게 구해볼 수 있는 우리말로 된 기독교 성경의 경우도 그러하거든, 하물며 한문지식이 없이는 알 수 없는 유교 경전이야 더 말해 무엇하겠는가?

그래서 나는 쉬운 〈논어〉나 〈맹자〉뿐 아니라 어려운 내용의 유교 경전, 다시 말해 삼경이니 오경이니 하는 것 속에 있는 내용들을 누구나 알 수 있게끔 하기위해 범위를 확대하게 되었던 것이다.

특히 〈예기〉의 경우는 따분한 설명만으로는 흥미를 느낄 수도 없고, 숨은 뜻을 밝힐 수도 없는 일이므로 대화체를 빌어 토론형식으로 현대적인 감각의 접근을 시도해 보았다. 그리고 지난날 집권층의 어용학자들이 공자의 말씀이 아니라고 부인하려 했던 〈예운편〉을 깊이있게 다뤄보려 했으며, 그와 곁들여 우리의 귀중한 종교적 철학적 유산인 〈삼일신고〉의 특강을 넣어두기도 했다.

유명한 종교개혁가 루터는 종교개혁의 가장 급하고 근본적인 문제로, 어려운 라틴어나 히브리어로 되어 있는 성직자만의 독점물이었던 성경을 쉬운 독일어로 옮겨 누구나 읽음으로써 성직자들의 예수를 빙자한 독재와 특권의식을 뿌리뽑고, 그들이 말하는 하나님이 얼마나 위장된 것인가를 신도들에게 알려 주려 했던 것이다.

외람된 비유일지 모르나 내가 이 책을 내는 나름대로의 보람이라면, 공자니 유교니 선비니 하는 것에 대한 그릇된 인식을 바로잡을 수만 있다면 그보다 더한 보람은 없을 것 같다.

예수도 석가도 진리를 말한 점에 있어서는 공자와 다를 바가 없다. 그러나 그 삶과 행동에 있어서는 서로의 차이가 뚜렷하다. 우리로서는 따를 수 없는 점이 너무도 많다. 그러나 공자는 그렇지 않다. 우리가 그대로 본받으면 되는 것이다. 독신생활도 필요없고 처자를 버리고 굳이 절간으로 들어갈 것도 없는 것이다.

〈맹자〉에 보면 이런 내용이 있다.

제나라 재상이 맹자를 보고 물었다.

"임금께서 몰래 사람을 시켜 선생님을 엿보곤 합니다. 과연 남다른 무엇이 있습니까?"

그러자 맹자는 이렇게 말했다.

"어떻게 남다른 것이 있을 수 있겠는가? 아무리 위대한 성인이라도 생긴 모양과 하는 일은 보통사람과 똑같다."

대승불교의 최고 경전이라면 〈유마경(維摩經)〉을 들 수 있을 것이다. 〈유마경〉의 주인공인 유마거사는 거사(居士)라는 그 이름이 말해 주듯이 아내와 자식을 거느리고 집안에 있으면서 도를 닦은 사람이다 작게 말하면 선비요 학자였고, 달리 크게 말한다면 공자와 석가같은 성인이었다.

불교에서도 공자를 이상적인 인물로 여기고 있었음을 알 수 있다. 공자를 알고 공자를 모방해서 〈유마경〉을 지은 것이 아니라, 이상형의 인물로 등장시킨 유마거사가 우리들이 흔히 말하는 한 선비에 지나지 않았다는 점에서 더욱 그러하다.

이 책을 통해 공자와 유교의 경전에 대해 잘못되었던 지난날의 인식에서 벗어나, 정치 사회 철학 종교와 같은 문제들에 대해 보다 깊이 있는 무엇을 얻게 된다면 그보다 더 다행한 일은 없을 것 같다.

시간에 쫓기어 보다 완전한 책을 내지 못한 것을 못내 아쉬워 하며 다음 기회에 그런 것들을 보완할 수 있었으면 하고 바라마지 않는다.

김영수

차례

大學·中庸

周易

小說 四書五經

大學·中庸

대학(大學)은 무엇

지명자불원천 지기자불원인
知命者不怨天, 知己者不怨人.
"천명(天命)을 아는 자는 하늘을 원망치 않으며, 자신을 아는 자는 남을 원망치 않는다."

〈대학(大學)〉은 〈중용(中庸)〉과 함께 독립되어 있는 책의 이름이 아니다. 유교의 경전은 모두 13경이다. 이 13경 가운데는 〈대학〉보다도 분량이 훨씬 적은 〈효경(孝經)〉이 들어 있는데, 이 〈대학〉과 〈중용〉은 들어 있지 않다.

그것은 〈대학〉과 〈중용〉이 〈효경〉보다 중요하지 않기 때문이 아니다. 〈예기(禮記)〉가 13경에 들어 있고, 그 〈예기〉속에 〈대학〉과 〈중용〉이 한 편으로 들어 있기 때문이다.

13경 가운데 가장 먼저 성경으로 널리 읽힌 것은 〈논어〉였다. 그리고 그 다음이 〈맹자〉였다. 그러다가 〈예기〉속에 있는 〈대학〉과 〈중용〉 두 편을 따로 떼어내어, 〈논어〉 〈맹자〉와 함께 사서(四書)라는 이름으로 누구나가 다 읽어야 할 책으로 정한 것이다. 이것은 공자보다 1500년쯤 뒤인 북송(北宋) 때의 일이었다.

주자(朱子)는 이 〈대학〉에 대해 이렇게 말하고 있다.

"〈논어〉와 〈맹자〉는 그때 그때 있었던 일을 놓고 묻고 대답하는 내용들이어서, 요령을 찾아내기가 어렵다. 그러나 이 〈대학〉만은 증자(曾子)가 공자께서 말씀하신 옛 성현들의 공부하는 방법을 그대로 제자들에게 전하고, 그 제자들이 또 그 뜻을 밝힌 것이다. 그러므로 앞뒤가 서로 한데 붙고 한데 이어져서 한 덩어리를 이루고 있다. 이 책에 맛을 들여 읽게 되면, 옛 사람들이 공부를 어떻게 했는지를 알 수 있다. 그런 다음 〈논어〉와 〈맹자〉를 읽게되면 그 속에 있는 참뜻을 금방 알게 된다."

그래서 〈사서〉 가운데서 〈대학〉을 맨 먼저 읽는 것이 보통이었다.

그러나 뒤에는 이 〈대학〉을 가장 어려운 책이라 하여, 〈논어〉 〈맹자〉부터 읽고나서 배우는 것이 좋다고 말하는 사람도 있었다.

앞에서 주자가 한 말에 따라 이 〈대학〉은 증자가 말한 것을 제자들이 받아 쓴 것으로 보기 때문에, 증자가 지은 것으로 알고 있는 것이 보통이다.

〈대학〉의 말 뜻은 큰사람이 배워야 할 공부란 뜻이다.

〈대학〉으로 들어가기 전에 먼저 이야기부터 하나 하겠다.

옛날 경상도에 같은 또래의 최·김·이 세 젊은이가 절에 가서 글공부를 했다.

옛날에는 선비들이 큰 절에 가서 공부하기를 원하면, 절에서는 절에 딸린 빈방을 빌려주곤 했다. 그러면 그 방을 빌려 자취를 하면서 공부를 했다.

이들 셋은 누구나가 그렇게 하듯, 하루씩 차례로 돌아가며 밥을 짓는 일에서부터 설거지며 청소까지 다 혼자서 맡아했다.

쌀은 대개 매끼니마다 정해진 그릇으로 각자가 자기 쌀자루에서 퍼서주고, 반찬도 각자 자기 것을 내서 먹었다. 그러므로 거기까지는 별로 문제가 없었다. 문제는 한 솥에 한 밥을 어떻게 똑같이 나누느냐 하는 것이었다.

저울에 달 수도 없었고, 밥알을 셀 수도 없었다. 결국은 똑같은 그릇에 똑같이 담는 방법을 쓸 수밖에 없었다. 그리고 그것은 밥을 지은 사람이 밥을 퍼서 그릇에 담을 때, 눈대중 손대중으로 하는 수밖에 없었다.

그리고는 정해진 밥그릇과 수저가 놓인 자리에 앉아 상에 차린 대로 먹고 나면, 그날 당번이 또 치우고 설거지를 하면 그만이었다.

살기가 힘들고 쌀이 귀했던 옛날이므로 배불리 먹을 수는 없었다. 그러므로 밥이 남거나, 누구를 더 먹으라고 권하거나 하는 일은 있을 수 없었다. 늘 양이 차지 않아서 놓기 싫은 수저를 억지로 놓는 것이 보통이었다.

그런데 이들 셋은 그 마음 씀씀이 각각 달랐다. 그것은 밥을 지어 밥그릇에 나눠 담을 때 잘 나타났다.

최란 사람은 언제나 자기 밥그릇은 꾹꾹 눌러서 담고, 다른 사람의 것은 살살 퍼서 담았다. 보기에는 같지만 차이가 있었다. 결국 내 앞에 큰 감을 놓는 욕심쟁이었다.

김이란 사람은 마치 저울에 달기라도 하듯 세 사람의 밥그릇에 밥을 똑같이 담았다. 말하자면 마음이 바른 양심적인 사람이었다.

또한 이란 사람은 늘 자기 밥을 적게 담고 친구들의 밥은 많이 담았다. 욕심이 없고 나보다 남을 더 생각하는 어진 사람이었다.

이렇게 한 해를 절에서 같이 공부한 그들은 그 뒤 각각 헤어져 자기 길을 걸으며 30여년 동안 만나지 못했다.

그러나 이들 셋은 그들의 성격 그대로 각각 소원을 이룰 수 있었다. 제 밥그릇의 밥을 꾹꾹 눌러서 담던 최란 사람은 큰 부자가 되었고, 똑같이 공정하게 담던 김이란 사람은 훌륭한 벼슬아치로서 출세를 하게 되었고, 남의 밥을 더 많이 담던 사람은 깊은 공부를 쌓아 신선이 되었다.

그런데 어느 날 김이란 사람이 경상감사가 되어, 감영(도청)이 있는 대구로 가는 도중 문경 세재를 넘게 되었다.

뜻밖에도 거기서 이란 친구를 만나게 되었다. 30여년이 지났지만 신선이 된 이란 친구가 먼저 알아봄으로 자연 반가운 인사를 나누게 되었다.

"아니 이게 누구야? 이형이 아닌가?"

"내 소식은 늘 듣고 있었지만, 오늘 이렇게 만나니 정말 반갑네."

"그동안 어째서 그렇게 만날 수 없었던 것인가? 자네는 내 소식을 알고 있었다니 편지라도 좀 줄 일이지."

"내 집이 바로 요 위에 있네. 잠시 쉬었다 가지 않겠나?"

"이르다 뿐인가!"

그리하여 그 둘은 멀지 않은 자그만 암자로 들어가 이야기를 나누게 되었다.

"최형 소식은 아는가?"

하고 감사가 물었다.

"알지. 만나고 싶은가?"

"만날 수만 있다면야 이르다 뿐인가."

이란 사람이 쪽지에 뭐라고 써서 던지자 조금 뒤 쉬이 소리와 함께 서까래 같은 구렁이 한 마리가 마루 아래서 나타나 긴 혓바닥을 널름거리며 두 사람을 눈물 어린 눈으로 바라보았다.

눈이 휘둥그래진 감사를 바라보며 이가 말했다.

"최는 그 성격대로 부자가 되었는데, 더욱 제 욕심만 채우다 결국은 오래 살지도 못하고 숨이 차는 병으로 죽고 말았네. 살았을 때 가난한 사람에게 저지른 죄로 저 구렁이가 되었어."

그리고는 손을 뿌리치자 구렁이는 사라지고 말았다.

"그럼 오늘은 이만 일어나야겠네. 사람들이 기다릴 테니…"

하고 감사가 일어나자.

“더 붙들고 싶네만 그럴 수는 없고…”

하고 따라 일어나며 이가 하직 인사를 했다.

감사가 내려와 보니 데리고 온 사람은 어디로 갔는지 보이지 않았다.

꿈을 꾸다가 깬 것도 같고 도깨비에 홀린 것도 같은 심정으로 급히 감영으로 내려와 보았더니, 자기는 벌써 백여 년 전에 문경 세재에서 행방불명이 된 걸로 되어 있었다. 또 집에 찾아가 보았더니 5대 손자가 대문에 나와,

“어디서 온 누구신가요?”

하고 묻더라는 이야기다.

이 이야기는 물론 지어낸 이야기다. 그러나 이 이야기가 담고 있는 뜻은 깊다고 보아야 할 것이다.

내 욕심만 차리는 사람은 재물을 모을 수는 있지만 남에게 죄를 짓기가 쉽고, 남과 나를 똑같이 공정한 마음으로 대하는 사람은 훌륭한 관리나 정치가가 될 수 있고, 욕심이 없이 나보다 남을 더 생각하는 사람은 곧 성인이 될 수 있다는 것을 보여준 것이다.

〈대학〉 맨 첫머리는 이런 말로 시작된다.

“큰 배움의 길은 밝은 마음을 밝히는 데 있고, 백성을 가까이 하고 사랑하는 데 있으며, 지극히 착한 곳에 머무르는데 있다(大學之道, 在明明德, 在親民, 在止於至善).”

여기서 말한 이 세 가지를 후세 사람들이 이름을 붙여 세 강령(三綱領)이라고 했다. 강령은 그물 줄과 옷의 깃이란 뜻으로 그물과 옷이 줄과 깃에 매달려 있듯이 〈대학〉 안의 모든 내용이 이 세 가지 말 속에 다 들어 있다는 뜻이다.

밝은 마음을 밝힌다는 그 밝은 마음은 사람이 태어날 때부터 하늘로부터 받아가진 거울과 같은 어진 마음을 말한다. 처음 날 때에는 예수가 말했듯이 하늘나라를 갈 수 있는 천사와 같은 때 묻지 않은

마음을 누구나가 다 가지고 있다. 그런데 육신을 가지고 태어났기 때문에 배고픈 것을 알고 추운 것을 알며, 괴로운 것을 알고 아픈 것을 알게 된다.

따라서 먹는 것을 찾고 입는 것을 찾게 되며, 편한 것과 즐거운 것을 찾게 된다. 이것을 본능이라고 한다. 이런 본능이 없으면 육신을 유지할 수 없게 된다. 그런데 그 본능이 정도를 벗어나게 될 때 우리는 그것을 나쁜 뜻으로 욕심이라고 한다.

밝은 마음을 밝힌다는 것은 그 본능이 욕심에 이끌려 밝은 마음을 흐리게 하는 일이 없도록 하는 것을 말한다. 앞에 이야기에서의 욕심꾸러기 같은 마음이 변해서 공정한 사람이 되고 남을 위하는 사람이 되도록 하는 것이, 바로 밝은 마음을 밝히는 일이다.

이것을 한자로는 명명덕(明明德)이라고 한다. 세 강령 가운데 첫번째 것은 밝은 마음을 밝힌다는 뜻의 명명덕이다. 굳이 한자 음으로 말하지 않고 우리말로 "밝은 마음을 밝힌다"라고 해도 충분하다.

두번째 강령은 백성을 가까이 하고 사랑하라는 뜻의 친민(親民)이다. 욕심을 완전히 없애 마음이 본래의 모습을 되찾게 되면, 세상의 모든 것이 거울과 같은 밝은 마음에 있는 그대로 비추게 되므로, 모든 일에 올바르고 꼭맞는 처리를 하게 된다. 말하자면 바르고 훌륭한 사람이 되는 것이다.

그런 훌륭한 사람이 되었으면 혼자만 신선이 되려고 하지 말고, 세상에 나가 여러 사람을 위해 좋은 일을 하라는 것이다. 그것이 유교(儒敎)의 교리다.

세번째 강령은 가장 좋은 자리에 머물러 있게 한다는 뜻의 지어지선(止於至善)이다. 요즘은 지선이란 말 대신에 최선이란 말을 많이 쓴다. 더 이상 바랄 것이 없는 것이 지선이요 최선이다. 흔히 말하는 땅 위의 즐거운 동산이란 뜻의 지상낙원(地上樂園)을 이룩하라는 것이다.

예수가 기도하라고 가르친 것처럼,

"하늘에서 이루어진 것처럼 이 땅에서도 하늘나라 같은 나라가 이루어지게 하라."

고 공자는 가르쳤다.

영원히 전쟁이 없고 가난과 병이 없는 세상, 감옥은 있어도 죄수가 없는 세상, 교통신호만 있고 교통경찰이 필요하지 않는 그런 세상이 길이길이 이어지는 것이 바로 최선의 자리에 머무르는 것이다.

〈대학〉의 세 가지 큰 목표를 세 강령이라고 했듯이, 〈대학〉의 내용을 이루고 있는 차례가 여덟 단계가 있다 하여 이를 팔조목(八條目)이라 부른다. 조목은 작은 줄거리란 뜻이다. 그러나 사실은 여덟 단계라고 보는 것이 좋다. 무엇 무엇이 여덟인가?

맨 먼저 욕심을 없애라는 뜻의 격물(格物)이다. 두 번째는 참다운 밝은 지혜를 생겨나게 한다는 뜻의 치지(致知)다. 세 번째는 생각을 참되게 갖는 성의(誠意), 네 번째는 마음을 바르게 하는 정심(正心), 그리고 앞에서 말한 수신(修身), 제가(齊家), 치국(治國), 평천하(平天下)의 차례로 이어진다.

여러분! 어때요? 듣기만 해도 골치가 아픈 것 같지요. 그렇지만 용기를 내요. 욕심을 없애고 참다운 밝은 지혜를 생겨나게 하는 것이 어떻게 하는 것이냐? 하는 문제를 놓고 유명한 학자들이 두 파로 갈라져 천년을 두고 싸워도 끝이 안 난 〈대학〉을 배우는 거니까요.

〈대학〉 원문에는 이 여덟 가지 단계를 말하기 전에 이렇게 말했다.

"모든 물건은 뿌리와 끝이 있고(物有本末 물유본말), 모든 일은 마침과 시작이 있다(事有終始 사유종시). 어느 것을 먼저 하고 어느 것을 뒤에 해야 할 것인지를 알면(知所先後 지소선후), 그것이 곧 바른길로 들어간 것이 된다(則近道矣 칙근도의)."

여러분들! 아기가 어떻게 커가는지를 잘 지켜 보아요. 나도 저렇게 자랐던가? 하고 신기하게 여겨지는 것이 있을 테니까.

그런데 요즘 나온 책을 보면 우리를 놀라게 하고 깊이 깨닫게 하는 것이 많다.

유치원에 다니는 아이들은 옛날 아이들과 다름없이 달리기는 잘하는데, 넘어지기만 하면 이상하게 팔다리를 삐기도 하고 뼈가 부러지기도 한다는 것이다.

이건 일본에서 발표된 내용인데, 우리 나라에서도 역시 그렇지 않을까 싶다.

그 원인을 여러 모로 연구해 본 결과 걸음마를 빨리 시키는 보행기란 것이 생겨난 뒤로는 아이들이 기어다니는 훈련을 거치지 않고 바로 걸어다니기 시작한 때문이라는 것이 밝혀졌다.

몸을 뒤집다가 일어나 앉고, 기어다니다가 무엇을 잡고 일어서기를 따로따로 배운 뒤에 발자국을 옮기고, 그러다가 엉덩방아를 찧기도 하고, 앞으로 엎어지거나 뒤로 넘어지기도 한다.

이렇게 해서 걸어다니고 뛰어다니고 해야지만 뼈는 뼈대로 튼튼하게 자라나고, 뼈를 둘러싼 모든 힘줄도 제대로 튼튼하게 뼈를 보호할 수 있는 것인데, 수만년 내려온 자연의 법칙에 따른 훈련을 거치지 않고 바로 걷기 훈련을 인공적으로 했기 때문에, 넘어지거나 떨어지거나 하면 쉽게 뼈가 어긋나기도 하고 부러지기도 한다는 것이다.

또한 이것 역시 일본에서 나온 보고인데 국민학교 아이들이 복도에서 엎어지거나 하면 이상하게 앞니 두 개가 힘없이 부러지고 만다는 것이다.

역시 그 원인을 연구해 보았더니 옛날처럼 아이들이 마음대로 뛰어다니며 넘어지기도 하고 엎어지기도 하고 궁글기도 하는 일이 없기 때문이란 것이다.

운동선수들이 넘어지는 연습을 하는 것과 마찬가지로 아이들은 놀이와 장난을 통해 그런 연습을 자연히 하게 되는 것인데, 요즘 어린이들은 부모들의 지나친 보호로 온실 안의 꽃나무처럼 자라서 일단 밖에 나오면 바깥 바람과 햇볕을 이겨내지 못하게 된다는 것이다.

즉 앞으로 엎어져 본 경험이 적기 때문에 미처 두 팔을 내뻗어 땅을 짚지 못하고, 얼굴을 마루바닥이나 땅바닥에 그대로 부딪쳐 앞니가 부러지게 된다는 것이다.

앞에서 공자가,

"사랑한다고 해서 고생을 시키지 않아서야 되겠는가"

라고 한 것도 다 같은 이치에서 한 말이다.

그렇게 약하고 무르게 자란 아이들을 갑자기 올림픽 꿈나무로 만들겠다고 해보아야 버드나무로 야구 방망이를 만드는 꼴이 되고 만다.

아시아 경기대회 때 임춘애 선수가 육상의 3관왕이 되어 유명해지자, 그에 못지않게 다른 사람들은 우유를 먹고 뛰었는데 그녀는 라면만 먹고 달렸다는 이야기가 또 유명해졌다.

사실은 라면만 먹고 고픈 배를 참고 뛴 그 참을성과 모자라는 영양을 아껴가며 오래 버틸 수 있는 훈련을 받은 그것이 하나로 뭉쳐서 그같은 성적을 올릴 수 있었던 것이다.

몸으로 하는 공부와 마찬가지로 마음으로 하는 공부도 다 차례가 있어, 그 차례를 밟아 올라가야만 한다.

그러면 그 여덟 가지 단계를 하나 하나 이야기를 곁들여가며 풀어보기로 하자.

"남의 밥의 콩이 커 보인다."

하는 옛말이 있다. 그것은 내 밥의 콩이 작아 보인다는 말과 같다.

똑같은 콩임에 틀림없을 터인데 왜 그렇게 달라 보이는 것일까?

그것은 바로 욕심 때문이다.

여러분도 아마 비슷한 경우를 더러 경험했을 것으로 안다.

내 앞에 큰 감 놓는다는 말이 있다. 감을 보기로 들어보자.

어머니가 감을 쟁반에 담아 탁자 위에 올려놓고,

"너희들 하나씩만 먹어라!"

하고 말씀하면, 맨 먼저 달려오는 것이 제일 나이 어린 막내동생일 것이다.

그런데 하나를 얼른 집어 깨물기 시작하는 것이 아니라 대개는 이것을 들었다 놓고 저것을 들었다 놓곤 한다. 그러다가 들었다 놓은 것을 형이 집어들면,

"아냐, 그거 내가 집었던 거야."

하고는 빼앗으려 한다. 형이 든 것을 보니 그게 큰 것처럼 보이기 때문이다.

사람은 누구나 욕심이 있다. 자라나는 어린이일수록 빨리 자라고 싶은 본능에서 먹는 것을 밝히고 남보다 큰 것을 먹으려 한다.

그러나 자라나는 대로 차츰 욕심이 다른 것으로 옮겨가는데, 보이는 것에서 보이지 않는 것으로 옮겨간다.

남보다 공부를 잘해보고 싶고, 남보다 착한 사람이 되어 보고 싶은 것이다.

그런데 욕심에는 두 가지 것이 한꺼번에 얻어질 수 없는 반대되는 성질이 있다.

조금 전에 말한 감의 경우를 놓고 생각해 보자.

제일 막내동생이 큰 감을 차지하려고 이것 집었다 저것 집었다 하던 끝에 형이 집은 것을 다시 빼앗았을 때, 들었던 감을 동생에게 주고 아무것이나 하나 집어 먹는 형을 보면 사람들은 철이 들었다고 한다. 철이 없는 동생과 서로 큰 것을 차지하려고 다투지 않고 양보할 줄 알기 때문에 한 말이다.

철이 들었다는 말은 그만큼 지혜가 생겼다는 뜻이다. 먹는 것에 대한 욕심보다는 양보하는 사람이 되고 싶은 욕심이 더 크기 때문이다.

착한 사람을 보고 욕심이 없다고 한다. 그것은 물질에 대한 욕심과 육체적인 편안함이나 즐거움에 대한 욕심이 보통사람보다 적다는 뜻이다.

그러나 따지고 보면 그 욕심 없는 사람은 보통사람과는 다른 욕심을 채우기 위해 그러는 것이다. 보통사람들이 물질적이고 육체적인 욕심을 채우려고 하는 것과는 반대로 그는 정신적이고 신앙적인 욕망을 채우려는 것이다.

이 세상에서 가장 큰 욕심을 가진 사람은 성인이라고 한다. 남이 모르는 진리를 깨달으려 하고, 남이 못 가는 하늘 나라에 오르려 하고, 세상 사람이 다 안될 것으로 믿고 있는 전쟁이 없고 고통이 없는 사회를 만들어보겠다고 하는 것이 바로 성인이기 때문이다.

큰배움에서의 첫공부는 욕심을 버리는 것이다. 그것을 격물(格物)이라 했다. 격물의 격(格)은 물리친다는 뜻이다. 물(物)은 물건이니 물질이니 하는 것으로, 마음의 공부를 방해하는 물질에 대한 욕심을 물리치라는 것이다.

내 앞에 큰 감을 놓으려는 생각이 나지 않도록 하라는 것이다. 내 밥그릇의 밥을 꾹꾹 눌러 담는 그런 사람이 되어서는 안된다는 것이다.

욕심이 완전히 마음에서 사라지면 세상 모든 것이 생긴 그대로 밝은 마음가운데 비치게 된다. 밝은 마음을 밝히는 공부가 바로 욕심을 버리는 것임을 알 수 있다.

욕심의 먼지가 잔뜩 앉아 아무것도 비춰 볼 수 없던 마음이 그 욕심의 먼지를 닦아내고 더 앉지 않게 함으로써, 태어날 때 하늘이 준 밝고 어진 마음이 그대로 제 모습을 찾게 되는 것이다. 지난날과는 달리 그 밝은 거울에 비추어 제대로 판단을 내릴 수 있고, 그 판단에 따라 어진 마음으로 일을 처리할 수 있는 바탕이 이룩되는 것이다.

옛날 유명한 책에 이런 이야기가 있다.

한 농부가 도끼를 쓸려고 찾으니 도끼가 보이지 않았다. 늘 놓아둔 그 자리에 있던 도끼가 없어진 것이다.

그는 전부터 그리 착한 사람으로는 보이지 않던 앞집 젊은이를 의심하기 시작했다.

'그래. 그놈이 도끼를 빌려가고 돌려주지 않는 거야. 나 없는 사이에 왔다가 내가 없으니까 그대로 가져가고만 거야.'

이렇게 한 번 혐의를 두기 시작하자 날이 가면 갈수록 그 젊은이가 도둑으로 밖에 보이지 않았다.

또한 전과는 달리 눈이 마주치면 피하는 것처럼 보였다. 걸음걸이조차 도둑놈 걸음걸이처럼 보였고, 발뒤꿈치까지 도둑놈을 닮은 것 같았다.

자기가 형사라서 당장 잡아다가 고문을 하면 도끼를 어디다 감추었는지 금방 불 것만 같았다. 그는 자기가 보는 눈이 틀림없고, 자기 생각이 어김없다고 믿고 있었다.

여름이 지나고 가을이 되자, 그는 하는 수 없이 새로 도끼를 대장간에 가서 만들어 산으로 나무를 하러 갔다.

그런데 뜻밖에도 자기가 늘 나무하러 다니던 그곳에 잃어버린 도끼가 녹이 쓴 채 버려져 있지 않겠는가?

그제야 생각이 났다. 자기가 그 곳에 도끼를 놓고 나무만 지고 돌아온 뒤 한동안 산에 갈 일이 없어 까맣게 잊고 있었다는 것을.

잃어버린 사람이 죄가 많다는 말이 이래서 생긴 것이다. 잃어버린 도끼를 찾아 돌아온 그는 그 뒤로 그 젊은이를 볼 때마다 미안한 생각이 들었다.

뿐만 아니라 어제까지 도둑놈으로만 보이던 모든 것이 그 반대로 보였다. 눈빛도 그렇고 걸음걸이도 그러했다. 도둑놈의 발뒤꿈치만 연구해 본 것처럼 꼭 도둑놈의 발뒤꿈치로만 보였던 그 발뒤꿈치가 금방 착한 젊은이의 발뒤꿈치로 보이더란 것이다.

도끼를 잃은 뒤와 찾은 뒤의 달라진 것이라고는 아무것도 없다. 똑같은 그 사람이요, 그 사람이다. 달라진 것이라면 도끼를 도둑맞았다고 생각하고 있었던 것과 사실은 도둑맞은 것이 아니라 버려두고 깜박 잊고 말았었다는 것을 안 그것뿐이다.

결국 도끼라는 물건 때문에 남을 의심하게 되었고, 남을 의심하니까 자기가 의심하는 그 사람이 꼭 그런 사람으로 보인 것이다. 그러다가 그 도끼를 찾고 자기의 의심이 공연한 것임을 깨닫자, 똑같은 그 사람인데도 제 모습 그대로 보이기 시작한 것뿐이다.

결국 도끼라는 물건에 대한 욕심 때문에 생각이 비뚤어지기 시작했고, 그 비뚤어진 생각 때문에 판단이 흐려진 것이다.

물질에 대한 욕심과 육신에 대한 생각을 완전히 버리게 되면, 자연 참다운 밝은 지혜가 생기기 마련이다.

"색안경을 쓰고 본다."

는 말이 있다. 그것이 바로 도끼는 자기가 버리고 와서 남을 의심하는 농부의 그런 태도를 말하는 것이다. 검은 안경을 쓰고 보면 흰 것도 검게 보이고, 붉은 안경을 쓰고 보면 이번에는 붉게 보인다.

욕심을 버리라는 것은 틀린 색깔을 버리라는 뜻과 같다. 색깔을 버린다는 것은 자기가 가진 잘못된 생각을 버리는 것이다.

그러면 세상 물건이 있는 그대로 보이고, 자연 올바른 판단이 서게 되며, 어느 것이 옳고 그른 것인지를 분명히 알 수 있는 지혜가 자라나게 되는 것이다.

세번째 단계인 생각을 참되게 하는 성의(誠意)는 여덟 단계 가운데, 욕심을 버리는 첫단계 다음으로 가장 어렵고 중요하다.

〈대학〉 원문에는 이렇게 말했다.

"그 생각을 참되게 한다는 것은(所謂誠其意者), 스스로 속이지 않는 것이라(毋自欺也).… 그러므로 어진 공부를 하는 사람은 반드시 자기 혼자 있을 때를 조심한다(故, 君子, 必愼其獨也)."

"역사는 밤에 이루어진다."

는 말이 있다. 또 그런 영화 제목도 있었다. 낮에 하는 일은 사실 자는 동안에 깊이 생각하거나, 비밀 모임을 통해 결정되기 때문이다.

아침에 일어나 저녁에 집으로 돌아올 때까지의 하는 일은 세상 사람이 다보고 듣고 하는 가운데 행해지게 된다.

어린아이는 어린아이대로, 학생은 학생대로, 일하는 사람은 일하는 사람대로, 놀기에 바쁘고, 공부에 바쁘고, 일하기에 바빠서 자기만의 시간과 자기만의 생각을 가질 틈이 별로 없다.

그러므로 앞으로 무엇을 어떻게 할까 하는 생각은 집에 있을 때나 아니면 혼자 있을 때 하게 되는데 그것이 대개 밤인 경우가 많기 때문에 '역사는 밤에 이루어진다'고 한 것이다.

이 말은 곧 '혼자 있을 때 이루어진다'는 말과 같다. 그러므로 혼자 있을 때가 여럿이 있을 때보다 가장 중요한 시간이다.

밤, 특히 남이 보지도 듣지도 않는 곳에서는 산타크로스 할아버지처럼 남몰래 착한 일을 하는 사람도 더러는 있지만, 대개는 나쁜 일들을 많이 한다.

그래서 밤이면 첫째 떠오르는 것이 도둑이다. 도둑들은 남이 보지 않는 밤을 골라 도둑질을 한다. 그러나 그것은 도둑만이 아니다. 사람은 누구나 남이 보지 않고 듣지 않는 곳에서는 무슨 짓이고 상관없다는 생각을 갖기 쉽다.

그러나 마음의 공부를 하는 착한 사람은 행여나 그 같은 생각이 생기지 않을까 해서 더욱 조심을 하는 것이다.

주유소 같이 불이 나기 쉬운 곳일수록 더욱 불조심을 해야 하듯,

나쁜 생각이 들기 쉬운 밤이나 혼자 있을 때일수록 더욱 조심을 해서 그런 나쁜 생각이 싹트지 않도록 하라는 것이다.

그래야만 모처럼 싹트기 시작한 밝은 지혜와 어진 마음이 갑자기 새어든 찬 바람과 뜨거운 기운에 상처를 입거나 움츠러드는 일이 없기 때문이다.

유명한 이야기 가운데 이런 것이 있다. 실지로 있었던 역사 이야기다.

양진(楊震)이란 후한(後漢) 때의 유명한 학자가 지방 장관으로 있을 때의 일이다.

그의 추천으로 고을 원이 된 왕밀(王密)이란 친구가 밤에 찾아와 순금 10근을 선물이라며 바쳤다.

양진은 크게 놀랐다.

"나는 자네를 훌륭한 사람으로 알고 아까운 생각에 나라에 추천했을 뿐인데, 자네는 내가 뇌물이나 좋아하는 그런 관리로밖에 보이지 않았단 말인가? 이것은 친구의 의리에 벗어난 뇌물이 아닌가? 어서 도로 거두게."

왕밀은 양진이 뒤에 남이 알면 말썽이라도 생길까 두려워서 그러는 줄로만 알았다.

"깊은 밤에 아무도 아는 사람이 없지 않습니까? 가져온 성의를 생각해서라도 받으십시오."

그러자 양진은 왕밀을 보고 정말 딱한 사람이란 듯이 이렇게 말했다.

"아무도 모르다니? 그게 무슨 소리인가? 자네가 알고 내가 알고 하늘이 알고 귀신이 아는데, 어째서 아무도 모른단 말인가?"

양진이야 말로 홀로 있을 때 조심한 사람이었다. 당시 사람들이 관서(關西)의 공자라고 부른 것도 우연이 아니었다.

그 당시는 지방 장관이 받는 봉급이 많지 않았다. 나라에서 주는 봉급만으로는 호화롭게 살 수가 없었다. 그러나 고을에서 뇌물을 바치는 것이 당연한 것으로 여겨지고 있었으므로, 지방 장관이 되었다 하면 부자가 되는 시대였다.

그러나 양진은 뇌물은 고사하고 선물조차 받지 않았으므로 늘 가난하게 살았다.

왕밀을 그 양진이 딱해서 금을 바쳤던 것이다. 또한 양진이 그것을 거절할 것으로는 생각하지 않았다. 서로 아는 사이요, 믿는 사이였기 때문이다. 그러나 그가 아무도 모른다고 말한 것으로 보아 그 금덩이가 깨끗한 것이 아니었던 것은 분명하다.

이 이야기와 함께 양진이 말한

"내가 알고 자네가 알고, 하늘이 알고 귀신이 안다."

고 한 말을 따서 사지(四知)란 말이 유명한 말로 전해지게 되었다. 아무리 모른다 해도 주고받은 두 사람과 하늘과 귀신 넷은 알게 된다는 뜻이다.

예수는 이런 말을 했다.

"무엇을 보고 나쁜 생각이 생기게 되면, 비록 행동으로 옮기지 않았다 해도 벌써 죄를 지은 것이 된다."

좋은 물건을 보고 훔치고 싶은 생각을 했으면, 그것으로 벌써 천사의 전과 장부에 도둑질을 한 것으로 오르게 된다는 뜻이다. 다시 말해 생각만으로도 죄가 된다는 것이다.

〈대학〉에도 증자(曾子)의 말을 이렇게 실었다.

"열 눈이 보고 열 손이 가리키니 그 아니 무서우냐?(十目所視, 十手所指, 其嚴乎)"

증자가 여기서 말한 열 눈과 열 손이 무슨 뜻이냐 하는 것에 대해서 분명히 풀이한 사람은 없었다. 그런데 서기 1920년대에 아홉 살의 어린 나이로 사서를 쉬운 말로 풀이한 강희장(江希張)이란 중국의 신동(神童)이 이 열 눈과 열 손이란 뜻을 이런 내용으로 풀이했다.

"열 눈과 열 손의 열은 시방세계(十方世界)를 말한다. 사람의 목소리가 음파와 전파를 타고 퍼져 나가듯, 사람이 무슨 생각을 하게 되면 그 생각이 음파와 전파보다 더 무서운 영파(靈波)라는 것을 움직이게 되고, 그 영파는 그대로 전 우주에 퍼지게 되어 지구 둘레에 있는 모든 천사와 악마에게 전해지게 된다. 그로 인해 악마의 유혹과 천사의 감시를 동시에 받게 되는 것이니, 그보다 더 무서운 일이 어디 있겠는가? 무심결에 칼로 사람을 죽인 것은 영파를 전혀 일으키지 않지만, 깊은 밤 고요한 가운데 혼자 하는 생각일수록 영파를 세게 일으키게 된다."

고 했다.

욕심을 버리면 자연 올바른 판단을 할 수 있다. 우리가 글을 읽고 지식을 넓히는 목적 가운데 가장 바탕이 되는 것은 어느 것이 옳고 어느 것이 옳지 않은가를 판단할 수 있는 능력을 기르는 일이다.

그것이 참다운 지혜를 가져다 주는 치지(致知)라는 것이다. 욕심의 먼지를 닦아내어 본래의 어진 마음이 밝은 거울처럼 모든 것과 모든 일을 있는 그대로 비추게 되기 때문이란 것은 앞에서 이미 말했다.

그러나 그것만으로 우리 마음의 공부가 끝난 것은 아니다. 욕심의 먼지가 다시 앉지 않도록 항상 밝고 어진 마음을 간직하고 있어야 한다. 그것이 생각을 참되게 하는 성의(誠意)다. 한자의 뜻을 그대로 새기면 뜻을 정성스럽게 한다는 것이다.

정성스럽게 한다는 것은 다른 생각이 끼어들지 못하게 한다는 뜻이다. 다른 좋지 못한 생각이 끼어들거나 자기도 모르는 사이에 색안경을 쓰고 바라보거나 해서는 안되는 것이다.

그런 일이 없도록 하는 것을 정심(正心)이라 한다. 격물·치지·성의 다음에 오는 네번째 단계를 말한다. 한자의 뜻을 새기면 '마음을 바르게 하라'는 말이 된다.

〈대학〉원문에는 이렇게 말하고 있다.

"몸을 닦으려면 그 마음을 바르게해야 한다. 마음에 분한 생각을 품게 되면 자연 마음이 바를 수가 없고, 두려운 생각이 있어도 그렇고, 특별히 좋아하거나 싫어해도 그렇고, 근심과 걱정하는 일이 있어도 마찬가지다."

어진 마음과 밝은 마음을 고요한 물에 비유하기도 한다. 고요한 물은 거울처럼 모든 것을 있는 그대로 비추기 때문이다. 그런데 그 물에 무엇이 떨어지거나 바람이 불거나 하면, 고요하던 물이 흔들리며 물결을 일으키게 된다.

사람이 화를 내면 갑자기 다른 사람이 된 것처럼 달라지는 것은 바로 그 고요한 물과 같은 마음에 악어와도 같은 분한 생각이 불쑥 솟아오른 때문이다.

이야기를 하나 하겠다.

여러분도 함흥차사(咸興差使)란 말을 들었을지 모른다. 심부름을 간 사람이 오래도록 아무 연락이 없으면 흔히들

"소식이 함흥차사야."

라든가 아니면,

"이 사람이 함흥차사를 갔나?"

하고 말한다.

고려의 뒤를 이어 새왕조를 세우고 나라 이름을 조선이라고 부르게 된 첫임금이 태조 이성계(李成桂)란 것은 알 줄 안다.

그 태조가 무장으로서 큰 공을 세우고, 그 공로로 인해 새왕조를 세우는 데는 성공을 했다. 그러나 자기 뒤를 이을 후계자 문제에서는 큰 실수를 저지르고 말았다. 그를 둘러싸고 있는 사람들이 그의 판단을 흐리게 한 때문이었다. 욕심의 먼지가 새까맣게 앉은 사람들의 말에 귀를 기울이게 됨으로써 올바른 판단을 내릴 수가 없었던

것이다.

그래서 아들들이 후계자 문제를 놓고 서로 싸운 끝에 뒷날 3대 임금이 된 태종(太宗)이 다른 두 형제를 죽이고 사실상 실권을 잡게 되었다.

그러자 화가 치민 태조는 임금의 자격증과도 같은 옥쇄를 가지고 고향인 함경도 함흥으로 떠나고 말았다.

옛날에는 집안의 어른인 할아버지나 아버지가 아들 손자들이 말을 듣지 않으면 말을 듣도록 하기 위한 마지막 수단으로 집을 나가곤 했다.

그러면 아들 손자들이 우르르 따라나가 길을 막고 엎드려 절을 하며,

"죽을 죄를 지었습니다. 다시는 그런 일이 없을 것이니 용서해 주십시오."

하고 빌고는 다시 모시고 들어가는 것이었다.

태조가 함흥으로 떠나자 태종은 아버지를 서울로 다시 모시기 위해 사람을 함흥으로 올려보냈다. 이들을 함흥차사라고 불렀는데, 함흥으로 보낸 사신이란 뜻이다.

그러나 화가 풀리지 않은 태조는 서울로 돌아오기는커녕 심부름 온 사람을 아들에 대한 화풀이로 오는 족족 죽이고 말았다.

그래서 심부름 가서 돌아오지 않는 사람을 함흥차사라고 부른 것이 6백년이 지난 지금까지 쓰이고 있는 것이다.

한편 아들인 태종으로서는 그런다고 안 보낼 수도 없는 일이었다. 임금 자리에 오른 아들로서의 체면이 있기 때문이다.

결국 두 임금의 자존심과 체면 때문에 함흥차사로 가는 사람만이 억울한 죽음을 당해야만 했다. 누가 함흥차사로 가기를 원했겠는가? 또 누구를 죽을 자리로 가라고 보낼 수 있었겠는가?

결국 나중에는 자원하는 사람을 골라 보내는 꼴이 되고 말았다.

그 마지막 자원자가 된 사람은 좀 색다른 방법을 썼다.

서울에서 임금이 보낸 것으로 하지 않고, 벼슬을 그만두고 이곳 저곳 경치 좋은 곳을 찾아 구경을 다니는 것처럼 꾸몄다.

초라한 길손 모습으로 지나던 길에 문안을 드리러 온 것처럼 말하자, 먼 외로운 땅에서 적적한 날들을 보내고 있던 태조는 친구나 다름없는 옛 신하를 만나게 되었으니 그렇게 반가울 수가 없었다.

그동안에 쌓이고 쌓인 이야기를 나누고 있는데, 바로 대문 밖에서 소가 자꾸만 소리쳐 울고 있었다.

"웬 소의 울음소리가…?"

"신이 빌려 타고 온 소가 강 건너에 떼어놓고 온 제 새끼를 찾아 우는 것입니다."

옛날 선비들은 말 대신 소를 타고 다니는 경우도 많았다. 이 함흥차사는 미리 짠 계획에 의해 새끼가 딸린 어미소를 타고 왔던 것이다.

그 말을 듣자 태조의 얼굴이 갑자기 슬퍼졌다.

"짐승도 제 새끼를 저렇게 찾는데 내 어찌 자식을 버리고 이곳에 이렇게 무작정 혼자 있을 수 있겠는가? 그대가 온 뜻을 알겠네. 내 곧 돌아가겠다고 이르게."

이 함흥차사의 심리작전이 성공한 것이다.

"그만 서울로 돌아가시지요?"

하고 애원을 했다면 당장 태조의 성난 칼날이 목을 지나갔을 지도 모른다. 그러나 새끼를 찾아 울부짖는 어미소의 울음이 얼어붙은 태조의 마음을 녹여줌으로써, 자식에 대한 부모의 정이 스스로 돌아가겠다는 말을 하게 만든 것이다.

그리하여 대궐로 태조가 돌아오게 되자, 태종은 밖으로 나가 아버지를 맞이하지 않을 수 없었다.

그러나 아버지 태조의 성격을 잘 알고 있는 태종이었고, 언제 칼이 번쩍이고 화살이 날아올 지 모르는 일이었으므로, 일이 순조롭게 끝나기가 어려울 것 같았다.

그래서 큰 차일을 큰 기둥나무로 받치고, 그 기둥 옆에 서서 말타고 돌아오는 아버지를 멀리서 절하고 뵈온 다음, 얼른 기둥 뒤로 피하는 방법을 썼다.

아니나 다를까 ! 태조는 아들 태종이 나타나 멀리서 절을 하는 순간, 불현듯 잠재운 울분이 치밀어 올라 자기도 모르게 메고 있던 활에 화살을 얹어 쏘아보내고 말았다.

태종이 얼른 기둥 뒤로 피하자, 화살은 피한 기둥에 와 꽂혔다.

"다 하늘의 운이로다. 백발백중의 내 화살이 엉뚱하게 기둥에 가 박혔으니…"

홧김에 화살을 뽑아 줄에 얹기는 했으나, 차마 죽일 수야 없는 일이므로, 일부러 기둥을 쏘아 맞힌 것이다.

아들을 꼭 죽일 생각이었다는 뜻을 보인 것은 자존심과 체면을 포함한 갖가지 뜻이 들어 있는 것으로 보아야 할 것이다.

여기서 우리는 바른마음을 가지기 어렵게 만드는 감정이 바로 노여움과 분한 감정이란 것을 알 수 있다. 여러분도 한 번 생각해 보라. 가장 걷잡기 어려운 것이 분한 마음이란 것을 잘 알 수 있을 것이다.

분한 감정에 이끌려

"애라, 모르겠다 !"

하고 함부로 행동하는 일이 없도록 하는 것이 마음을 바르게 갖는 큰 공부라는 것을 잊지 말아야 한다.

사람은 누구나 착한 사람의 편이 되고 싶어하고, 억울한 일을 당하는 사람을 보면 도와주고 싶어한다.

그런데 그런 마음만 있을 뿐 그대로 하지 못하는 경우가 많다. 어른이고 어린이고 다를 것이 없다. 어린이 여러분의 경우를 놓고 한

번 생각해 보자.

학교에는 흔히 힘이 남보다 좀 세다 하여, 약한 아이들을 괴롭히는 심술쟁이가 나타나곤 한다.

누구나가 속으로는 그 아이를 못마땅해 하며 약한 아이의 편을 들고 싶어하지만, 그게 그렇게 쉽지는 않다. 정의감이 없어서가 아니다. 상대가 힘이 나보다 세고 하는 짓이 거칠므로 당당하게 나서서 말리거나 꾸짖거나 하다가 얻어맞고 터지면 나만 억울하다는 두려운 생각과 여럿이 있는 앞에서는 우선 그 아이의 기가 꺾일 지 모르지만, 그러다가 단 둘이 있게 되었을 때에 앙갚음이라도 하면 어쩌나 하는 걱정 때문에 그러지 못하는 경우가 많다. 또는 그 아이가 내게만은 잘하기 때문에 서로 정이 붙어 나쁜 짓하는 것을 충고하고 싶지 않은 경우도 있다.

어린이의 세계나 어른의 세계가 다 이와 비슷한 갖가지 생각과 감정이 얽혀, 바른 판단을 내릴 수 없거나 내린다 해도 행동으로 옮기지를 못하는 것이다. 옳다고 생각한 일을 두려움 없이 할 수 있는 것을 우리는 용기라고 한다. 뒤에 〈중용〉에서 용기에 대해 이야기하겠지만, 마음이 바른 사람은 용기도 함께 갖게 되는 것이다.

몸가짐을 바르게 하는 것을 수신(修身)이라고 한다. 한자 뜻으로는 몸을 닦는다는 말이 된다.

몸에 때가 묻은 것을 씻는 것도 닦는다고 하고, 그릇을 곱게 제 모습으로 돌려놓는 것도 닦는다고 한다. 방을 닦고 마루를 닦고 하는 것도 다 깨끗이 제 모습을 갖게 한다는 뜻이다.

여기서 몸을 닦으라는 것은 물로 씻고 때를 없애라는 뜻이 아니다. 몸가짐을 바르게 하라는 뜻이다. 옳지 못한 행동과 자랑스럽지 못한 일로 사람으로서의 도리를 잃는 일이 없게 하라는 뜻이다.

앞의 네단계는 마음의 공부였다. 몸을 닦는 단계서부터의 네단계는 행동하는 단계이다. 지금까지가 학교공부였다면 앞으로의 공부는 가정과 사회로 돌아가서, 학교에서 배운 것을 그대로 행하여 보는 공부다.

어린이 여러분과는 좀 거리가 먼 공부이기도 하다. 그러나 어린이는 어른의 아버지라고 했다. 어린이가 커서 어른이 된다는 뜻만은 아니다. 모든 공부가 다 어릴 때 시작되고, 어릴 때 시작된 그 공부가 어느 것 하나 어른이 되기 위해 필요하지 않은 것이 없기 때문에 생긴 말이다.

지금 읽은 이 내용들이 여러분이 어른이 되었을 때, 요긴하게 머리에 떠올라 여러분을 올바로 이끌어주는 좋은 길잡이가 될 것이 틀림없다. 특히 〈대학〉이 차례 있게 쉽게 잘 짜여져 있기 때문에 옛 사람들은 사서 가운데 이 〈대학〉을 맨 먼저 읽게 했던 것이다. 동떨어진 이야기로 생각하지 말고 잘 새겨두기 바란다.

〈대학〉에는 이렇게 말했다.

"집을 바로 거느리려면 그 몸부터 닦아야 한다. 사람은 사랑과 미움과 두려움과 가엾음과 거만한 마음으로 그 태도와 행동이 떳떳하지 못하고 치우치는 일이 많기 때문이다.

그러므로 좋아하면서도 그 좋아하는 사람의 좋지 못한 점을 알고, 미워하면서도 그 미워하는 사람의 좋은 점을 아는 사람이 세상에는 드물다(故, 好而知其惡, 惡而知其美者, 天下, 鮮矣)."

행동은 마음이 그 바탕이 되어 있고, 바탕이 된 그 마음이 색안경의 구실을 하기 때문에, 색안경을 끼고 세상을 바라보는 일이 없도록 하는 것이 몸을 바로 닦는 길이라고 말한 것이다.

여기에서 집이라고 말한 것은 물론 가정을 말한 것이다. 옛날에 가정이란 것은 오늘과는 달랐다. 할아버지 · 아버지를 모시고 여러 친형제는 물론이요, 4촌 · 8촌이 한 집에 모여 사는 경우가 많았다.

옛날 당나라의 장공예(張公藝) 같은 사람은 한 집에서 수백 명이나 되는 9대가 의좋게 살았다고 해서 유명해진 일이 있었다.

너무나도 유명해서 당나라 황제가 지나다가 들려,

"그 많은 식구가 한 집에서 의좋게 살게 된 무슨 비결이라도 있소?"

하고 물었더니, 장공예가 대답 대신 붓과 종이를 달래서 참을 인(忍)자를 백 개 써서 올렸다는 이야기는 유명하다.

한마디로 열 번이고 백 번이고 참는 것이 의좋게 지내는 비결이라는 것이다.

방문 위 같은 곳에 백인당(百忍堂)이라고 쓴 것을 흔히 볼 수 있다. 그것은 바로 백 번 참는 집이란 뜻이다.

그러나 〈대학〉에서는 그렇게 가르치지 않았다. 집안을 평화롭고 질서 있게 바로 잡아 나가기 위해서는, 그 집안을 이끌어나가는 어른된 사람이 자기 개인의 사사로운 감정에 치우치는 일이 없이 잘하는 것은 잘하는 대로 칭찬하고, 잘못하는 일은 잘못하는 대로 책망하여 바로잡아 주어야 한다고 했다.

그래서 그가 칭찬하는 사람은 다른 사람도 칭찬하게 되고, 또한 그가 꾸짖거나 매를 때리거나 하는 것을 온 식구가 당연한 것으로 알 뿐만 아니라, 꾸중을 듣거나 매를 맞는 자신도 원망하는 마음이 없게끔 공정하게 다스려야 한다고 했다.

끝에 말했듯이 백 가지를 다 잘한 사람에게서 한 가지 잘못을 정확하게 알아낼 수 있고, 백 가지를 다 잘못한 사람에게서도 한 가지 착한 것을 볼 수 있는 그런 바른 판단과 공정한 마음을 가지고 집안을 이끌어 나가야 한다는 것이다.

우리는 가끔 부모의 차별로 인해 어린이들이 집을 나가는 일도 있고, 선생님이 미워한다고 해서 자살까지 한 학생이 있다는 말을 듣곤 한다. 원인이야 무엇이든 간에 한쪽으로 치우치지 않는 것이 여러 사람을 거느리고 다스리고 하는 사람에게 있어서 가장 중요한 것임을 알 수 있다.

〈대학〉에서는 그것이 몸이 잘 닦여지지 못한 때문이라고 한다.

몸을 올바로 닦으려면 마음부터 바르게 가져야 하고, 집을 올바로 거느리려면 내 몸부터 닦아야 한다고 한 다음, 나라를 다스리는 일도 결국 집을 다스리는 것과 다를 것이 없다는 것을 말하고 있다.

〈대학〉의 최고 목표는 평화롭고 살기 좋은 세계를 만드는 것에 있으므로, 그것은 요즘 말하는 정치하는 방법이 될 수 밖에 없다.

〈대학〉에는 이렇게 말하고 있다.

"나라를 바로 다스리려면 먼저 그 집부터 바로 다스려야 한다, 자기 집 식구도 제대로 가르치지 못하는 사람이 어떻게 남을 가르칠 수 있겠는가? 집에서 부모에게 효도하는 것이 곧 나아가 임금을 바로 섬기는 것이 되고, 집에서 형을 공경하는 것이 곧 나아가 윗사람과 어른을 섬기는 것이 되고, 자식을 사랑하는 그것이 그대로 많은 부하와 무리를 거느리는 것이 된다."

다시 말해서 집은 작은 나라와 같은 것이고, 나라는 큰 집과 같은 것이니, 집을 다스리는 것이 곧 나라를 다스리는 일과 그대로 연결이 된다는 것이다.

이것은 어린이 여러분이 명심해 들을 말이다. 여러분이 아버지·어머니를 받드는 태도와 마음가짐이 다음에 사회에 나가 직장의 윗사람을 대할 때 그대로 나타나게 되고, 형과 동생을 대하는 것도 그대로 사회에 나가 선배와 후배를 대하는 태도에 나타나게 된다는 것이다.

나는 가정에서의 교육이 얼마나 중요한가를 말할 때, 내가 대학에 있었을 때의 이야기를 보기로 늘 들곤 한다.

복도에서 담배를 피는 학생들과 마주치는 일이 종종 있었다. 그 때 학생들이 보이는 태도는 각각 다르다. 어떤 학생은 멀리서 보고 얼른 불을 끈 다음 호주머니에 꽁초를 집어넣기도 하고, 어떤 학생은 옆으로 안 보이게 들고 그냥 지나가기도 하고, 어떤 학생은 외국

식으로 아주 버젓이 물고 그대로 지나가기도 한다.

여기서 좋고 나쁜 것을 말하려는 것은 아니다. 다만 가정에서 하던 버릇 그대로 굳어버렸다는 이야기를 하려는 것이다. 이왕이면 버릇이 없다는 말을 듣지 않는 것이 슬기로운 태도가 아닌가 한다.

치국평천하(治國平天下)의 원문을 풀어쓰면 이런 내용이다.

"천하를 화평하게 하는 길은 그 나라를 바로 다스리는 것에 있다. 임금이 나라 안에 있는 늙은이들을 내 부모 모시듯 보살펴 주면 백성들도 따라서 제 부모에게 효도를 하게 되고, 임금이 어른을 어른으로 공손히 대하게 되면 백성들도 자연 어른을 공경하게 되며, 임금이 외로운 사람들을 외롭지 않게 보살펴 주면 백성들이 정치하는 벼슬아치들을 반대하는 일이 없게 된다. 나라와 천하를 다스리는 가장 중요한 방법은 자신의 마음을 미루어 남에게 옮기는 일이다. 더 자세히 말하면 이런 것이 된다. 윗사람에게서 못마땅하게 여겨졌던 일을 아랫사람에게 시키지 말고, 아랫사람이 내게 하는 것이 못마땅하게 여겨졌던 일로 윗사람을 섬기는 일이 없도록 하며, 앞사람이 내게 못마땅하게 한 것과 같은 일을 뒷사람에게 하지 말고, 뒷사람이 내게 못마땅하게 한 일을 앞사람에게 옮기지 말아야 한다. 왼쪽과 오른쪽의 경우도 마찬가지다.

이것을 자질하는 방법이라 말한다(此之謂絜矩之道也)."

우리는 가끔 만원 버스에서 이런 일을 자주 본다.

운전기사가 그만타라고 하는데도 기어이 비집고 올라 탄 사람이 다음 정류장부터는 운전기사가 더 태우려고 하면 소리를 치며 그만 태우라고 야단하는 것이다.

자기가 시간에 늦을까 걱정이 되어 억지로 올라탔으면, 다른 사람의 마음도 그럴 것임을 알고, 될 수 있으면 하나라도 더 타게 해야 할 것인데, 대개는 그 반대인 것이다.

"거지가 부자가 되면 거지 밥도 안 준다."

하는 속담이 있다.

“나는 거지로 이렇게 부자가 되었는데, 너는 왜 그 꼴이냐?”

하는 마음에서일까?

아니면 옛날에 자기가 겪었던 가슴아팠던 설움을 그 거지에게 안겨주고 그 울분을 풀어보고 싶은 생각에서일까?

내 마음을 미루어 남에게 옮기는 방법에는 사람에 따라서 그렇게 나쁜 방향으로 할 수도 있다.

공자는 〈논어〉에서 말하기를,

“어진 일을 하는 간단한 방법은 내가 하고 싶지 않은 일을 남에게 시키지 않는 것이다.”

라고 했다.

천하를 화평하게 하는 길은 사람마다 다 그런 마음을 갖는 일이다. 내가 잘살기 위해 남을 해치는 일이 없어지지 않는 한, 이 땅에 영원히 화평은 오지 않을 것이다.

중용(中庸)은 무엇

욕 인 지 물 문 막 약 물 언 욕 인 지 물 지 막 약 물 위
欲人之勿聞, 莫若勿言, 欲人之勿知, 莫若勿爲.
"남이 듣는 게 싫으면 말하지 않는 것이 좋고, 남이 아는 게 싫으면 행하지 않는 것이 상책이다."

〈중용(中庸)〉이 〈예기〉란 책 속에 있는 한 편의 이름이란 것은 〈대학〉에서 이미 말했다.

〈대학〉과 〈중용〉을 굳이 철학책이라고 한다면, 〈주역(周易)〉을 자연에 대한 철학이라고 말할 수 있듯이 〈대학〉은 주로 정치에 대한 철학을 말한 책이라고 볼 수 있고, 〈중용〉은 종교에 대한 철학을 말한 책이라고 볼 수 있을 것이다.

〈중용〉이 어떤 책이냐? 하는 것에 대해 이야기하기에 앞서 문득 생각나는 사람이 있다. 공자가 태어난 산둥성(山東省)에서 1910년에 태어난 강희장(江希張)이란 사람이다.

강희장은 3살 때부터 이미 신동이란 말을 들었다. 흔히 말하는 재주가 뛰어나다는 뜻의 신동이 아니라, 글자 그대로 아이의 모습을 한 천사라는 뜻이다. 맹자의 소화신(小化身)이란 말도 전해지고 있

다. 그 자신이 그런 말을 했는지도 모른다. 맹자는 공자의 가르침을 세상에 바르게 알리고, 또한 공자가 펴보지 못한 뜻을 펴보려고 한평생을 바쳤다. 소화신이란 그 자신은 하늘 나라에 있으면서 자기와 꼭 닮은 작은 영혼을 이 세상에 내려보내는 것을 말한다.

공자와 맹자가 전쟁이 없고 착취가 없는 평화롭고 살기 좋은 세상을 만들어 보려고 한평생을 바친 것을 우리는 〈논어〉와 〈맹자〉를 통해서 보아왔다.

그런 공자와 맹자였으므로 둘이 상의 끝에 강희장을 이 땅에 낳게 한 것인지도 모를 일이다.

강희장은 9살이 되던 해에 〈식전론(息戰論)〉을 지었다. 이 〈식전론〉은 전쟁을 하지 말자고 전 세계에 호소하는 내용의 글이다. 꽤 긴 이 논문 가운데는 유교를 비롯해서 불교·도교·기독교·회교의 교리까지 다 포함하고 있다. 종교학자가 도서관에서 몇 달을 연구해서 써도 그렇게 쓸 수는 없을 정도로, 이 책이 세상에 한 번 알려지자 보는 사람마다 감탄해 마지 않았다 한다.

이 책의 결론은 종교의 힘이 아니고는 땅에 떨어진 도덕을 다시 일으킬 수 없고, 도덕이 지배하는 세상이 되어야만 전쟁은 이 땅에서 사라지게 된다는 것이다.

그래서 강희장은 만국 도덕회 회장이란 명예로운 자리에 추대되기까지 했었다. 그는 날 때부터 신(神)이었다. 아이의 몸을 빌린 신으로서, 배우지 않고도 이미 다 알고 있었던 것이다. 그리고 23살에 세상을 마쳤다.

강희장은 또 9살인 같은 해에 〈사서백화(四書白話)〉란 책을 썼다. 백화는 보통사람들이 늘 쓰는 보통말이란 뜻이다. 아이들도 읽을 수 있고, 또한 읽는 것을 들으면 꼭 선생님이 교단에서 강의하는 것처럼 들리는 쉬운 말로 풀이된 사서(四書)란 뜻이다.

그것은 연구하고 배워서 쓴 것이 아니라 날 때부터 안 그대로를 쓴 것이므로 더욱 권위가 있는 것이다. 사람들이 예수의 설교를 듣고 하나님의 권능을 깨달은 것처럼 말이다.

"열 눈이 보고 열 손이 가리킨다."

라고 한 〈대학〉의 말을 풀이할 때 나는 이 강신동의 풀이를 소개한 바 있다.

이 강신동이 〈중용〉 머리말에서 한 재미있는 부분을 다음에 실어, 〈중용〉이 어떤 책인가를 알리는 것을 대신할까 한다.

그 맨 첫머리는 실용주의 철학자요 교육학자로 전 세계에 이름을 날렸던 존 듀이가 중국에 와서 강연한 사실에서부터 시작하고 있다.

"지난해부터 미국의 대철학자 듀이 박사가 우리 나라에 와서 가는 곳마다 강연을 하여 우리들을 깨우쳐 주고 이끌어 주었다. 우리 나라 사람들은 모두 그를 환영하고 칭찬하며 우러러 보았다. 신문들은 다투어 그 기사를 싣고, 교육계에서는 서로 그 강연 내용을 전파했다. 정말로 바람이 한 때를 휩쓸고 지나가는 그런 모양이었다.

나도 그의 강연 내용을 신문지상을 통해 읽을 수 있었고, 또 무척 존경하고 감격했었다. 나중에 책방에서 그가 말한 내용을 실은 책을 사서 읽었는데, 그 안에는 교육방법에 대한 것이 있었다. 그 줄거리는 첫째 개개인이 가지고 있는 개성을 그대로 발전육성하는 것과 둘째 모든 사람이 다 함께 가지고 있는 공통된 성격을 발전육성시켜야 한다는 것이었다. 나는 이 말에 무척 감탄했다. 그가 한 말은 바로 〈중용〉에 있는 말과 너무도 같았기 때문이다.

〈중용〉맨 첫머리에 나오는 세 글귀는 바로 자기가 타고난 천성을 발전시키고, 모든 사람들로 하여금 각자가 타고난 천성을 발전시키게 하는 것을 근본으로 하고 있다. 이것이 바로 개성을 발전육성하는 것이다. 그리고 맨 뒤쪽에 가서

"오직 천하의 지극한 정성만이 그 성품을 다할 수 있고, 그 성품을 다하면 사람의 성품을 다할 수 있으며, 사람의 성품을 다하면 모든 물건의 성품을 다할 수 있고, 모든 물건의 성품을 다하면 하늘과 땅의 조화와 발육을 도울 수 있으며, 하늘과 땅의 조화와 발육을 도울 수 있으면 하늘과 땅이 하는 일을 함께 할 수 있다."

라고 한 이 대목은 모든 이치를 너무도 명백하게 말하고 있는 것이다.

이렇게 볼 때 듀이가 말한 개성이니 공통성이니 하는 것은 벌써 수천 년 전에 우리 나라 성인들이 이미 다 말하고 또 실천한 것이다. 듀이가 말한 발전육성 뿐만 아니라 성품의 본능을 다하고, 성품이 지니고 있는 역량을 다하여 최고의 경지에 이르러, 하늘과 땅과 함께 조화와 발육까지 하게 되는 것이다.

듀이가 말한 방법이 〈중용〉의 그것과 서로 다른 것을 따질 것은 없다. 또한 그가 말한 줄거리는 〈중용〉의 그것과 하나도 다를 것이 없다. 이로써 나는 더욱 우리 나라 옛 성인의 가르침이 참됨을 믿게 되었고, 듀이 박사를 존경하게 되었다.

그런데 한 가지 이상한 것이 있다. 우리 나라의 젊은 학자와 학생들은 다만 새것이냐 옛것이냐 하는 것만 가릴 줄 알고, 그것이 이치에 맞느냐 맞지 않느냐 하는 것은 묻지 않는다. 우리 나라 옛 성인들의 책에서 나온 가르침이라면 덮어놓고 케케묵은 고리타분한 이야기로 돌리고, 유럽과 미국 박사의 입에서 나온 말이라면 다시없는 진리라고 떠받들곤 하는 것이다. 정말 우습고도 이상하기 그지없다…."

강신동의 이야기는 더 계속된다. 그러나 내용은 한 마디로 이렇게 줄일 수 있다.

"수천 년 전 동양의 성인들이 이미 밝히고 실현한 것을 그 동양 사람들이 버린 채로 돌보지 않는 사이 서양 사람들이 늦게 그것을 엿가락 늘이듯 길게 늘이고 튀밥 튀기듯 크게 부풀리어, 고운 서양식 색깔을 칠하고 포장을 해서 내놓은 것뿐인데 제 것은 거들떠보지도 않던 철없는 사람들이 정신을 잃고 야단법석을 떨고 있으니, 참으로 한심하다."

하는 이야기다.

그래서 부랴부랴 쉬운 말로 이 글을 풀이하기에 이르렀다는 것이다.

〈중용〉은 공자의 손자 자사(子思)가 지은 것으로 되어 있다.

그럼 중용은 무엇을 뜻하는 말인가? 중(中)은 한가운데란 뜻이다. 지나치지도 않고 못 미치지도 않으며, 보탤 것도 없고 덜 것도 없는 것을 말한다. 용(庸)은 떳떳하다는 뜻이다. 색다를 것도 없고 특별하지도 않은 것을 말한다. 그러나 물과 불처럼 잠시도 떠나서는 살 수 없는 것을 말한다.

더도 덜도 말고 꼭 맞게 쓰고, 지나치지도 못 미치지도 않게 꼭 맞게끔 말하고 행동하고 생각하는 것이 중용이다. 그것을 밝히고 가르친 것이 바로 〈중용〉에 있는 내용이다.

자사는 〈중용〉 맨 첫머리에 이런 말을 했다.

"하늘이 준 것을 성품이라 말하고(天命之謂性), 그 성품대로 따르는 것을 길이라 말하고(率性之謂道), 길을 닦는 것을 가르침이라 말한다(修道之爲敎)."

열 번 백 번 읽어 보아도 하나 보탤 것도 뺄 것도 없는 성인만이 할 수 있는 말인 것처럼 느껴진다. 생각하면 할수록 깊고 넓은 뜻이 그 속에 들어 있는 것 같고, 씹으면 씹을수록 이 세상의 그 어느 맛보다도 훌륭한 맛이 스며 나오는 것만 같은 말이다.

사람이 타고난 성품은 하늘이 준 것이기 때문에 누구나가 다 똑같은 것이다. 그것이 바로 양심(良心)이란 것이다. 착한 것을 보고 착하다고 생각하지 않는 사람이 없는 것은 다 똑같은 양심을 가지고 태어났기 때문이다.

하나에 하나를 더하면 둘이 되고, 둘에 둘을 곱하면 넷이 된다는 것은 누구나가 다 안다. 그것은 우리의 타고난 성품이 다같이 그것이 옳다는 것을 판단할 수 있는 능력을 가지고 있기 때문이다. 이것을 맹자는 양지(良知)라고 했다. 지금은 양식(良識)이란 말을 대신 쓰기도 한다.

양심·양지·양식이니 하는 양은 어질다는 뜻이다. 하늘이 준 것이기 때문에 어질 수밖에 없다. 이 어질다는 뜻은 틀림이 없는 바른 것을 뜻하기도 한다.

자사가 말한 하늘이 준 성품이란 어질고 밝은 바른 느낌과 지식과 판단력 같은 것을 다 포함해서 한 말이다.

그러나 사람은 육신을 가지고 태어났기 때문에 육신을 살리기 위한 필요로 먹고 입고 움직이는 본능에 이끌려, 바른 마음과 바른 판단을 흐리게 하기도 하고 또는 엉뚱한 방향으로 걸어가기도 한다.

타고난 성품대로만 하면 누구나가 다 바른길을 걷고 바른삶을 살 수 있는데, 육신의 본능에 이끌린 욕심 때문에 타고난 성품대로 하지 못하는 것이다.

그러므로 자사는,

"타고난 성품대로 하는 것이 사람이 가야 할 바른길을 걷는 것이다."

라고 말한 것이다.

육신을 위한 욕심에 이끌려 타고난 성품대로 하지 못하고, 길을 잘못 들어 가시밭을 헤매기도 하고, 자갈밭에 넘어지기도 하며, 때로는 낭떨어지에 떨어지기도 하고, 못이나 웅덩이에 빠져 허우적거리기도 한다.

그러므로 그런 일이 없이 바른길을 찾아 걸어갈 수 있겠끔 가르침이 필요한 것이다.

그래서 지사는,

"옆길이나 다른 길로 잘못 들어가는 일이 없도록 자기가 갈 길을 분명히 걸어갈 수 있게끔, 자꾸만 자라나는 풀들을 뽑아 없애고, 빗물에 패인 곳을 본래의 모양으로 메워주고, 어느 길이 자기가 갈 길인지 분간하기 어려운 갈림길이 있는 곳에서는 자기가 가야 할 길이 어느 것인지 알 수 있는 힘을 길러주어야 한다. 앞에 보이는 산이라든가, 들이라든가, 땅의 모양을 보고 '아, 이것이 내가 갈 길이다.' 라고 알 수 있는 지혜와 판단력을 길러주는 그것이 바로 올바른 가르침이다."

라고 말한 것이다.

교육이니 종교니 하는 그 교(敎)가 바로 자사가 말한 그 가르침을 뜻하고 있다. 초등학교를 비롯한 모든 교육이 다 사람이 걸어가야 할 바른길을 가르치기 위해서 만들어져 있고, 무슨 종교니 하는 것도 다 사람을 바른길로 인도하기 위해 생겨난 것이다.

그런데 학교 교육이 사람이 걸어가야 할 바른길을 가르치는 것보다는 지식과 기술을 먼저 가르치고 있고, 종교가 본래의 목적과는 거리가 먼 형식에만 치우치는 일이 많은 것은 가르친다는 것이 얼마나 어려운 것인가를 잘 말해주고 있다.

그러므로 우리가 옛 성인들의 말씀을 직접 글을 보고 깨우치도록 하는 것은 우리 길을 우리가 닦아나간다는 뜻에서 퍽 보람되고 바람직한 일이다.

그런데 그 길이란 말을 놓고 자사는 이어 이렇게 풀이하고 있다.

"사람은 잠시도 길을 떠날 수가 없다(道也者, 不可須臾離也), 떠날 수 있는 것이면 그 길은 벌써 바른길이 아니다(可離, 非道也)."

이 세상에는 많은 길이 있다. 눈에 보이는 작은 길과 큰 길이 있고, 또 차만이 다니는 길과 사람만이 다니는 길이 있다.

그런가 하면 눈에 보이지 않는 뱃길과 비행기가 다니는 항로가 있다.

그러나 이런 길은 우리가 필요에 따라 골라 갈 수 있는 것으로, 떠나서는 살 수 없는 그런 길은 아니다.

이가 없으면 잇몸으로 산다는 옛말처럼 차가 없고 비행기가 없던 옛날에도 사람들은 아무 불편을 모르고 살아왔다. 오히려 더 평화스럽고 마음 편하게 살아왔다고도 볼 수 있다.

자사가 말한,

“길이란 잠시도 떠날 수 없다. 떠날 수 있는 길은 길이 아니다.”

라고 한 그 길은 어떤 길을 말하는 것일까?

물론 그 길은 눈에 보이는 길은 아니다. 그러면 그밖에 어떤 길이 있는지, 눈에 보이지 않는 길은 어떤 것인지 한번 생각해 보자.

부모에겐 부모의 길이 있고, 자식에겐 자식의 길이 있다. 형에게는 형의 길이 있고, 아우에겐 아우의 길이 있다. 또한 스승에겐 스승의 길이 있고, 제자에겐 제자의 길이 있다.

이렇게 나아가면 한이 없다. 심지어는 도둑도 도둑의 길이 있다고 하기도 하니까.

그러나 자사가 여기서 말한 길은 하늘이 준 성품대로 하는 그 길을 말한다. 한쪽으로 치우치지도 않고 지나치지도 모자라지도 않는 중용의 길을 말한 것이다. 다시 말해 양심과 양식의 명령과 판단에 따라 하늘이 굽어보아도 부끄러움이 없는 사람이 걸어가야 할 떳떳한 길을 말한 것이다.

그러므로 자사는 이어서 이렇게 말했다.

“그러므로 어진 사람은 남이 보지 않는 것을 더 경계하고 조심하며, 남이 듣지 않는 것을 더 두려워하고 무서워한다(是故(시고), 君子(군자),

戒愼乎其所不睹, 恐懼乎其所不聞)."

남이 보지 않고 듣지 않는 것이 무엇일까? 그것은 자기의 생각을 말한다. 보통사람들은 남이 보지 않고 듣지 않는 곳에서는 무슨 짓을 해도 상관없는 것으로 알고 있다. 그 생각은 잘못된 것이다.

낮말은 새가 듣고 밤말은 쥐가 듣는다는 옛말이 있다. 이 세상에는 비밀이 있을 수 없다는 뜻이다. 그러니까 남이 보지 않는다고 해서 남이 듣지 않는다고 해서, 남을 해치는 일이라든가 이치에 벗어나는 짓을 해서는 안 된다는 뜻이다.

그러나 자사가 말한 조심하고 두려워한다는 것은 새가 듣고 쥐가 듣기 때문이 아니다. 하늘이 준 양심을 통해 하늘이 보고 듣기 때문이다. 천사와 악마를 비롯한 모든 귀신과 영혼들이 함께 보고 함께 듣고 있기 때문이다. 사람이 보지 않고 듣지 않는 곳일수록 생각하는 것이 잘 보이고 잘 들리기 때문이다. 자사가 조심하고 두려워한다고 말한 것은 하느님이 굽어보시기 때문이다.

그러므로 자사는 이어서 이렇게 말하고 있다.

"이 세상에서 숨은 것처럼 잘 보이는 것이 없고, 작은 것처럼 잘 나타나는 것이 없다. 그러므로 어진 사람은 그가 혼자 있을 때를 조심한다(莫見乎隱, 莫顯乎微, 故, 君子, 愼其獨也)."

열 길 물속은 알아도 한 길 사람의 속은 모른다는 옛말이 있다.

사람의 마음속과 머릿속에 무엇이 숨어 있는지 누가 알겠는가? 그러나 사람의 눈과 귀가 미치지 못하는 그 머릿속의 숨은 생각처럼 더 잘 보이는 것이 없다고 했다.

그것은 그런 숨은 생각을 하고 있는 그 자신보다도 그 생각이 일으키는 영파(靈波)라는 물결이 온 우주에 전파보다 더 세고 빠르게 끝없이 퍼져 나가기 때문이다. 자세한 이야기는 〈대학〉에서 했기 때문에 여기서는 되풀이하지 않겠다.

자사가 말한 작은 것이란 것도 역시 마음과 생각이다. 작은 것보다 더 잘 나타나는 것이 없다고 한 것도 앞의 말과 같은 뜻이다. 보이지도 않고 들리지도 않는 숨은 작은 생각처럼 잘 보이고 잘 들리고 잘 느껴지는 것이 없다는 뜻이다. 그것은 하느님과 귀신의 경우를 말한 것이다. 그것을 잘 알고 있기 때문에 그것을 몸소 느끼며, 자사 자신도 남의 마음 속의 생각을 눈으로 보고 귀로 듣는 것 이상으로 보고 듣고 하기 때문에 그런 말을 한 것이다.

그러니 혼자 있는 곳이라고 해서 나쁜 짓을 할 마음이 생길 리가 없다. 행동은 그만두고라도 그런 생각이 나는 것조차 두렵고 조심스런 것이다.

너무 자세한 내용을 밝히면 듣는 사람이 혼동을 일으킬 수 있으므로 이런 정도로 말을 해둔다.

"혼자 있을 때를 조심하라. 하늘이 굽어 보신다."

라는 말을 그렇게 한 것이다.

"너는 아무도 보지 못하고 듣지 못하는 줄 알지만 네 양심이 벌써 영파를 우주에 보내, 우주에 있는 천사와 악마들이 벌써 녹음도 하고 녹화도 해두었다는 것을 알아라."

하고 일깨운 것이다.

꾸민 이야기일 테지만 이런 이야기가 있다.

어느 나라에서 새로 대통령 관저를 지었는데, 이웃 나라에서 그 관저 회의실에 걸맞는 큰 시계를 선물로 보냈다.

정성들여 특별히 만든 시계인만큼 마음에 쏙 들어서였던지 대통령은 그것을 회의실에 걸어두기로 했다.

그런데 이상하게도 비밀회의에서 결정한 일들의 사항을 그 시계를 선물한 나라가 금방금방 알아차리곤 하는 것이었다.

처음에는 적과 내통하는 사람이 있나 하고, 아무도 모르게 조사를 해보았지만 아무런 실마리도 찾지 못했다.

그렇게 하기를 거의 1년이나 지난 뒤에 문득 생각이 나서 그 시계를 뜯어 보았더니, 그 시계 속에 성능이 뛰어난 녹음장치가 되어 있는데, 그 녹음은 사람이 깊이 잠든 시간에 본국으로 보내지게끔 되어 있었다는 것이다.

얼마나 소름끼치는 이야기인가!

사실은 하느님이 사람을 이 세상에 태어나게 할 때 그보다 더 무서운 양심이란 것을 마음 깊숙이 넣어두고, 그 양심의 명령에 따라 행동하게끔 만들었다.

그 양심이란 감독관이 일일이 명령을 하고 지시를 하는데도 거기에 따르지 않고, 하느님이 필요하게 쓰라고 준 육신의 본능에만 이끌려 가야 할 길이 아닌 엉뚱한 길로 가게 되면, 악마의 시련에 시달리게 내버려 두기도 하고, 그러다가 제 정신으로 돌아오면 양심의 명령에 따르게끔 천사가 손을 뻗기도 한다는 것이다.

우리로서는 거기까지는 알 수 없는 일이지만 이치로 생각해 보면 그럴 것도 같다.

예수는 '겨자씨만한 믿음만 있어도'라는 말을 했다. 우리도 자사의 이 가르침을 믿음으로 바른길을 걷게끔 늘 양심의 소리에 귀를 기울이는 마음을 길러야 할 줄 안다. 겨자씨가 싹이 터서 제대로 자라나면 그 가지 위에 새가 올라앉게끔 된다고 했다.

그러면 우리도 예수처럼도 되고 자사처럼도 되지 않겠는가? 적어도 착하고 바른 훌륭한 사람이 될 것이다.

제1장에 나오는 말은 누구의 말이란 것이 명시되어 있지 않다. 그것은 〈중용〉을 지은 자사 자신의 말이기 때문이다.

그런데 다음장부터는 누가 말한 것임을 밝히고 있다. 다른 곳에서는 모두 선생님의 뜻인 자(子)로서 공자의 말씀이란 것을 밝히고 있는데, 맨 처음 공자의 말씀을 밝힌 제2장에는 자(子)대신 공자의 자(字)인 중니(仲尼)란 말을 쓰고 있다.

이것은 증자가 지은 〈효경〉에서도 마찬가지다. 그것은 다음에 나오는 선생님이 어느 선생님을 말한 것인지 후세 사람들이 잘 모를까 싶어서 특별히 밝혀두려는 데서 나온 방법이다.

그런데 〈논어〉만은 그렇지 않다. 이것만 보아도 〈논어〉가 더 뒤에 만들어진 책인 것을 알 수 있다. '선생님' 하면 공자인 것을 세상이 다 알게 된 시대가 되었기 때문일 것이다.

애당초 자사가 〈중용〉을 지을 때는 1장 · 2장 등으로 나눠져 있었던 것은 아니다. 그것은 뒤에 풀이하는 주자(朱子)가 배우는 사람들의 편이를 생각해서 붙인 것뿐이다. 여기서도 주자가 나눠둔 그대로 따르기로 했다.

제2장의 내용은 이렇다.

"공자께서 말씀하셨다. 군자는 중용을 하고, 소인은 중용에 어긋나게 한다(仲尼曰, 君子, 中庸, 小人, 反中庸)."

군자는 교양을 쌓은 어진 사람이란 뜻이고 소인은 그렇지 못한 작은 사람이란 뜻이다. 작은 사람이란 보통사람이란 뜻도 된다. 교양을 쌓은 어진 사람이란 성인까지 포함해서 하는 말이다. 공자는 자신도 중용을 제대로 하지 못한다고 했다.

아무튼 교양을 쌓은 사람이 아니면 중용이 어떤 것인지 판단마저 서지 않으므로 실천하려 해도 할 수 없는 것이다. 그러니 작은 보통 사람들은 늘 중용과는 거리가 먼 것이나 반대되는 것을 생각도 없이 하게 될 수밖에 없는 것이다.

공자는 그 까닭을 이렇게 설명하고 있다.

"군자의 중용은 군자로서 때에 맞게끔 하는 것이고, 소인이 중용에 어긋나게 하는 것은 그들의 마음속에 아무 거리낌도 없기 때문이다(君子之中庸也, 君子而時中, 小人反中庸也, 小人而無忌憚也)."

사람에게는 생각하는 본능과 행동하는 본능이 있다. 생각하는 본능은 행동하는 본능에 앞서 행해지게 된다. 본능은 날 때부터 누구나 가지고 있는 능력이란 뜻이다. 그러나 그 본능이란 것도 훈련을 하지 않으면 그 힘을 제대로 발휘할 수 없게 된다. 훈련을 자꾸 쌓게 되면 생각과 행동이 하나가 되고 만다.

검도 선수를 놓고 생각해 보자. 상대를 칠 때는 어떻게 치고, 상대가 치고 들어올 때는 어떻게 막는다 하는 것은 바로 생각이다. 그러나 그 생각대로 손과 발이 따라 움직이지 않는 것이 보통이다.

그래서 다시 책에 적힌 대로 또는 선생님이 가르친 대로 천천히 생각하고 천천히 행동하며, 생각과 행동이 함께 움직여지게끔 하는 것이 훈련이다.

그렇게 쉴새 없이 훈련을 쌓고 또 쌓으면 생각이 먼저인지 행동이 먼저인지 모를 정도로 생각과 행동이 함께 움직여지게 된다. 그렇게 되는 정도에 따라 급수가 오르고 단수가 올라가는 것이다.

우리가 옳고 바른 일을 하는 것도 이와같다. 검도 선수처럼 처음에는 행동에 앞서 생각부터 해야 한다. 이것이 바른 것인가? 그렇지 못한 것인가? 이렇게 하는 것이 옳은 일인가? 옳지 않은 일인가? 처음에는 잘 판단이 서지 않는다. 그렇다고 아무렇게나 해버리면 안된다. 그것이 바로 작은 사람이 하는 일이요, 보통사람이 하는 짓이다.

잘 안되더라도 생각을 거듭하게 되면 차츰 판단이 서게 된다. 틀리면 틀린 대로 자기 나름의 판단이 서는 것이다, 그러나 판단이 섰다고 해서 그대로 다 되는 것은 아니다. 검도 선수의 손과 발이 생각대로 안되는 것처럼 그것도 마찬가지다. 눈과 귀가 있고, 배가 고프고 아픈 것을 아는 봄뚱이도 있고, 또 남이 나를 어떻게 여길까? 하는 갖가지 생각들이 내가 한 판단대로 하지 못하도록 방해하기 때문이다. 마치 검도를 배울 때 누가 옆에서 방해하는 것과 똑같은 것이다.

이럴수록 더욱 기를 쓰고 내 생각과 판단대로 밀고 나가는 용기와 참을성을 길러야 할 터인데 몇 번 해 보기도 전에.

"애라 모르겠다! 내가 성인이 될 거냐? 군자가 될 거냐?"

하고 스스로 작은 사람이 될 것을 결심하고 마는 것이다.

이것이 공자가 말한 마음에 거리낌이 없는 것이다. 애써 할려고 해도 또는 그것이 옳다고 생각하고 해도 제대로 안되는 것이 중용인데, 아예 힘조차 쓰지 않으려고 포기하고 말았으니 될 리가 없다. 급수나 단수가 오르기는커녕 아예 나무칼마저 던져 버리고 만 검도 선수와 같은 꼴이 되고 마는 것이다.

때에 맞게한다는 말처럼 어려운 말은 없다. 그것은 쉬운 보기로 곡예사가 줄을 타는 것과 같다. 그것은 말로 되는 것도 아니고 생각만으로 되는 것도 아니다. 훈련을 쌓고 쌓은 끝에 손에 든 나무막대나 부채 같은 것으로 단 한 치의 차가 없을 때에 움직이지 않으면, 줄에서 떨어지고 마는 것이다.

우리가 세상을 살아가는 데 있어서 그때 그곳의 그 사람과의 관계에 있어서 꼭맞게 말하고 행동하기란 사실 줄타기보다 더 어려운 것이다. 다만 세상은 곡예사를 지켜보듯 바라보고 있지 않기 때문에 부끄럼 없이 지나가는 것뿐이다.

그러나 교양을 쌓은 사람은 남이 보든 안 보든 때와 장소와 사람의 관계에 따라 맞게끔 말하고 행동하려 하는 것이다. 그것이 공자가 말한 때에 맞게 행하는 것이다. 이것을 한자로는 시중(時中)이라 한다.

이 시중을 가리켜 공자는 중용이라고 했다. 공자는 다음장에서 또 이렇게 말하고 있다.

"중용은 어진 것 가운데서 가장 어려운 것이다. 그러므로 일반 사람들이 이 중용을 제대로 오래 행하지 못하는 것이다."

첫머리에 공자란 말이 붙은 것으로 보아 다른 때 한 말을 끌어다 쓴 것이 틀림없다. 그러나 앞에 한 말을 뒷받침하고 결론 지은 것이므로 굳이 제3장이라고 따로 떼어놓을 것도 없는 성질의 것이다.

제4장에서 공자는 이런 말을 했다.

"도가 행해지지 않는 까닭을 나는 안다. 아는 사람은 아는 것에만 너무 지나치고, 어리석은 사람은 제대로 알지 못하기 때문이다.

도가 밝혀지지 않는 까닭을 나는 안다. 어진 사람은 행하는 것에만 지나치게 힘을 기울일 뿐 도를 밝히려 하지 않고, 어질지 못한 사람은 밝히고 싶어도 힘이 미치지 못하기 때문이다."

도(道)는 앞에서 말한 하늘이 준 성품대로 따라 걸어가야 할 길을 말하는 것이다. 길이라면 보통 눈에 보이는 길을 말하게 되고, 도라고 하면 보이지 않는 길을 말한다.

도를 통했다고 하는 것은 그 보이지 않는 길이 확 뚫렸다는 뜻이다. 그런 사람을 도사라고 한다. 그러나 도사라면 신선 공부를 하는 사람을 가리키는 것이 보통이다. 유교에서는 이 도사를 성인이라고 한다. 그리고 성인에까지는 이르지 못해도 도를 아는 사람을 어진 사람이라고 한다. 현인(賢人)이란 곧 어진 사람을 말한다.

이처럼 타고난 성품 즉 양심을 본래의 모습으로 밝게 하고, 그 명령을 기다릴 것 없이 스스로 행동하게 되는 것이 바로 도를 통한 사람인 것이다.

그런데 스스로 도를 통했다고 생각하고 있는 사람도, 〈중용〉대로 행하기란 매우 어렵다는 것을 공자는 말했다. 보통사람들이 〈중용〉대로 하지 못하는 것은 중용 자체가 지극히 어렵기 때문이란 것을 말한 공자는 다시 안다고 스스로 생각하는 사람과 어질다고 믿고 있는 사람들마저 각각 한쪽으로 치우치기 쉽다는 것을 말하였다.

도, 즉 보이지 않는 바른길을 가지 못하는 것을 눈에 보이는 길을 가는 자동차 운전사에 비유해 보기로 하자.

운전 면허를 받으려면 교통법규와 운전에 대한 상식을 먼저 알아야 하고, 그 다음에 차를 운전하는 기술이 있어야 한다. 법규니 상식이니 하는 것은 머리로써 아는 것을 말한다. 그것이 바로 공자가 여기서 말한 아는 사람인 것이다.

그러나 그것만으로는 차를 굴릴 수 없다. 운전경험이 없이 머리로만 알고 있는 지식으로 차를 운전할 수는 없기 때문이다. 텅 비어 있는 큰 길을 혼자서 운전하는 것이라면 모르지만 수많은 차와 운전자들이 있고, 또한 그들이 자기가 알고 있는 그대로 움직이지 않기 때문이다.

경제속도가 60km라서 그 속도에 맞추어 대부분 운전을 하고 있지만, 앞차는 저만치 먼저 달아나버리고, 뒤차는 빨리 안 간다고 빵빵거리며 경적을 마구 울려대는 것이다.

차선을 지키라고 해서 자기는 열심히 지키고 있는데, 옆차가 갑자기 비집고 들어오기도 한다.

그런데 세상을 사는 것은 이보다 더 복잡하다. 책에 있는 그대로 행동하려 하면 가는 곳마다 눈총을 받게도 되고 바보 대우를 받게도 된다. 그것은 원리 원칙만을 알 뿐, 그 원리 원칙이 그대로 받아들여지지 않을 때는 어떻게 하는 것이 옳은 지 모르기 때문이다.

한편 운전기술만이 능할 뿐, 교통법규 같은 것은 아예 무시하는 운전사도 많다. 어린이들이 쉴새없이 건너다니는 학교 앞길을 설마하는 생각에 속도를 위반한 채 달리다가 어린이를 치는 사고는 이루 말할 수 없을 정도로 많다.

또한 손님이 택시를 타고 어디로 가자고 하면 망설이는 운전사도 많다. 차만 굴릴 줄 알 뿐 지리를 잘 모르기 때문이다. 영국같은 나라는 운전면허를 얻기가 어렵다고 한다. 런던같은 큰 도시의 지리를 손바닥 들여다보듯 훤히 알지 못하면 택시를 굴릴 수가 없기 때문이다.

손님이 타고 어디로 가자고 하면 어느 길로 어떻게 가는 것이 가장 빠르고 안전한가를 알아서 그대로 손님을 모시는 것이 택시 운전사가 당연히 해야 할 일이 아니겠는가?

우리나라는 어떤가? 택시 운전사가 손님에게 길을 묻는 경우가 종종 있다. 때로는 엉뚱한 길로 빙빙 돌기도 한다. 그래서 종종 일부러 요금 올리려고 그랬다고 손님과 운전사가 옥신각신 하기도 한다.

이것이 바로 공자가 말한 길에 밝지 못하다는 것이다. 눈에 보이는 길에도 이 모양이다. 지도를 놓고 배우고, 또 지도에 따라 여러 차례 시험운전을 하면 될 수 있는 것도 잘되지 않는 것이 보통이다. 하물며 눈에 보이지 않는 복잡한 세상을 헤치고 살아가는 데에는 어떻겠는가?

머리의 공부와 손발의 공부가 함께 이루어져야 훌륭한 운전사가 될 수 있듯이 도에 대한 지식과 그 도를 행하는 성의, 더불어 잘못과 실수를 거울삼아 고치고 바로잡는 풍부한 경험을 거치지 않고는 중용의 길을 걸을 수 없다는 것이 공자가 말한 뜻이다.

그리고 공자는 세상 사람들이 날마다 되풀이하는 말과 행동을 전혀 아무런 생각도 없이 하고 있기 때문에 자신이 너무 아는 데만 치우쳐 행동에는 관심이 적은 것을 깨닫지 못하는 경우도 많고, 또 톱니바퀴처럼 행동은 기계적으로 잘하고 있지만, 그것이 과연 잘하는 것인지? 고칠 점이라든가, 더 좋은 방법은 없는가? 하는 것은 전혀 생각하지 않기 때문에 진보도 향상도 볼 수 없고, 또 주위 환경에 순응하는 능력도 키워나갈 수 없게 된다는 것이다.

그래서 그것을 비유로 들어 이렇게 말했다.

"사람은 마시고 먹고 하지 않는 사람이 없다. 그러나 제대로 맛을 아는 사람은 적다(人莫不飮食也, 鮮能知味也[인막불음식야 선능지미야])."

그리고 다음 제5장에서,

"도는 아마 이래서 영영 행해지지 않으려나보다."

라는 공자의 말 한 마디로 이를 뒷받침하듯 덧붙여 두었다.

공자는 앞에서 도가 행해지지 않는 것은 아는 것에만 치우친 경우가 많다고 말하였고, 또 그 도가 올바로 밝혀지지 않는 것은 행하는 것에만 힘쓰는 경우가 많다는 것을 말했다.

제6장에는 앞에서 한 말을 다시 보충하듯 그 지혜란 것과 아는 것에는, 보통 지혜가 있으니 아는 것이 많으니 하는 것의 보통 뜻과 그 보통 뜻을 넘어선 참다운 지혜와 지식, 즉 큰 지혜와 큰 지식이 있음을 밝히고 있다.

그 큰 지혜를 가진 사람은 행동도 또한 그 지혜에 맞게끔 따라 행해진다는 것을 말하고, 공자는 그런 큰 지혜를 가진 사람으로 순(舜)임금을 보기로 들어 이렇게 말하고 있다.

"순임금이야 말로 참으로 큰 지혜를 가지신 분이다. 순임금은 남에게 묻기를 좋아하고, 보통 쓰는 쉬운 말로 그 뜻을 새겨서 들었다. 그리하여 그 가운데서 착하지 않은 것은 숨겨 주고, 착한 것은 남에게 널리 알게해 주었다. 그리고 무슨 일을 결정할 때는 여러 사람들의 의견을 먼저 듣고, 그 가운데 서로 대립되는 양쪽 의견을 함께 받아들여, 어느 한쪽에 치우치는 일이 없게끔 이를 백성들에게 실행하곤 했다. 이래서 순임금을 위대하다고 하는 것이다."

공자가 가장 이상적인 임금으로 생각하고 있었던 사람은 순임금이었다. 순임금만이 민주주의를 이 땅에 실천해 보인 거룩한 임금이었기 때문이다.

순임금은 한 못난 평민의 아들로 태어났다. 눈뜬 소경이란 별명까지 가지고 있던 그 아버지는 새로 맞이한 아내의 꼬임에 빠져, 전처의 아들인 착한 순을 여러 차례 죽이려고 한 일까지 있었다. 그래서 눈을 뜨고 있으면서도 아들의 착한 것을 모른다 하여 눈뜬 소경이란 별명을 얻게 된 것이다.

그러나 끝내는 순의 효성에 감동하여, 계모도 아버지도 순을 사랑하는 착한 사람이 되었다.

순은 요임금에게서 천하를 물려받아 천자가 된 사람이다. 그렇게 된 것도 그의 효성 때문이었다. 악독한 계모와 어리석은 아비를 감동시켜 착한 어머니와 아버지를 만들었다면, 백성들을 착하고 바르게 이끌 것은 물을 것도 없는 일이기 때문이다.

한편 요임금은 천자의 둘째 아들로 태어나서 천자인 자기 형을 밀어내고 천자가 된 사람이다. 요임금은 백성을 위한 임금이요 나라를 위한 임금이지, 임금을 위한 백성이나 나라가 아니라고 생각하고 있었기 때문에, 신하들의 의견을 받아들여 형을 밀어내고 자기가 그 자리에 앉았던 것이다.

그러므로 요임금은 이런 생각을 하게 되었다. 임금은 가장 착한 사람만이 할 수 있는 자리어야 한다. 아버지가 임금이었다고 해서 착하지 못한 그 아들이 그 아버지의 뒤를 이어 임금이 된다는 것은 이치에 어긋나는 일이다. 나라니 천하니 하는 것은 한 개인의 사사로운 재물이 될 수 없기 때문이다.

그래서 요임금은 자기 아들에게 천자의 자리를 물려주려 하지 않고, 이 세상에서 가장 욕심이 없고 나라를 바르게 다스릴 수 있는 어진 사람을 구하려고 애쓰고 있었다.

그래서 허유(許由)란 유명한 학자를 불러 자기 뒤를 이으라고 했으나, 허유가 이를 받아들이지 않았다는 이야기도 전해지고 있다. 그러던 끝에 순의 소문을 듣자 순이 과연 얼마나 훌륭한 사람인지를 시험하기 위해 자기 두 딸을 보내 순을 섬기게 했다고 한다. 말하자면 신중을 기하기 위해서는 두 딸을 희생시켜도 된다는 생각에서였다. 온 천하의 백성보다는 두 딸이 훨씬 가볍게 여겨졌기 때문이다.

두 딸을 통해 자기 사위가 과연 천자될 자격이 있다는 것을 안 요임금은 마침내 순을 불러 천자를 대신해서 정치를 하게끔 만들었다. 말하자면 후보로서 연습을 시키며 지켜보고 있은 것이다.

이렇게 해서 순은 요임금의 뒤를 이어 천자가 되었다. 누구를 죽이고 천하를 빼앗은 것도 아니요, 천자가 되고 싶어 권모술수를 쓴 것도 아니다. 순이 천자가 된 것은 너무도 떳떳하고 자랑스러운 일이라 할 수 있다.

그 순임금이 또한 자기 아들에게 천자의 자리를 물려주지 않고 어질고 공이 큰 여러 신하 가운데 우(禹)를 뽑아 자기 뒤를 잇게 했다. 떳떳하고 자랑스럽게 받은 자리인 만큼 또한 떳떳하고 자랑스럽게 물러난 것이다. 순임금은 흠잡을 곳이라고는 하나도 없는 복된 사람이기에, 모든 임금과 사람들이 본받아야 할 사람으로 전해지고 있는 것은 너무도 당연한 일이다.

이 〈중용〉이란 사상도 실은 요임금과 순임금에게서 나온 것이다. 그것은 공자가 엮은 〈서경〉이란 역사책에 나와 있다.

요임금은 순임금에게 이렇게 가르쳤다.

"참되게 그 가운데를 잡아 행하라(允執厥中)."

그 가운데란 바로 중용을 뜻한 것이다.

순임금은 우임금에게 천자의 자리를 잇게 하며 이렇게 가르쳤다.

"사람의 마음은 위태롭기만 하고, 도의 마음은 작아지기만 한다(人心惟危, 道心惟微). 오직 자세하고 오직 한결같이 하여 참되게 그 가운데를 잡아 행하라(惟精惟一, 允執厥中)."

공자가 제6장에서 말한 것도 바로 〈서경〉에 있는 순임금의 이 가르침을 말한 것이다.

요임금은 가운데를 잡아 행하라고만 말했다. 그 한마디면 알고도 남을 순임금 이였기에 그렇게 말한 것이다.

그러나 순임금은 우임금에게 천자의 자리를 물려주며, 여기에 설명을 덧붙였다. 우임금이 그 한마디만으로는 완전히 깨우치지 못할 것 같았기 때문이다.

먼저 가운데를 잡아 행하기가 어려운 까닭을 말한 것이다. 사람의 마음은 욕심을 말한 것이고, 도의 마음은 하늘이 준 성품 즉 양심을 말한 것으로, 사람의 욕심은 자꾸 앞만 보고 치닫기 쉽다. 그러기에 위태롭기만 한 것이다. 이와는 달리 양심은 깊숙한 곳에 숨어 있기 때문에, 욕심이 움직일 때면 더더욱 작아지기만 해서 있는 것조차 모르게 된다.

그러므로 항상 살피고 또 살펴야만 욕심에 이끌리지 않고, 언제나 한결같이 양심에 귀를 기울이고 있어야만 양심의 소리를 들을 수 있는 것이다. 그리하여 욕심을 완전히 물리치고 양심을 바탕으로 지나치지도 않고 못 미치지도 않는 바른 정책을 백성들에게 펼 수 있다는 것이다.

그렇게 가르친 순임금은 그렇게 행했었다. 그러나 우임금은 그러지를 못했다. 우선 공으로 얻은 천하를 자기 개인 것이나 되는 것처럼 어진 사람에게 넘겨주지 않고 아들에게 주고 말았다. 역시 순임금이 걱정한 대로 위태로운 욕심이 앞선 때문이었을 것이다. 그렇게 하지 못한 핑계야 얼마든지 찾을 수 있는 일이다. 그 핑계야말로 사람의 마음에서 생겨나는 것이다.

천하를 아들에게 물려주지 않고, 어진 사람에게 물려주어야 한다는 중용의 이치를 깊이 깨닫고 있었으면 법을 만들어서라도 어진 사람에게 전해 주는 전통을 만들었을 것이다.

요즘은 그런 것을 막기 위해 민주헌법을 수없이 만들어내곤 하지만, 결국 위태로운 사람의 마음 때문에 민주헌법이 껍대기 헌법이 되고 마는 경우가 많은 것이다. 그런 약속도 법도 없었던 옛날에야 더 말해 무엇하겠는가?

그 양쪽을 받아들여 그 가운데를 백성들에게 행하는 것은 어떻게 하는 것일까? 그것을 오늘의 사회에서 한 번 살펴보기로 하자. 그 보기로 공청회를 들 수 있고 입법예고라는 제도를 들 수 있다.

순임금은 묻기를 좋아하고 쉬운 말을 살핀다 했다. 묻기를 좋아하는 것의 한 방법으로 나타난 것이 바로 공청회다. 공청회는 공론을 듣기 위한 모임이란 뜻이다. 공론이란 여러 사람의 공통된 의견이란 뜻이다.

그러나 그 공통된 의견이란 것은 전체를 말하는 것은 아니다. 많은 사람들의 의견 가운데서 공통된 의견 몇을 골라볼 수 있을 뿐이다. 이해가 같고 처지가 같고 생각이 같은 사람들이 한 무리를 이루고 있는 것이 세상이다. 바로 그 무리들의 공통된 의견을 들어보려는 것이 공청회를 갖는 참된 목적이어야 한다.

그러나 그 가운데는 정반대되는 의견이 있기 마련이다. 그런 것이 없는 공청회는 참다운 뜻에서의 공청회가 아니다. 다만 공청회란 이름만을 빌려 치우친 한쪽 사람들의 의견을 들은 것이기 때문이다.

공청회가 참다운 공청회가 되기 위해서는 어떤 문제를 놓고 여러 사람이 다 함께 생각할 수 있는 시간을 필요로 한다. 그 한 가지 방법이 입법예고란 것이다. 이러이러한 법을 만들려고 하니 그리 아시오 하고 미리 알린 다음, 그 법을 만들어 생길 좋은 점과 나쁜 점, 또는 이로운 사람과 해로운 사람들을 각각 생각도 해보고, 또한 그 생각에 따라 말할 수 있는 기회를 주려는 것이다.

미국같은 나라에선 법을 만들려고 모든 준비를 해두고 있다가, 공청회를 통한 여론이 반대하는 쪽으로 쏠리자 그 법을 만들기로 했던 주지사가 그 자리에서 그만둘 것을 밝힌 일도 있다. 이것은 한쪽으로 치우친 것 같지만 중용을 지킨 것이라 할 수 있다. 중간에 서서 양쪽의 의견을 잡아야 할 정부가 중간이 아닌 반대쪽에 서서 백성들과 의견이 맞서서는 안되기 때문이다.

법이 아닌 어떤 문제도 마찬가지다. 공장이나 회사에서 일하는 근로자와 공장과 회사를 경영하는 경영주는 항상 월급이니 상여금이니 수당이니 하는 보수 문제로 의견이 맞서 있기 마련이다.

이 문제를 원만히 해결하기 위해 생긴 것이 노사협의회란 제도다.

일하는 사람과 일을 시키는 쪽이 상의해서 여러 문제를 잘 해결하기 위한 모임이란 뜻이다.

그러나 이것은 잘되지 않는 것이 보통이다. 서로 이해가 맞서 있기 때문이다. 일하는 사람은 일은 편하게 하면서 보수는 많이 받으려 하고, 일을 시키는 사람은 일은 많이 시키고 보수는 적게 주려하기 때문이다.

이때 정부가 중간에서 이를 바로잡아 주어야 한다. 그것이 바로 여기서 말한 양쪽의 의견을 받아들여 그 중간을 행하게 하는 것이다.

그러나 그 중간은 한 중간인 반을 말하는 것은 아니다. 다시 말해 물건 흥정처럼 많이 받으려는 물건 주인과 싸게 사려는 손님과의 가격 차이가 백원이라면 양쪽이 각각 반씩 양보하여 50원을 덜 받고 또는 더 주고 하는 그런 것을 말하는 것은 아니다.

양쪽의 의견을 받아들이되 그들이 말하는 문제점들을 잘 생각하여, 어느 정도가 맞겠다는 정확한 판단을 내려 해결하는 것을 말한다. 그것이 바로 중용인 것이다. 근로자의 주장이 옳은 것이면 요구하는 전부를 들어 주는 것이 중용일 수도 있고, 그들의 주장이 회사야 망하든 말든 내 욕심만 채우려는 욕심에서 나온 것이면 잘 이해시켜 그 문제를 뒤로 미루도록 하는 것이 중용일 수도 있다.

위와 같이 공자는 제6장에서 순임금이 그것을 그때 그때 맞게끔 빈틈없이 행한 것을 칭찬한 것이다. 그것은 어느 한쪽에도 치우치지 않는 공정한 마음과 밝은 판단을 가지지 않고서는 안되는 것이다. 껍대기 지식이 아닌 깊고 바른 지식이 있어야 하고, 한 부분만이 아닌 전체를 다 꿰뚫어 보는 지혜가 없이는 안되는 것이다. 그것을 가리켜 공자는 큰 지혜라고 말했다.

세상(世上)살기

大丈夫處世, 當掃除天下.
(대장부처세 당소제천하)

"대장부가 세상에서 할 일은 어지러운 천하를 말끔히 소제하고 태평한 세상이 되게 하는 것이다."

공자는 안다는 것처럼 어려운 것이 없다는 것을 제7장에서 거듭 말하며, 사람들은 누구나 자기 자신이 모든 것을 다 잘 알고 있다고 생각하기 쉽지만 그런 사람일수록 잘 모르는 경우가 많고, 특히 중용의 경우는 더욱 그렇다고 했다.

"사람들은 다 안다고 말한다. 그러나 욕심이란 굴레가 그들을 그물과 덫과 함정 속으로 끌고 가는 것도 모르고 피하지 않는 것이 보통이다. 사람들은 누구나 말한다. 나는 중용이란 것을 골라잡을 수 있다고, 그러나 그런 노력을 한 달을 제대로 계속하는 사람이 적다."

우리는 자주 세상을 깜짝 놀라게 하는 큰 사건들을 보게 된다. 남들이 모두 비상한 재주와 지혜를 가진 뛰어난 사람이라며 부러워하던 그 사람이 하루아침에 큰 죄를 짓고 세상에 알려지는 경우를 말이다.

그들도 자신이 남다른 재주와 지혜를 가졌다고 믿고 있었을 것이고, 세상 사람들도 그들을 그렇게 알고 있었으리라. 그러나 공자가 여기서 말한 대로, 그들은 욕심을 채우기 위해 속임수 같은 얕은 지혜만을 가지고 있었을 뿐, 욕심이란 마귀가 던진 굴레를 쓰고 잡아당기는 대로 끌려가, 결국에는 그물과 덫과 함정 속으로 들어가는 줄을 모르고 있었던 것이다. 설사 안다고 해도 거기서 쉽사리 빠져나오지는 못했을 것이다. 그것은 그들이 깨우치거나 뉘우치지 않고 여전히 속임수 같은 얄팍한 지혜로 벗어나 보려하기 때문이다.

이런 얕은 지혜를 지혜로 알고 있기 때문에 참 지혜가 빛을 내지 못하고 점점 더 어두워만 가니 참으로 안타까운 일이 아닐 수 없다.

중용을 고를 줄 안다는 것은 참 지혜에 눈을 뜬 사람의 경우를 말하는 것이다. 한 개인이 자기 행동을 바로 잡으려고 노력하는 경우도 있고, 여론에 귀를 기울여 올바른 정치를 실시해 보려는 양심적인 정치인의 경우도 있다.

그러나 그것을 알고 행하기도 어려운 일이지만, 설사 안다 해도 그것이 과연 중용인지 아닌지는 더욱 알 수 없는 일이다. 그것은 노력하고 또 노력해서 그때 그때 바로잡는 정성이 없이는 안되는 것이다. 그런 정성이 있어야만 차츰 중용에 가까운 행동을 할 수 있고, 중용에 가까운 정치를 하게 되는 것이다.

그런데 미리부터 쉽게 단정지어 말하는 그런 사람들을 보면 한 달도 채 되지 않아 그만 생각을 바꾸어 버리고 하기쉬운 대로 그럭저럭 넘어가려 하는 것이다.

참으로 아는 사람은 아는 체를 하지 않는다. 알면 알수록 그 아는 것이 끝이 없다는 것을 깨닫게 되므로, 늘 앎에 대해 목마름을 느끼게 되기 때문이다.

속이 빈 양철통일수록 소리가 요란하다. 큰소리 치고 뽐내는 사람일수록 속이 텅텅 빈 사람이란 것을 알아야 한다.

그래서 공자는 다음장에서 참으로 아는 사람의 모습을 말하고 있다.

얼른 보기에 꼭 바보같은 사람이 참으로 아는 사람이라는 것을 명심할 일이다.

공자는 제8장에서 가장 사랑하는 제자 안자(顏子)에 대해 이렇게 평했다.

> "회(回)의 사람됨은 중용을 골라 한 가지 착한 것을 얻게 되면 두 손으로 꽉 움켜잡아 가슴에 안고 놓으려하지 않는 듯 하며, 또 절대로 그것을 잃거나 하는 일이 없다."

앞에서 사람들이 중용을 한 달을 제대로 지키지 못한다는 것을 말한 공자는, 그 까닭을 여기서 밝힌 것이다. 두 손으로 꽉 움켜잡아 가슴에 꼭 안고 있어야 할 중용을 제대로 지키지 못하는 것은 말로만 미리부터 자랑하기 때문이란 것이다.

회(回)는 안자의 이름이다. 자가 자연(子淵)이었기 때문에 〈논어〉에는 안연(顏淵)이라고 나온다. 그러나 뒤에는 그를 성인이라 하여 '안자'라고 높여 불렀다.

안자는 공자보다 38살이나 아래였고, 그가 죽은 것은 32살이었다. 〈논어〉와 〈가어〉란 책에는 안자에 대한 이야기가 수없이 많이 나온다.

공자가 활동했던 때에는 자공(子貢)이란 제자가 안자보다 더 재주가 뛰어나고 아는 것이 많은 것으로 세상 사람들은 알고 있었다.

그러나 공자는 그 자공을 별로 칭찬한 일이 없었다. 오히려 너무 아는 체 하는 그를 늘 꾸짖곤 했다. 아는 체 하는 것은 아는 일에 도움이 되지 않고 해가 되기 때문이었다.

자공은 앞으로 일어날 일들을 미리 말하는 경우가 많았고, 또한 그것이 곧잘 들어맞곤 했다. 그래서 제자들이 그를 칭찬하거나 하

면,

"그렇게 맞기 때문에 더욱 그를 말이 많게 만든다."

하고 공자는 안타까워 했다.

자공은 안자보다 8살이나 위였다. 그 자공을 보고 언젠가 공자가 물었다.

"너는 너 자신을 안회와 비교해서 누가 더 낫다고 생각하느냐?"

공자는 자공이 자기가 안회보다 나은 줄로 생각하고 있지나 않나 하는 우려에서 물어보았다.

그러나 자공은 역시 아는 사람이라 달랐다.

"제가 어떻게 안회를 바라볼 수 있겠습니까? 저는 하나를 들으면 둘을 알 뿐인데, 안회는 하나를 들으면 열을 아는 걸요,"

하고 대답했다.

공자는 자공의 이 대답에 무척 만족했던 것 같다.

"그래, 네 말이 맞다. 역시 네가 안회를 따를 수는 없다."

하고 대답한 것이다.

하나를 들으면 둘을 안다고 한 것도 자기에 대한 자랑치고는 대단한 것이다, 한 번 듣고도 잘 모르는 것이 보통이다. 들으면 곧 아는 것도 대단한 일이다. 그런데 그 하나를 듣고 그것을 미루어 또 다른 하나까지 알 수 있다고 한 것이다.

그렇게 자기를 자랑한 그 자공이 안회를 보고 하나를 들으면 그것에 관계되는 모든 이치를 하나에서 열까지 다 알고 만다고 했으니, 안자의 지식과 지혜가 어느 정도였는지는 족히 짐작할 수 있다.

그런 안자가 하나의 중용을 얻어 가지면 꽉 잡고 가슴에 품듯이 영영 놓치지 않은 것은 중용이 얼마나 귀중한 것임을 잘 알기 때문이다. 그렇기 때문에 더욱더 큰 지혜가 생겨난 것이다.

〈논어〉에서 공자는 안자를 이렇게 말했다.

"내가 안회와 더불어 온종일 이야기를 하면 한 번도 되묻는 일이 없이 듣기만 하는 것이, 마치 말귀를 전혀 못 알아듣는 바보처럼 보인다. 그런데 밖에 나가서 하는 일을 살펴보면 내가 한 말을 그대로 다 실천에 옮기고 있다. 역시 그는 바보가 아니었다."

이보다 더한 칭찬은 없다. 다 알고 있기 때문에, 다 알아들었기 때문에, 대답도 질문도 필요하지 않았던 것이다. 공자가 한 말이 너무도 가슴에 와 닿기 때문에, 마치 가려운 곳을 긁어 주는 것만 같아 가만히 있었던 것이다. 이것이 바로 자공이 말한 하나를 들으면 열을 아는 순간순간의 연속이었던 것이다.

공자는 한번도 안자를 나무란 일이 없었다. 오히려 말만 나오면 그에 대한 칭찬뿐이었다.

참으로 아는 사람은 아는 체하지 않을 뿐만 아니라, 그것이 달아나기라도 하는 듯이 꽉 잡고 놓치지 않으려 한다는 것이다. 그 모습이 때로는 바보처럼 보이기도 한다는 말을 우리는 새겨두어야 할 것이다.

그런 안자가 32살의 꽃다운 나이로 공자보다 먼저 죽었다. 아들이 죽었을 때도 눈물을 흘리지 않았던 공자가 이때만은 목놓아 통곡을 했고, 하늘을 원망하지 않는다고 말한 공자가 이때만은,

"하늘이 나를 망쳤다! 하늘이 나를 망쳤다!"

하고 원망을 한 것이다.

제9장에는 공자의 말을 이렇게 싣고 있다.

"천하와 나라도 잘 다스릴 수 있다. 높은 벼슬과 많은 봉급도 마다할 수 있다. 서릿발처럼 차갑게 번쩍이는 칼날도 밟을 수 있다. 그러나 중용만은 뜻대로 되지 않는다."

이 말을 다시 말하면,

"위대한 정치가가 되는 것도 어려울 것이 없다. 벼슬이니 재물이니 하는 것을 헌신짝처럼 생각하는 백이숙제(伯夷叔齊)같은 사람도 그리 대단한 것은 아니다. 나라를 위해 죽음의 길로 뛰어드는

용사도 별 것 아니다. 그러나 치우치지도 않고 지나치거나 못 미치거나 하는 일도 없이 때에 따라 꼭 맞게끔 말하고 행동하는 것처럼 어려운 것은 이 세상에 없다."

라는 뜻이다.

이 뜻에는 앞에서 이야기한 밥을 알맞게 먹는 것과 옷 입는 것, 잠자는 것, 공부하는 것, 운동하는 것, 노는 것 등 어느 것 하나 여기에 해당되지 않는 것이 없다.

부모님께서 혹시 꾸중을 하시거나, 아니면 가기 싫은 심부름을 시켰을 때, 퉁명스럽게 대꾸를 하거나 싫다고 한 일은 없는지. 만일 그런 일이 있다면 그것은 중용의 문제가 아니라 자식된 도리의 문제가 되므로 옳고 그른 것을 말할 필요조차 없다.

혹시 동생이 보채거나 떼를 쓰거나 했을 때 잘 타이르거나 적당히 들어주지 않고 오히려 화를 내거나 마구 때려주거나 한 일은 없는지. 그리고 형이라고 믿고 그런 것인데 매정하게 힘으로 윽박지름을 당한 동생이 분해서 소리치고 울 때 여러분은 어떤 생각을 하게 될까?

내가 좀 지나쳤다 하는 생각이 들 것이다. 그것은 바로 중용을 잃었다는 이야기가 된다.

우리는 하루에도 수십 번 수백 번 지나치거나 못 미치거나 하는 일을 되풀이하며 살아가고 있다. 그것을 하나 둘 고쳐 나가는 것이 바로 바르게 사는 길을 배우는 공부인 것이다.

공자같은 성인도 일흔 살이 되어서야 모든 일을 내 하고 싶은 대로 해도 중용에 어긋남이 없었다고 했으니, 얼마나 중용이 어려운 것인가를 알 수 있다.

중용의 '용'은 떳떳하다는 뜻이라고 위에서 말했다. 그런데 떳떳하지 못한 곳과 떳떳하지 못한 때에, 떳떳하지 못한 일을 당했을 때, 어떻게 하는 것이 가장 떳떳한 것이냐 하는 물음에 대해선 그

대답이 일정할 수가 없다.

앞의 〈맹자〉에서도 말했듯이 남자와 여자가 직접 물건을 주고받는 것이 예법에 어긋난다고 해서, 형수나 제수가 물에 빠진 것을 보고도 가만히 있을 수는 없는 것이다. 얼른 물로 뛰어들어 끌어올리든 안아올리든 해야 할 것이다. 그것이 그때 그 일을 당한 상황에서는 가장 떳떳한 일이 되기 때문이다. 맹자는 그것을 저울질한다는 뜻도 되고 임시변통이란 뜻도 되는 권(權)이라고 했다.

같은 뜻으로 공자는 〈중용〉에서 그런 것을 때에 맞게끔 하는 것이라 해서 시중(時中)이라 했다. 참다운 중용은 바로 이 시중에 있는 것이다.

공자가 포(蒲)라는 고을에서 반란군에 의해 오도가도 못하고 있을 때가 있었다. 이때 공자를 따르는 제자들도 백 명 가까이 있었고. 그 중에는 무술이 뛰어난 용감한 제자들도 있었다.

그 제자들 중 공량유(公良孺)와 자로가 성을 지키는 군사들과 정면으로 싸울 기세를 보이자, 그들은 겁을 먹고 위(衛)나라로 가지 않겠다는 맹세를 하면 내보내 주겠다는 조건을 내걸었다.

제자들은 망설였다. 위나라로 돌아가려던 참이었기 때문이다.

그러자 공자가 앞으로 나와 말했다.

"내가 맹세하지. 그대들이 진심으로 그러기를 원한다면 위나라로는 돌아가지 않겠다."

그리하여 성문을 나오게 된 공자는 이제 어디로 가느냐는 제자들의 질문에

"위나라로 가자."

라고 대답했다.

자공은 공자의 대답에 놀라며

"방금 저들과 맹세하고 그 맹세를 지키지 않아도 괜찮은 것입니까?"

하고 물었다.

그 시대에는 어진 사람은 한 번 맹세한 것을 절대로 어기면 안되는 것으로 알고 있었다. 모두들 목숨보다도 더 중한 것이 맹세라고 생각했다.

공자같은 성인이 직접 자기 입으로 한 맹세를 헌신짝처럼 버린다는 것이 자공으로서는 믿어지지 않았던 것이다.

그러자 공자는 이렇게 대답했다.

"강제로 시킨 맹세는 하늘도 인정하지 않는다. 지키지 못할 맹세를 시킨 것은 시킨 사람에게 죄가 있다. 하늘은 마지못해 한 맹세가 깨뜨려지기를 바라고 있다. 그리고 이번 맹세는 그들이 체면을 위해서 요구한 것뿐이다. 그냥 내보내기가 쑥스러워 그런 조건을 붙인 것에 불과하다. 우리가 위나라로 가든 가지 않든, 그들과는 아무 상관도 없는 일이지 않으냐?"

이것이 바로 공자가 말한 때에 맞게끔 행하는 '시중'이란 것이다.

"남자는 우비와 거짓말은 꼭 가지고 다녀야 한다."

는 옛말이 있다.

우비는 갑자기 비가 왔을 때 필요한 것이고, 거짓말은 다급한 때에 필요하다는 뜻이다.

로마에 기독교를 뿌리내리게 한 베드로는 유태인들이 자기를 예수와 같은 무리라고 하자, 세 번이나 아니라고 거짓말을 했다.

그리고 밖에 나와서 그는 울었다. 절대로 선생님을 배신하지 않겠다고 맹세한 자신이 그 맹세를 어기고 살 길을 찾은 것에 대한 뉘우침 때문이었다.

베드로는 자공과 같은 믿음만을 가지고 있었을 뿐, 죽느냐 사느냐 하는 문제가 앞에 가로놓여 있을 때 공자처럼 적을 속이기 위한 거짓말을 한다고 해서 죄될 것이 없다는 생각을 못한 것이다. 그때 만일 베드로가 잡혀 죽었다면 그야말로 헛된 죽음이 되었을 것이고,

또 '주여! 어디로 가시나이까?' 라는 뜻의 영화'쿼바디스'에 나오는 것처럼, 다시 로마로 돌아가 믿음을 위해 죽음을 택하는 거룩한 일은 할 수 없었을 것이다.

이렇게 '시중'이란 것은 어려운 것이다. 믿음만으로도 되지 않고, 용기만으로도 할 수 없는 것이다. 하늘이 준 성품이 거울처럼 맑고, 그 거울에 비추어 결정한 바른 판단을 바탕으로 양심의 명령에 따라 행동하는 용기 없이는 안되는 것이다.

제10장에서는 제자 자로(子路)가 공자에게 굳센 것에 대해 물었다.

자로는 공자의 제자 가운데 힘과 용맹이 가장 뛰어난 사람이었고, 자기가 옳다고 생각하는 것이면 목에 칼이 들어와도 굽히지 않는 사람이었다.

자로는 성이 중(仲)이고 이름이 유(由)다. 자로는 그의 자다.

이 자로가 공자의 제자가 된 것은 다른 사람과는 약간 틀린 데가 있었다. 보통사람은 공자에게 제자가 되고 싶어 찾아왔지만, 자로는 공자를 혼내 주려고 찾아왔었다.

옳지 못한 것이 판을 치는 세상에 예의가 어떻고 도덕이 어떻고 하며, 전쟁을 반대하고 평화를 외치고 있는 공자가 도무지 비위에 맞지 않았던 것이다.

바르게 살고자 하는 젊은이들을 모아 겉으로는 착한 체하며 세상을 병들게 하고 있는 권력자들을 먼저 죽여 없애야 한다고 그는 믿고 있었던 것이다.

자로는 힘도 세었지만 특히 무술이 뛰어나 칼을 잘 썼다.

그는 공자가 제자들을 가르치고 있는 학당을 찾아가 공자를 만나게 해달라고 청했다. 대문에서 지키고 있던 제자들이 칼을 맡겨두고 들어가라고 했으나 말을 듣지 않았다.

"무사의 칼은 선비의 붓과 같은 것이오, 선비가 붓을 떠나 선비가 될 수 없는 것처럼, 무사는 칼을 떠나서는 무사가 될 수 없는 거요."

"이곳은 무사를 기르는 곳이 아니오, 당장 돌아가오!"

하고 제자들이 내쫓으려 하자,

"공자는 전쟁을 반대하고 평화를 사랑한다 하기에 찾아온 거요. 전쟁을 반대하고 평화를 사랑한다면 먼저 전쟁을 일으켜 사사로운 욕심을 채우려는 놈들부터 없애야 할 것 아니오? 공자가 무슨 재주로 전쟁을 없애겠다는 건지, 그 방법이 듣고 싶어서 찾아온 거요, 나는 공자를 해치려 온 사람이 아니오. 어서 들어가게 해주시오!"

하며 자로는 금방이라도 칼을 휘두를 기세였다.

이렇게 대문간에서 옥신각신 실랑이를 하는 동안, 안에서 강의를 하던 공자가 소식을 듣고 밖으로 나왔다.

"그 젊은이를 그대로 내 방으로 들게 해라."

하고 공자는 다시 안으로 들어갔다.

자로는 공자를 대하는 순간 기가 꺾일뻔 하였다. 예의와 도덕만을 외친다기에 몸도 작고 얼굴도 곱상하게 생긴 학자일 줄로만 생각했는데, 몸이 자기보다도 훨씬 크고, 얼굴모양도 마귀를 쫓는 신장처럼 무섭게 생겼기 때문이었다.

그러나 자로는 꺾이지 않고, 자기 생각을 있는 그대로 털어 놓았다.

그러자 공자는 웃으며 말했다.

"전쟁을 일으키는 사람을 칼로써 없애려 하면, 전쟁은 끝날 날이 없다. 칼로써 칼을 막으면 또 다른 칼이 기다리고 있기 때문이다."

"그럼 무슨 방법으로 어떻게?"

"전쟁을 일으키는 권력을 쥐고 있는 사람의 마음을 돌려놓는 것이 가장 좋은 방법이 아니겠는가?"

"마음을 어떻게 돌린다는 겁니까?"

"그것이 바로 예의와 도덕이 아닌가? 그들로 하여금 힘보다는 도덕이 더 통치에 필요한 것임을 깨닫게 하는 거야."

"……"

자로는 뭐라고 반대를 하고 싶었으나, 공자의 위엄과 부드러운 목소리에 맞설 수가 없어 잠자코 있었다.

그러자 공자는

"그대는 칼쓰기를 좋아하는가?"

"네, 좋아합니다."

"그 칼로 천하를 바로잡을 수 있다고 생각하는가? 어디 그 칼을 한번 빼서 나를 겨누어 보지. 그대의 칼 솜씨가 어느 정도이기에 그토록 자신에 차 있는지 보고 싶으니…."

자로는 하라는 대로 칼을 빼들고 공자를 겨누고 서 있었다. 그러자 공자는 또 웃었다.

"음, 보통은 아니로군. 하지만 아직은 멀었어. 칼을 참으로 잘 쓰는 사람은 눈에 살기를 띠지 않는 법이야. 그리고 앞에 있는 적보다도 옆과 뒤에 있을 지도 모를 적을 살펴야하는 거야. 자네가 나만 눈여겨 보고 있는 틈을 타서 누가 자네를 칠지 모르지 않는가?"

"그럼 선생님께서도 무술을 배우셨습니까?"

"여기 앉아서 자네가 잡고 있는 그 칼을 맨손으로 막을 정도는 된다고나 할까? 무술은 자기를 지키기 위해서 필요한 것뿐이야. 그 무술로 남을 치거나 죽이거나 한다면 그것은 무술이 아니라 흉술이 되고 악술이 된다는 것을 알아야지. 자네, 무술을 닦는 마음으로 도덕과 예의를 배울 생각은 없는가? 천하를 정복할 큰 뜻을 품었으면 먼저 도덕과 예의부터 배워야만 할 터이니."

그리하여 조용히 물러가게 된 자로는 며칠 뒤 다른 제자를 통해 공자에게 배울 뜻을 전해와 정식 제자가 되었다.

공자는 자로를 가리켜 이런 말들을 했다.

"중유는 약속한 것을 지키지 않거나 뒤로 미루는 일이 없다."

"중유가 내 제자가 된 뒤로 나를 비난하는 소리가 내 귀에 들어오지 않았다."

"다 낡아 떨어진 솜두루마기를 입고 여우나 담비의 털가죽 외투를 입은 사람과 나란히 서서, 마음에 조금도 부끄러운 생각을 갖지 않을 사람은 중유뿐이다."

"나는 중국에서 내 뜻을 펼 수 없는지라, 뗏목을 타고 바다를 건너 다른 나라로 갈까 한다. 그때 나를 따라 나설 사람은 아마 중유뿐일 것이다."

이런 칭찬들로 미루어 보아 자로가 과연 어떤 사람인지, 어떤 생각을 가지고 있었는지를 알 수 있다.

그런 자로였던 만큼 참으로 굳센 것이 어떤 것인지 알고 싶어 공자에게 물었던 것이다.

공자는 먼저,

"굳셈도 여러 가지가 있다. 남쪽 지방의 사람들이 보통 가지고 있는 굳셈도 있고, 북쪽 지방의 사람들이 보통 가지고 있는 굳셈도 있고, 또 네가 배워야 할 굳셈도 있다."

하고, 다시 남쪽과 북쪽의 굳셈이 어떤 것인지를 설명한 다음, 맨 나중에 자로가 배우고 힘써야 할 어진 사람의 굳셈에 대해 말해주었다.

"너그러운 마음과 부드러운 태도로 잘 타일러 가르치고, 내게 무례하게 대한 것을 되갚으려 하지 않는 것이 남쪽 지방 사람들이 가지고 있는 굳센 점이다. 이것이 군자가 본받을 일이다. 갑옷을 입고 무기를 잡고 적과 싸워 죽는 것도 마다하지 않는 것이 북쪽 사람들의 굳센 점이다. 이것이 굳세다고 스스로 생각하는 사람들이 본받을 일이다.

그러므로 군자는 화평한 가운데서도 남에게 이끌리지 않으니, 그 굳센 모습이 더욱 우뚝해 보이는 것이다. 자기가 옳다고 생각하는 중용을 굳게 지키고 서서 어느 한쪽으로도 치우치지 않으니, 그 굳센 모습이 더욱 우뚝해 보이는 것이다. 나라가 바른길로 접어들어 부귀를 누린다 해도 그 부귀로 인해 뜻이 흔들리지 않으니, 그 굳센 모습이 더욱 우뚝해 보이는 것이다. 나라가 옳지 못한 길로 접어들어 어떤 박해가 내게 찾아든다 해도 죽는 순간까지 결코 그 뜻을 바꾸는 일이 없으니, 그 굳센 모습이 더욱 우뚝해 보이는 것이다."

결국 굳셈의 참뜻은 중용의 도리를 굳게 지키는 것이 된다. 부귀를 누려도 그 부귀로 인해 중용을 벗어나는 일이 없는 것이 참다운 굳셈이 되고, 반대되는 여러 세력들 틈에 끼어 있어도 자기가 옳다고 생각하는 중용의 위치에 우뚝 서서 그 어느 쪽으로도 끌려가지 않는 정치인의 모습에서 굳센 것을 볼 수 있다는 것이다.

그리고 세상이 바르지 못해 바르게 살려는 사람을 박해한다 해도 자기가 가는 길을 버리지 않는 예수나 소크라테스같은 사람에게서 참다운 굳셈을 볼 수 있는 것이다.

공자는 제11장에서 이렇게 말했다.

"세상에는 남이 알지 못하는 숨은 공부를 하는 사람도 있다. 그러나 나는 그런 일을 하지 않는다. 어진 사람 가운데는 중용의 길을 밟고 가다가 도중에 그만두는 사람이 있다. 그러나 나는 차마 그러지 못한다."

세상 사람들이 하는 평범한 그 생활 속에서 거짓 없고 참된 생활을 하는 그것이 바로 중용의 도리라는 것이다.

산골에 들어가 문을 걸어닫고 참선을 하거나 기도를 하는 사람들도 있지만 그것은 중용의 길이 될 수 없다는 것이다.

일상생활 속에서 참된 생활을 한다는 것이 사실은 더 어려운 것이다. 마당을 쓸고 물을 뿌리는 행동 속에도 중용의 길은 있다. 마당을 어떻게 쓰는 것이 가장 잘 쓰는 것이며, 물은 어떻게 뿌리는 것이 가장 잘 뿌리는 것인가를 생각하며, 다른 마음 없이 그 일에만 정성을 쏟으면 그것이 바로 중용의 길이요, 진리를 찾아 실천에 옮기는 사람의 바른 행동인 것이다.

그러한 평범한 생활 속에서 거기에 꼭 맞는 지나치지도 않고 모자라지도 않은 바른 것을 찾기란 사실 더 어려운 일이다.

깊은 산골짝 조용한 곳에 들어앉아 문을 안으로 걸어 잠그고 마음을 가다듬고 잡념을 떨쳐버리는 공부보다, 수많은 것들이 눈으로 들어오고 수많은 소리가 귀로 들어오는 그 가운데서 해야 할 일만을 하고 다른 생각을 일체 하지 않기란 정말 어려운 것이다.

그러므로 그런 일상생활 속에서는 참된 공부를 하다가 도중에 그만두는 사람이 많은 것이다. 그러나 공자는 그럴 수가 없다는 것이다. 끝까지 한마음 한뜻으로 중용의 참다운 길을 따라 일상생활을 빈틈없이 꾸려가며 정성을 쏟고 최선을 다한다는 것이다.

그 정성으로 성인도 되고 어진 사람도 되는 것이기 때문이다.

부처의 가르침 가운데는 이런 말이 있다.

"부처는 절에만 있는 것이 아니고 어디에나 있다. 불공은 절에 가서만 하는 것이 아니고 어디서나 할 수 있다."

"마음을 고요히 하면 어디서나 부처가 나타나고, 착한 일을 하면 그것이 곧 불공이다."

예수도 이렇게 말했다.

"나는 너희들 속에 있고, 너희들는 내 속에 있다."

결국 마음의 믿음을 통해서만 하늘과 부처와 예수와 보통사람이 하나가 될 수 있다는 이야기다. 착한 일을 해야만 죽어서 좋은 곳에

갈 수 있고, 살아서 복을 누릴 수 있다는 것이다.

교회에 가야만 예수를 믿는 것이 되고, 절에 가야만 부처를 볼 수 있다고 생각하는 것은 아직 진리를 깨우치지 못한 보통사람들의 생각이다.

그런 이치와 같은 뜻의 말을 자사는 제12장에서 다음과 같이 이야기하고 있다.

"세상 사람들은 바른길은 걷기가 무척 어려운 것으로 알고 있다. 그래서 성인이니 군자니 하는 사람들이 행하는 일은 보통사람들이 행하는 것과는 전혀 다른 것인 줄로 알고 있다. 그러나 그렇지 않다. 군자가 걸어가는 길이나 행하는 일도 보통사람들과 조금도 다를 것이 없다. 누구나가 다 걸어가고 있는 그 길을 군자도 걸어가고 있다. 누구나가 다 행하는 일을 군자도 행하고 있다. 그러므로 군자가 가는 길은 누구나가 걸을 수 있는 길이요, 군자가 하는 일은 누구나가 다 할 수 있는 일이다. 누구나 걸을 수 없는 길은 바른 길이 될 수 없고, 누구나 할 수 없는 일은 떳떳한 일이 될 수 없다. 다만 다른 것이 있다면 보통사람들은 길을 걸으면서도 어떻게 걸어가는 것이 바르게 걷는 것인지를 알지 못하는데, 군자와 성인은 그것을 알고 올바로 걸어가는 것뿐이다. 또 보통사람들은 똑같은 일을 하면서도 그 이치를 모르고 있는데, 군자와 성인은 그 이치를 알려고 힘쓰고 그 이치대로 행하는 것뿐이다.

남자와 여자가 장가가고 시집가는 것은 보통사람이나 군자나 다를 것이 없다. 그러나 그 이치를 아는 것에 이르러서는 하늘과 땅의 간격처럼 수억만 개의 층계가 있는 것이다. 쉬운 이치는 아무리 어리석은 사람이라도 다 알고 있다. 그러나 그 높디 높은 이치는 성인도 알지 못한다.

일을 행하는 것도 마찬가지다. 어느 것이 착하고 어느 것이 착하지 않은 것인지를 알아 그대로 행하려 하는 것은 누구나가 다 똑같다. 쉬운 것은 보통사람도 다 그렇게 하고 있다. 밥을 먹고 물을 마시고, 옷을 바르게 입고 밖에 나가 일을 하는 것 등은 보통사람이나 군자나 별로 다를 것이 없다. 그러나 그 하나하나를 이치에 맞게끔 잘 하려고 하면 끝도 없이 어려운 것이다. 더욱이 부모를 효도로 섬기고 형제간에 우애를 두텁게 하고 밖에 나가 윗사람을 섬기고 아랫사람을 거느리는 일에 이르게 되면, 군자와 성인도 마음 먹은 대로 되지 않는 것이다. 그러므로 무슨 일이든 다 뜻대로 할 수 있다고 우리가 믿고 있는 하늘의 일도 사람이 생각하기에는 모자람이 있는 것이다. 그렇기 때문에 큰 것을 말하면 하늘과 땅을 벗어나게 되고, 작은 것을 말하면 그 누구도 이를 쪼개거나 깨뜨릴 수가 없게 된다.

군자와 성인이 걸어가는 길과 행하는 일은 이렇게 누구나가 걸어가는 길이요, 행하는 일이다. 그러나 그 지극한 숨은 이치는 끝도 없이 높고 넓은 것이다."

〈시경〉에 이런 말이 있다.

"솔개는 날아 하늘에 이르고, 고기는 뛰어 못 위로 솟는다."

이것은 누구나 볼 수 있는 자연의 이치다. 사람들은 모두 그 이치를 알고 있는 것처럼 생각하고 있다. 그러나 그 이치를 참으로 아는 사람은 없다. 알고는 있지만 겉만 알 뿐 속에 들어있는 참은 모르는 것이다.

〈시경〉에서 말한 그 말의 참뜻은 우주 안의 자연의 이치가 늘상 보는 이런 것 가운데 숨어 있다는 것을 깨우쳐주려는 것이다. 즉 우주에 가득차 있는 하나하나가 다 같은 이치로 인해 나타나고 있다는 것을 말한 것이다. 이는 먼 곳에 가서 진리를 찾지 말고 가까운 곳에서 찾으라는 것이다.

군자의 바른길은 바른 남편과 바른 아내가 되는 것에서부터 비롯된다. 그것이 부모와 자식의 사이로 옮겨지고, 형과 아우와 이웃으로까지 옮겨가게 되는 것이다. 그리하여 나라와 천하에까지 미치고 나중에는 하늘과 땅의 이치를 살피기에 이르는 것이다.

위에 말한 것은 원문의 뜻을 살려 풀이해서 쓴 것이다. 읽는이들의 이해를 돕기 위해서 쉽게 풀어 보려 한 것이다.

결국 누구나 공자같은 성인이 될 수 있다는 이야기다. 일상생활에서 어떻게 하는 것이 더 바르게 하는 것이며, 어떻게 하는 것이 더 이치에 맞는 것인가를 깊이 생각하고 되새기며, 옳다고 생각되는 길을 걷고 옳다고 생각되는 일을 하면 된다는 것이다.

자사는 12장에서 자기가 한 말을 뒷받침하기 위해 다음장에서 같은 내용인 공자의 말을 실리고 있다.

제13장에서 공자는 이렇게 말했다.

"진리는 사람에게서 멀리 있지 않다. 사람이 사람과 동떨어진 곳에서 진리를 찾는다면 그들이 찾는 진리는 진리일 수 없다."

그것은 중용이 될 수 없기 때문이다. 부모와 형제와 처자를 버리고 절간으로 들어가 참선을 하는 것을 공자는 진리를 찾는 참다운 길이 될 수 없다고 한 것이다.

공자는 〈시경〉에 있는 말을 인용하여 이렇게 설명했다.

"〈시경〉에 이르기를 도끼자루를 베는 것이여! 그 방법이 멀지 않다고 했다. 〈시경〉의 이 말은 사람들이 도끼를 들고 도끼자루를 베면서도 물끄러미 바라보며 어렵게 생각하고 있는 것을 비유로 말한 것이다. 자기가 잡고 있는 도끼자루를 보면 그 길이가 어느 정도이고, 그 굵기가 어느 정도면 된다는 것을 금방 알 수 있는데, 물끄러미 바라보고 서 있기 때문이다. 사람이 걸어가야 할 참된 길도 바로 그런 것이다. 일상 생활 속에 진리가 있다는 것을 모르고, 진리란 높은 것인 줄만 알고 어렵게 여긴다. 그러므로 어진 사람은 남을 보고 나를 다스리고, 나를 보고 남을 다스린다. 그리고 그러한 모든 것이 완전히 바로잡힌 뒤에야 그만두는 것이다."

도끼를 들고 도끼자루를 벤다는 비유는 정말 적절한 비유라고 할 수 있다.

그리고 공자는 그 구체적인 방법을 이렇게 들고 있다.

"내가 원하지 않는 것을 남에게 베풀지 않는 것이다. 그러나 그것이 쉬운 것이 아니다. 바른 생활을 하는 사람의 바른길이 네 가지가 있는데, 나는 그 가운데 하나도 제대로 하지 못한다.

내가 자식에게 바라는 그대로 부모를 섬기지 못하고, 내가 신하에게 바라고 있는 그대로 임금을 섬기지 못하고, 아우에게 바라는 그대로 형을 섬기지 못하고, 친구에게 바라는 것을 내가 먼저 친구에게 베풀지 못한다.

누구나 하는 떳떳한 일을 행하고, 누구나 하는 말을 조심하여, 말을 항상 그대로 행할 수 있는가를 생각하고 해야 하며, 행동은 과연 내가 말한 그대로 하고 있는가를 되돌아보아야 한다. 그러니 중용을 따르려는 어진 사람이 어찌 잠시인들 마음을 다른 곳에 둘 수 있겠는가?"

늘 예를 들어 이야기 하곤 하지만 왕양명이 진리를 깨우치고 지은 시에는 이런 것이 있다.

배고프면 달게 먹고 졸리면 잔다.
이대로 따라 하면 그보다 더 훌륭한 것은 없다.

왕양명은 젊은 시절에 절에 가서 참선을 공부한 일이 있어서 인지 백 리 밖에서 자기를 찾아오는 친구의 모습이 보이기도 했다.

그래서 그는 그것이 진리를 깨우친 때문이라고 생각하고 기뻐했는데, 나중에야 그것이 진리를 깨우치는 것과는 별로 관계가 없는 것임을 알았다 한다.

그 뒤 왕양명은 〈중용〉에 있는 공자의 말씀대로 먹고 자는 떳떳한 생활 속에서 마침내 진리를 깨우치게 되었던 것이다.

12장에서 15장까지는 한 데 이어진 이야기로 보아야 옳다. 14장과 15장은 자사가 먼저 자기 생각을 말하고, 끝에 가서 공자의 말로써 결론을 짓곤 했다.

제14장에서 자사는 이렇게 말했다.

"군자는 자기가 현재 있는 그 자리를 바탕으로 일을 할 뿐, 그 밖의 것은 원하지 않는다(君子, 素其位而行, 不願乎其外)."

현재 자기가 맡고 있는 일부터 먼저 충실히 할 것을 생각하고, 그것을 어떻게 하면 좀 더 값지고 보람되게 할 수 있으며, 좀 더 힘은 덜 들이고 잘하는 방법은 없을까? 같은 재료를 가지고 좀 더 좋은 것을 만들 수는 없을까? 하는 생각에 골몰하며 한눈팔지 않고 각자가 자기 위치에서 자기 맡은 일에 정성을 쏟을 때, 거기서 새로운 발견도 하게 되고 새로운 발명도 성공할 수 있는 것이다.

미국에서는 직업에 좋고 나쁘고가 없고, 귀하고 천한 것이 없는 것으로 유명하다. 서양 사람들이 대개가 다 그렇지만 미국이 특히 더 그렇다고 한다. 고국인 유럽에서 뜻대로 살 수 없어 멀리 새로운 대륙으로 살 길을 찾아 이민 온 사람들이 모여 미국이란 나라를 만들었기 때문이라고 한다.

그러므로 미국 사람들은 돈만 벌면 그것이 곧 출세요, 성공인 것이다. 그들은 일을 함에 있어 보다 힘을 덜 들이고 보다 많은 성과를 올리는 것에만 골몰하는 경향이 있다. 그래서 거기서 새롭고 유익한 것을 생각해냈을 때는 그 생각 하나로 벼락부자가 되기도 하는 것이다.

그 쉬운 한 예로 맨 밑바닥에서 날품팔이를 하다시피 하던 한 직공이 나사못을 박다가, 박는 나무가 좀 단단해서 나사못의 홈이 이 그러지며 못 쓰게 되는 것을 자주 경험하게 되었다. 그는 그때 하는 그 일에 싫증을 내거나 짜증을 부리지 않았다. 그리고 홈이 하나만 더 있었으면 하는 생각을 하게 되었다.

그래서 그는 나사못에 십자(十) 모양으로 홈을 하나 더 만들어 두는, 십자나사를 생각해 낸 것이다. 그는 곧 이것을 특허청에 신청해서 특허권을 얻게 되었다. 특허권을 얻어두면 15년 동안은 아무도 발명한 사람의 승낙 없이는 그것을 만들지 못하게 되어있는 것이다.

홈이 하나 있는 보통 나사못보다는 홈이 둘 있는 십자나사가 더 편리하고 유용한 것은 누구나가 다 아는 일이다. 그렇다고 만들기가 어려운 것도 아니고 재료가 더 드는 것도 아니다. 나사못이 필요한 사람은 모두 십자나사못만을 찾았다. 그것을 만드는 못 공장은 자연 십자나사못을 만들 수밖에 없었다. 그래서 특허권을 가지고 있는 그 직공에게 권리금을 내고서라도 그렇게 할 수밖에 없었다.

이렇게 나사못을 만드는 수만 개의 공장에서 15년 동안 권리금을 받게 된, 그 직공은 마침내 벼락부자가 되었다.

그로 하여금 일개의 직공에서 백만장자가 되게끔 만든 것은 무엇인가? 그것은 자기 일에 충실하며, 자기가 하는 일을 어떻게 하면 좀 더 보람 있게 할 수 있을까 하는 한결같은 생각 때문이었다. 이 생각을 영어로는 '아이디어'라고 한다.

요즘은 '아이디어'세상이란 말을 한다. 남이 하지 못한 생각을 먼저 하고, 그 생각을 실제로 쓸 수 있게 만듬으로써 자신은 물론이요 나라와 민족을 잘살게 만들고, 나아가 모든 인류를 행복하게도 만드는 것이다. 인류의 발전과 과학과 산업의 발달은 모두 이 생각을 바탕으로 이루어진 것이다.

동양이 서양에 앞서 가다가 뒤떨어지게 된 것은 자기가 맡은 힘든 일보다는 남이 하는 쉬운 일에 더 관심을 갖고, 또한 자기가 맡은 힘든 일을 쉽고 보람되게 해 보려는 데에 노력을 기울이지 않았기 때문이다.

우리가 높은 벼슬에 올라 남을 호령하며 살려는 허영에 들떠 글공부만 하고 있는 사이에 서양 사람들은 보다 편하고 보다 넉넉한 삶을 누리기 위한 발전적인 연구에 힘을 쏟고 있었던 것이다.

나침반을 맨 먼저 발견하여 그것을 생활에 이용한 것은 중국 사람이었다. 전하여 오는 말로는 5천 년 전 황제란 임금이 우리 배달 겨레의 한 계통이었던 치우라는 임금과 싸움이 붙었을 때, 황제는 안개가 자욱한 속에서 지남철을 장치한 수레를 타고 방향을 잃지 않았기 때문에 이길 수 있었다고 한다.

이러한 전설 때문이 아니더라도 아무튼 서양의 나침반은 중국의 지남철이 전해져서 된 것이 틀림없는 사실이다. 그것을 서양 사람들은 보다 나은 것으로 만들어 바다를 항해하는 배에 이용했던 것이다.

이런 역사적 사실을 아는 한 서양인이 자기들 보다는 중국이 그동안 더 훌륭한 나침반을 만들었을 것으로 믿고 그것을 구하려고 중국에 찾아갔었다 한다. 그런데 와서 보니 천 년 전에 자기 나라에 전해진 그 나침반을 아직도 그대로 쓰고 있지 않겠는가? 그래서 그때부터 동양을 없신여기게 되어, 자기들의 식민지로 만들 생각을 품기 시작했다는 것이다.

자사가 한 말이 꼭 그런 뜻은 아니었지만 보통사람들은 지금의 자기 위치에서 자기가 맡은 일을 충실히 하려는 생각을 갖기가 어렵고, 자기 힘은 생각하지 않고 분수에 벗어난 욕심을 부리기가 쉽다는 것을 말한 것이다. 그러나 마음이 참되고 바른 군자는 그렇지 않다는 것이다.

자사는 이어서 보다 자세한 설명을 했다.

"내가 부하고 귀한 위치에 있을 때는 그것을 바탕으로 거기에 맞게끔 모든 일을 떳떳하게 행하고, 내가 가난하고 천한 위치에 있을 때는 그것을 바탕으로 거기에 맞게끔 모든 일을 떳떳하게 행한다. 내가 문화 수준이 낮은 다른 민족 속에서 살게 되었을 때는 또 거기에 맞게끔 행동을 하고, 내가 어려운 처지에 있거나 뜻하지 않은 재난을 만났을 때는 또 거기에 맞게끔 떳떳하게 행동을 한다. 그러므로 군자는 자기가 어떤 위치나 처지에 놓여 있든, 다 거기에 맞게끔 행동하며 마음의 여유를 늘 갖게 되는 것이다."

맹자는 군자의 이같은 모습을 대장부란 이름으로 다음과 같이 말하고 있다.

"아무리 재물이 많고 벼슬이 높아도 그로 인해 마음이 병들지 않고, 아무리 가난하고 천하게 살더라도 그로 인해 뜻이 달라지는 일이 없고, 어떤 협박이나 폭력으로도 그의 믿음을 꺾지 못한다."

자사가 말한 군자나 맹자가 말한 대장부나 다를 것이 없다.

자사는 이어서 이렇게 덧붙였다.

"내가 높은 자리에 있을 때는 아래 있는 사람을 업신여기지 않고, 내가 낮은 자리에 있을 때는 위에 있는 사람의 도움을 받으려 하지 않는다. 자기 할 일만 바르게 하고 남에게 바라는 것이 없으면, 남을 원망하지 않게 된다. 군자는 위로 하늘을 원망하지 않고, 아래로는 사람을 탓하지 않는 것이다. 그러므로 군자는 쉽게 살며 모든 것을 자연에 맡기고, 보통사람은 위험한 일을 하며 요행을 바라는 것이다."

세상을 시끄럽고 어지럽게 만들며, 개인을 괴롭히고 욕되게 만드는 모든 범죄와 옳지 못한 행동들은 자사가 여기서 말한 요행을 바라고 위험한 일을 하는 그릇된 생각에서 나온다는 것을 우리는 신문을 통해 거의 날마다 보고 듣는다.

그것이 바로 맨 처음에 말한 지금의 위치를 바탕으로 그 외의 것을 바라지 않는 군자의 마음을 본받으려 하지 않기 때문이다.

자사는 지금까지 말한 보통사람과 군자의 차이점을 바로잡는 방법으로 공자의 말을 빌려 설명하고 있다.

"공자께서 말씀하셨다. 활쏘는 것은 군자를 닮은 데가 있다. 바른 목표를 쏘아 맞히려고 하다가 빗나가는 일이 있으면 그 원인을 자신에게서 찾으려 하기 때문이다."

사람은 누구나 목표가 있다. 그것이 크든 작든 지금보다 더 나아지려는 희망과 기대를 갖고 있는 것이다. 그러나 그것이 뜻대로 되지 않으면 보통사람들은 자기를 탓하기 보다는 남을 탓하게 된다. 탓할 상대가 분명하지 않으면 하늘을 원망한다. 운이 나빴느니, 재수가 없었느니 하고 불평을 늘어놓는 것이다. 그러나 군자는 그렇지 않다. 또한 그렇지 않아야만 군자라고 말할 수 있는 것이다.

공자는 그것을 활 쏘는 것에 비유했다. 화살이 빗나가도 다른 핑계를 대지 않는 것이 활 쏘는 사람의 마음이다. 비가 오고 바람이 분 것을 핑계대는 경우도 있긴 하겠지만 그것은 핑계일 뿐 속마음으로는 역시 자기 솜씨가 모자라다는 것을 알고 있을 것이다. 비가 오고 바람이 불더라도 이것을 이겨내지 못한 것은 역시 자기의 솜씨 탓임을 잘 알고 있으리라.

즉 남을 탓하지 않고 스스로 자신을 돌아보는 마음가짐, 그것이 세상을 바르게 사는 길임을 말한 것이다.

제15장에서 공자는 이렇게 말했다.

"어진 사람의 떳떳한 도리는 길을 걷고 산을 오르는 것에 비유할 수 있다. 먼 곳에 이르려면 반드시 가까운 곳에서부터 가야 하며, 높은 곳에 오르려면 반드시 낮은 곳에서부터 올라가야 한다."

달마대사 같은 이는 벽을 향해 9년 동안 참선을 한 끝에 도를 깨우쳤다고 한다. 그러나 공자는 그런 방법은 진리를 깨우치기 위한 중용의 길이 될 수 없다고 말했다. 그것은 곧 부모에게 효도하고 형제간에 우애하며, 아내와 자식을 사랑하는 그곳에서 진리를 찾고 깨우쳐야 한다고 말한 것이다.

귀신론(鬼神論)

거지 일세 종지이곡 십세 수지이목 백세 내지이덕
居之, 一歲, 種之以穀. 十歲, 樹之以木. 百歲, 來之以德.
"여기에 일 년 살려면 곡식을 심어라. 십 년 살려면 나무를 심어라. 백 년 후로 생각한다면 덕을 심어라."

제16장은 귀신의 위대함을 말하고 있다.

공자는 여기서 분명히 귀신이 있다는 것을 말했다. 그러나 학자들 가운데는 이를 다른 뜻으로 풀이하려는 사람이 많다. 그 대표적인 학자가 북송(北宋) 때의 정이천(程伊川)이었는데 그의 주장은 간단했다. 눈으로 볼 수도 없고, 귀로 들을 수도 없고, 손으로 만져 볼 수도 없는 그런 것을 있다고 믿어서는 안된다는 것이었다.

같은 시대에 정이천과 맞서서 귀신이 있다고 주장한 사람이 있었는데 그는 정이천과 서로 가까이 지내던 소강절(邵康節)이었다. 소강절이 반드시 귀신이 있다고 믿는 것도 아주 간단한 이유에서였다. 자기는 귀신의 모습을 보기도 하고, 귀신의 말을 듣기도 하기 때문이란 것이었다.

어느 날 소강절은 정이천을 보고 말했다.

"그럼 〈중용〉에서 공자가 '귀신의 덕은 참으로 거룩하다(鬼神之爲德, 其盛矣乎)' 고 말씀하신 것을 자네는 어떻게 풀이할 것인가?"

그러자 이천은 이렇게 말했다.

"그것은 눈 달리고 코 달린 그런 귀신을 말한 것이 아니라, 자연의 이치를 귀신이란 말로 표현한 것이네."

"자네도 조상 제사는 지내겠지?"

"지내다마다."

"조상의 혼령이 없다면서 제사는 왜 지내는가."

"그것은 조상을 생각하고 위하는 정성이 그대로 부모에게 효도하고 형제간에 우애를 두텁게 하는 것이 되기 때문이지."

귀신을 믿지 않는 정이천이지만 제사는 누구보다도 열심히 지냈다. 그래서 그는 사람이 죽은 날에 지내는 기제사(忌祭祀)란 것도 새로 만들어 냈고, 무덤에 가서 지내는 묘제(墓祭)란 것도 처음 시작했다고 한다.

이에 강절은 이렇게 반박했다.

"그럼 자네는 자손들에게 효도하는 마음을 심어주기 위해 없는 조상의 영혼을 있는 것처럼 거짓말을 하고, 헛된 제사를 지낸단 말인가?"

"조상의 혼령이 없더라도 조상을 생각하는 마음만은 길러주는 것이 옳기에 그러는 것뿐일세."

"공자께서는 스스로 속이지 않는다고 하셨어. 그런데 자네는 스스로를 속일 뿐만 아니라 조상을 팔고 있네. 조상을 위한다는 자네보다 조상을 욕되게 하는 사람은 세상에 없을 걸세. 자네가 귀신을 믿지 않는 것은 좋아. 그러나 눈에 보이지 않는다고 해서 없다고 주장하는 것은 잘못이야. 자네가 빛을 못 보는 소경이라면 하늘에 별이 반짝인다는 것도 믿지 않을 것 아닌가? 자기는 못 보더라도 본 사람이 있다고 하면 일단 있다고 믿는 것이 군자의 도리가 아닌가? 생강을 본 사람은 생강이 뿌리에 달린다고 하고, 보지 않은 사람은 나무 위에 달린다고 한다는 말을 듣지 않았는가? 생강이 뿌리에 달린 것을 보지 못한 사람이 더 많기 때문에, 본 사람이 결국은 지고 만다는 이야기를 들었겠지? 저기 서쪽 하늘에 지금 전쟁에서 죽은 귀신과 말들이 달려가고 있네. 내가 지금 보고 하는 말을 자네는 거짓이라고 하겠지?"

그러자 이천은 이렇게 반박했다.

"그 말에는 안장이 없겠군?"

"왜 안장이 없겠는가? 저렇게 있는데."

"사람과 말은 죽어서 영혼이 있다고 하더라도, 생명이 없는 안장은 무슨 수로 죽은 말 위에 얹혀 있겠는가?"

죽은 말에는 안장이 있을 수 없다고 한 이 말은 아주 유명한 말로 전해지고 있다.

그러나 영혼들은 살았을 때 입던 옷을 입고 쓰던 물건을 가지고 있다고 한다. 그 이야기는 뒤로 미루기로 하겠다.

이 정이천은 소강절이 죽기 직전, 문병을 가서도 자기 주장을 되풀이했다.

"자네는 지금도 귀신이 있다고 할 건가?"

그러자 소강절은 두 팔을 마주 붙였다가 옆으로 크게 벌리며 이렇게 대답했다.

"그대가 생강이 나무 위에 달린다고 우겨대니, 앞으로는 나도 그렇게 말하겠네."

죽은 말에는 안장이 없다고 한 정이천의 말처럼, 소강절의 생강에 대한 이때의 대답도 유명한 이야기로 전해지고 있다.

공자는 이렇게 말했다.

"보려 해도 보이지 않고, 들으려 해도 들리지 않지만, 우리는 모든 것을 통해 귀신이 있음을 알게 된다. 온 세상 사람들이 몸과 마음을 깨끗이 하고 제사를 받들면 귀신이 바로 위에서 굽어보는 것도 같고, 바로 옆에서 지켜보는 것도 같다”

공자는 분명 귀신을 보고 듣고 느끼고 있었던 것 같다. 보려 해도 보이지 않고 들으려 해도 들리지 않는 그 속에서 마음으로 보고 마음으로 듣고 한 것이다.

그러기에 〈논어〉에 제자들이 이런 말을 싣고 있다.

“공자께서는 하느님께 제사를 지낼 때 하느님이 거기에 있는 것처럼 태도를 가지셨고, 그 밖의 제사를 지낼 때는 그 영혼이 그곳에 있는 것처럼 하셨다.”

그리고 다른 데서 공자는 이렇게 말했다.

“내가 직접 제사를 지내지 않고 남을 시켜 제사를 지내는 것은 제사를 지내지 않는 것과 같다.”

형식적인 제사는 아무 뜻이 없다는 이야기다. 자신은 하지 않으면서 남을 시켜 기도를 드리고 불공을 드리는 것도 다 마찬가지이다.

공자는 이어 이렇게 끝을 맺고 있다.

“〈시경〉에 말하기를 신이 이르는 것은 아무도 헤아려 알 수 없다. 언제 신이 오고 가는지를 모르는 사람이 어떻게 신을 싫어하거나 좋아하거나 할 수 있겠는가? 숨은 것이 나타나는 것을 말한 것이니, 참된 것을 가릴 수 없는 것은 다 이와 같은 것이다(夫微之顯(부미지현), 誠之不可揜(성지불가엄), 如比夫(여비부)).”

있고 없는 것은 그 자체가 중요한 것이다. 사람이 있다고 말한다고 해서 없는 것이 있을 수 없듯이, 있는 귀신이 사람이 없다고 해서 없어지는 것은 아니다.

갈릴레오가 종교재판을 받게 되었을 때 마지막에 가서 결국에는 자기주장을 굽히고 말았다. 지구가 해를 따라 스스로 돌고 있다는 자기주장이 잘못된 것이라고 말하고 나와,

“그러나 지구는 지금도 돌고 있다.”

고 했다는 것은 너무도 유명한 말이다.

그것이 바로 공자가 여기서 말한,

"참은 가릴 수 없다."

는 말과 같은 뜻의 말이라 할 수 있다.

창세기에 대한 맹목적인 믿음을 강요한다고 해서 돌고 있는 지구가 멈춰질 리도 없는 일이며, 공산주의자나 무신론자가 신을 부인한다고 해서 신이 어디로 없어질 리도 없는 것이다. 참은 언제나 참 그대로 있는 것이다.

영혼을 증명해 보이려는 심령학(心靈學)에서 말하고 있는 귀신과 영혼에 대한 이야기와 옛날부터 널리 민간에 전해져 오고 있는 이야기들을 비교해 가며 생각나는 대로 설명해 볼까 한다. 신이 과연 있으냐 없느냐, 사람이 죽은 뒤에도 영혼이 살아 남는냐 그렇지 않으냐 하는 문제는 우리가 먹고 사는 문제보다 더 중요한 문제이기 때문이다.

하느님이 있다고 믿는 사람이 하느님이 없다고 하는 사람보다 더 악한 일을 하는 것은 어째서일까? 착한 일을 하면 천국에 가고 악한 일을 하면 지옥에 간다고 하는 사람들이, 말과는 달리 거짓된 짓을 하는 까닭은 무엇 때문일까?

그것은 그들이 글로만 읽고 말로만 떠드는 직업적인 종교인일 뿐, 그 자신이 직접 하느님을 본 일도 없고 또한 그들이 하는 말처럼 직접 계시를 받은 일도 없기 때문이다. 하늘 나라에 가 보지도 못했고, 지옥에 들린 일도 없기 때문이다.

죽어서의 영혼이 살았을 때 한 일로 인해 천국에도 갈 수 있고 지옥에도 떨어진다고 믿는다면 하늘과 예수를 판 성직자도 부처를 판 승려도 없었을 것이다.

그러므로 이 세상을 죄악이 없는 세상으로 만들려면 사람의 눈보다 귀신의 눈을 더 무서워 하게 하고, 살아있는 동안의 육신의 짧은 삶보다는 죽은 후에 있을 영혼의 긴 삶을 더 소중하게 여기는 마음을 갖게해야 할 것이다.

심령학의 근본 목적은 바로 거기에 있는 것이다. 믿지 않는 사람에게 영혼의 목소리를 들려 주고, 과학적인 방법으로 그것을 믿게끔 해 주는 것이 심령학인 것이다.

소강절이 보인다고 한 귀신이 정이천에게는 보이지 않았다. 만약 정이천이 볼 수만 있었다면 더는 고집을 하지 않았을 것이다. 귀신이 있다고 믿은 소강절보다 더 철저하게 믿었을지도 모를 일이다. 생강이 나무 위에 달린다고 우기는 사람은 생강 고장으로 데리고 가서 보여주는 것이 가장 좋은 방법이다. 그러나 요즘에는 텔레비전을 통해 생강 캐는 장면을 볼 수 있기도 하므로 누구나가 뿌리에 달린다는 것을 확인할 수 있다.

그래서 심령학을 하는 사람들은 영매(靈媒)라는 사람을 통해 죽은 사람과의 대화를 하게도 해 주고, 어두운 방안에서 영혼을 사진에 담아두기도 하는 것이다.

그들은 머지 않아 확실하게 증명해 보일 수 있는 과학적인 방법으로 믿지 않는 사람도 믿을 수 있게 하는 시기가 올 것으로 믿고 있다.

그때가 되면 사람들은 양심을 속이는 일은 곧 죄가 된다고 한 예수의 말을 믿게 될 것이고, 이 땅위에 참다운 낙원이 이룩될 것 또한 믿게될 것이다.

영매라는 것은 영혼의 중매장이란 뜻이다. 이것은 서양사람들이 붙인 이름으로 우리 나라에서는 명도라고 한다. 저승과 통하는 안내자란 뜻의 명도(冥導)일 것이다.

해방되기 얼마 전에 나는 명도에 대한 이야기를 직접 당한 사람으로부터 들을 수 있었다. 그 분은 전문학교의 이름 있는 교수였다.

다음 이야기는 그 분에게서 직접 들은 것이다.

어느 날 시골에 있는 아들로부터 급히 내려와 달라는 전보가 와서 무슨 일인가 하고 내려가 보았더니 큰아들이 다음과 같은 이야기를 하더라는 것이었다.

그 분은 아들이 여럿있었는데, 그 중 한 아들은 중국 북경 근처에 살고 있다가 중일전쟁이 오래 끌게 되자 그만 소식이 끊기고 말았다.

중국에 있는 동생이 걱정된 큰아들은 유명한 명도 점장이를 찾아가 물어 보았다.

서양에서 영매가 대부분 여자이듯이, 우리 나라에서도 명도는 대부분 여자라고 한다. 교회나 절에도 여신도가 많은 것처럼 신을 믿고 의지하려는 마음은 여성이 남성보다 강하기 때문이다.

명도는 다른 점장이와는 달리 점치러 온 사람과 가까운 영혼을 오게 하여, 그 영혼의 입을 통해 궁금해 하는 것을 들려주는 것이다. 그때 명도는 자기 몸이 아닌 영혼의 몸이 되는 것이다. 신기한 것은 그 영혼이 살았을 때의 목소리를 그대로 내는 것이다.

명도는 갑자기 다른 사람이 되어 느닷없이 어린 계집아이의 목소리로.

"오빠!"

하고 부르는 것이었다.

"오빠라니? 네가 누구기에 나를 보고 오빠라고 하는 거지?"

그는 어렸을 때 죽은 여동생을 까맣게 잊고 있었던 것이다.

"오빠도 참 무정해. 나 혜선이야. 일곱살 때 죽은 나를 잊고 있다니?"

그때 큰아들은 어릴 때 죽은 혜선이의 얼굴을 떠올렸고, 또한 그 목소리가 너무도 꼭 닮았다는 것을 아는 순간 그만 두 눈에서 눈물이 솟고 말았다.

"그래, 네 말대로 내가 너무 무심했다. 너를 까맣게 잊고 있었구나."

"내가 죽던 날, 오빠는 산에 가서 나무를 해왔어. 내가 죽었다는 말을 듣고는 들어와 보지도 않았지."

"그건 내가 무심한 때문은 아니었어. 너의 죽은 모습을 차마 보기가 안돼서 그랬던 거야."

"그건 나도 알고 있어. 그냥 해 본 소리야. 그러나 저러나 중국에 있는 오빠가 큰일났어."

"큰일나다니? 그게 무슨 소리냐?"

"다음달 그믐날에 총에 맞아 죽게되어 있어. 지금은 아직 무사하지만 그날 어둠을 틈타 빠져 나가려다가 왜놈들이 쏜 총에 맞아 죽게끔 되어 있어."

"그렇지않아도 작은 애가 궁금해서 알아보려고 여기 찾아온 것인데 죽다니 그게 무슨 말이야?"

"그게 명인 걸 어떻게 해."

"미리 죽을 것을 안다면 살릴 수도 있지 않겠니? 제발 부탁이다. 네가 어떻게 작은 오빠를 살릴 수는 없겠니?"

"글쎄……?"

"글쎄는 또 뭐야?"

"실은 내가 곧 금강산으로 가게되어 있거든, 그때 내가 신령님께 한번 부탁은 해 보겠어."

"그래?"

"그런데 한 가지 청이 있어."

"무슨 청이냐? 어서 말해 보아라."

"나 지금 입은 옷이 너무 초라하거든. 그러니까 나 비단옷 한 벌만 해줘."

"그거야 어렵지 않다만, 그걸 네가 어떻게 입는 거지?"

"나를 위해 만든 옷을 집 밖에서 불에 태워 버리면 돼. 그러면 내가 입고 갈 수 있어."

앞에서 죽은 말은 안장이 없을 거라고 정이천은 말했다. 그러나 안장도 썩으면 그대로 죽은 말의 안장이 될 수 있는 것이다.

"그럼 그렇게 하마. 그런데 그때가 되어서 작은 오빠가 죽었는지 살았는지 어떻게 내가 알 수 있지?"

"그날밤 작은 오빠가 무사하게 되면 내가 그 오빠의 머리털을 세 개 뽑아다가 큰 오빠 베개 위에 놓아두겠어. 털이 세 개 보이거든 무사한 줄 알아."

이런 일로 해서 큰아들은 아버지와 상의하기 위해 아버지를 시골로 내려오시라고 한 것이었다.

마침내 그 날이 왔다. 고향에 있는 세 형제는 뜬 눈으로 밤을 지새며 베개만 바라보며 있었다. 그러나 1시가 되어도 머리털은 보이지 않았다. 2시가 되어도 마찬가지였다. 그러다가 그런 것을 믿고 기다리고 있는 자신들이 어리석고 한심하게 느껴졌던 것이다.

"그만 자자."

하고 불을 켜둔 채 3형제는 졸리는 눈을 잠시 붙였다가 깨어 혹시나 하고 바라보았더니 거짓말 같은 일이 사실로 나타났다.

"머리털이다!"

"맞다. 세 개다!"

"살았다! 무사했다!"

3형제는 서로 부둥켜안고 기뻐 소리쳤다. 머리털이 유난히 억세어 돼지털이란 말까지 들었던 동생의 억세고 짧은 머리칼 세 개가 보란 듯이 베개 위에 나란히 놓여 있었던 것이다.

해방이 되자 그 아들은 살아 돌아왔다. 그날밤 싸움터를 벗어나려고 하다가 왜놈들이 쏜 유탄에 맞아 가벼운 상처만 입고 무사히 빠져나간 사실이 증명되었다.

정말 믿기 어려운 사실이 아닐 수 없다. 그러나 그는 오래 살지는 못했다. 그일이 있고 난 후 다른 불행한 일로 2년도 채 안되어 죽고 말았다.

나는 6·25동란 후에도 그 명도를 찾아갔던 사람들의 이야기를 여러 차례 들었다. 그 명도에 대한 이야기는 서양 사람들이 쓴 책에 나오는 영매의 이야기와 똑같았다. 남편의 목소리와 시아버지의 목소리를 그대로 녹음이라도 한 것처럼 들을 수 있고, 지나온 일과 앞으로 있을 궁금한 일들을 시원스럽게 말해 주더라는 것이다.

나는 그 이야기를 들으며 느낀 것이 많았다. 사람의 영혼은 모두가 천당 아니면 지옥으로 떨어지는 것이 아니라는 것이다. 아주 착한 영혼은 하늘 나라로 가게 되고 죄악이 많은 영혼만이 지옥에 떨어질 뿐, 그 중간에 있는 대부분의 영혼들은 우리와 자유롭게 오갈 수 있다는 것이다.

이 세상에서도 상을 받는 사람과 벌을 받는 사람보다는 상이나 벌을 받지 않는 평범한 사람이 많은 것과 같은 이치일 것이다.

나는 50여년 전에 다니구찌 마사하루(谷口雅春 곡구아춘)라는 일본인이 쓴 〈신앙의 혁명〉이란 책을 퍽 감명깊게 읽은 일이 있다. 안타깝게도 6·25동란 때 그 책이 불타고 없어졌으므로 여기서는 기억을 더듬어 생각나는 대로 대충 적기로 하겠다. 그 가운데에서 먼저 런던 심령대학 학장이기도 했던 매컨지 박사가 말하는 영계(靈界) 순례에 대한 이야기부터 하겠다.

매컨지 박사는 문을 걸어잠근 방안에 육신을 버려둔 채로 며칠이고 귀신이 아닌 영혼으로 세계를 돌아다니기도 했다고 한다. 그는 영계를 돌고 돌아온 것이다.

단테라는 사람이 지은 〈신곡〉이란 유명한 책이 있는데, 이 매컨지 박사가 쓴 책의 내용도 〈신곡〉과 비슷한 데가 있다.

매컨지 박사가 쓴 책의 내용을 한마디로 말하면, 죽은 영혼이 누구에게 끌려가서 하늘 나라도 가고 지옥에도 떨어지는 것이 아니라, 죽기 전에 살아서 행한 그대로 영혼 세계의 생활이 이어지고 있다는 것이다.

예를 들어 가벼운 것은 공중으로 뜨고 무거운 것은 아래로 가라앉는 자연의 법칙에 그대로 따를 뿐이라는 것이다.

욕심이 많아 욕심을 채우기에 바빴던 사람은 그 욕심으로 무거워진 영혼이 깊은 골짜기나 늪에 빠져 몇 해고 몇 십년이고 허우적거리다가, 차츰 영혼이 가벼워짐에 따라 눈이 밝아지며 높은 언덕을 찾아 올라가게 된다는 것이다.

매컨지 박사가 둘러본 지옥은 대개 그런 것이었다. 죄 많은 사람이 어떤 힘에 이끌려 땅 속에 있는 불로 들어간다는 말을 듣기는 했으나, 자기로서는 그것을 확인할 수 없었다고 했다.

바로 땅 위 높은 곳에 있는 지옥의 한 곳을 그는 허영의 도시라고 말했다. 이 세상에서 헛된 욕심을 다 채우지 못하고 죽은 영혼은 그 허영의 도시를 찾아가게 된다는 것이다. 거기에는 여성들이 대부분이라고 했다.

생전에 좋은 옷을 입고 싶어했던 여인의 영혼은 화려한 옷들이 수도 없이 걸려 있는 집으로 들어가 마음에 드는 옷을 입고는 거리에 나오는데, 거리에 오가는 사람들은 너나없이 자기 옷차림을 자랑하러 나온 사람들이므로 남을 칭찬하거나 부러워하는 사람이 하나도 없다는 것이다.

이렇게 하루에도 몇 번씩 옷을 바꿔 입고 거리로 나와 자랑하는 일을 몇 해고 몇 십년이고 하다 보면 언젠가는 그것이 허영이란 것을 깨닫게 된다는 것이다.

결국 저승이란 곳은 스스로 지은 죄를 스스로 깨닫게 하는 수련장과 같은 곳으로 벌을 서거나 하는 일은 없다는 것이다.

먹는 것만 밝히던 사람은 죽어서도 먹고 싶은 욕심을 버리지 못하고 음식집이나 술집을 찾아가 맑은 정신이 아닌 사람에게 덮쳐 그 사람의 입을 통해 자기 식욕을 채우려 한다는 것이다. 그러나 결국에는 그 육신만이 마냥 먹고 마시어 쓰러지고 말뿐, 영혼은 결코 만족을 느끼지 못한다는 것이다.

우리 나라에서는 객귀 들렸다는 말을 쓰던 때가 있었다. 공연히 먹는 것을 밝혀서 온몸에 열이 나고 헛소리를 하는 병을 앓는 사람을 가리켜 그렇게 말하곤 했다. 이것은 일종의 감기를 그렇게 말한 것인데, 객귀 물린다며 큰 바가지에 나물죽을 쑤어 담고는 아픈 사람 옆에서 큰 소리로.

"…어서 먹고 썩 물러가라!"

하고 외치며 객귀를 내쫓는 것을 어렸을 때 가끔씩 보곤 했었다.

이 객귀가 바로 매컨지 박사가 말한 식탐하는 영혼을 가리킨 것이다. 객귀란 떠돌이 나그네 귀신이란 뜻으로 제사를 얻어먹지 못하는 외로운 귀신이란 뜻이다.

그러나 박사의 이야기로는 보통 영혼들은 죽으면 맨 먼저 없어지는 것이 먹는 것에 대한 욕심이라 한다. 다소 생각이 있어도 잘 먹어지지 않고, 3년이 지나면 그 생각마저 완전히 없어진다는 것이다. 제사를 지내는 것은 음식상을 통해 산 사람과 뜻이 서로 오갈 뿐, 영혼과 음식과는 아무런 상관이 없다는 것이다.

매컨지 박사는 2층을 구경했다. 박사는 자기 친구인 수학박사의 영혼의 도움으로 영계의 제1층을 측량까지 했다고 하는데, 기억은 나지 않으나 수백 킬로도 더 되는 먼 거리임에는 틀림없다고 한다. 그 제1층서부터 각 층은 모두 지구의 인력을 받아 지구와 함께 움직이고 있다는 것이다.

그리고 거기에도 물이 있고 산이 있고 도시가 있고 농촌이 있다는 것이다. 그런 여러 곳 중 자기 마음에 드는 곳을 찾아가 살다가 때로는 다른 곳으로도 가고 또는 땅으로도 내려온다는 것이다. 그런

과정에서 영매나 명도의 부름을 받으면 기꺼이 와 주는 것이 영혼의 선심인 모양이다. 땅과 영계의 거리는 수백 수천 킬로 떨어져 있더라도 몇 초 사이면 오갈 수 있는 일이니까.

제2층은 화평(和平)의 영계라고 한다. 이곳에 이르면 영혼들은 여기가 바로 자신들이 바라던 하늘 나라인 줄 믿게 된다는 것이다. 이곳은 마치 사람이 이 세상에서 가장 알맞는 온도와 습도 속에서 깨끗한 공기를 마시면서, 아무런 근심도 걱정도 없이 살 수 있는 그런 곳과 같은 환경을 가진 곳이라고 한다.

매컨지 박사는 영혼의 세계가 전부 7층으로 되어 있다고 했다. 1층은 자기가 보기에 지옥과 같은 곳이었고, 2층은 죄를 짓지 않은 보통 영혼들이 사는 평화로운 곳이기는 하나, 그곳이 바로 우리가 가기를 원하는 하늘 나라는 아니라고 했다.

박사의 말을 빌리면 이 2층에 와서 평안을 느끼는 영혼들은 구원을 받기 위해 열심히 교회에 다니며 남을 해치거나 속이거나 하지 않은 영혼들이라는 것이다.

아주 오래된 이야기에 이런 것이 있다.

평양에 예수를 열심히 믿던 한 할머니가 있었다. 그런데 집안 살림이 너무 쪼들리는 바람에 매달 한 냥씩 내는 교회 헌금을 다섯 달이나 내지 못했다.

그것이 몹시 마음에 걸리는 할머니는 교회 종소리가 자꾸만 돈 이야기를 하는 것처럼 들렸다. 한 달을 내지 못했을 때는

"한 냥! 한 냥!"

하고 들렸고, 두 달을 내지 못했을 때는

"두 냥! 두 냥!"

하고 들렸고, 다섯 달을 내지 못했을 때는

"닷 냥! 닷 냥!"

하고 들렸다. 그러다가 형편이 좋아져서 밀린 헌금 다섯 냥을 다 내

고 나자, 그때부터는 그 종소리가

"천 당! 천 당!"

하고 들리더라는 것이다.

이 할머니는 죽어서 매컨지 박사가 말한 그 2층으로 갔을 것이 틀림없다는 생각이 든다.

2층에서 3층으로 올라간 박사는 새로운 광경에 놀랐다. 그곳은 2층보다 무척 밝고 아름다운 곳으로 어린 소년 소녀들로 꽉 차 있는 교육도시였다는 것이다. 땅 위에서 거짓이 무엇인지 죄악이 무엇인지도 모르고 일찍 죽은 어린 영혼들은 모두 그곳으로 온다는 것이다.

매컨지 박사는 이런 말을 했다.

"2층에서 3층으로 오르고, 3층에서 4층으로 오르려면 수백 년 수천 년을 거치지 않으면 안된다. 그러므로 영계에서의 그 오랜 동안의 시련 대신 인간 세계에서의 짧은 수련을 마치고 한 층 더 높은 영계로 오르고 싶은 바람에서, 스스로 거기에 알맞는 부모를 골라 이 세상에 다시 태어난다. 그러므로 어린 자식을 잃고 슬퍼하는 부모는 그만한 아픔의 시련을 겪게 되지만, 죽은 어린 영혼은 자신이 택한 그 기간을 마치고 떠나는 것이므로 슬퍼할 일이 아니다.

어머니 뱃속에서의 몇 달은 영혼에게 있어서 가장 고달픈 시련의 시기다. 뱃속에서의 한 달은 태어난 뒤의 10년의 시련과 맞먹는다. 영혼들은 자기 시련의 시기에 맞게끔 어머니 뱃속에 들어 있는 태아를 골라 들어가게 되는데, 늦어도 태아가 6개월이 되기 전에 들어가지 않으면 안된다. 특별한 사명을 띤 영혼은 자기가 들어갈 태아를 선택하여 자기가 할 일을 하게 되는데, 그때에 필요한 얼굴을 자기 손으로 만들어 미인으로도 되고 추남으로도 된다…."

매컨지 박사의 말에 따르면 영혼도 사람처럼 자라며 모습도 달라진다는 것이다. 처음엔 살아 있을 때의 모습이지만 차츰 본래의 모습으로 돌아간다는 것이다. 이 세상에서의 인연으로 보다 높은 곳에 있는 영혼들은 때가 되면 아래에 있는 영혼들을 끌어올리기 위해 내려온다. 그때는 이 세상에 있을 때의 모습으로 나타나지만, 그것은 상대에게 자기가 누구였다는 것을 알리기 위한 것일 뿐 곧 자기 본래의 모습으로 바뀐다는 것이다.

박사는 다시 4층으로 올라갔다. 4층은 박사에게 가장 살기 좋은 즐거운 곳이었다. 3층보다도 훨씬 밝고 아름다운 곳이었다. 먼데 있는 것과 가까이에 있는 것이 똑같은 크기로 보였다. 이곳에 사는 영혼들은 지구의 인력에서 벗어나 4층의 어디든 마음대로 떠다닐 수 있었다. 아름다운 꽃이 곳곳에 피어 있고, 새들이 아름다운 노래를 부르기도 했다. 박사는 5층과 6층보다도 이 4층이 가장 즐거운 곳이었다고 했다.

불교에서도 이 4층의 영계를 기쁨의 세계라고 말하고 있다. 박사가 말한 이야기는 전체적으로 불교의 그것과 비슷한 데가 많다. 박사는 또 이런 말도 했다.

영계에도 나라가 따로 있다. 서양 사람의 영혼이 모여 사는 곳과 동양사람의 영혼이 모여 사는 곳이 다르며, 각 나라마다 이 세상에서 살았을 때의 그 풍습과 믿음을 그대로 지키려 한다는 것이다. 다만 땅 위에서와 다른 것은 종교의 차이나 교파의 차이를 묻지 않는다는 것이다.

박사는 5층으로 올라갔다. 거기서 그는 철학과 수학을 전공하다 죽은 친구를 만났다. 지구에서 거리가 멀어질수록 즉 층계를 더 올라갈수록 그 곳에 있는 영혼의 수는 적어지고, 세계는 넓어지므로 쓸쓸하고 외로움을 느끼게 되며, 지나치게 빛이 밝아 잘 살펴볼 수가 없다고 한다. 5층은 위대한 철학자와 과학자들의 도시였다고 한다.

박사는 6층으로 올라갔다. 그런데 그곳은 자기 힘으로는 도저히 오를 수가 없어, 그 친구의 도움을 받아 올라갔다는 것이다. 6층은 인류를 건지려는 사랑으로 스스로를 희생시킨 위대한 종교인들이 사는 세계였다고 한다.

5층과 6층의 영혼들은 인간계와 영혼계를 어떻게 바로잡을 것인가 하는 연구와 정책들을 검토하고 결정하는 곳이었다. 그 결정에 따라 지상의 운명과 영계의 법칙도 달라지게 된다는 것이다. 어쩌면 영혼계도 옛날보다 더 민주화되고 자유화되어가고 있는지 모를 일이다.

박사는 5층과 6층에 있는 영혼들을 보는 순간 지식보다는 사랑의 힘이 더 크다는 것을 깨달았다. 사랑을 가진 종교인들이 6층에 올라와 있었기 때문이다.

박사는 마지막 층계인 7층으로 올라갔다. 그곳은 다른 층과는 달리 단 하나의 궁이있었는데, 한 개로 된 보석에 구멍을 뚫어서 만든 것처럼 보였다고 한다.

이 7층에는 각 종교들을 개조(開祖)한 성인들이 모여 있는 곳으로, 이곳에 있는 영혼은 지구의 인력을 완전히 벗어나 우주의 어느 곳이라도 갈 수 있다고 한다.

그러나 이 이야기는 박사가 들었던 이야기일 뿐, 7층에서는 눈이 부시어 거의 볼 수가 없었다고 했다.

박사가 영계를 돌고 내려와 깨어보니 꼬박 한 주일이 걸렸다고 했다.

최면술과 비슷한 것에 교령술(交靈術)이란 것이 있다. 최면에 걸려 잠이 든 사람을 더 깊이 잠들게 하면, 잠에 빠진 사람의 영혼은 몸을 떠나 최면을 건 사람에게 그가 본 사실을 알려 주기도 하고, 또는 최면을 건 사람이 시키는 일을 명령에 따라 하기도 한다.

먼 곳에서 진행되고 있는 비밀회의를 엿듣고 와서 전해 줄 수도 있고, 이쪽에서 찾는 물건이 옆집 2층이나 3층에 있는지를 알아오라고 하면 금방 가서 알아보고 돌아와 알려주기도 한다.

이러한 교령술이 옳지 못한 방법으로 쓰일 수도 있지만, 그런 일을 되풀이하면 신의 벌을 받게 된다는 것을 잘 알기 때문에 그러지는 못한다고 한다.

교령술을 받는 사람은 대개 처녀들인데, 최면술과 마찬가지로 깨어나면 잠들었을 때의 일을 전혀 기억해 내지 못한다고 한다. 우리가 전생의 일을 모르는 것도 같은 이유에서일 것이다.

이 교령술에 걸린 한 처녀의 영혼이 전한 영계의 소식에는 이런 것이 있다.

"저기 영혼이 나타났어요. 남자인지 여자인지는 몰라도 빛깔이 검붉어 보여요."

처녀의 입을 통해서 영혼을 처음 알려온 보고였다.

그리고 붉은 영혼을 통해 영계의 소식을 이것저것 묻고 듣고 하는 사이에, 이번에는 푸른 빛의 영혼이 나타났다.

푸른 빛의 영혼이 나타나자 붉은 빛의 영혼은 피하고 말았다. 푸른 빛의 영혼은 이런 말을 전했다.

영혼은 빛깔로 그 성격을 알 수 있다. 검붉은 빛의 영혼은 악한 영혼들로 밝은 곳을 싫어하고 어둡고 축축한 곳을 좋아한다. 그러므로 밤에 나다니게 된다는 것이다.

붉은 영혼은 보통영혼으로 그 가운데는 사람을 놀리기를 좋아하는 것들이 많다. 영계의 소식을 거짓으로 알리기도 하고, 잘 모르면서 아는 체하기도 하므로 붉은 영혼의 말은 믿어서는 안된다는 것이다.

푸른 빛의 영혼은 착한 영혼이다. 그러나 보다 착한 영혼은 흰 빛을 띠고 있다. 그러므로 천사들은 다 흰 빛을 띠고 있다. 그러므로 자신이 나타나 보이지 않는 한 볼 수 없다는 것이다.

그 처녀의 영혼이 희고 푸른 영혼에게 물었다.

"예수께서 사람들의 죄를 대신해 십자가에 못박힘으로 우리들의 죄가 없어졌다고 하는데, 그것이 정말이라고 생각하는가?"

그러자 그 영혼은,

"그것은 우리같은 영혼이 알 수 없는 어려운 문제다. 그런 이치가 있을 것으로도 여겨지지만 나로서는 알 수 없다."

이천석 목사라는 분이 있다. 내가 그분의 설교를 직접 들은 일도 있고, 또 전해 들은 말도 있어 그것을 이야기해 보려고 한다.

목사는 귀신이 눈에 보인다고 말한다. 교회마다 마귀들이 있는데 마귀가 많이 있는 교회일수록 믿음이 두터운 교회라는 것이다. 마귀는 남이 잘되는 것을 싫어하고 방해하기 때문이다.

예수도 마귀의 시험을 받았고, 석가도 마귀의 방해를 받았다. 또 보통사람들이 양심의 소리 대신 욕심의 소리에 이끌리는 것도 악마의 유혹이라고 한다.

미국에서 실제로 있었던 이야기다. 언제 어느 곳의 누구라는 것까지 자세히 책에 나와 있었지만, 그 책이 불타버렸으므로 이야기의 줄거리만 적어보겠다.

오랜 병으로 병원에 입원해 있던 40대의 남자가 숨을 거두었다. 담당의사는 죽음을 확인하려고 여러 곳에 주사바늘을 꽂기도 하고, 청진기를 대어 보기도 했다. 분명 숨은 거두었지만 완전히 죽은 것이라고는 할 수 없었다.

이때 영혼은 이미 몸을 빠져나와 있었다.

그러나 그는 아직도 침대에 누워 있는 줄로만 알고 있었다. 병실 문을 반쯤 열고 웬 사람이 자기를 바라보고 있었다. 그리고 나서 다시 병실을 둘러 보니 자기 말고 또 하나의 자기가 침대에 누워 있었다. 분명히 자기 같은데 자기는 아니었다. 그런데 자기 아들과 딸이 침대 위에 있는 자기처럼 생긴 그 사람 앞에 무릎을 꿇고 앉아 눈물을 흘리고 있었다.

그제야 자기가 죽었다는 것을 알게 되었다. 그는 영혼을 믿지 않는 무신론자였는데, 죽고나서 영혼이 있다는 것을 깨닫게 되자 기뻐 어쩔 줄을 몰랐다. 그는 살아 있는 기쁨과 함께, 영혼이 있다고 하며 열심히 교회에도 다닌 아들·딸들이 아버지의 죽음을 슬퍼하는 것을 보자 너무도 딱해 보였다.

"얘들아 슬퍼하지 마라. 나는 죽지 않았다. 이렇게 살아 있지 않으냐?"

하며 다가가 어깨를 어루만지며 달랬으나 거들떠보지도 않았다.

그제야 죽은 영혼의 목소리는 산 사람의 귀에 들리지 않는다는 것을 깨달았다.

이제 더 이상 병실에 있는 것도 싫고 해서 방을 나가려 했다. 그러나 아까 그 젊은이가 여전히 방문을 반쯤 연 채 서 있었기 때문에 나갈 수가 없었다.

그래서 방문 가까이 서서 그가 비켜나기를 기다리고 있는데, 갑자기 그가 팔을 내두르며 안으로 들어오는 바람에 그의 팔이 자기 가슴을 탁 치고 지나갔다.

자기 몸뚱이가 두 토막 난게 아닌가 하고 깜짝 놀라 살펴보았으나 아무렇지도 않았다. 그래서 상대방의 팔이 떨어져 나간 것이 아닐까 하고 바라보았으나 그대로 있었다. 영혼의 정체가 이런 것이구나 하고 느낀 그때 그는 자기 등과 죽은 자기 몸과를 연결하고 있는 희고 긴 끄나풀을 발견하게 되었다.

뒤에 밝혀진 것이지만 이 줄이 바로 넋이란 것으로, 이 줄이 붙어 있는 한 되살아 날 수 있다는 것이다.

그는 마침내 열린 문으로 나와서 2층 계단을 조심스럽게 내려와 현관 밖으로 나왔다. 조금 전까지 비가 오고 있었는데 어느덧 비가 그치고 날이 활짝 개어 있어 마음이 무척 상쾌했다.

그 순간 그의 몸이 공중으로 붕 떠오르기 시작했다. 얼마나 떠올랐던지 산들이 눈 아래 보이고, 멀리 있는 호수도 한눈에 들어왔다.

"이제 나는 영영 이곳을 떠나 하늘나라로 가는 것일까? 이 시간에 죽은 사람이 나 하나뿐은 아니겠지? 잠시 여기서 동행을 기다려 보자."

하고는 공중에 멈춘 채, 사방을 둘러보았다. 병원 앞 포장이 되어 있지 않은 큰 길 여기저기 패인 곳에는 물이 고여 있고, 또 사방 여기저기에는 구름이 둥둥 떠다닐 뿐, 자기와 동행할 영혼은 보이지 않았다.

그리고는 깜박하는 사이에 어떻게 된 것인지 병원 침대에 누워 있는 자신을 발견하게 되었다. 자기 앞에는 아들과 딸, 그리고 아내까지 와 있었고, 아까 그 젊은이도 그곳에 있었다.

다시 깨어난 그에게 의사는 절대 안정이 필요하다고 말렸지만 그는 방금 보고 겪은 사실을 이야기하고 종이에 적도록 시켰다. 그가 한 이야기는 사실과 모두 맞았다.

아들과 딸이 무릎을 꿇고 엎드려 운 것, 젊은이가 문을 열고 서 있다가 갑자기 안으로 들어온 것, 비가 오다가 금방 개어 길바닥 곳곳에 물이 고여 있는 것 등이 다 사실 그대로인 것이 밝혀졌다. 직업이 의사였고, 영혼이 없다고 주장하던 그의 입을 통해 영혼이 있다는 사실을 알리기 위해 그런 일이 그에게 일어난 것인지도 모르는 일이다.

"살아서 용인에 살고, 죽어서는 진천에 살라(生居龍仁(생거용인), 死居鎭川(사거진천))."

하는 말이 있다.

이 말은 다르게도 풀이되지만, 사실은 판결문에서 나온 말이라고 한다.

그 이야기는 용인에 사는 한 노인이 죽어 사흘 뒤에 장례까지 치렀다. 그런데 얼마 뒤에 진천에서 한 노인이 찾아왔다.

아들들이 대문 밖에 나가보니 알지 못하는 웬 노인이 젊은이 둘을 데리고 와 서 있는 것이었다.

그 노인은 죽은 노인의 그 아들들을 보자, 그들의 이름을 부르며,

"내가 너희 아비다."

하고 기쁨과 슬픔이 섞인 목소리로 외쳤다.

그 사연인즉 이렇다.

그 노인은 진천에 사는 노인이었고, 따라온 두 젊은이는 그 노인의 아들이었다.

이 노인은 죽었다가 금방 깨어났는데, 여기는 내 집이 아니라면서 아무리 붙잡고 말려도 듣지 않고 용인으로 올라온 것이다.

한마디로 영혼은 용인에서 살다 죽은 노인이었고, 몸은 영혼이 떠나버린 진천 노인이었던 것이다.

노인의 이야기인즉 이러했다. 저승엘 갔더니 아직 올 때가 아닌 사람을 잘못 데리고 왔다며 나가라고 했다.

그래서 집에 돌아와 보니 몸은 이미 땅에 묻히고 만 뒤었으므로, 하는 수 없이 여기저기 떠돌아다녔다. 그러다가 마침내 진천에 금방 죽은 몸이 있다기에 그리로 들어가서 다시 이 세상으로 돌아오게 된 것이었다.

그리하여 양쪽 집에서 싸움이 붙었다. 서로 자기들의 아버지라며 모시겠다는 것이었다.

한쪽은 영혼이 첫째라고 하고, 한쪽은 몸이 더 중요하다는 것이었다. 그래서 마침내 관에 호소하기에 이르렀다. 양쪽 고을에선 이를

나라에 보고하여, 나라에서 판결을 내려달라고 청했다.

그래서 나라에서는 노인 자신의 의견을 존중하는 한편 그 노인이 차지하고 있는 몸뚱이는 원래 남의 것이었기 때문에, 죽은 뒤에는 임자인 전 아들들에게 돌려주어야 옳다고 하였다.

"살아서는 용인 집에서 살고, 죽은 뒤에는 진천 집으로 시체를 돌려주어야 한다."

하는 뜻에서, 앞에 말한 그같은 판결을 내렸다는 것이다.

영혼은 몸의 주인이요, 몸은 사람이 사는 집에 지나지 않는 것이다. 집을 잃은 사람이 남이 살던 빈 집에 들어 있다고 해서, 집 임자가 사람까지 차지할 수는 없는 것이다. 그 사람이 살다가 떠나기를 기다리는 것이 도리다.

몸은 땅에서 생겼으니 땅으로 돌아가고, 영혼은 하늘에서 왔으니 하늘로 돌아가는 것이다.

불경에 이런 말이 있다 한다.

"죽은 뒤에 어디로 가느냐고 묻지 말고, 먼저 나기 전 어디에서 왔는지를 물어라(勿問死後何處去(물문사후하처거), 先問生前何處來(선문생전하처래))."

온 곳이 있으면 그리고 돌아갈 것은 뻔 한 일이다. 태어나는 이치를 알면 죽는 이치도 알 수 있는 것이다.

우리가 어렸을 때 들었던 이야기다. 경주에 최남복(崔南復)이란 사람이 살고 있었다. 원래의 이름은 남복이 아니었는데, 뒤에 그렇게 고쳐 불렀다고 한다.

남복의 뜻은 남(南)가가 다시 최(崔)가로 태어났다는 뜻이다.

최남복의 전신인 남씨는 마흔이 조금 넘어서 죽었다. 최씨의 집에 다시 태어난 그는 차츰 자라며 옛날의 기억을 되살리게 되었다. 백리쯤 떨어져 있는 옛 고향의 산과 들이 눈에 선했다.

장가를 들고 어른이 된 그는 기억에 생생한 고향을 찾아가 마침내 자기가 전생에 살고 있던 집 앞에 섰다.

대문 밖에 나와 있는 아들을 보니 틀림없는 옛날 자기 아들이었다. 이래서는 안되는데 하면서도 사랑방으로 들어가 이미 30살이 훨씬 넘은 옛날 아들에게 찾아온 까닭을 이야기했다.

아들은 책을 읽듯 주욱 풀어내는 옛날 이야기를 들으니 아버지의 후신(後身)이 틀림없는데, 몸은 이제 스물을 갓 넘긴 애숭이 같은 젊은이었다. 반가워해야 할 일인지, 슬퍼해야 할 일인지 얼떨떨한 생각이 들 뿐만 아니라, 거북하고 어색하기도 했다.

아들은 안으로 들어가 이 사실을 어머니에게 이야기했다. 어머니도 놀라 어쩔 줄을 몰라했다. 그러나 어머니는 마음을 가라앉힌 다음 아들에게 이렇게 말했다.

"너의 아버지와 나만이 아는 숨겨둔 물건이 있다. 그 물건이 무엇이며 어디에 숨겨 두었는지를 물어 보아라. 그것마저 안다면 틀림없는 너의 아버지다."

그 일은 아들도 모르는 일이었다. 아들은 그저 어머니가 시킨 대로 전했더니, 그는 그것이 무엇이며 어디에 있다는 것을 말해 주었다.

아들이 들어와 그대로 전하자. 어머니는 반가운 나머지 눈물을 비오듯 흘리며 만나기를 청했다.

백년 전 옛날에는 남남인 남자와 여자가 한 방에서 만난다는 것은 있을 수 없는 일이었다.

그때서야 최남복은 찾아온 것을 완전히 후회하기 시작했다. 자기 생각만 하고 남의 생각은 조금도 하지 않은 자신이 어리석게 여겨졌다. 만일 이미 늙은이가 된 자기 아내가 손자 같은 자기를 보고, '영감!' 하고 덥석 끌어안기라도 한다면, 서로가 다같이 망신스러운 일이 될 것만 같았다.

그래서 그는 그 아들을 보고 솔직한 심정을 털어놓았다.

"오고보니 공연한 짓을 한 것 같소. 전생과 금생(今生)이 엄연히 다르고, 남녀가 유별한데 어떻게 만난단 말이오. 공연한 짓을 했다는 생각을 금할 길이 없소. 오늘 일들은 없었던 것으로 해주시요."

그리고 돌아가서는 이름만 남복으로 고쳐 부르고, 다시는 옛집에 찾아가지 않았다 한다.

이밖에도 죽었다 깨어난 사람의 이야기라든가. 전생과 금생의 이야기는 수 없이 많다. 그러나 이 문제에 대해서는 과학자들이 언젠가는 밝혀내고 말 것이다.

정치(政治)는 사람이 하는 것

연광자기어대 주명자기신혜
淵廣者其魚大, 主明者其臣慧.

"못이 넓으면 그곳의 물고기는 크다. 명군 밑에는 총명한 신하가 모여든다."

제17장에서 제19장까지는 효도에 대한 이야기를 공자의 말을 빌려 설명하고 있다. 참다운 효도란 그 자신이 위대한 사람이 되어 그의 뜻을 천하에 펴고, 위로는 조상을 빛내고 아래로는 자손에게까지 그 덕을 미치게 하는 것임을 말하고, 그 보기로써 순임금 · 문왕 · 무왕 · 주공 등을 들어 설명하고 있다.

그리고 제20장에서는 노나라 임금 애공이 정치에 대해 물었을 때 공자는 정치란 제도나 법률이 하는 것이 아니라 사람이 한다는 것임을 말하고, 먼저 사람이 되는 도리를 길게 설명하고 있다.

공자는 이렇게 이야기를 꺼냈다.

"가장 정치를 잘했다는 문왕과 무왕의 정치가 어떤 것이었느냐 하는 것은 책에 하나도 빠짐없이 그대로 기록되어 있습니다. 그런데도 문왕과 무왕이 죽은 뒤로 그런 정치가 다시 행해지지 않고 있는 것은 그것을 그대로 행하는 임금이 없기 때문입니다. 그 정치는 그 사람이 있으면 그대로 행해질 수 있지만, 그 사람이 없어지게 되면 그 정치도 따라서 없어지고 마는 것입니다. 그리고 정치는 어진 사람을 먼저 얻어야 하는데, 그 어진 사람을 얻는 것은 바로 임금 자신이 하는 것입니다. 임금이 어질고 바른 사람을 쓰기 위해서는 먼저 임금 자신이 바른 도리로써 몸을 닦아야 하며, 몸을 닦는 바른 도리는 타고난 어진 마음을 일깨우는 것입니다."

공자는 이러한 긴 설명 끝에 천하에는 공통된 도리가 다섯 가지 있고, 그 다섯 가지 도리를 행하는 데에는 필요한 세 가지가 있음을 말하고, 또 그 다섯 가지와 세 가지는 각각 떨어져 있는 것이 아니라 결국은 하나라는 것을 이렇게 말하고 있다.

"천하에는 누구나가 다 아는 다섯 가지 도리가 있습니다. 임금과 신하 사이의 도리, 부모와 자식 사이의 도리, 지아비와 지어미 사이의 도리, 형과 아우 사이의 도리, 친구와 친구 사이의 도리 이렇게 다섯입니다. 그리고 이 다섯 가지를 행하는데 필요한 누구나가 가지고 있는 덕(德)이 세 가지 있습니다. 옳고 그른 것을 판단하는 지혜와 남을 사랑하는 어진 마음과 바른 일을 행하고 뜻을 굽히지 않는 용기가 그 세 가지입니다.

그러나 이 다섯 가지 도리와 세 가지 덕이 행동으로 옮겨질 때는 다같은 하나일 뿐입니다."

곧 임금과 신하 사이의 도리, 부모와 자식 사이의 도리, 남편과 아내 사이의 도리. 형과 아우 사이의 도리, 친구와 친구 사이의 도리 그것은 다같은 사람의 관계라는 것을 바탕으로 하고 있는 것이다.

어떻게 하는 것이 옳으냐 하는 판단에서 다섯 가지가 각각 다른 것은 아니다. 나타나는 행동은 각각 다르지만 옳고 그른 것에 대한 판단은 모두가 타고난 공통된 지혜를 바탕으로 하기 때문이다. 그것은 서로가 서로를 위하는 사랑을 바탕으로 한다. 옳다고 생각되는 일을 욕심이나 어떤 어려움 등의 방해로 인해 그만두는 일이 없이 밀고 나가는 용기가 없으면 행해질 수 없는 것이다.

결국은 이 세 가지 덕이 하나로 뭉쳐져 사람의 도리를 올바로 행하게 함으로, 이를 하나라고 말한 것이다.

그러면 이 세 가지 덕이 뭉쳐질 수 있는 공부는 어떻게 해야 할 것인가? 사람에 따라 각각 다를 수밖에 없지만, 노력만 하면 결국은 누구나가 다 같아질 수 있다는 것을 공자는 또 이렇게 말하고 있다.

"어떤 사람은 날 때부터 알기도 하고, 어떤 사람은 배워서 금방 알기도 하며, 어떤 사람은 배워도 잘 알지 못해 남보다 노력을 몇 배나 더한 끝에 겨우 알게 되기도 합니다. 그러나 알게 되면 누구나 결과는 똑같습니다. 어떤 사람은 그렇게 하는 것이 마음에 편해서 하기도 하고, 어떤 사람은 그렇게 하는 것이 내게 이롭기 때문에 하기도 하고, 어떤 사람은 잘 안되지만 그렇게 하는 것이 옳다는 생각에서 억지로 그렇게 하기도 합니다. 그러나 그것을 이루게 되면 결과는 똑같은 것입니다."

재주가 다른 사람보다 못하다든가, 힘이 다른 사람보다 못하다든가 하는 것은 하나의 핑계에 지나지 않을 뿐, 꼭 그렇게 하겠다는 결심과 성의만 있으면 누구나 다 지혜롭고 어질고 용기있는 사람이 될 수 있다는 것을 임금에게 일깨워 준 것이다.

그리고 맨 끝에 가서 공자는 그 방법을 이렇게 말하고 있다.

"남이 한 번 해서 하거든 나는 백 번 이라도 하고, 남이 열 번 해서 하거든 나는 천 번이라도 할 각오로 배우고 묻고 생각하고 밝히고 하십시오. 그러면 아무리 어리석은 사람이라도 지혜로워지고, 아무리 마음이 약한 사람이라도 반드시 굳세어집니다."

제21장부터는 다시 자사의 이야기로 시작된다.

제1장에서 자사는,

"하늘이 준 것이 사람의 성품이요, 그 성품대로 따르는 것이 사람의 도리요, 그 도리를 닦아 밝히는 것이 가르침이다."

라는 말로써 중용의 뜻을 풀이하고 있다.

그것은 제20장에서 공자가 노나라 임금 애공의 물음에 대답한 말까지로 이모저모의 설명이 다 끝나게 되었다.

공자는 사실상 자기의 제자이기도 한 애공에게 바른 정치를 하려거든 먼저 정치를 하는 그대부터 바른 사람이 되라고 말하고, 사람은 비록 타고난 재주는 각각 다르지만 타고난 성품만은 다 밝고 어질고 굳센 것이므로, 꼭하고 말겠다는 정성만 있으면 누구나가 다 성인처럼 밝고 어질고 굳세어질 수 있다고 말했다.

그 정성된 마음가짐의 보기로써,

"남이 한 번 해서 되는 것이면 나는 백 번이라도 거듭해서 그렇게 되어야 하고, 남이 열 번 해서 되는 것이면 나는 천 번이라도 해서 그렇게 되어야만 한다. 누구나 그렇게만 하면 아무리 어리석은 사람이라도 환히 마음이 밝아질 수 있고, 마음이 아무리 약한 사람이라도 반드시 그 누구도 가로막거나 방해할 수 없는 굳센 사람이 될 수 있다."

는 결론을 내렸던 것이다.

자사는 공자가 마지막으로 말한 이것을 정성(誠)이란 말로 나타냈다. 정성은 거짓이 없는 참을 말하는 것이다. 정성은 도중에 그만두는 일이 없는 한결같은 것을 말한다. 또한 한결같은 참은 영원히 변하지 않는 진리를 말한다.

그리하여 자사는 제21장에서 제1장에서와 같은 말로 거듭 밝히고 있다.

제21장의 원문은 이렇다.

"참에서부터 밝아지는 것을 성품이라 말하고(自誠明, 謂之性), 밝음으로부터 참되게 되는 것을 가르침이라 말한다(自明誠, 謂之

敎), 참되면 밝아지게 되고, 밝아지면 참되게 되는 것이다(誠則明矣, 明則誠矣)."

앞에서 공자는 애공에게 말했었다.

"어떤 사람은 나면서부터 알기도 하고, 어떤 사람은 배워서 알기도 하고, 어떤 사람은 배워도 잘 알 수 없어 온갖 고통을 겪은 뒤에 알기도 합니다. 그러나 알기에 이르면 다 똑같아집니다."

여기서 자사는 가르침의 중요성을 말하고, 사람은 가르치고 배우는 교육을 통해서 진리를 깨닫게 되고, 진리를 깨닫게 되면 누구나가 다 타고난 성품을 되찾게 되므로 결과는 마찬가지라고 밝힌 것이다.

"거꾸로 가도 서울만 가면 된다."

라는 말이 있다. 목적지에 이르기만 하면 그 방법 같은 것은 별로 문제 삼을 것이 없다는 뜻이다.

걸어서 가는 사람도 있고, 자동차나 기차를 타고 가는 사람도 있고, 비행기를 타고 가는 사람도 있다. 누가 더 빨리 가느냐 하는 것만 다를 뿐, 목적지에 도착하는 것은 마찬가지다.

아름다운 풍경을 구경하기 위해 걸어가는 사람도 있고, 교통사고가 겁이 나서 걸어가는 사람도 있고, 또 다른 사람은 힘들고 오래 걸린다고 걸어서 가지 않는데 나만은 꼭 해보이겠다고 일부러 그러는 사람도 있을 것이다.

사실 걸어서 가는 사람이 가장 안전하고 자기 힘만으로 갈 수 있는 사람이다. 자동차나 기차나 비행기는 믿을 수 없는 것이다. 가다가 기름이 떨어지거나 고장이 나기도 하고, 또 운전을 잘못 하면 더 더딜 수도 있고 때로는 목숨마저 잃게 되기도 한다.

서울은 자동차나 기차 같은 다른 힘을 빌어서도 갈 수 있지만, 진리의 길은 자기 힘만으로 가지 않으면 안된다. 다만 그것이 어디에 있으며, 어떻게 찾아가야 하는 것인지를 알면 되는 것이다.

바로 그것을 알려주는 것이 가르침이요, 그것을 알게 되는 것이 배움이다. 잘못 가르치는 것을 참인 줄 알고 배우면, 서울을 향해 간다는 것이 엉뚱하게 부산이나 목포로 향해 갈 수도 있다. 또한 쉽게 하루아침에 갈 수 있는 방법이 있다고 해서 절간에 가서 참선을 배우기도 하고, 기도원에 가서 기도를 하기도 한다. 그러다가 마귀에게 이끌려 미치기도 하고, 헛고생만 진탕하고 되돌아오기도 한다. 그것은 고장난 자동차나 서투른 운전사에게 몸을 내맡긴 것과 같은 것이다.

날 때부터 진리를 아는 사람도 있다. 그러나 진리를 아는 것과 진리에 밝은 것과는 다르다. 석가・공자・예수도 어느 시기까지는 진리를 알기만 했을 뿐, 그 자신이 진리와 같이 되지는 않았다. 그러나 그분들은 그 누구에게도 배운 일이 없이 스스로의 힘으로 진리의 경지에 이른 것뿐이다. 그것이 바로 참에서부터 밝아진 것이다.

그분들의 가르침을 받아 진리가 어떤 것임을 알게 된 것이 그분들의 제자들과 또는 그 가르침을 믿게 된 신도들이다. 그것이 바로 밝아진 것이다. 참으로 부터 밝아졌다는 그 밝음과는 뜻이 다르다. 다만 진리가 어디에 있다는 것을 알게 된 것을 말한 것이다. 앞의 밝음이 해와 같다면 뒤의 밝음은 먼동이 틀 때의 그런 밝음이다.

참은 곧 밝음이다. 참이 해라면 밝음은 해의 빛이다. 먼동이 트는 곳에 해가 있다는 것을 배우고, 그리로 향해 가면 밝은 빛과 함께 해를 보게 되는 것이다.

제22장에서는 우주의 모든 것은 그 참에 있어서 똑같다는 것을 말하고 있다. 하나의 이치를 바탕으로 다만 그 모양과 성질이 다를 뿐이라는 것이다. 하나의 이치가 천만 가지 모습을 띠고 있을 뿐이라는 그 참을 알고, 또 그 참과 하나가 되는 것을 지성(至誠)이라고 했다.

지성이란 지극히 참되다는 뜻이다. 털끝 만큼도 다른 것이 섞이지 않은 상태를 말한다. 그것은 곧 성인을 가리키는 것이기도 하다. 성인 중의 성인으로 하늘과 다를 것이 없는 그런 경지에 이른 것을 말한다.

제22장에서 자사는 이렇게 말했다.

"오직 천하의 지극한 정성만이 타고난 성품대로 다할 수 있다(唯天下至誠, 爲能盡其性). 그 타고난 성품을 다할 수 있으면 다른 사람의 성품까지도 다 할 수 있다(能盡其性則能盡人之性). 다른 사람의 성품을 다할 수 있으면 모든 물건의 성품을 다할 수 있다(能盡人之性則 能盡物之性). 모든 물건의 성품을 다할 수 있으면 하늘과 땅의 조화와 발육을 도울 수도 있다(能盡物之性則可以贊天地之化育). 하늘과 땅의 조화와 발육을 도울 수 있다면 하늘과 땅과 함께 할 수도 있다(可以贊天地之化育則可以與天地參矣)."

예수가 세례를 받고 물에서 올라왔을 때 하늘 문이 열리며 성령이 비둘기처럼 내려왔다고 〈성경〉에는 적혀 있다. 그것은 예수가 직접 보고 느낀 것을 말했기에 그렇게 적혀 있을 것이다. 하늘 문이 열리고 성령이 내려온 그 순간은 예수가 지극한 참에 이르는 순간이기도 했다. 그러므로 그 길로 악마를 따라가 그의 유혹을 물리칠 수 있었던 것이다.

악마의 유혹을 뿌리친 그것은 하늘과 함께 한 것이기도 하다.

예수가 떡 몇 개와 생선 몇 마리로 수천 명의 무리를 배불리 먹일 수 있었던 것을 과학자들은 그것을 거짓말로 알고 있을 지도 모른다. 그러나 그것은 거짓이 아니요 참이라는 뜻에서 과학적이라고 말할 수도 있다. 떡의 씨와 생선의 씨를 바탕으로 보다 많은 빵과 생선이 생겨날 수 있는 것은, 모든 물건의 성품을 다할 수 있다고 한 어떤 진리를 바탕으로 이루어진 것이다.

하나의 씨앗이 수천수만 개의 같은 씨앗을 만들어 낼 수 있듯이, 습기와 온도와 영양분을 필요로 하는 차례를 거치지 않고도, 한 조각의 떡과 한 마리의 생선이 금방 수천 수만 개로 생겨날 수 있는 진리가 있을 수 있다는 것이다.

기적이란 것은 사람이 보통 알고 있는 상식으로 풀이할 수 없는 것을 말한 것뿐이다. 오늘날 우리가 과학으로 증명하는 것들도 사실은 모두 기적에 속하는 것이다.

예수는 무리들이 마음 속으로 무슨 생각을 하고 있는지 알았다고 〈성경〉은 말하고 있다. 잘 믿어지지 않는 이야기다. 그러나 우리는 마술사로 불리우는 사람들이 독심술로 상대방의 머리 속에 떠오른 물건을 알아맞히는 것을 보게 된다. 나도 직접 보았었다.

마술사는 구경하는 사람들을 보고 말했다.

"누구든 어떤 물건을 들고 올라와 그것을 생각하십시오, 그러면 나는 그 분이 들고 있는 그 물건을 알아맞히겠습니다."

나는 내가 아는 젊은이를 시켜 올라가게 했다.

젊은이가 만년필을 꺼내 들었다. 그러자 마술사는 눈을 가리고 돌아선 채로 금방 알아맞혔다. 계속 그런 식으로 알아맞혔다.

이것을 독심술이라 한다. 남의 마음을 읽는 기술이란 뜻으로, 남을 속이는 마술이나 요술과는 다른 것이다.

보통사람들도 배우면 그렇게 되는데, 하물며 예수같이 진리를 통한 분이야 말해 무엇하겠는가!

명나라 말기에 왕양명(王陽明)이라는 유명한 학자가 있었다. 앞에서도 잠시 이야기했지만 왕양명은 도를 통한 사람이었다. 가만히 앉아서 백 리밖의 친구가 자기를 찾아오는 것을 알기도 했고, 〈성경〉에 나오는 예수의 이야기처럼 무리들이 무슨 생각을 하고 있는지 알기도 했다. 이는 그가 독심술을 배워서가 아니라, 진리를 깨우치는 순간 그렇게 된 것이다.

불교에서는 이것을 심통(心通)이라고 한다. 멀리 있는 소리를 들을 수 있는 것을 이통(耳通)이라고 하고, 백 리 천 리 밖에 있는 것을 볼 수 있는 것을 안통(眼通)이라고 한다. 바로 마음이 뚫린 것이 심통이고, 귀가 뚫린 것이 이통이고, 눈이 뚫린 것이 안통이다.

이밖에 법통(法通)이란 것이 있다. 보통사람이 귀신이 하는 것이라고 하는 보이지 않는 힘을 가진 것을 말한다. 법력(法力)을 가진 것이 바로 법통이다. 이것은 신통력(神通力)이라는 것과 같은 것이다.

석가의 12제자 가운데 목련(目連)은 이 법통으로 유명한 제자였다. 홍수가 나서 도시 전체가 물에 잠겼을 때, 물 속에 잠긴 부자집 창고에서 수천 섬의 곡식을 물 위로 건져 올려 수재민에게 나눠주었다는 이야기도 전한다.

예수가 무리의 마음을 알았다는 데서 왕양명의 이야기까지 하게 되었는데, 왕양명은 그런 힘으로 인해 십여 년을 끌어오던 내란을 겨우 석 달 사이에 완전히 평정할 수 있었다.

십여 년 동안 남쪽에서는 도적떼가 극성을 부리고 있었다. 조정에서는 이를 무찌르기 위해 군대를 보내곤 했지만 번번히 패하고 돌아왔다. 도리어 많은 무기와 곡식만을 도적에게 넘겨주는 꼴이 되곤 했다.

까닭인즉 남쪽에 있는 말단 관리들이 전부 적과 내통하고 있었기 때문이다. 중앙 정부의 고관들이 뇌물만을 탐하고 백성들을 돌보지 않기 때문에 백성들은 나라가 빨리 망하기를 바라고 있었고, 관리들은 나라가 망하게 되면 반란군들이 힘을 뻗게 될 것이므로 양쪽에 다리를 걸치고 있었던 것이다.

왕양명은 심복 제자들만을 참모로 두고, 그밖의 작전지시는 여러 장교들이 있는 자리에서 다 알게끔 전하곤 했다.

장교들 가운데는 적과 내통해 있는 사람이 많았기 때문이다. 그래서 작전 계획과는 전혀 다른 거짓 지시를 내리기도 했다. 누가 적과 내통해 있는 지를 훤히 알고 있고, 또 그들이 지금 무슨 생각을 하고 있는지를 훤히 알고 있기 때문에 적의 간첩이 되어 있는 그들에게 거짓 정보를 들려 주기 위해서였다.

지난날 관군이 패한 것은 관군의 작전계획이나 지시가 적에게 먼저 알려져 있었기 때문이었다. 왕양명은 거짓 정보를 알려주어 적으로 하여금 그 정보에 따라 길목을 지키게끔 만들어 두고, 그때에 그들이 비워둔 본거지를 쳐서 점령하려고 한 것이다.

그러므로 석달이 채 안되어 완전히 적을 소탕할 수 있었던 것이다.

그러나 왕양명의 이같은 전과는 중앙에 그대로 전해지지 않고 있었다. 왕양명의 전과가 크면 클수록 지난날의 패전에 대한 책임을 져야만 하는 대신과 대장들은 임금에게 그 사실을 숨기고 오히려 왕양명이 적과 내통했다고 하면서 죽여야 한다고 떠들어대곤 하였다. 그리하여 결국 왕양명은 파면을 당하고 말았다.

이순신 장군이 죽을 뻔했던 것도 이와 비슷한 이유에서였다. 왜놈들이 다시 쳐들어오는 일이 없었다면 옥에 갇힌 채 있거나, 아니면 이보다 더한 불행이 닥쳤을지도 모르는 일이었다. 이순신 장군이 적의 총알을 맞고 죽은 것은 그런 일이 또 있을 것으로 믿은 때문일 것이라고 말하기도 한다.

아무튼 진리를 통하고, 그 참됨이 하늘과 같아지면 하늘과 같은 조화를 부릴 수도 있는 것이다. 예수가 죽은 사람을 다시 살아나게 하고, 또 앉아서 멀리 있는 사람을 말 한마디로 죽음에서 깨어나게 했다는 것을 사람들은 기적이라고 한다. 그 기적이 바로 하늘의 조화를 말하는 것이다.

오늘에는 과학의 힘으로 그같은 기적을 낳곤 한다. 오늘의 첨단과학이란 바로 그런 하늘의 조화를 이 땅에 새로 심으려는 것에 지나지 않는 것이다.

엊그제까지 거짓말이었던 것이 오늘 갑자기 진실로 나타나는 것은 바로 여기서 말한 모든 물건의 성품을 다하는 것이다. 오늘의 과학은 하늘과 땅의 조화를 대신하고 있다고도 볼 수 있다.

다만 그 참된 과학을 허욕과 허영에 차 있는 어리석은 정치인들이 사람을 해치는 무기로 쓰고 있는 것이 문제일 뿐이다.

공자는 기적을 행한 일이 없었다. 그런 재주를 가지고 있지 않은 것인지, 아니면 가지고 있으면서도 내보이지 않은 것인지는 알 수 없다.

공자는 원시 유교를 새로운 유교로 만든 사람이다. 공자는 원시 유교가 귀신을 가까이 하여 제사를 올리고 복을 비는 일에만 힘쓰는 것을 옳지 않다고 보고, 사람이 해야 할 일에만 정성을 다하라고 가르쳤다.

그리고 사람이 들어서 다른 길로 갈 염려가 있는 어려운 이치 같은 것은 일체 말하지 않았다. 그 말을 들음으로 해서 깨달을 수 있는 제자들에게만 들려주곤 했다.

자로가 귀신 섬기는 방법을 물었을 때는,

"사람도 제대로 섬기지 못하면서 어떻게 귀신을 섬긴단 말이냐?"
하고 가르쳐 주지 않았고, 번지라는 제자가 앎이 어떤 것이냐고 물었을 때는,

"귀신을 공경하고 멀리하는 것이다."
라고 가르쳐 주었다.

공자는 귀신을 섬기는 것은 귀신에게 아첨하는 것이라고 했다. 그리고 착한 일을 하면 하늘이 복을 준다고만 가르쳤다. 양심에 어긋나는 일을 하는 것은 하늘에 죄를 짓는 것이 되고, 하늘에 죄를 지으면 어느 귀신에게 빌어도 그 죄를 피할 수는 없다고 가르쳤다.

그러나 그런 공자가 증자를 찾아가서는,

"내 도는 하나로 꿰었다."
라고 수수께끼 같은 말을 했다.

증자는 공자의 이 한마디에 모든 것을 깨달았다. 그래서 아무 물음도 없이

"네."

하고 대답했던 것이다.

공자가 물러가자, 증자의 제자들이 증자에게 물었다.

"하나로 꿰었다니 무엇을 가리켜 한 말입니까?"

그러자 증자는,

"선생님의 도는 충(忠)과 서(恕)뿐이다. 그것을 말씀하신 것이다."

하고 풀어서 대답했다.

충은 거짓이 없는 참을 뜻하는 것으로 그것은 곧 성품이다. 또한 성품대로 하는 것이 참이다. 서는 바로 그 참을 참 그대로 행하는 것을 말한다. 타고난 성품을 있는 그대로 밝히고 그 성품에 따라 행하는 그것으로 모든 것이 다 이루어진다는 뜻이다.

공자는 또 자공을 찾아가 말했다. 자공이 참을 깨달을 경지에 이른 것을 알기 때문이었다.

"너는 내가 여러 가지를 두루 배운 다음에 안 사람으로 생각하느냐?"

자공은 지금까지 공자가 지식을 배워서 아는 걸로 믿고 있었다

"그렇습니다. 그렇지 않습니까?"

"아니다. 나는 하나로 꿰었다."

오만 가지 지식은 진리에서 생겨난 것일 뿐, 그 뿌리는 하나뿐인 진리라고 깨우친 것이다.

자공은 이때서야 비로소 진리를 깨달은 것이다.

자공은 앞을 내다보고 그것을 미리 말하기를 즐겨했다. 예수도 예언을 많이 했다. 그러나 공자는 예언을 하지 않았다. 그래서인지 공자는 그런 자공을 늘 꾸짖곤 했다.

"예언이 맞지 않았어야 하는 건데, 그 예언이 맞기 때문에 더욱 말이 많아진다."

하고 안타까워 했다.

그 자공을 보고 공자는 말했다.

"나는 앞으로 말을 하지 말까 한다."

"선생님께서 말씀을 하지 않으시면 저희들은 무엇을 어떻게 얻어 듣고 배울 수 있겠습니까?"

그러자 공자는 이렇게 대답했다.

"하늘이 어디 말을 하더냐? 그래도 봄·여름·가을·겨울의 사계(四季)가 따라 되풀이되고 있고, 그 가운데 풀과 나무와 새와 짐승과 사람은 다 삶을 누리고 있지 않느냐?"

이것은 말을 잘하는 자공에게 말이 없이 하는 마음의 공부가 소중함을 깨우쳐 주기 위해서 한 말이기도 하지만, 참다운 이치는 마음으로써만 깨우칠 수 있으며, 그렇게 하는 것이 사람이 하늘처럼 되는 길이란 것을 말한 것이다.

그것이 바로 자사가 22장에서 말한 하늘과 같은 경지에 이르는 마지막 공부가 된다는 것을 말한 것이다.

공자는 마음의 공부를 행동에서 찾으라고 했다. 그것은 예수나 석가도 마찬가지였다. 석가는 보리수 아래 앉아서 도를 깨우쳤는데, 그것을 불교에서는 참선이라고 한다. 참선이란 내 몸을 완전히 잊어버린 상태가 되는 것으로, 하늘과 내가 하나가 되는 상태다. 생각마저 없는 상태에서 무슨 말이 있겠는가?

공자가 말을 하지 않겠다고 한 것도 바로 그런 상태로 돌아가야 한다는 것을 말한 것이다.

영국의 한 종교학자는 공자의 이 말을 가지고 이렇게 말하기도 했다.

"예수는 하나님의 아들이라고 했지만, 공자는 그 자신이 하늘이라고 했다. 예수가 하나님의 아들이라고 해서 누구보다도 가장 위대하다고 생각하는 것은 잘못된 생각이다."

하나님의 아들이란 말도 하늘과 같다는 뜻이다. 아버지와 같은 것이 아들이 아니겠는가? 그것은 예수 자신만을 가리켜 한 말은 아니었다. 사람은 모두 하나님의 아들이란 뜻이다. 하늘이 준 성품을 타고나 사람이 되었으니, 사람은 모두 하나님의 아들인 것이다. 다만 아들다운 아들이 되려면 타고난 성품을 밝게 하여 그 성품대로 행해야만 되는 것뿐이다.

공자도 참선을 했다. 그것을 유교에서는 정좌(靜坐)라고 한다. 고요히 앉아 있다는 뜻이다. 기독교에서는 이것을 기도라고 한다. 참다운 기도란 내 마음과 하늘의 마음이 하나가 되어 하나님과 말을 주고받고, 생각을 하나로 하는 것이다.

그러나 공자는 제자들에게 그것을 가르치지 않았다. 잘못하면 도리어 병이되기 때문이다. 그것은 스스로 깨달아 할 일이지 누가 가르쳐서 될 일이 아니기 때문이다. 그보다는 늘 하는 일에 정성을 쏟는 것이 가장 떳떳한 공부라고 가르쳤다. 그것이 유교의 특색이다.

공자는 〈논어〉에서 이런 말을 했다.

"나도 일찍이 온 종일 먹지도 않고, 밤을 꼬박 세우며 생각만 한 적이 있었다. 그러나 아무것도 얻은 것이 없었고, 도움되는 것도 없었다. 실제로 행하는 것만한 것이 없다."

참선으로 도를 깨우친 석가도 도를 깨우친 뒤에는 어리석은 무리들을 바른길로 이끌어주려는 자비심에서 다시 세상으로 나와 가르침을 폈다. 공자도 도를 깨우친 뒤에는 세상을 건지기 위해 각국을 돌아다니며 제자들을 가르쳤다. 공부하는 방법이야 각각 다를 수밖에 없지만, 진리를 깨우치고 난 다음의 마음만은 다같이 사랑으로 차 있었던 것이다.

내 타고난 성품을 다하면 내 성품과 똑같은 다른 사람의 성품도 다할 수 있다고 했다. 그것이 바로 제자를 가르치고 백성들을 가르치는 것이 아니겠는가? 공자가 노나라의 국무총리 서리가 되어 석 달 동안 정치를 하자, 시장에 소와 양을 팔러 나가는 사람들이 무게를 늘리기 위해 물을 먹이는 일이 없었고, 길바닥에 떨어진 물건을 집어가는 일이 없게 되었다. 이것이 바로 다른 사람의 성품을 본래 타고난 양심의 상태로 되돌아가게 만든 것이요, 남의 성품을 다한 것이다.

내 마음을 미루어 남의 마음을 안다고 했다. 마음은 다 같기 때문이다. 내게 양심이 있으면 남에게도 양심이 있다. 내게 욕심이 있으면 남에게도 욕심이 있는 것은 뻔한 일이다. 내 욕심만 채우지 말고 남의 욕심도 헤아리는 것이 성품을 다하는 것이다. 내 양심을 미루어 남의 양심에 호소하는 것도 성품을 다하는 것이다.

사람의 성품을 다하면 물건의 성품도 다한다고 했다. 사람의 성품과 물건의 성품도 그 뿌리는 하나이기 때문이다. 남자와 여자가 없으면 사람은 곧 없어지고 만다. 모든 짐승과 새와 풀과 나무도 대개는 그렇다. 사람의 성품을 알면 자연히 물건의 성품도 알게 되는 것이다.

공자의 사위요 제자이기도 한 공야장(公冶長)은 새의 말을 알아들었다고 한다. 그 소리를 듣고 안 것이 아니라 그들의 생각을 통해서 안 것이다. 예수가 무리의 마음을 안 것처럼 새의 마음을 안 것이다.

영국의 어느 심리학자가 벌과 말을 나눈다고 신문에 난 것을 읽은 일이 있다. 벌레 가운데서 사람을 닮은 것으로는 벌과 개미를 들 수 있다. 그들은 사람과 같은 사회생활을 하고 있는데, 사람이 본받아야 할 점이 많이 있다고 한다.

사람의 마음을 안 예수가 새나 벌레들의 마음을 몰랐을 리 없다.

공자의 제자 공야장과 영국의 심리학자는 어느 한 분야에서만 그럴 수 있었을 것이리라.

사람의 영혼이 개로도 태어나고 소로도 태어난다고 하는 불교에 따르면, 벌로도 태어나고 개미로도 태어날 것은 틀림없다. 자사가 여기서 말한 이치를 그대로 넓혀서 말한다면 벌도 개미도 사람과 같은 생각을 갖고 있을 것이 틀림없다.

나는 해인사에 있었다는 어느 스님에게서 다음과 같은 이야기를 들은 일이 있다.

절에 들어와 중이 된 어린 상좌가 별로 앓은 일도 없이 죽고 말았다. 당장 화장을 할 일이었지만, 그 아이의 어머니에게 알리는 것이 도리일 것 같아 편지를 띄우고 기다렸다.

보름 뒤에야 어머니가 찾아왔다. 어머니는 널 속에 든 자기 아들의 얼굴을 확인하고 싶다며 널을 열어 달라고 청했다.

그래서 널 뚜껑을 열고 맨 것을 풀자, 보름 전에 죽은 젊은이가 갑자기 눈을 떴다. 되살아난 것이다.

되살아난 그는 이런 이야기를 했다.

자기는 죽은 것도 모르고 다른 때와 마찬가지로 어디론가 가고 있었다.

한 곳에 이르니 활을 쏘는 한량들이 과녁을 향해 활을 부지런히 쏘고 있었다. 그것이 신기해서 구경을 한참 하다가 다시 발길을 옮겼다. 그리고 다시 얼마를 가자 이번에는 수많은 사람들이 성을 쌓고 있었다. 열심히 성을 쌓는 모습이 구경할만 해서 또 한참이나 지켜보고 있었다.

그리고 깨어보니 꿈이었는데, 이상하게도 널 속에 자신이 들어 있는 것을 알게 된 것이다. 하루도 안된 것 같은데 벌써 보름이나 되었다니 믿어지지 않는다고 하더라는 것이다.

다시 살아난 그는 꿈에 본 것들이 너무도 생생해서 기억을 더듬어 그곳으로 가보았다. 그랬더니 한량들이 활을 쏘던 곳에는 왕벌들이 집을 짓고 있었고, 백성들이 성을 쌓던 곳에는 큰 개미집이 있더라는 것이다.

꾸며낸 이야기일지도 모른다. 그러나 옛날 기록에도 이와 비슷한 이야기들은 얼마든지 있다. 그것이 이치에 맞는 이야기라면 그 벌과 개미들은 죽은 사람의 영혼이 다시 태어난 것으로 보아야 할 것이다.

시간과 공간이 상대성 원리를 지니고 있다면, 또한 몸뚱이와 영혼이 다른 물질로 되어 있다면, 개미와 벌의 몸뚱이 속에 들어 있는 영혼은 사람처럼 크게 보일지도 모르는 일이다. 죽은 그 상좌의 영혼은 개미와 벌의 몸은 보지 못하고, 그 속에 들어 있는 영혼만 본 것이라는 설명도 가능한 것이다.

이 이야기로 생각나는 것이 있다. 토종 벌을 기르는 집에서 누가 죽거나 하면 죽음을 알리는 부고를 먼저 벌통에 꽂는다고 한다. 그러면 조금 뒤에 안에서 나오는 벌들은 모두 허리에 흰띠를 두르고 나온다는 것이다. 자기들을 고맙게 보살펴 준 주인에 대한 슬픔을 나타내기 위한 것이다.

만일 부고를 잊고 벌통에 꽂지 않거나 하면 벌들은 벌통에서 나와 다른 곳으로 떠나버린다는 것이다. 무시를 당한 것에 대한 앙갚음을 하는 것이라 한다.

나는 믿어지지 않아 벌을 기르는 사람에게 물어보았더니 사실이라고 했다. 이것으로도 사람의 성품과 벌의 성품이 같은 것임을 알 수 있을 것 같다.

한 가지 사람과 다른 것은 사람은 전생의 일을 모르는데 동물은 전생의 일을 안다는 것이다. 개나 소나 돼지같은 짐승은 자기의 전생이 무엇이었는지 알고 있다는 것이다.

조선 시대 명조 임금 때 유명한 이인(理人)이 있었다. 이인은 이치를 깨달은 사람이란 뜻이니 도인이란 말과 같다. 성은 정씨인데 그 조상에 관한 이야기를 하기 때문에 이름은 밝히지 않겠다.

그의 아버지는 세도재상으로 갖은 못된 짓을 한 사람이었다. 정이인은 아버지의 하는 일이 너무도 안타까워 벼슬에는 뜻이 없었다.

정이인은 이웃집에서 기르는 개를 보고

"저 개는 아무 대감의 죽은 영혼이 다시 태어난 거야."

하고 곧잘 말하곤 했다.

중국으로 사신을 따라 기록관으로 갔을 때는 국제회의에 모인 외국 손님들의 주고받은 이야기들을 통역도 없이 일일이 적어두곤 했다 한다. 그 나라의 말을 알아서가 아니라, 그들의 마음을 알고 있었기 때문이다.

마침내 그의 아버지가 죽었다. 세도재상인 만큼 수많은 조객들이 모인 가운데 장례를 치렀고, 무덤 자리는 정이인이 직접 정했었다.

그런데 3년상을 마치자, 정이인은 아우를 불러 말했다.

"아버님 산소를 옮겨야 겠다."

그러자 그 아우는 놀라는 얼굴로,

"형님 같으신 분이 왜 애당초 좋은 자리에 모시지 않고……"

하고 물었다.

무덤을 옮길려고 파 보니 무덤 안이 온통 물로 차 있었다. 시체가 3년 동안 물 속에 그대로 있었던 것이다.

그 아우는 모르겠다는 듯 자기 형을 원망하는 얼굴로 바라다보았다.

무덤을 옮긴 다음 정이인은 아우를 데리고 큰길로 내려왔다.

"여기서 좀 기다리자."

"왜요?"

"잠자코 있으래도! 말이 많구나."

조금 있노라니 어린 황소에 땔감을 무겁게 실은 사람이 오고 있었다. 눈이 동그랗고 사납게 생긴 황소는 땀으로 온 몸이 젖어 있었다.

"잠시 멈춰라!"

남의 집 머슴으로 보이는 총각은 양반 차림의 정이인의 말에 소고삐를 잡고 섰다.

"그 소를 내게 팔아라!"

정이인은 명령하듯 말했다.

"팔다니오? 제 마음대로 그럴 수는 없습니다. 주인에게 꾸중을 들을 테니까요."

"이보다 더 크고 좋은 소를 사주면 될 것 아니냐?"

"하긴 그렇지요. 얼마나 주시렵니까?"

"달라는 대로 주겠다."

이리하여 머슴은 시세보다 배나 가까운 돈을 받고 소를 팔았다. 주인이 만족해 할 만큼 주고, 나머지는 제가 차지할 수도 있었기 때문이다.

정이인의 아우는 여전히 불평이었다. 왜 비싼 돈을 주고 성질도 사나워 보이는 어린 황소를 사느냐는 것이었다.

그러나 황소만은 사람을 알아보는 듯 눈물을 비오듯 흘렸다. 그 황소는 바로 정이인의 아버지가 다시 태어난 후신이었던 것이다. 아우는 아버지인 것을 모르고 있었고, 소의 탈을 쓴 아버지는 지난날 자기가 지은 죄를 뉘우치는 아픔과 어진 자기 아들을 대하는 반가움과 부끄러움에 눈물을 쏟은 것이다.

정이인은 그 소를 몰고 무덤을 보살피는 산지기의 집으로 찾아갔다.

하루 세 끼, 끼마다 콩나물 한 동이와 밥 한 그릇씩을 먹이고, 죽을 때까지 일을 시키지 말라고 일렀다.

시체가 3년 동안이나 물에 잠겨 있었고, 영혼은 소로 태어나 힘든 일을 하며 지냈으니, 이제 그만하면 용서를 받을 수도 있다 싶어, 무덤을 옮기고 소를 편안히 지내도록 해준 것이다. 조상을 좋은 데 가게 해 달라고 헛불공을 드리는 대신 자기가 직접 아버지의 죄를 용서받게 하여 자식된 도리를 다한 것이다.

이것 역시 꾸며낸 이야기일지도 모른다. 그러나 그런 이치가 있기에 그런 이야기가 전해지고 있는 것이라 생각된다.

그것이 자사가 말한 모든 것에 성품을 다할 수 있는 것이 아니겠는가?

그러나 자기도 믿지 않는 일을 가지고 남을 믿게끔 하며, 사사로운 욕심을 채우려는 거짓된 종교인들에게 속는 일만은 없어야 할 것이다.

제23장에서는 앞에 말한 지성 다음 단계에서 지성에 이르게 되는 차례를 말하고 있다.

제20장에서 공자가 말한 것을 풀이한 것이다. 즉 배워서 알고, 배워도 잘 안되면 남이 한 번 배워서 알 때 나는 백 번 배워서 알고, 남이 열 번 해서 되면 나는 천 번이라도 해서 되고야 말겠다는 한결같은 마음이 계속될 때, 마침내 지성에 이르게 된다는 것을 말한 것이다.

그것을 자사는 곡(曲)이란 한 글자로 나타내고 있다. 곡은 꼬불꼬불하다는 뜻이다. 비행기를 타면 1분도 안 걸려서 갈 수 있는 곳을 산이 가로막혀 꼬불꼬불 산길을 돌고 또 돌아 하루나 며칠이 걸려서 가는 경우가 얼마든지 있다.

대관령에서 강릉이 바로 눈 아래 보이지만 아흔아홉 굽이의 산길을 돌고 또 돌지 않으면 안되는 것이다. 그냥 훌쩍 날아서 가고 싶은 생각이 간절하지만, 날개도 없고 비행기도 없고 자동차도 없는 사람은 한 발 두 발 그렇게 발을 옮겨놓지 않으면 안되는 것이다.

이것이 바로 곡(曲)이다. 벽돌을 한장 한장 쌓아올리듯, 또는 봄에 씨앗을 뿌려 가을에 열매를 거두는 농사꾼처럼 느긋하면서도 빈틈없이 정성을 다하는 것을 뜻한다.

그래서 이 '곡'을 보통 '곡진(曲盡)'이라고 말한다. 천 굽이가 되었든 만 굽이가 되었든 아랑곳 하지 않고, 한 굽이 한 굽이를 빠짐없이 차례로 걷고 또 걸어 목적지에 이르는 것이다. 즉 곡진이란 글자를 그대로 풀이하면 굽이를 다한다는 뜻이다.

대우가 곡진하다는 말을 한다. 남의 집에 손님이 되어 갔을 때 그 집 주인이 많은 돈을 들여 큰 잔치를 벌이듯 대접을 잘 해주었을 때는 대접이 융숭했다고 한다. 즉, 굉장했다 대단했다는 뜻이다. 그러나 그것은 곡진과는 전혀 다른 것이다. 마음으로는 정성이 담겨 있지 않으면서도 겉치레로는 얼마든지 그럴 수 있기 때문이다.

그럼 곡진은 어떤 것인가? 어떻게 하는 것이 곡진인가? 한마디로 정성이 담긴 빈틈 없는 행동을 말한다.

손님을 대문으로 맞이하는 그 순간부터 떠나보내는 그 순간까지 인간적으로 대하고 인격적으로 대하여 지팡이를 받아 세우고 신발을 챙기며, 방으로 안내하여 방석을 깔아주고, 방이 추운가 더운가를 살피며, 음식은 무엇을 좋아하고, 짜고 매운 것을 좋아하는지 싫어하는지 등 그 하나 하나에 마음을 쓰는 것이 바로 곡진인 것이다.

옛날부터 전해오는 유명한 이야기에 이런 것이 있다.

아들과 딸을 많이 둔 한 노인이 모처럼 딸의 집에 다니러갔다. 아들의 집도 가난한 편은 아니었지만 딸은 천석꾼 소리를 듣는 큰 부자였다.

떠날 때는 한 달쯤 구경도 하고 천천히 놀다가 오겠다고 한 노인이 사흘만에 돌아오고 말았다.

아들들과 며느리들이 그 까닭을 묻자 노인은.

"배가 고파 견딜 수가 있어야지."

하고 뜻밖의 대답을 했다.

아들들은 분개했다. 또한 며느리들도 마찬가지었다. 이들은 서로 상의 끝에 누이에게 편지를 띄웠다. 모처럼 다니러 가신 아버님을 배가 고파 견딜 수 없게 만들어 빨리 돌아오시게 했으니, 세상에 그런 법도 있느냐는 내용이었다.

이에 크게 놀란 딸은 하도 어이가 없어 아버지 진지상에 차려 놓은 반찬이 무엇 무엇이었는지를 자세히 적어서 보냈다.

편지 답장을 받은 아들들과 며느리들은 또 놀랄 수 밖에 없었다. 값비싸고 맛있는 반찬이 너무도 많았기 때문이다.

"이렇게 대접이 극진했는데, 배가 고프셨다니 어찌된 일입니까?"

하고 물었다.

그러자 노인은 이렇게 되묻고는 배가 고팠던 까닭을 말했다.

"그 편지 속에 두부와 달걀이 적혀 있느냐? 이가 없는 늙은이가 맛있게 먹을 수 있는 반찬이 들어 있느냐 그말이다. 하녀들을 시켜 큰상을 들여 보내고는 방문 앞에 서서 많이 드세요 하는 한마디만 하고 가버리니, 심부름 하는 아이들을 보고 내가 반찬 투정을 할 수도 없는 일이 아니냐? 모두가 질긴 고기반찬 뿐이니 배가 고플 수밖에……. 그리고 딸과 사위와 외손자 외손녀들이 나를 손님 대하듯 하니 무슨 재미가 있어야 말이지."

이 딸은 돈을 들여 융숭한 대접을 한다고 하기는 했지만, 곡진한 데라고는 하나도 찾아볼 수 없었던 것이다. 인정이 없고 정성이 없는 곳에서 아무리 먹을 것이 풍부한들 어떻게 즐길 수 있겠는가? 아버지가 무엇을 잘 드시는지조차 알려고 하지 않은 딸의 집에서 노인은 배만 고픈 것이 아니라 정에도 목이 말랐을 것이 틀림없다.

이 이야기는 부모에 대한 효도가 융숭보다는 곡진에 있다는 것을 우리에게 잘 알려주고 있다. 서울에 사는 부자 아들보다 시골에 사는 가난한 아들이 좋아 시골에 살고 싶어 하는 늙은 부모들의 마음을 알 수 있을 것 같다.

자사는 제23장에서 이렇게 말했다.

"그 다음은 곡을 다하는 것이다(其次, 致曲). 곡을 다하면 정성을 갖게 되고(曲能有誠), 정성이 있으면 모양을 갖게 되고(誠則形), 모양을 이루면 밖에 드러나게 되고(形則着), 드러나면 밝아지고(着則明), 밝으면 움직이고(明則動), 움직이면 변하고(動則變), 변하면 화하게 된다(變則化). 오직 천하의 지극한 정성만이 능히 화할 수 있다(唯天下至誠, 爲能化)."

또한 22장 맨 첫머리에는,

"오직 천하의 지극한 정성만이 그 성품을 다할 수 있다."

라고 시작하여, 하늘과 땅과 더불어 함께 할 수 있다고 끝을 맺었는데, 23장에서는 곡진서부터 시작하여 일곱 단계를 거쳐 22장의 첫 단계인 지극한 정성에 이르게 되는 것을 말하고 있다.

그러나 변하고 화한다는 말은 그것이 곧 사람이 하늘로 변화한다는 뜻이다. 결국 곡진 그 자체가 지극한 정성이 뒷받침 되어야만 가능하다는 것이다. 남이 한 번 하면 나는 백 번을 하고, 남이 열 번 하면 나는 천 번이라도 하는 그러한 노력이 지극한 정성이 아니고 무엇이겠는가?

우물도 한 우물을 파라는 말이 있다. 다른 사람이 한 길을 파서 샘을 얻는 것을 보고, 자기도 한 길을 파 보았다. 그런데 샘이 나오지 않았다. 조금만 더 파고 내려가면 샘이 나올 수도 있다. 그런데 성질이 급한 사람은 파던 곳을 그만두고 다른 곳을 또 파기 시작한다. 그러다가 또 한 길을 파서 샘이 나오지 않으면 또 다른 곳을 판다. 이 말은 끝내 샘을 얻지 못하고 헛수고만 되풀이하는 경우가 많기 때문에 생긴 것이다.

한 길을 판 공이 아까워 그대로 계속 파내려가면 언젠가는 샘에 이르게 되는 것이다. 그것이 바로 곡진의 공부와도 같은 것이다. 남이 한 길을 파서 샘을 얻으면, 나는 두 길이고 세 길이고 파서 샘을 얻고야 말겠다는 끈기와 정성이 없이는 진리를 깨치지 못하는 것이다.

우공이산(愚公移山)이란 이야기는 이것을 비유로 꾸민 것이다. 한마디로 어리석은 영감이 산을 옮겼다는 뜻이다. 중국 모택동이 약진운동을 할 때 이 '우공이산'이란 말을 표어로 쓴 일도 있다. 재미난 이야기가 많은 〈열자(列子)〉라는 책에 있는 이 이야기는 대충 이런 것이다.

사방의 둘레가 7백 리나 되고, 높이가 만 길이나 되는 큰산이 둘 있었다.

이 산 북쪽에 바보영감이란 뜻의 우공(愚公)이 살고 있었는데 어느 날 식구들을 모아놓고 다음과 같은 상의를 했다.

"태행(太行)과 왕옥(王屋) 두 산이 앞을 가로막고 있어서, 남쪽으로 가려면 멀리 돌아가야만 하니 여간 불편하지가 않다. 그래서 저 산을 파서 없앨 생각인데, 너희들의 의견은 어떠하냐?"

나이가 아흔이 가까운 할아버지가 하는 말이라서 그런지 별로 반대하는 사람은 없었다.

그러자 영감의 부인이 말했다.

"영감의 힘으로 저 큰산을 어떻게 파 없애겠다는 겁니까? 그리고 당장 그 산을 파면 흙과 돌은 어디에다 버리겠다는 겁니까?"

그러자 다른 식구들은,

"흙과 돌이야 바다에 버리면 되지요."

라고 했다.

그리하여 영감은 아들과 손자들을 데리고 삼태기에 흙과 돌을 담아 북쪽 바다에 버리기 시작했다.

이웃에는 젊은 홀어머니가 나이 어린 아들을 데리고 살고 있었는데, 그 홀어머니는 어린 아들을 보내 그 일을 돕게 했다.

그런데 산과 바다의 거리가 너무도 먼지라, 한 삼태기를 버리고 오려면 몇 달이 걸려야만 했다.

이때 황하 강가에는 슬기로운 영감이란 뜻의 지수(智叟)라는 노인이 살고 있었는데, 그가 우공을 보고 말했다.

"자네같은 근력으로 그 많은 흙과 돌을 어느 천년에 다 치우겠는가? 부질없는 짓 그만하게나."

그러자 우공은 길게 한숨을 내쉬며 말했다.

"자네의 그 앞뒤가 꽉 막힌 생각은 우리 옆집의 과부와 어린 아들만도 못하구려. 내가 죽으면 내 아들이 있지 않은가? 그 아들이 죽으면 손자가 있지 않은가? 아들과 손자는 끝이 없이 이어지고, 산의 흙과 돌은 줄기만 하고 늘지는 않을 것이니 언젠가는 없어지고 말것 아닌가?"

슬기롭다는 지수 영감도 대답할 말이 없었다.

이때 산과 바다를 맡은 신이 우공이 하는 말을 듣고 크게 걱정을 했다. 결국은 두 산이 없어지고 바다는 육지가 되고 말것이기 때문이다.

그래서 신은 하늘로 올라가 이 사실을 보고하고, 하느님이 이를 못하도록 말려 달라고 사정했다.

그러나 하늘은 우공의 그같은 결심과 정성에 감동하여 그 두 산을 지금 있는 곳으로 옮겨주었다고 한다.

이 이야기는 게을리 하지 않고 열심히 노력하면 반드시 성공하고 만다는 비유로 만든 이야기다. 모택동은 이 비유를 약진운동의 표어로 삼아, 맨 주먹으로 현대화 작업을 추진하였던 것이다.

우리는 바다가 육지로 변하고, 산이 평지로 변하는 것을 자주 듣고 보게 된다. 쉬지 않고 계속하는 곳에는 반드시 뜻을 이루는 날이 오기 마련이다.

공부도 마찬가지다. 학교에서 배우는 공부도 그렇고, 착한 일을 하고 옳고 바른 일을 하려는 마음의 공부도 다를 것이 없다.

공자의 제자 가운데 이 23장의 공부를 통해 성인의 경지에 이른 사람이 있었으니, 그가 바로 증자였다.

증자는 공자가 살아 있는 동안은 거의 빛을 보지 못한 상태였다. 증자는 빛을 감추고 사는 사람이었기 때문에 그가 도를 깨우친 상태에 있을 때도 그것을 안 사람은 공자뿐이었다. 그는 남을 위해 하는 공부가 아닌 자신을 위해 하는 공부에만 정성을 쏟고 있었기 때문이다.

공자는 제자들을 평하는 자리에서,

"증삼(曾參)은 우둔하다."

고 평했다. 삼은 증자의 이름이다.

증자는 외곬으로 파고드는 정성만 있을 뿐, 앞과 뒤를 살피는 영리함은 찾아볼 수 없었던 것이다.

공자 당시 공자보다 더 아는 것이 많다는 평을 들은 자공은 자기 스스로를 평하기를,

"나는 하나를 들으면 둘을 안다."

라고 했다. 공자가 20장에서 말한 배워서 안 사람에 해당된다고 말할 수 있다.

그 자공이 안자를 평하기를

"안회(顏回)는 하나를 들으면 열을 안다."

라고 했다. 안자는 공자와 마찬가지로 나면서부터 알았다고 말할 수 있다.

그런데 증자는 하나를 들어도 그 하나를 제대로 알지 못했던 것 같다. 증자가 우둔한 사람이었던 것을 말해주는 것에 이런 이야기가

있다.

증자는 효성이 지극했다. 남을 위하는 정성이 타고난 성격처럼 되어 있었으니 부모에 대한 효성이야 말해 무엇하겠는가?

그런데 증자는 그 효성스런 마음이 불효가 된다는 것을 모르고 있었다. 그것은 그의 우둔한 성격 때문이었다. 하나만 알고 둘은 모르는 증자를 공자는 안타까워 했던 것이다. 그래서 우둔하다는 평까지 한 것이다.

증자는 아버지가 하는 일을 도울 생각으로 공부를 하고 돌아와 오이 밭 매는 일을 돕고 있었다. 그런데 밭매는 일에 서툰 증자는 오이 뿌리를 괭이 끝으로 끊어놓기만 했다.

한참 뒤에 이를 발견한 증자의 아버지 증석(曾晳)은 급한 성질에 아들을 사정없이 두들겨 팼다. 아마 들고 있던 괭이로 등을 쳤는지도 모른다.

얼른 피하거나 도망을 했으면 그런 일이 없었을 텐데,

"아버지가 원하는 일이면 무엇이든 들어야지. 나를 실컷 때려서 화가 풀리신다면 맞아야지."

하는 생각에서 계속 맞고 있었다.

증자의 그런 미련해 보이는 태도가 아버지는 더욱 미웠는지 모른다. 끝내 증자는 아버지의 매를 이기지 못해 까무러치고 말았다.

"너같은 놈은 아예 죽어버려라."

하는 마음으로 까무러친 아들을 버려둔 채 증석은 혼자 집으로 돌아가고 말았다. 이 증석도 공자의 제자였다.

증자가 얼마 뒤에 깨고보니 아버지는 보이지 않았다.

자식이 까무러치는 것을 보고도 그냥 가버린 아버지가 원망스럽게 여겨지는 것이 보통 사람의 마음일 테지만, 증자에게는 그런 생각은 전혀 없고 도리어 아버지가 걱정이 되었다.

"얼마나 걱정을 하고 계실까? 혹시 죽지나 않았을까? 어디 다치지나 않았을까? 하고 말은 하지 않으셔도 무척 걱정이 되실 것이다."

이런 생각을 하며 부랴부랴 집으로 돌아온 증자는 자기 방으로 들어가 거문고를 꺼내탔다.

"저 이렇게 멀쩡하게 돌아와 거문고를 타고 있습니다. 걱정 마십시오."

하고 아버지에게 알리려 한 것이다.

이것으로써 증자는 자식된 도리를 다한 것으로 생각했다. 과연 효자가 아니면 그럴 수는 없는 일이다.

그런데 이튿날 증자가 공자에게로 가자, 공자는 미리 제자들에게 일러두어 들어오지도 못하게 했다. 그것은 학생이 학교에서 퇴학처분을 당하는 것과 같은 것이었다.

증자는 당황했다. 공자께서 그토록 엄한 조치를 내린 까닭을 알 수 없어 더욱 그러했다.

증자는 차마 발길을 돌릴 수 없어 이렇게 애원했다.

"저의 죄가 무엇인지 알고 싶습니다. 저는 제가 무슨 죄를 지었는지 아무리 생각해도 모르겠습니다."

공자는 제자를 통해 이렇게 전하게 했다.

"부모의 뜻을 따르는 것만이 효도인 줄 아느냐? 너의 아버지는 이 나라 백성이 아니냐? 아비로 하여금 자식을 죽인 죄인이 되게 하는 것도 효도가 되겠느냐? 그러므로 부모가 노여워 하여 매를 들었을 때는 회초리인 경우는 그대로 맞고, 작대기나 몽둥이인 경우는 피하라고 했다. 그만한 이치도 모르고 아비로 하여금 큰죄를 짓게 하고도 그것을 깨닫지 못하고 있으니, 네가 어찌 내 제자가 될 수 있겠느냐?"

증자는 그제서야 자기가 큰죄를 지은 것을 알게 되었다. 만일 죽기라도 했다면 과연 어찌 되었을까 하는 생각을 하니, 소름이 끼치며 온 몸에 식은 땀이 흘렀다.

증자는 거듭 잘못을 말하고 용서를 빌며, 돌아가려고 하지 않았다. 공자가 용서했을 것은 말할 것도 없다.

공자는 다른 곳에서 이런 말을 했다.

"그 사람의 잘못을 보면 그 사람이 어진 것을 알 수 있다."

증자의 그런 잘못은 바로 증자의 어진 마음과 부모에 대한 효성을 말해 주는 것이기도 했다.

그 증자가 우둔하다는 말을 들을 정도로 외곬으로 파고 든 공부는 과연 어떤 것이었을까? 어떻게 우둔한 증자가 성인이 될 수 있었을까?

증자는 자기가 하는 공부에 대해 〈논어〉 첫편에서 이렇게 말하고 있다.

"나는 날마다 세 가지 일로써 내 자신을 돌이켜 본다. 첫째 남을 위해 하는 일에 참되지 못한 것은 없는가? 둘째 친구와 사귀면서 거짓을 저지른 일은 없는가? 셋째 선생님으로부터 얻어 듣고 배운 바르고 착한 일을 그대로 행하지 못한 일은 없는가? 이 세 가지다."

이 모두가 남을 위하고 사랑하는 한결같은 정성이 담겨 있는 것이다. 공자처럼 되어 보려는 마음으로 차 있었던 것이다. 날이면 날마다 잠시도 잊지 않고 이런 생각으로 모든 일을 행하고 있었으니, 성인이 되지 않으려 해도 될 수밖에 없는 것이다.

그것이 바로 공자가 그를 찾아가,

"내 도는 하나로 꿰었다."

라고 일러 준 정성이요, 믿음인 것이다.

증자는 제나라에서 경(卿)의 벼슬을 주겠다며 청했으나 이를 거절했다. 거절한 이유는 간단했다.

"남의 녹을 먹으면 남의 일을 걱정하게 된다. 늙은 부모를 두고 남을 위해 일할 생각은 없다."

경은 가장 높은 벼슬이다. 경에게 주는 제나라의 녹은 연봉 만 섬도 더 되었다. 그러나 증자는 내 힘으로 농사 지어 떳떳하게 부모를 모시는 것이 더 자유롭고 마음이 편하다는 생각이 들었기 때문에 거절한 것이다.

증자가 헌누더기 옷을 입고 들에서 농사일을 손수 한다는 말을 듣고, 노나라 임금이 한 고을을 식읍으로 주었을 때도 같은 이유로 이를 사양했었다. 식읍은 그 고을에서 거둬들이는 세금이 자기의 것이 되는 것을 말한다.

"까닭 없이 남의 신세를 지는 사람은 신세를 지는 그만큼 두려운 마음이 따를 수밖에 없다. 나는 그런 마음의 짐을 지고 싶지 않다."

하는 것이 이유였다.

그런 증자가 아내를 내보냈다. 다시 말해 친정으로 돌려 보낸 것이다. 그 이유는 간단했다.

"부모의 진짓상에 올리는 나물을 제대로 익히지 못했다."

하는 것이었다.

"그 정도의 일로 어떻게 아내를 내칠 수 있단 말인가?"

하고 친한 친구가 따지고 들자,

"이왕 보내는 사람에게 떳떳한 대우를 받게 하는 것도 좋은 일이 아니겠는가?"

라고 대답했다.

"그럼 자네 부인이 큰죄라도 지었단 말인가?"

하고 친구가 다시 캐묻자,

"꼭 그런 것은 아니지만, 친정 부모들이 딸을 원망하는 대신 사위를 원망하는 것이 좋지 않겠느냐 그 말일세."

증자는 아내가 용서 못할 큰죄를 지은 것을 모른체 덮어두고 있다가, 하찮은 핑계로 내보낸 것이다. 무슨 죄를 지었는지는 아무도 모른다.

또한 증자의 아들이 홀로 있는 아버지를 위해 새어머니를 맞아들이려 했을 때,

"은나라의 고종같은 어진 임금도 후처로 인해 착한 아들을 죽이게 되고, 주나라의 윤길보같은 어진 재상도 후처로 인해 착한 아들을 내쫓은 일이 있다. 나라고 그같은 죄를 짓지 않을지 어떻게 알겠느냐?"

하고 증자는 끝내 새장가를 들지 않았다. 이 모두가 남을 위해 자신을 희생하는 한결같은 정성과 믿음에서가 아니겠는가?

증자야말로 한결같은 정성으로 곡진의 도리를 다한 끝에, 우둔한 마음이 활짝 밝아지며 성인의 경지로 뛰어오르게 된 것이다. 그것은 23장에서 말한 일곱 단계를 거쳐서 된 것이지만, 그 일곱 단계는 잔뜩 낀 안개가 걷히듯 순간 순간으로 이어진 짧은 기간에 이루어지는 것이다.

공자가 찾아와.

"내 도는 하나로 꿰었다."

라고 일러준 그 순간에 다 이루어진 것인지도 모른다.

지성여신(至誠如神)

先天下之憂而憂, 後天下之樂而樂.
"천하의 걱정은 앞장서서 하고, 천하의 즐거움은 제일 나중에 즐긴다."

자사는 제24장에서 사람이 지성의 경지에 이르면 앞일을 알 수 있다는 것을 말하고 있다.

"지성의 도는 앞일을 알 수도 있다. 나라가 장차 일어나려 하면 반드시 좋은 징조가 나타나게 되고, 나라가 장차 망하려 하면 반드시 괴상한 재난이 있기 마련이다. 정성들여 점을 쳐보면 거북과 시초에 나타나기도 하고, 또한 사람의 얼굴과 몸에도 장차 있을 징조가 나타나기도 한다. 불행한 일과 다행한 일이 장차 있게 될 때는 그것이 좋은 것인지 좋지 못한 것인지를 반드시 먼저 알게 된다. 그러므로 지극한 정성은 신과 같다(故, 至誠, 如神)."

한마디로 도를 통하게 되면 미래를 예언할 수 있다는 말이다.

예수는 예언을 많이 했다. 예수 자신도 이 세상에 나오게 된 것은 옛 선지자들이 말한 그대로 이루어진 것뿐이라며, 옛 기록을 끌어 설명하곤 했다.

공자는 예언을 하기 꺼려했다. 그러나 공자 당시의 원시유교에서는 예언을 많이 했다. 공자가 태어나 천하를 건지게 된다는 예언도 이미 전해지고 있었기에, 공자가 천하를 통일할 사람으로 알고 찾아온 제자들도 많았다.

공자는 그런 예언들이 사람을 이롭게 하기보다는 오히려 해롭게 한다고 믿고 있었기 때문에 예언하기를 좋아하지 않았다.

제자 자공이 예언을 좋아하고, 또 그것이 잘맞곤 했지만 공자는 그럴 때마다 못마땅해 했다.

기독교의 말세론 같은 것도 사실은 신도들을 유혹하는 거짓된 종교인들에게 나쁘게 이용되는 경우가 많다. 그런 특별한 것보다도 다만 사람의 도리만 잘하면 그것으로 그만인 것이다.

우리 나라에도 예언이 '비결'이란 이름으로 많이 전해지고 있다. 비결은 숨은 말이란 뜻이다. 즉, 말은 말인데 알기 어려운 말이란 뜻이다.

그 비결 가운데서 가장 유명한 것은 〈정감록〉이란 것이다. 고려 때 정감이란 사람이 이심이란 친구와 둘이서 먼 앞날을 예언한 내용이다.

그러나 그밖의 수많은 예언들이 그 속에 뒤섞여 있다. 뭐가 뭔지 모르는 수수께끼 같은 것들이다.

이 〈정감록〉을 이용해 자기가 그 〈정감록〉에 실려 있는 이 나라의 주인이 될 사람이라면서 돈 있는 부자들을 유인해 들여 사치와 향락을 누리게 했다고 한다. 또한 그로 인해 모든 재산을 바치고 새나라에서 큰벼슬을 하겠다고 미쳐 날뛰다가 거지가 된 사람이 수없이 많았다고 한다.

공자가 길을 떠나기에 앞서 제자들에게,

"내일은 비가 올지도 모르니 우산을 가지고 오라."

고 말한 적이 있었다.

제자들은 시킨 대로 모두 우산을 가지고 나왔으나 하늘에는 구름이 한 점도 없었다.

그러나 길을 가던 도중 비가 갑자기 내리기 시작했다.

"어떻게 비가 올 것을 아셨습니까?"

하고 제자들이 물었다.

"옛글에 있다. 달이 '필'이란 별을 지나가게 되면 비가 온다고 말이다. 그저껫밤에 달이 필이란 별을 지나갔기 때문이다."

라고 공자는 대답했다.

그 뒤로 제자들은 유심히 달을 보았다. 그러나 공자가 말한 대로 달이 '필'이란 별을 지나가게 되어도 비는 오지 않았다. 맞을 까닭이 없었다. 달이 그렇다고 온 천하에 비가 올 리는 없는 일이니까.

결국 공자는 알고 있었으면서도 다른 것으로 핑계를 댄 것이다.

자장이란 제자가 물었다.

"열 대 뒤의 일을 미리 알 수 있습니까?"

그러자 공자는 이렇게 대답했다.

"옛 역사를 보면 변천한 것에 하나의 법칙 있음을 알 수 있다. 원인이 없는 결과는 없다. 그 이치를 알면 열 대는 그만두고 백 대 뒤의 일이라도 알 수 있다."

자장은 점쟁이가 말하듯 알 수 있느냐고 물은 것을 공자는 과학적인 방법으로 알 수 있다고 대답한 것이다.

앞날의 일을 알고 싶어하는 것은 사람의 공통된 생각이다. 또한 무슨 일을 시작할 때 그 결과가 어떻게 될지 알고 싶어하는 것은 더욱 절실한 문제이기도 하다. 사람의 할일만 다하면 된다지만 해서 안될 일은 아예 하지 않는 것만 못하다.

그런 경우에 점을 치게 되는데, 그것은 무당이나 점쟁이에게 묻는 것이 아니라 하늘이나 신에게 묻는 것이다. 이것이 여기서 말한 거북점과 시초점이다.

공자는 거북점은 하지 않고 시초점을 했다. 시초점은 주역의 이치로써 판단을 내리는 점이다. 같은 점괘를 놓고도 공자는 달리 풀이하는 경우가 많았다. 이치에 맞지 않는 일을 하면 당연히 그 결과가 좋을 리가 없는데도 점괘에는 좋게 나오는 경우가 많다. 그러면 공자는 그 말의 참뜻이 다른 데 있다고 풀이하였는데, 그것은 그대로 맞곤 했다.

점괘를 뽑는 것은 한 방법일 뿐, 그것을 아는 것은 사람의 정성된 마음이다. 나쁜 일을 하면서 좋은 괘가 나오기를 바라는 사람에게 징조가 제대로 잘 나올 리가 없다. 공자는 그것을 잘 알고 있었던 것이다.

징조가 얼굴과 몸에 나타난다고 한 것은 요즘 흔히 말하는 관상을 말한다. 관상을 보는 사람의 말에 따르면 얼굴에는 넉 달 앞에 닥칠 일이 빛깔로 나타난다고 한다. 검은 빛은 죽음의 빛이고, 푸른 빛은 걱정의 빛이요, 누런 빛은 재수를 말하고, 밝은 빛은 기쁨을 말한다는 것이다.

내 친구 중에 관상을 잘 보는 사람이 하나 있었다. 그는 6·25동란 때 시골 내 집에 피난해 와 있으면서 많은 사람들의 관상을 봐주곤 했었다.

나는 그 친구에게 경제적 도움을 주기 위해 널리 그의 재주를 선전했다.

그에게 맨 먼저 찾아온 사람은 마을의 젊은 이장이었다.

"9월을 조심하시오. 생명의 위험이 있습니다. 밖에 나가지 말고 집에만 있도록 하시오. 그러면 무사할 수도 있습니다."

그 친구는 이렇게 이장에게 말하고 나를 바라보며,

"저 오른쪽 눈옆을 보게, 검은 기운이 완연하지 않은가? 오른쪽 눈옆은 양력으로 8월 말과 9월 초의 운수를 나타내는 곳이야."

라고 말했다. 내가 보아도 검은 기운이 완연했다.

보통사람이 보면 잘 보이지 않는 것도 그는 볼 수 있다고 했다. 그것이 닥쳐오는 것인지 아니면 지나가는 것인지도 알 수 있다고 했다. 또한 그 기운이 보통사람이 보아도 보일 정도면 그것은 피하기가 어렵다고 했다.

결국 그 이장은 인민군들이 쫓겨갈 무렵, 다른 일로 불려가 있다가 수많은 사람들과 함께 학살을 당하고 말았다.

우리 집은 옛날부터 피난처로 알려져 있는 계룡산 아래 큰 마을에 있었다. 서울에서 피난온 사람들이 수없이 많았다. 대부분이 남편과 아들들을 남쪽으로 떠나보낸 부인들이었다.

그 부인들은 식구들이 궁금한 나머지 내 친구를 찾아와 관상을 보아달라고 했다. 한마디로 언제쯤 식구들을 만날 수 있겠느냐는 것이었다.

"음력 8월에는 기쁜 일이 있겠습니다. 기쁜 일이라면 헤어진 식구들을 다시 만나는 것 아니겠습니까?"

이렇게 대답한 그는 어느 날 나를 보고 말했다.

"전쟁은 음력 8월이면 끝날 것 같애. 피난온 사람들의 얼굴이 모두 8월이면 기쁜 일을 보게 되어 있으니까 말이야."

이것만 보아도 앞에 있을 일이 몸에 나타난다고 한 말은 틀림이 없는 것이다. 관상이란 특별한 재주를 가진 사람도 볼 수 있는데, 도를 통한 사람이야 말해서 무엇하겠는가?

유명한 철학자 칸트는 이런 말을 했다 한다.

"과거와 미래는 고리처럼 맞붙어 있을지도 모른다. 단지 사람은 과거만 기억하고 미래는 보지 못할 뿐이다."

최근 날때부터 앞을 내다보는 독특한 재주를 가진 사람들이 있다는 것을 책에서 보았다.

미국의 어느 의사가 자기 연구실에 있는 그런 사람을 소개하며 이런 말을 한 것이 기억에 남아 있다.

"그는 눈을 감고 정신을 가다듬으며 내일·모레 있을 일들을 환상으로 보곤 했다. 비가 온다면 비가 오고, 바람이 분다면 틀림없이 바람이 분다. 그런데 때로는 어제 있었던 일을 내일 일로 말하기도 하고, 그저께 있었던 일을 모레 일로 말하기도 한다. 이것은 아마도 앞과 뒤의 방향이 틀린 때문일 것이다."

이 글을 읽고 나는 칸트가 말한 과거와 미래는 고리처럼 맞붙어 있을지도 모른다고 한 생각이 맞는 생각이라고 여겼다.

6·25동란과 함께 생각나는 것이 있다. 앞에서 말한 우리 나라의 예언서인 〈정감록〉에 나와 있는 6·25에 대한 예언이다.

나는 해방 전 이웃 노인들이 보여 준 〈정감록〉에 이런 말이 있었던 것을 기억하고 있다.

그런데 그것이 6·25동란이란 것은 밝혀져 있지 않았다. 또한 그것이 언제쯤이란 것도 밝혀져 있지 않았다. 다만 임진왜란·병자호란과 함께 우리 겨레가 마지막 겪어야 할 큰 재난이 닥쳐온다는 것과 그때는 황해도·평안도·함경도가 모두 불바다가 되므로 떠 있는 쇠를 따라 남으로 가야 산다고 했다. 그리고 황해도·평안도 두 도에는 사람의 그림자가 영영 끊어지고 만다고 했다.

그런데 재미있는 것은 그때가 언제인지를 알 수 있는 일들을 이렇게 말하고 있다. 아마도 예언하는 그의 환상에 그렇게 보였던 것으로 여겨진다.

"집집마다 급제가 나고, 사람마다 진사가 된다. 또 집집마다 인삼이 있다. 양반집 젊은 아낙이 길거리에서 장사하는 것을 조금도 부끄러워하지 않는다. 그런 때가 오면 그 다음에 반드시 그 난리를 겪게 된다. 지혜 있는 사람은 도시를 피해 시골로 가고, 북을 떠나 남으로 간다."

여기서 급제란 과거시험에 합격하는 것을 말한다. 옛날에는 과거에 급제하는 사람이 한 고을에 하나 있을까 말까 하는 정도였다. 그런데 집집마다 시험에 합격해서 출세를 하게 된다는 것이다. 〈정감록〉이 쓰여진 6백 년 전으로는 생각조차 할 수 없는 일이다.

진사는 국립대학인 성균관에 들어가 공부를 마치거나, 또는 검정시험인 진사시험에 합격을 해야만 주어지는 자격이다. 요즘으로 말하면 대학을 마친 학사 학위와 같은 것이다. 해방 후 대학을 마치고 학사가 된 사람이 수없이 많은 것을 말한 것이다.

집집마다 인삼이 있다고 말한 것은 옛날에는 궁궐에만 인삼이 있어서 벼슬아치들도 나라에서 주어야만 쓸 수 있게 되어 있었다. 그 인삼이 집집마다 있을 수 있었던 것은 조선이 일본에게 먹히고 난 뒤부터였다.

양반집 아낙이 거리에서 장사하는 것을 부끄러워하지 않은 것도 해방 후의 일이다. 왜냐하면 양반보다도 돈이 더 소중하게 여겨진 것은 해방 후의 일이었으니까.

도시를 피해 시골로 가고, 북에서 남으로 피하라고 한 것고 뜬쇠를 따라 가라고 한 것들은 다 6 · 25를 잘 말해 주고 있다. 옛날에는 뜬쇠가 무엇인지 몰라 갖가지 풀이들을 했다. 그러나 그것은 쇠로 된 배를 타고 청진과 원산을 떠나 부산으로 간 것을 말한 것이었다.

또 우리를 구해 줄 참사람(眞人)이 섬(海島)에서 나온다고도 했다. 이 참사람은 대개 도를 통한 위대한 사람으로 제주도나 강화도 같은 섬에서 갑자기 나타나 번갯불 같은 무기를 가지고 적을 무찌른다고 했다.

그러나 그것은 미국 대통령 트루맨을 말한 것이었다. 트루맨은 우리말로 옮기면 참사람이란 뜻이다. 섬은 제주도나 울릉도가 아닌 아메리카라는 큰 섬을 말한 것이다.

트루맨이 미국에 있으면서 유엔군으로 하여금 6 · 25에 참전하게 할 것을 미리 내다보고 있었던 것이다.

불행한 일과 다행한 일이 장차 이르게 되면 반드시 먼저 안다고 말했다. 그러므로 지극한 정성에 이르면 그때는 신과 같다고 했다.

정감이 과연 누구였는지, 또 〈정감록〉이 언제 쓰여진 것인지는 알 수 없다. 임진왜란을 겪고 민심이 조정을 믿지 않게 되자, 조정을 떠난 민심을 가라앉히기 위해 〈정감록〉이란 예언서를 나라에서 거짓으로 만들었다고 하는 학자도 있다. 다 정해진 운명이니 임금이나 대신들을 탓할 것이 못된다는 생각을 심어주기 위해서라는 것이다.

즉 이미 경험한 일들을 내용으로 몇 백년 전에 쓰여진 것처럼 속여서 말하고, 거기에 덧붙여 앞으로 있을 일들을 그럴싸 하게 꾸며 넣었다는 것이다. 그러나 그럴싸 하게 꾸며놓은 말들이 맞은 것을 보면 터무니 없는 거짓은 아닌 것도 같다.

그러면 〈정감록〉이 아닌 그 당시의 기록을 통해 임진왜란이 있을 것을 예언하고, 그에 대한 대책을 강구하려 한 이율곡에 관한 것을 말하겠다.

율곡선생이 자신을 예언자라고 말한 적은 없다. 그리고 그는 예언을 하면서도 언제나 과학적인 근거를 들어 말하곤 했다.

“오래지 않아 왜놈들이 우리 나라를 쳐들어올 것입니다. 이를 막기 위해 부산과 원산에 각각 5만 명씩의 군대를 길러 주둔시켜야 합니다.”

하고 나라에 글을 올리곤 했다. 율곡선생은 국방장관인 병조판서와 내무부장관인 이조판서에도 있었으므로 그런 방면의 상식이 남달리 뛰어났을 것은 물론이다.

그런 분이 하는 말인 만큼 임금과 대신들은 깊이 생각해 볼만도 한 일이었다. 그러나 한 치 앞도 내다보지 못하고, 그저 벼슬 자리만을 지키려고 한 당시의 대신들은 일제히 율곡의 그같은 상소를 비난하고 공격하기만 했다.

오히려 율곡이 없는 일을 말하여 민심을 소란시키려 한다는 것이었다. 곧 큰 집에 불이 붙은 것도 모르고, 제비 새끼는 먹을 것만을 찾는다는 말과 같다. 국제정세에 어두운 벼슬아치들이 우선 눈앞에 있는 욕심만을 채우려 하는 것을 비유한 말이다.

임진왜란 당시의 조정 대신들이 바로 그런 사람들이었다.

아무리 잘 알아도 이미 대세가 기울어 있으면 어쩔 도리가 없는 것이다. 율곡선생은 더는 방법이 없어 단념하고 말았다.

율곡선생은 자기가 할 수 있는 방법을 강구했다. 그러나 임진왜란이 터진 것은 율곡선생이 이미 세상을 뜬 8년 뒤의 일이었다.

율곡선생은 죽기 전에 임진강 북쪽 언덕에 정자를 하나 지었다. 그런데 이상하게도 정자 이름을 방화정(放火亭)이라 붙였다. 불을 지르는 정자란 뜻이다.

그리고 죽기 전 병석에 있을 때 한 중이 찾아와 문안을 드리자, 선생은 깊이 간직하고 있던 자그만 상자를 그 중에게 전했다. 그리고는 세상을 떴다.

그 상자 속에는 돈과 편지가 함께 들어 있었다. 그 중은 율곡선생과 잘 아는 사이었던 모양이다.

그 중은 그 돈으로 들기름을 사다가 방화정의 기둥이며 서까래들을 칠하고 또 칠했다. 좀이 먹지 않도록, 또는 더러움이 타지 않도록 흔히들 그러했으므로 사람들은 별로 이상하게 생각하지 않았다.

8년 뒤인 1592년 4월에 마침내 왜놈들은 부산에 상륙하여 물밀듯 서울을 향해 올라왔다.

임금은 백성들이 모르게 대신들과 함께 밤에 성을 빠져나가 개성으로 향했다.

임진강에 이르렀을 때는 비가 장대처럼 쏟아졌다. 그때는 달도 없는 그믐밤이었으므로 지척을 분간할 수 없었다. 초롱불 같은 것은 빗속에 있으나마나였다.

임진강 나루터는 물로 잠겨 있었고, 배는 한 척도 구경할 수가 없었다. 또한 날이 새기 전에 적이 뒤쫓아 올지도 모르는 일이었고, 아침에는 강물이 더욱 불어나 강을 건널 수 없게 될지도 모르는 일이었다.

이때 어린이들과는 늘 다정한 친구처럼 여겨지는 오성대감이라 불리우는 이항복이 도승지로서 임금을 모시고 있었다. 도승지는 오늘날 비서실장과 같은 벼슬이다.

오성은 문득 방화정 생각이 났다. 전부터 이 나루를 건너다닐 때마다,

"이상도 하지, 하고많은 좋은 이름이 얼마든지 있을 텐데 굳이 불을 지른다는 방화정이란 이름을 붙이다니?"

하며 생각에 잠기곤 했던 것이다.

그런 오성이었기에 불이 당장 필요한 그 그믐밤에 방화정 생각이 난 것이다.

오성은 사람들을 시켜 방화정을 향해 일제히 큰소리를 지르게 했다.

"강건너 누구 없느냐? 방화정에 불을 질러라!"

이렇게 외치기를 거듭하고 있자, 마침내 방화정이 불에 타기 시작했다. 전부 나무로만 되어 있는 큰 정자, 그것도 몇 해를 두고 들기름으로 덮개가 진 정자였다.

방화정에 불이 붙기 시작하자 강 이쪽까지 대낮처럼 환히 밝아졌다. 군대들은 곧 나루터 위아래를 더듬어 뭍으로 끌어올려 놓은 배들을 강으로 끌어내렸다. 그리하여 일행은 무사히 강을 건널 수 있었다.

결국 율곡선생이 할 수 있었던 것은 이 일뿐이었던 것이다. 방화정에 불을 질러 임금을 비롯한 일행을 무사히 강을 건너게 한 것이다.

그 밤에 정자에 불을 지른 것도 아마 율곡선생의 부탁을 받은 그

스님이었을 것이다. 어두운 그믐밤에 누군가가 불을 지르라고 하거든 불을 지르라고 편지에 적어 두었던 것인지도 모른다.

율곡선생이 이처럼 앞을 귀신처럼 내다보고 있는 줄은 아무도 몰랐다. 율곡선생처럼 알고 있으면서도 아는 체하지 않는 것이 참으로 아는 사람의 태도인 것이다.

제25장에서는 참이니 정성이니 하는 것은 밖에서 오는 것이 아니라, 내 안에 원래부터 있는 것을 내가 직접 밝히고 행하는 것임을 말하고 있다.

"정성이란 스스로 이루는 것이요(誠者, 自成也), 그리고 도란 스스로 행하는 것이다(而道者, 自道也)."

앞에서 말한 앞일을 아는 것도 내 스스로의 힘으로 알게 되는 것이지, 무당이나 점쟁이처럼 귀신이 일러 주어서 아는 것이 아니란 뜻도 되는 것이다. 그리고 도를 닦느니 도를 통했느니 하는 것도 보통사람이 할 수 없는 무슨 별난 방법을 쓰는 것이 아니고, 누구나가 당연히 해야 할 일을 마음과 힘을 다해 행하기만 하면 그것이 바로 도를 닦는 것이 되고 도를 통하게도 된다는 것이다.

석가모니도 도를 닦기 위해 6년 동안 산속으로 들어가 온갖 고생과 온갖 어려운 일들을 겪었다. 그리고 그것이 다 부질없는 헛고생이란 것을 깨달았다. 도가 바로 내 마음에 있다는 것을 6년 고행의 경험을 통해 깨달은 것이다. 그 6년 고행을 거치지 않고서는 그것을 참으로 깨달을 수 없는 것이었으니, 그것을 참으로 깨닫고 자신이 찾음으로써 곧 도를 얻게 된 것이다.

이것을 비유한 글에 이런 것이 있다.

"봄을 찾아 온종일 산과 들을 헤매었는데, 집에 돌아와 보니 매화나무 한 가지에 꽃이 피었더라."

내 집에 이미 봄이 찾아와 꽃이 피어 있는 것도 모르고 공연히 산과 들을 헤매고 다녔다는 것은 내 집에서 하고 있는 일을 참되고 바르게 하면, 그것이 곧 마음을 밝게 하고 내 타고난 성품을 다하여 도를 깨닫게 되는 것인데, 그것을 모르고 절로 가서 참선을 하고 기도원으로 가서 기도를 한다는 뜻이다.

앞에서 말한 바 있는 왕양명도 젊어서는 절로 산으로 찾아다니며 색다른 공부들을 했었고, 또 그리고 이상한 체험도 많이 가졌었다. 처음엔 그것이 도가 통한 것인 줄 알았다. 그러나 그것이 도를 깨우친 것과는 상관이 없는 것임을 알았다.

그래서 집에 돌아와 선비로서의 도리를 다하고 공부를 쌓음으로써 마침내는 참을 깨닫게 되었다.

그리고 지은 글이,

"배고프면 달게 먹고, 졸리면 편히 자는 이 이치를 알아 행하고, 또 이를 행하는 것이 더없이 좋은 방법이다."

라는 뜻의 글이었다.

자사는 이어 이렇게 말했다.

"참이란 모든 것의 처음이요, 끝이다(誠者, 物之終始). 참이 아니면 아무것도 없다(不誠, 無物). 그러므로 군자는 참을 소중하게 여긴다(是故, 君子, 誠之爲貴)."

즉, 사람을 비롯한 세상 만물이 다 참인 하나의 이치로 되어 있다는 것이다. 생긴 모양과 사는 방법은 다르지만, 그 바닥을 이루고 있는 것은 다 똑같다는 것이다. 그러므로 참이 아닌 거짓으로는 아무것도 이룰 수가 없고, 변함없고 한결같은 하나의 이치가 아니고서는 처음도 있을 수 없고 끝도 있을 수 없다는 것이다.

사람은 잠시도 숨을 쉬지 않고는 살 수가 없고, 또 피가 돌지 않아도 살 수가 없다. 숨을 쉬기 위한 허파와 피를 돌리기 위한 염통만이 그런 것은 아니다. 우리 몸뚱이를 이루고 있는 하나하나가 다 맡은 일을 쉬지 않고 하고 있으므로, 우리는 건강을 유지하게 되고, 병을 이기게 되고, 말하고 생각하고 움직일 수 있게 되는 것이다.

새도 그렇고 짐승도 그렇고 목숨을 가진 것은 다 그렇다. 풀도 그렇고 나무도 그렇다. 생명이 없다고 하는 흙과 돌도 살아 있는 것이다. 물도 불도 공기도 다 그렇다. 물리학자들은 모든 것이 원자로 되어 있다고 한다. 또한 불교에서는 모든 것이 영혼을 가지고 있다고 한다. 그것이 바로 여기에 말한 '참이 아니면 모든 것은 없다'고 한 것과 같은 뜻이다.

식물로 불리우는 풀과 나무도 과연 영혼이 있을까? 다시 말해 풀과 나무 같은 식물들도 생각을 하고 느낌을 갖고 있는 것일까? 칼로 베면 우리가 듣지 못하는 소리로 아프다고 외칠 것인가? 발로 짓밟으면 욕을 하고 원망을 하는 것일까? 도를 통하면 그것을 듣기도 하고 느끼기도 한다고 한다.

이런 생각을 가리켜 범신론(汎神論)이라고 한다. 우주에 있는 모든 것이 다 영혼을 지니고 있다는 것이다. 여기 말한 이치도 똑같은 것이다.

그러므로 불교에서는 살생을 하지 말라고 가르친다. 사람을 죽이면 살인이 되듯이, 소나 돼지를 죽여도 이치로 따져보면 별 차이가 없다는 것이다. 그래서 불교에 빠져 있었던 양무제는 짐승을 죽이는 것을 살인과 같은 죄로 다스리는 금살령을 내리기도 했었다.

그러나 그 양무제는 복을 받지 못했다. 하느님도 부처님도 그를 돕지 않았다. 착한 일을 하면 하늘이 복을 준다고 했는데, 그 금살령으로 인해 견디다 못한 백성들이 반란을 일으켜 결국은 망하고 말았다.

그것은 이치를 하나만 알고 전체를 알지 못한 때문이었다. 짐승을 위해 사람을 못살게 하는 것도 죄가 된다는 것을 모른 때문이다.

그 바탕을 이루고 있는 이치와 그것이 나타나는 이치가 서로 다르다는 것 또한 변함 없는 진리인 것이다. 그 바탕을 이루고 있는 이치를 나타낸 것에 그대로 적용하려는 것은, 산소와 수소가 불에 잘 타는 것만 알고, 산소와 수소로 된 물이 불을 끈다는 이치를 모르는 것과 같다.

풀과 나무가 아프다고 외치는 소리를 듣다못해 하늘이 아무도 풀과 나무를 건드리지 못하게 한다면, 이 세상은 식물의 세상이 되고 동물은 살아남지 못할 것이다.

또한 동물들의 죽는 꼴이 애처로워 아무것도 잡지 못하게 하면, 이 세상은 동물의 세상이 되고 말 것이다.

사슴을 보호하기 위해 울타리를 두르고 맹수들을 들어가지 못하게 했더니, 사슴의 수효가 갑자기 불어나며 먹이가 모자라 떼죽음을 당하고 말았다는 이야기가 있다.

하나의 이치만 알고 다른 이치를 모르면 차라리 아무것도 모르는 것만 못하다는 것이다. 그 참의 참을 남김없이 다 아는 것이 군자요, 그 이치에 따라 행동하는 것이 군자다.

신라 때 원광스님이 가르친 화랑도의 다섯 가지 계율(戒律) 속에, "산 것을 죽이되 가려서 하라(殺生有擇)."고 한 것은 바로 유교의 정신을 이어받아 한 말이었다.

짐승만이 아니라 풀과 나무도 마찬가지이고, 우리가 먹는 곡식과 옷을 해 입는 천도 꼭 필요한 만큼만 쓰는 것이 진리를 아는 사람의 할 일이다.

풀과 나무도 영혼이 있다는 것을 증명한 식물학자의 이야기를 하나 소개하겠다.

나팔꽃이었는지 강낭콩이었는지는 기억이 잘 나지 않는다. 다만 덩굴풀인 것만은 틀림없다.

덩굴풀이 덩굴을 뻗기 시작했을 때, 가까운 곳에 막대기를 하나 세워 두었다. 덩굴풀이 감고 올라가려 했을 때 그 막대기를 뽑아 반대쪽에 꽂았더니, 다시 그쪽으로 방향을 틀어 덩굴을 뻗기 시작했다.

이렇게 하기를 여러 차례 되풀이 하자, 자기를 놀리는 것인 줄 안 것마냥 이번에는 아주 멀리 있는 나무를 향해 뻗어갔다는 것이다.

이와 비슷한 이치라고나 할까, 우리 어릴 때 본 일이 하나 생각난다.

음력 설날, 두 사람이 짜고 대추나무에 위협과 격려를 하는 것이다. 이것은 대추나무에 대추가 전처럼 많이 열리지 않을 때 쓰는 한 방법이다.

한 사람이 먼저 도끼를 들고 가서 대추나무를 노려보고 서 있으면, 조금 뒤에 또 한 사람이 지나가는 척하며 묻는다.

"자네 왜 그러고 서 있나?"

"이놈의 나무가 전처럼 대추를 많이 열지 않아. 그래서 베어버릴까 해서……"

그러면 지나가던 사람은 크게 놀라며 말한다.

"그렇다고 베면 어떻게 해? 올해는 틀림없이 많이 열릴 거야. 두고 보라구."

그리고는 도끼를 빼앗으려하면 한 사람은 베어버리겠다며 옥신각신한다. 그러다가 마침내,

"그럼 어디 한 해만 더 두고보지."하며 도끼를 들고 그냥 가버리는 것이다.

그러면 틀림없이 그 해에는 대추가 많이 열린다는 것이다.

이것은 과일이 영양이 모자라 해를 갈아 열기 때문일 것이다. 그러나 그런 풍속이 내려오는 것을 보면, 나무도 사람의 말을 알아듣고 정신을 차린다고 믿고 있었던 것을 알 수 있다.

자사는 이어 이렇게 끝을 맺었다.

"참이란 자기만 이루고 그만두는 것이 아니다. 모든 물건도 다 참에 따라 이루는 것이다. 자신을 이루는 것은 타고난 어진 마음이요, 다른 물건을 이루는 것은 타고난 지혜다. 이것이 곧 성품이

지니고 있는 덕이다. 이것은 내 안에 있는 마음과 밖에 있는 물건을 하나로 합치는 도리다. 그러므로 그때그때 어느 것이나 다 이치에 맞게끔 할 수 있다.”

이것은 사람을 위한 바른 정치와 함께 모든 것을 자연의 이치에 맞게끔 활용하는 과학까지 아울러 말한 것으로 생각된다.

자기 인격을 완성하는 것은 어진 마음이 되고, 밖에 있는 물건들을 그 이치에 맞게끔 남김없이 그 가치를 발휘하게 만드는 것은 자연과학에 대한 지식을 말한 것이다.

그것이 합쳐져야만 비로소 그 참된 보람을 얻게 되는 것이다. 오늘의 많은 과학자들이 철학자와 함께 전쟁을 반대하고, 과학을 평화적으로 이용해야 된다고 외치는 것도 같은 이치에서일 것이다.

도덕을 바탕으로 한 과학자의 정신만이 오늘의 인류를 전쟁의 위협으로부터 구해낼 수 있다. 우리 모두가 그런 정신으로 돌아가야만 전쟁과 공해에서 완전히 벗어난 복된 세계를 이룰 수 있는 것이다. 그것이 바로 때에 맞게 행하는 것이다.

제26장은 그 지극한 정성, 다시 말해 참의 참은 한순간도 쉬는 일이 없이 이어지고 있다는 것을 거듭 밝히고 있다.

순간순간으로 변하는 것 같지만 사실은 그것이 변하지 않는 진리라는 것이다.

원문의 중요한 줄거리만 간추리면 이런 내용이다.

“지성은 쉬는 일이 없다(至誠, 無息). 쉬지 않기 때문에 오래 가고, 오래가기 때문에 언젠가는 그것이 밖에 나타나게 된다. 그것이 밖에 나타나면 끝도 없이 영원히 이어진다. 영원히 이어지기 때문에 점점 넓어지고 두꺼워진다. 점점 넓고 두꺼워지면 그것이 또 높고 밝아지게 된다. 넓고 두꺼워진 그것은 그 위에 다른 것들을 얹히게 되고, 높고 밝아진 것은 그것을 싸서 덮게 된다. 그리고 그것이 끝도 없이 이어지는 가운데 그 속에서 온갖 것들이 생겨나고 모습을 갖추게 되는 것이다."

이것은 우주가 생기고, 해와 달과 별이 생기고, 땅이 생기고, 또한 그것이 수억년 쉬지 않고 이어지는 가운데, 하늘과 땅으로 불리우는 그 속에서 바다와 육지가 생기고, 풀과 나무가 자라고, 움직이는 동물이 생기고 사람이 생겨나는 이치를 말한 것이다.

이어서 이렇게 말하고 있다.

"넓고 두꺼운 것은 땅에 해당되고, 높고 밝은 것은 하늘에 해당된다. 그리고 그 하늘과 땅의 변화는 끝도 없다. 이런 것들은 금방 그 모습이 나타나 보이지는 않지만 보이지 않는 가운데 아름다운 모습을 갖추게 된다. 움직이는 것처럼 보이지는 않지만 그 가운데 자꾸만 변해가고 있으며, 아무것도 하는 것이 없는 가운데 모든 것이 이치에 따라 절로 이루어지고 있는 것이다. 이 하늘과 땅의 이치는 한마디로 말 할 수 있다. 그것은 그 자체가 둘이 아닌 하나의 이치로 되어 있기 때문이다. 다만 거기에서 생겨나는 것들만 헤아릴 수 없는 것이다."

결국 미루어 헤아릴 수 없는 그것들이 모두 하늘과 땅의 같은 이치에서 생겨났기 때문에, 하는 일이 없이 생겨나고 없어지고 하며 한 모습으로 이어지고 있다는 것이다.

얼음과 물과 김이 비도 되고 눈도 되고 구름도 되어 영원히 제 생명을 이어가고 있는 것과 같은 것이다.

즉 보다 높은 곳에서 먼 과거와 미래를 내다보게 되면 죽는 것이 죽는 것이 아니요, 생겨나는 것이 생겨나는 것이 아니라는 것이다. 불교에서 말하는 곧 있는 것이 다 헛것이요, 없는 것이 곧 있는 것이라는 것이다.

마지막으로 이 장 끝에 가서는 그 크고 넓고 두꺼운 것이 결국에는 작은 것이 모이고 모여서 그렇게 된 것이라고 말하고 있다.

"하늘은 손으로 만져지지도 않는 밝은 것이 많이 모여서 된 것뿐이다. 그러나 그것이 끝도 없이 퍼져 있는 그 속에서 해와 달과 별들이 매달려 있고, 그것들은 땅위의 모든 것을 감싸고 있는 것이다. 이 땅은 한 줌의 흙이 모이고 모여서 된 것뿐이다. 그러나 그것이 넓고 두꺼워 높은 곳에는 산이 있고 낮은 곳에는 강과 바다가 있다. 모든 식물과 동물들은 그 땅을 바탕으로 살고 있는 것이다. 산은 주먹만한 돌들이 모여서 된 것이지만, 그것이 넓고 크게 되면 풀과 나무가 자라나게 되고 새와 짐승들이 살게 된다. 강과 바다는 한 국자의 물이 모여서 된 것이지만, 그것이 헤아릴 수 없는 깊이를 이루고 있게되면 그 속에 온갖 고기와 무서운 짐승들이 살게 된다. 성인은 하늘과 땅과 산과 물의 이같은 이치를 본받아, 잠시도 쉬는 일이 없이 한결같이 타고난 성품을 밝혀, 저 하늘처럼 위대해지는 것이다."

결국 사람의 최고 목표는 하늘이 준 성품을 밝혀, 저 하늘과 같이 되는 것에 있음을 밝히고 있다.

아침에 도(道)를 듣고

도충이용지혹불영
道冲而用之或不盈.
"도(道)는 공허한 그릇이나 아무리 사용해도 가득 차는 법이 없다."

제27장은 타고난 성품을 완전히 밝혀 하늘과 마음이 하나가 된 성인의 위대한 모습을 되풀이하여 설명하고 있다.

맨 처음,

대재 성인지도
"크다 성인의 도여(大哉, 聖人之道)!"

라고 먼저 감탄하고,

양양호 발육만물 준극우천
"넓고 넓은 품안에 모든 것을 키워 나가고, 높고 높은 저 하늘에 가 닿았다(洋洋乎 發育萬物, 峻極于天)."

하는 말로 성인의 도가 어떻게 큰가를 설명하고 있다.

성인도 작은 몸뚱이를 가진 사람에 지나지 않는데 어떻게 모든 것을 그 품안에서 키워 나간다고 했을까? 어떻게 하늘에까지 닿았다고 한 것일까?

그것은 바로 눈에 보이고 손으로 만져지는 몸뚱이로의 사람이 아니고, 그 몸뚱이 속에 있는 성품이 하늘과 하나가 되어, 하늘이 하는 일을 대신할 수 있는 능력을 갖고 있다는 것을 말한 것이다. 그것이 바로 도(道)란 것이다. 〈중용〉맨 첫장에서,

"하늘이 주신 것이 성품이요, 성품대로 하는 것이 길이요, 길을 닦는 것이 가르침이다."

라고 한 그 길이 도인 것이다. 사람이 걸어다니는 눈에 보이는 길과 구별하기 위해, 보이지 않는 이 길을 도라고 말하기도 한다.

도는 보이지 않는 길, 즉 성품을 따라 가는 길로 사람만이 갈 수 있다. 바로 그 길을 그대로 가면 참에 이르러 하늘과 하나가 되는 것이다.

공자가 〈논어〉에서,

"아침에 도를 들으면 저녁에 죽어도 괜찮다."

라고 한 것은, 도를 듣고 그것을 믿고 깨우치게 되면 육신의 죽음이 죽음이 아니고, 성품으로 불리우는 내 영혼이 하늘과 하나가 되어 하늘 같은 일을 할 수 있다고 생각하게 되므로 그럴 수 있는 것이다.

기독교에서 말하는 부활과 영생을 믿게끔 되는 것도 도를 듣는다고 말할 수 있을 것이다.

예수도 이런 내용의 말을 했다.

"네 눈이 네 영혼을 병들게 하거든 네 눈을 빼어버리라. 네 팔이 네 영혼을 병들게 하거든 그 팔을 잘라버리라. 영원한 지옥불에 떨어지는 것보다는 그러는 편이 훨씬 낫지 않느냐?"

그 본보기를 사람에게 보여준 것이 바로 예수가 십자가에 못박혀 죽은 것이다. 내 육신은 이렇게 비참하게 죽지만, 내 영혼은 하늘나라로 올라가 영원히 하나님과 함께 있게 된다는 것이다. 그것을 보다 분명히 하기위해 예수의 영혼이 갖가지 모습으로 제자들 앞에 나타나 살아 있음을 보여주었다. 먹고 마시고 숨을 쉬는 육신이 되

살아난 것이 아니라, 그 육신 속에 있던 영혼이 되살아난 것을 보여 준 것이다. 영혼을 병들게 하는 눈과 팔을 빼어 버리라고 한 예수가 그 몸뚱이를 가지고 하늘로 올라간 것으로 믿는다면 그보다 어리석은 일은 없을 것이다.

불교에서도 그같은 이야기는 얼마든지 전해지고 있다.

벽을 마주보며 9년 동안이나 참선을 했다는 인도 사람 달마는 중국으로 건너와 선종을 처음 연 사람이다. 달마는 그를 미워하는 불교학자들에 의해 독살을 당했다. 그런데 그는 그 뒤 다른 곳에 다시 나타났다. 이상해서 그의 무덤을 파보았더니 시체는 간 곳이 없고 신만 한 짝 남아 있었다는 것이다.

신라 진평왕 때에 혜수(惠宿)라는 유명한 스님이 있었다. 도를 통하고도 그것을 숨기고 호세랑이라는 화랑 밑에 있었다. 뒤에 호세랑이 숨어살게 되자 혜수 역시 적선촌이라는 산골 마을에 숨어살게 되었다.

언젠가 화랑 구담공이 그곳으로 사냥을 나갔다. 혜수가 길가에 서 있다가 말 고삐를 잡고 말했다.

"이 못난 중도 따라가고 싶은데 허락해 주시겠습니까?"

구담공은 두말 않고 허락했다.

혜수는 구담공과 서로 앞서거니 뒤서거니 하며 산과 들을 뛰어다녔다. 구담공은 혜수의 말타는 솜씨며 활쏘는 솜씨에 감탄했다.

한바탕 사냥을 마치고 나자 구담공은 고기를 굽고 지지고 하여 먹기 시작했는데. 스님인 혜수도 아무 거리낌 없이 고기를 맛있게 먹었다.

맛있게 먹고나서 혜수는 구담공에게 말했다.

"이보다 더 맛있고 싱싱한 고기가 있는데 더 드시겠습니까?"

"그래요? 그것 좋지요."

하고 대답하자, 혜수는 사람들을 내보낸 다음 자기 넓적다리를 칼로 베어내어 쟁반에 담아올렸다. 핏물이 옷을 흠뻑 적시었다.

"아니, 이게 무슨 짓이오? 어째서 이런 끔직한 짓을 한단 말이오?"

하고 구담공이 크게 놀라자, 혜수는 조용히 이렇게 대답했다.

"나는 처음 공을 어진 분으로 알았습니다. 나를 미루어 남을 알고, 사람을 미루어 새와 짐승의 마음을 아는 훌륭한 분일 줄 알고 있었습니다. 그래서 기꺼이 따라나와 하루를 즐기려했던 것입니다. 그런데 새와 짐승을 죽이고, 또 그 고기를 먹는 것에만 마음이 빠져 있었습니다. 이것은 나만을 위해 나 아닌 다른 것을 해칠 뿐이니, 어찌 어진 사람의 일이라 하겠습니까? 당신은 올바른 사람이 아니오."

그리고는 옷을 뿌리치며 나가버렸다.

구담공은 크게 부끄러워하며 그가 먹던 그릇을 살펴보았다. 그가 맛있게 먹던 고기접시에는 고기가 고스란히 그대로 남아있었다.

"이상하다. 이럴 수가? 모든 것은 나를 깨우쳐 주기 위해 헛것을 보여준 것이었던가? 그가 큰 스님인 것을 내가 몰라 보았구나."

그리고 돌아와 임금에게 이 사실을 아뢰었다.

진평왕은 곧 사람을 시켜 혜수라는 중을 불러들이라고 일렀다.

내관이 혜수의 집을 찾아가 주인을 찾았으나 대답이 없었다. 집에 없는가 하고 방문 앞을 바라보니 남자의 신과 여자의 신이 나란히 놓여 있었다.

"이상하다. 내가 집을 잘못 찾아온 걸까?"

생각하고 지나가는 사람에게 물어 보았더니, 틀림없는 혜수 스님의 집이라고 했다.

"그럼 스님이 부인과 살림을 하는 건가요?"

하고 물어볼 수밖에 없었다.

"무슨 그런 말씀을? 스님이 부인과 살림을 하다니요?"

하고 화를 내며 가버렸다.

내관은 가만히 안으로 들어가 방문을 열어보았다. 분명 머리를 깎은 남자가 젊은 여자와 한 이불 속에 누워 정신없이 자고 있었다.

내관은 문을 닫고 혀만 끌끌 차고는 돌아서서 나오고 말았다.

한 5리 남짓 걸어 왔을 때 내관은 혜수와 길에서 마주쳤다.

"아니 어디서 오시는 길입니까?"

"성안 사주 댁에서 7일제가 있어 갔다가 일이 끝나 지금 집으로 돌아가는 길입니다. 어디를 갔다 오시는 길입니까?"

그러나 내관은 모든 것이 잘 믿어지지가 않았으므로, 임금이 부르신다는 말을 하지 않고,

"잠시 사사로운 볼 일이 있어 왔다가 돌아가는 길입니다."

하고 헤어지고 말았다.

내관이 돌아와 본 사실대로 임금에게 아뢰자, 임금은 7일제를 지냈다는 그 시주 집에 사람을 보내 혜수가 이레 동안 제를 올린 일이 있는지 알아보게 했다. 7일제를 지낸 것이 틀림없다는 보고였다.

그럼 그때 방에서 여자와 함께 자고 있었던 것은 누구였던가? 아마도 헛것을 보여준 것이 틀림없었다. 제를 올린 혜수도 진짜인지 가짜인지 알 수 없는 일이었다.

그 후 진평왕은 혜수를 더욱 존중하게 되어, 정중히 모셔다가 스승으로 삼을 생각이었다. 그러나 진평왕이 다시 부르기 전에 혜수는 죽고 말았다. 세상이 귀찮아진 것이다.

마을 사람들은 그를 상여에 실어 귀고개(耳峴[이현]) 동쪽에 묻어 주었다.

그런데 그를 귀고개 동쪽에 묻을 그때, 한편 고개 서쪽에서 마을로 오는 사람이 있었는데, 그는 혜수스님이 고개를 넘어 어디론가 가고 있는 것을 보았다. 그래서,

"스님, 어디로 가시는 길입니까?"

하고 물었다.

그 사람은 밖에 나가 있다가 지금 집으로 돌아오는 길이었으므로 혜수가 죽은 것도 모르고 있었다.

"이곳에 너무 오래 살고 있었던지라, 멀리 다른 곳으로 좀 돌아다닐까 하고…"

라고, 혜수 스님이 대답하였다.

그리고는 헤어졌는데, 조금 가다가 뒤를 돌아보니 혜수 스님이 허공을 날아 멀리 어디론가 사라지는 것이었다.

그 사람이 고개를 넘어 동쪽으로 내려오자, 상여를 메고 온 마을 사람들이 일을 하고 있었다.

"아니 누가 죽었기에?"

하고 묻자 마을 사람들은,

"자네가 없는 사이에 혜수 스님이 극락으로 떠난 거야."

라고 대답했다.

"그게 무슨 소리야? 조금 전에 고개 너머에서 혜수 스님을 만났는데, 어디로 가시냐니까 멀리 다른 곳으로 떠난다는 말까지 했어. 그리고 또 허공으로 떠가는 것까지 보았는걸."

"그럴 리가?"

마을 사람들은 믿으려 하지 않았다.

결국 이러니 저러니 하고 말다툼한 끝에 무덤을 파보기로 했다.

무덤 속에는 혜수가 신던 신 한 짝만이 남아 있었다.

〈삼국유사〉에는 이렇게 끝을 맺고 있다.

"지금 안강 고을 북쪽에 혜수라는 절이 있는데, 그 절이 바로 혜수가 살았던 곳이라 한다. 그 절에는 부도(浮圖)도 있다."

부도는 도를 통한 유명한 스님이 죽으면 그의 사리나 뼈를 묻고 그곳에 세우는 둥근 돌탑을 말한다.

모두가 꾸민 이야기로 돌리면 그것으로 그만이다. 그러나 어느 것은 참이고 어느 것은 거짓이라고 말할 수 없는 것이다. 그런 전설을 통해 우리는 다만 그 속에 숨어 있는 깊은 뜻을 알면 되는 것이다.

27장에는 이어서 이렇게 말하고 있다.

"찬란하고 거룩하다. 겉에 나타나 보이는 수백 가지 예법과 그에 따른 수천 가지 행동과 모습들이 어느 것 하나 이치에 맞지 않는 것이 없다. 성인이기에 그럴 수 있는 것이다. 그러므로 참으로 지극한 덕이 아니면 지극한 도는 그곳에 모이지 않는다고 했다. 그러므로 군자는 타고난 어진 성품을 소중히 간직하고, 그것을 닦고 배우는 길을 걸으며, 밖으로는 그 성품을 넓혀 키우고, 안으로는 털끝만큼도 어긋남이 없게 한다. 지극히 높고 지극히 밝은 그 가운데 지나치지도 않고 못 미치지도 않는 중용의 길을 걸으며, 옛것을 간직한 채 새것을 알며, 모든 일에 사랑을 바탕으로 자연을 해치지 않는 것이다. 그런 까닭에 위에 있을 때는 아랫사람에게 교만 하는 일이 없고, 아래 있을 때는 윗사람을 배반하는 일이 없으며, 나라가 바른길을 걸을 때는 그가 한 말이 그대로 세상에 빛을 보게 되고, 나라가 바른길을 걷지 못할 때는 내 몸을 지키며 입을 다물고 있어도 권력이 나를 해치지 못하는 것이다.

옛글이 말하기를 밝고 또 밝아 그 몸을 보존한다고 한 것은 바로 이것을 두고 이른 말이다(詩曰, 旣明且哲, 以保其身, 其此之謂與)."

너무 어려운 말들이라 그 참뜻을 알기는 어렵다. 다만 맨 끝에 나와 있는 옛글에 있는,

"밝고 또 밝아 그 몸을 보전한다."

라고 한 말이 명철보신(明哲保身)이란 문자로 널리 쓰여지고 있었던 것이다.

이것은 내 성품을 밝혀 자연의 이치를 훤히 알고 있으므로, 나와 남의 관계에서나 나와 세상의 관계에서나 이치에 벗어난 일을 하지

않으며, 도움이 되지 않을 일도 하지 않는 것을 말한 것이다.

제갈량이 27살에 세상에 나와, 천하를 깜짝 놀라게 하는 정치와 경제와 외교와 군사에 대한 재주를 골고루 갖추고 있으면서도, 유현덕이 찾아오기 전에는 산골에 묻혀 농사일을 하면서 평생을 조용히 마치려 했던 것도 이 명철보신의 뜻을 알아서였다.

은나라 새왕조를 세우는데 있어서 없어서는 안되었던 이윤도 탕임금이 그를 모셔갈 때까지는 시골에서 농사만 짓고 있었다.

탕임금이 이윤을 성인으로 알고 세 번이나 거듭 사람을 보내 정중히 나와줄 것을 청하자 그제야 밭을 갈던 쟁기를 버려둔 채,

"이 세상에서 먼저 깨달은 사람이 아직 깨닫지 못한 사람을 깨닫게 하는 것이 사람의 도리가 아닌가? 이 임금을 버리고 그 누구와 함께 그런 일을 할 수 있겠는가?"

하고 따라 나섰던 것이다.

무왕을 도와 은나라를 무찌르고 주나라 왕조를 세운 강태공도 문왕이 나타나기 전까지는 위수라는 강가에서 80이 되도록 낚시질만 하며 나날을 보내고 있었던 것이다.

이 모두가 때를 기다리며 참된 삶을 살고 있었던 것이다. 자기의 뜻을 함께 손을 잡고 펼 수 있는 사람이 나타나지 않으면, 헛된 벼슬이나 재물이나 이름을 위해 이치에 어긋나고 자기 양심에 벗어난 일을 하지 않는 것이 바로 명철보신인 것이다.

세상에는 제대로 알지도 못하면서 아는 체하고, 자기가 아니면 이 세상을 바로잡을 사람이 없는 듯이 큰소리 치고 날뛰다가 부질없이 세상만 시끄럽게 만들고 몸까지 망친 사람이 너무도 많다.

또 그런 사람을 그의 말처럼 훌륭한 사람으로 알고 덩달아 날뛰다가 좋지 못한 이름만을 남긴 사람이 너무도 많다.

이 모두가 명철보신이 어떤 것인지를 모르는 여름밤의 불나방 같은 사람들이다.

맹자는 제자들에게 옛날 유명한 성인들의 독특한 점들을 하나하나 말하고, 그 가운데 공자만이 중용을 지켰다고 했다.

그러자 제자는 물었다.

"그러면 같은 점은 무엇이겠습니까?"

그러자 맹자는 이렇게 대답했다.

"한 가지 옳지 못한 일을 하거나, 한 사람의 죄 없는 사람을 죽여야만 한다면, 비록 그로써 천하를 차지하여 천자가 된다 해도 그것을 하지 않은 것이다."

곧 내 타고난 성품, 하늘이 준 양심에 어긋나는 일은 목숨이 달아나는 일이 있어도 하지 않는 것이 성인이란 말이다.

명철보신이란 것은 떳떳한 일을 하며 내 몸을 고이 간직하는 것을 말한다. 요령껏 눈치껏 세상을 사는 것은 명철보신이 아니다.

그러기에 공자는 〈논어〉에서

"어진 사람과 뜻이 높은 사람은 몸을 죽여 어진 일을 이루는 경우는 있어도, 몸을 살리기 위해 옳지 않은 것인 줄 알면서 그 옳지 않은 일을 하지는 않는다."

라고 말한 것이다.

이것을 살신성인(殺身成仁)이라고 한다. 몸을 바쳐 큰일을 해낸다는 뜻이다.

예수가 십자가에 못박혀 죽은 것은 아마 세상에서 가장 위대한 살신성인의하나가 될 것이다.

공자가 위험한 고비를 만나 제자들이 무서워 떨 때마다,

"하늘이 있지 않느냐? 저가 나를 어찌하겠느냐?"

하고 말하며 제자들을 안심시킨 것도 같은 살신성인의 뜻에서 한 말이다.

옳고 바른일을 하는 나를 하느님이 지켜 주실 것 아니냐? 내가 죽는다면 그것은 하느님의 뜻이지 내 잘못은 아니다. 그러기에 두려

울 것이 무엇이냐? 또한 두려워한다고 될 일도 아니지 않느냐? 하고 안심시킨 것이다.

살신성인은 명철보신과 다를 것이 없다. 명철보신은 헛되게 죽지 않는 것을 말한다. 그러나 죽는 것이 사는 것보다 더 보람된 일이면 기꺼이 죽는 것도 명철보신의 참뜻을 살리는 것이다.

제28장에서는 먼저 공자의 말을 다음과 같이 끌어 쓰고 있다.

"어리석으면서 내 생각대로 하기를 좋아하고(愚而好自用), 천하면서 내 마음대로 하기를 좋아하며(賤而好自專). 지금 세상에 살면서 옛날 길을 되풀이 하려 하면(生乎今之世, 反古之道), 이런 사람은 재앙이 그 몸에 비치게 된다(如此者, 災及其身者也)."

이것은 앞에서,

"밝고 또 밝아 그 몸을 보전한다."

라고 말한 것을 공자의 말로써 증명하고, 오늘을 살아가는 바른 삶에 대한 마음가짐을 다른 쪽에서 설명하려 한 것이다.

어리석다는 것은 우리가 보통 쓰는 그 말뜻과 다를 것이 없다. 그러나 어리석은 사람은 자기가 어리석다고는 생각하지 않는다. 자기가 어리석다고 생각하는 사람은 어리석지 않은 것이다. 자신의 어리석음을 많이 느끼는 사람일수록 그 반대로 보통사람을 벗어난 밝고 지혜로운 사람이다.

어리석다는 말은 어리다는 말에서 나온 말이다.

세종임금이 한글을 지어 세상에 펴며 한 말이 어리석은 백성이란 말을 어린 백성이라고 했다.

어린아이란 아직 배우지 않은 나이 어린 아이란 뜻이다. 배운다는 것은 학교에 가서 글을 배우는 것만을 말하는 것이 아니다. 걸음마를 배우고, 말하는 것을 배우고, 밥 먹고 옷 입는 것 등 이것저것을 보고 듣고 경험하고 행동하는 어느 것 하나 배우지 않는 것이 없음을 말한다.

그러므로 나이가 어리다는 것은 그만큼 배운 것이 적다는 뜻도 된다. 그러므로 어리다가 어리석다는 뜻으로 쓰였던 것이다. 그러나 아이들의 어리석음은 어리석다 하지 않는다. 어른과 같이 볼 수 없기 때문이다.

그러므로 아이들의 어리석음은 어른들과는 달리 철부지라고 한다. 또는 철이 없다고도 하고, 철이 나지 않았다고도 한다.

철은 봄철이니 여름철이니 하는 그 철을 말한다. 철은 계속되는 어느 일정 기간을 말하는 것이다. 다시 말해 특색이 있는 어느 한 시기를 말하는 것이다.

그 시기가 지나야만 이것저것을 보고 듣고 경험을 쌓아 알 만큼 알게 된다는 것이다. 그래서 그 시기를 가리켜 철이라 하고, 그래서 아이들이 아이의 티를 벗어나 어른다운 지혜를 갖기 시작하는 것을 보고 철이 든다고 한다.

그런데 옛 속담에,

"철나자 똥 싼다."

라는 말이 있다. 많은 경험을 쌓는 가운데 과연 어떻게 사는 것이 바르게 사는 것이며, 어느 것이 참으로 옳은 것인지를 알아 이제 좀 착하고 올바른 삶을 살아야 되겠다고 깨달을 때는 벌써 몸이 늙어 변소에도 제대로 나다닐 수 없게 된다는 뜻이다.

결국 보통사람은 평생을 어리석게 산다는 뜻이다. 한평생을 철부지처럼 살아온 것을 깨달을 때는 벌써 때가 늦었다는 이야기다.

참으로 깨달은 사람이 보았을 때는 이 세상에서 자기를 가장 위대한 것으로 생각하고 있는 사람처럼 어리석은 사람은 없다. 예를 들면 영웅이라는 진시황이나 나폴레옹처럼 어리석은 사람은 없는 것이다.

진시황은 무력으로 천하를 통일했다. 천하를 통일하기 위해 수백만의 사람을 전쟁으로 죽게 만들고, 또 수백 수천만의 사람을 만리장성을 쌓는 데 동원하여, 온갖 고통과 온갖 슬픔을 맛보게 만들었다.

그리고 그는 스스로 생각했다.

"나는 옛날에 가장 위대했다는 삼황(三皇)과 오제(五帝)의 공과 덕을 함께 이룬 사람이다. 그러므로 나는 왕(王)이라는 이름 대신 삼황의 황(皇)과 오제의 제(帝)를 합친 황제(皇帝)가 되는 것이다. 나는 첫황제이므로 시황제(始皇帝)라 부르고 내 뒤를 잇는 황제는 그 대를 나타내는 2세(二世)니 3세(三世)니 하는 이름으로 천세 만세로 이어지게 하리라."

그리고 3천 명이나 되는 궁녀가 산 것으로 알려진 아방궁이라는 궁궐을 지어 그 안에서 육신의 욕망을 마음껏 채우는 한편, 그 삶의 즐거움을 천년이고 만년이고 누리겠다는 헛된 욕심을 버리지 못하고, 서복(徐福)이란 도사를 시켜 옛날부터 전해오는 동해 바다의 삼신산(三神山)으로 가서 먹으면 영원히 죽지 않는 약을 얻어오게 했던 것이다.

진시황의 어리석음을 몇 가지만 들어보기로 하겠다.

진시황은 사람은 누구나 다 같다는 인도주의를 가장 두려워 했다. 그래서 황제는 영원히 황제여야 하며, 백성은 영원히 백성일 수밖에 없다고 가르치려 했다.

그리고 백성이 첫째요, 나라가 그 다음이요, 임금이 끝이라고 말한 맹자를 비롯한 옛 성인들의 가르침을 원수처럼 생각했다. 말하자면 민주주의 사상이 그의 독재와 혼자만의 향락을 위태롭게 만들기 때문이다.

그래서 그의 독재에 방해가 되는 책들은 모두 불살라 버리고, 그런 책 들의 내용을 옳다고 가르치는 학자들은 구덩이에 산 채로 묻어 죽이고 말았다. 그렇게만 하면 백성들이 소나 말처럼 자기가 시키는 대로 아무 불만도 불평도 없이 따를 것으로 생각했던 것이다.

"눈 가리고 아옹한다."

라는 말이 있다. 제 눈을 제가 가리고 아무것도 보이지 않으니까 남도 자기를 보지 못하는 줄로 알고 큰소리 친다는 뜻이다.

책을 불사르고 학자를 죽인다고 해서 진리가 영원히 없어진다고 믿는 것이니, 이보다 더 어리석은 짓이 어디 있겠는가? 하기는 그것이 하늘의 뜻이었는지도 모른다.

청나라 때 유명한 평론가인 김성탄은 이런 말을 했다.

"진시황처럼 어리석은 생각을 한 사람은 없다. 그러나 그가 저지른 잘못 중 책을 불사른 일만은 죄보다는 공이 더 컸다. 왜냐하면 인류를 위해 없어서는 안될 좋은 책들이 그런다고 없어질 리가 없고, 그대신 있어서는 안될 수많은 책들이 그로인해 없어졌기 때문이다. 오늘날도 그런 진시황이 나타나 모든 책을 불살라 없앤다면 얼마나 다행할까? 이 세상에는 있어서는 안될 책들이 너무도 많아 사람들을 병들게 하기 때문이다."

김성탄이 살던 그 당시보다도 지금이 몇 백 배나 더 하다. 때묻지 않은 어린이들을 돈벌이의 대상으로 삼아, 어린이들이 읽어서는 해로운 책들을 터무니 없는 헛선전으로 유혹하며 마구 찍어내고 있기 때문이다.

그런 해로운 책들은 내버려두고 오히려 바른말을 하고 옳은 것을 가르치는 책들만을 불사른다면 그보다 더한 멍청이가 또 어디 있겠는가? 제 뜻대로 안된다고 제 집에 불을 지른 철부지와 무엇이 다르겠는가? 진시황이 한 짓이 바로 그런 것이었다.

다음에 어리석은 짓은 만리장성을 쌓은 일이었다. 만리장성을 쌓아 북쪽의 다른 겨레들이 쳐들어오는 것만 막으면 영원히 자기 핏줄이 황제의 자리를 지킬 것으로 믿고 있었던 것이다.

그런 그의 어리석은 정책 때문에 괴로움과 슬픔에 찌들어 오던 백성들이 어느 한 사람이 소리치고 일어나자 너나없이 함께 들고 일어나, 숨겨 두었던 무기로 반란을 일으켜, 진시황이 죽고 몇 해가 못 되어 망하고 만 것이다.

백성이 첫째라고 한 맹자의 가르침을 따라 그 백성을 위하는 정책을 펴고, 만리장성 대신 백성을 위하는 일을 했더라면 그리 쉽게 망하는 일은 없었을 것이다. 성인의 가르침이 담긴 책을 불사르고, 그것으로 세상이 다 멍청이가 된 것으로 알고 있었으니, 이것이 눈 가리고 아옹하는 철부지와 무엇이 다르겠는가?

끝으로 가장 바보같은 짓은 서복이란 도사를 시켜 죽지 않는 약을 구해오게 한 일이다.

그러나 서복은 진시황의 어리석은 생각을 이용하여 자기의 숨은 욕망을 채우려고 했다.

또한 서복은 진시황이 자기까지 해치게 될 것을 미리 알고 있었다. 신선이 된다는 것은 속세의 영화를 떠나 참을 깨닫고, 내 육신을 벗어나 독특한 경지에 이르는 것을 말한다. 그 경지에 이르는 공부는 여간 힘든 것이 아니며, 아무나 한다고 되는 것도 아니다.

그런데 진시황은 신선이 버리라고 한 속세의 헛된 욕망에 빠져서, 신선처럼 오래 살겠다는 욕심을 채우려고 했다. 그래서 그것을 서복에게 요구한 것이다.

서복이 진시황의 그같은 생각이 잘못된 것이라고 타이르거나 하면, 당장에 죽일 것은 뻔한 일이었다.

그래서 서복은 진시황을 속일 수밖에 없었다. 그의 청을 들어주는 척하며, 자기의 숨은 뜻을 이루어보려 한 것이다.

"신선은 영원히 죽지 않는다는데 과연 그럴 수 있는가?"

하고 진시황이 묻자 서복은 이렇게 대답했다.

"그것은 도를 닦은 사람만이 그럴 수 있습니다."

"도를 닦지 않고 오래 살 수는 없는건가?"

"있기는 합니다만, 매우 어려운 일이옵니다."

"그야 어렵겠지, 쉬운 일이라면 누구나가 다 신선이 되었을 테니까. 그래 그 어렵다는 것은 무엇을 뜻하는 건가?"

"옛부터 전해 오기를 동녘 바다에서 그리 멀지 않은 곳에 신선이 사는 세 섬이 있는데, 그 섬들에는 큰 산이 각각 하나씩 있으므로 이를 가리켜 삼신산(三神山)이라 하옵니다. 신선이 사는 세 산이란 뜻입니다."

"그런데……?"

"그 삼신산에는 먹으면 늙지도 않고 죽지도 않는다는 신령한 풀이 있습니다. 그 풀의 진액을 짜서 마시면 병도 들지 않고 늙지도 않습니다. 다시 말해 도를 닦지 않고도 약의 힘으로 신선이 될 수 있는 것입니다."

"그 약을 구해 올 수 있겠는가?"

"그게 그리 쉬운 일이겠습니까? 첫째 그 산이 있는 섬은 항상 구름으로 가려 있어 찾기가 어려우니, 그것을 찾는 것만도 오랜 날이 걸려야만 될 일이 옵니다."

"대략 얼마나 걸릴까?"

성질 급한 진시황은 당장 내일이라도 그 섬을 발견했으면 싶었다.

"보통사람은 그 근처에만 가도 바람이 배를 끌고 바다 속으로 들어간다 합니다. 그러나 신은 도술로써 그 바람을 이길 수 있습니다. 그러나 그것이 며칠이 걸릴지는 미리 말씀드리기 어렵습니다."

"그야 그렇겠지."

"그밖의 어려움이 또 있습니다."

"어떤 어려움인가?"

"산이 크고 깊은 데다가 어느 곳에 그 약풀이 있는지 알기 어렵습니다."

"그야 그렇겠지."

"그러므로 넉넉하게 10년은 잡아야 할 것으로 아옵니다. 빠르면 한두 해가 걸릴 수도 있는 일입니다만…"

"그러면 많은 양식과 사람이 필요하겠군."

"그렇습니다. 첫째 아직 시집 · 장가를 가지 않은 사내아이와 계집아이를 각각 3천 명씩 구해, 천 쌍씩 세 배에 나눠 태우고 각 섬에 각각 천 쌍씩 올라가 살게 합니다. 그리고 간단한 농사 도구와 씨앗도 함께 싣고 가서 농사를 지어 먹고 입는 문제를 해결해 가면서 산 속을 누비며 약풀을 찾게 하는 겁니다. 이렇게 모든 준비를 갖추고 떠난다면 불사약은 반드시 얻고야 말 것입니다. 어쩌면 생각보다 빨리 돌아올지도 모릅니다."

그리하여 서복이 원하는 대로 엄청나게 큰 배를 세 척 새로 만들어 각각 한 배에 천 쌍의 나이 어린 남녀와 함께 새살림에 필요한 모든 도구와 씨앗 그리고 한 해를 먹고도 남을 곡식과 입고도 남을 옷감을 싣고, 또 그것을 뭍으로 실어 나르는 데 필요한 작은 배까지 싣고 길을 떠나게 되었다.

진시황이 신선이 되는 부푼 꿈에 들떠 있는 동안, 서복은 배를 몰아 멀리 제주도 앞바다를 지나 일본으로 들어가 그곳에서 눌러 살고 만 것이다.

지금도 제주도에는 이 서복이 먹을 물을 얻기 위해 올라왔다는 곳이 전해지고 있고, 또 일본 구마노(熊野, 웅야)란 곳에는 서복의 무덤으로 전해지는 무덤이 있다 한다.

그래서 일본 사람의 대부분은 이 서복이 데리고 간 3천 쌍의 자손들이란 말까지 전해지고 있다.

아무튼 진시황은 엄청난 욕심꾸러기였던 만큼, 그 욕심으로 인해 역사에 둘도 없는 바보짓을 한 사람이었다.

결국 어리석은 진시황은 그 자신이 어리석은 줄도 모르고 제멋대로 제 욕심껏 모든 것을 얻으려 하다가, 객지에서 51살 한창 나이로 갑자기 죽고 말았다.

나폴레옹도 별로 다를 것이 없는 어리석은 사람이었다. 그가 센트 헤르나 섬에서 귀양살이를 하며 쓴 일기에는 이런 내용이 있다고 한다.

"내가 한 일 가운데 보람된 것이라고는 하나도 없다. 있다면 그것은 민법을 정리해 새로운 법전을 만든 것이다."

그가 자신이 한 영웅다운 일이 헛된 것임을 깨달은 것은 그가 패전이란 아픈 경험을 한 때문이었다. 그러나 그 역시 사람을 죽인 전쟁에 대해서는 별로 죄같은 것을 느끼지는 못했던 것 같다.

힘이 세기로 유명한 항우는 24살에서 32살까지 8년 동안 싸워서 한 번도 진 일이 없었다. 그는 힘이면 무엇이고 된다고 생각했다. 그러나 한 번 지는 날 그는 그것으로 끝나고 말았다.

항우는 죽을 때도 자신의 어리석음을 깨닫지 못했다. 그래서

"시기가 내게 불리했기 때문이지, 내가 전쟁을 좋아한 죄는 아니다."

라고 말한 것이다. 힘이면 모든 것을 내 뜻대로 할 수 있다고 생각한 그 어리석음 때문에 결국 전쟁에 패해 자살을 하기에 이른 것이다. 나폴레옹도 이 항우와 별로 다를 것이 없다.

힘으로 세계를 정복하려고 한 사람으로 성공한 사람은 없다. 그런 사람을 세상에선 영웅이란 이름으로 부르기도 한다. 영웅이란 힘만 믿는 바보란 뜻이기도 하다.

영웅이란 사람들도 그러하거늘 그밖의 힘없는 바보같은 사람들이야 말해 무엇하겠는가? 힘도 없이 바보처럼 내 멋대로 하는 것이 이미 말한 천하면서 내 마음대로 하기를 좋아하는 것이다.

천하다는 것은 벼슬이 낮다는 뜻이다. 힘을 떳떳하게 쓸 수 있는 지위에 오르지 못한 것을 천하다고 한다. 그런 사람은 반란을 좋아

하거나, 법을 두려워 하지 않는 폭력배와 같은 사람을 말한다.

그러나 나아가서는 진시황이나 나폴레옹같은 사람도 여기에 해당되는 사람이라고 할 수 있다. 그들은 사람의 세계에서 볼 때 가장 높은 벼슬인 황제의 지위에 있었던 사람이었지만, 공자나 맹자의 말을 빌린다면 임금이란 백성들을 편안하게 살도록 하라는 하늘의 명령을 받은 한 벼슬아치에 지나지 않는 것이다.

공자와 맹자의 그같은 생각을 제도로 만든 것이 민주주의다. 나라를 다스리는 주인으로서의 권리는 백성에게 있다고 하는 이른바 주권재민(主權在民)의 사상이 민주주의인 것이다.

스위스처럼 중요한 정책이나 법률을 주민들이 직접 투표로써 결정하는 직접민주주의 제도를 시행하는 나라도 있기는 하지만, 대개는 대통령이나 국회의원이나 지방장관을 뽑아 그같은 일을 일정기간 맡기는 간접민주주의 제도를 쓰고 있다.

직접이 됐든 간접이 됐든 오늘날에는 분명 백성이 한 나라의 주인이요, 한 지방의 주인임에 틀림없다. 그렇다면 대통령이나 국회의원이나 장관은 백성보다 낮은 자리에 있는 심부름꾼이어야 할 것이다.

그런데 일단 대통령이 되고, 국회의원이 되고, 지방장관이 되고 나면 그 자리를 물러나기 전까지는 무엇이고 내 마음대로 할 수 있다고 생각하는 사람도 없지 않을 것이다. 그러면 그들은 여기 말한,

"천하고 낮은 자리에 있으면서 주인인 백성의 뜻을 거역하고 제멋대로 하기를 좋아한다."

하는 그런 사람인 것이다.

아프리카와 남미를 비롯하여 민주주의가 뿌리 내리지 못한 나라들에 그같은 사람이 종종 나타나 백성들의 뜻에 벗어난 갖은 못된 짓들을 하다가, 언젠가는 비참한 꼴을 겪고 말게 되는 것을 종종 보게 된다.

그 모양이 다르고, 크고 작은 차이가 있을 뿐, 그 이치에 있어서

는 여기서 말한 것과 하나도 틀리지 않다는 것을 알 수 있다.

끝으로 지금 세상에 살면서 옛날 길을 되풀이하려 하면 재난이 그 몸에 미친다고 한 말이있다.

사람들은 누구나가 새것을 좋아한다. 그래서 유행이란 것이 생겨나게 된다. 또 거기에 돈만 아는 영리한 사람들이 자기의 욕심을 채우기 위해 부채질까지 하게 되므로, 세상은 자신들도 모르는 사이에 걷잡을 수 없는 지경으로 빠져들기도 한다.

뜻 있는 사람들은 이를 바로잡아 보려고 여러 가지 방법을 생각하게 된다. 그 가운데 하나가 옛날로 되돌아 가려는 것이다.

유행이 바뀌고 바뀌어 백년 전으로 되돌아가는 일이 있듯이, 역사에도 비슷한 현상이 되풀이되곤 한다.

권력을 잡았던 한 단체가 무너지고 새로운 단체가 그를 대신했을 때는 으레 제도가 바뀌고 법률이 다시 만들어지곤 한다. 먼저 있던 권력을 뿌리째 뽑아버리려는 목적에서 그러는 경우도 있지만, 먼저 사람이 실패한 것을 거울삼아 뭔가 새로운 것을 만들어보려는 생각에서 그러는 경우도 많다.

이때 보다 새로운 것을 만들려 하지 않고, 옛날로 되돌아가려는 경우도 가끔 있다. 그것이 보통사람의 생각이다. 하나만 알고 둘은 모르기 때문이다. 이것저것 깊이 생각하고 연구한 일도 없으므로 뭔가 손쉽게 다르게만 만들어 보려는 옅은 생각 때문이다.

그래서 역사는 되풀이된다는 말이 생기게 된 것이다. 그런 옅은 생각에서 옛날 제도를 다시 오늘에 쓰려고 했을 때는 새것을 향해 나아가는 사람의 생활과 맞을 리가 없다. 그래서 헛수고만 하고 다시 그 반대쪽을 생각하게 된다. 그러는 가운데 조금씩 좋은 방향으로 나아가기도 한다. 또 아주 뛰어난 사람이 있어 모든 백성들이 다 좋아할 새로운 제도를 과감하게 만들고, 몸이 커서 맞지 않게 된 헌 옷을 벗기고 몸에 맞는 새옷을 입힌 것과도 같은 새법률을 만들기도 한다. 그래서 역사에는 이따금 기적과도 같은 태평성대가 계속되며, 찬란한 문화가 꽃을 피우고 열매를 맺기도 하는 것이다.

그런데 때로는 엉뚱한 생각으로 옛날의 한 시기를 이상적인 시기로 보고 깊이 연구도 하지 않은 채, 그 때의 그 제도를 오늘날에 그대로 시행하려 하기도 한다.

그러다가 실패한 사람이 왕망(王莽)이다.

왕망은 한나라가 서한과 동한으로 나눠지는 시기에 신(新)이라는 나라를 세우고 18년 동안 천자 노릇을 하다가 내란으로 목숨을 잃고 만 사람이다.

왕망은 한나라 원제의 왕후인 왕씨의 친정 조카인 왕만의 아들로 성제가 죽고 아들이 없자, 원제의 첩에서 난 손자로 임금을 삼고 왕씨는 태후로서 정치를 마음대로 했다. 이 임금이 애제다.

이렇게 되니 자연히 친정 식구들이 득세를 하게 되었고, 그래서 왕망도 그 틈에 끼어 그의 재주를 펼 수 있었다.

왕망은 대단한 재주를 가진 사람이었다. 안으로는 왕태후의 신임을 받고, 밖으로는 선비들의 존경을 받았다. 그는 그 당시 어지러운 세상을 피해 시골로 내려가 숨어사는 이름 있는 학자들을 불러다가 벼슬을 주곤 했으므로, 지식층에서는 그를 성인으로 떠받드는 사람도 없지 않았다.

이렇게 안팎으로 터를 다지고 난 왕망은 보이지 않게 야심을 드러내기 시작했다.

애제가 23살로 천자가 된 지 6년 만에 죽자, 왕망은 태후를 부추겨 이제 10살밖에 안된 왕자를 맞아들여 천자로 앉히고, 자기는 재상에다가 군권을 한 손에 쥔 대사마 벼슬까지 겸하게 되었다.

왕망은 부하들로 하여금 자기에게 태후가 그같은 벼슬을 내리게끔 아뢰게 한 다음, 자신은 굳이 사양하고 받지 않는 방법을 썼다. 심지어는 눈물까지 흘리며 사양하기도 했다.

그의 그같은 태도는 태후의 신임을 더욱 받게 되었고, 그를 그리 좋게 보지 않던 사람들도 그를 차츰 야심이 없는 사람으로 보기 시작했다. 인물이 뛰어나고 연극 솜씨 또한 놀라웠으니, 어린 임금 평제도 그를 아버지처럼 따르게 되었다.

그러나 그러던 어린 평제가 나이를 들면서 차츰 왕망의 하는 일을 못마땅해 하기도 하고, 때로는 원망까지 했다.

그러자 왕망은 뒷일이 걱정되어 밖으로 놀러나가 즐기던 어느 날 평제의 술잔에 직접 독약을 타서 먹였다.

그 독약은 금방 독이 나타나 죽는 것이 아니고, 서서히 병이 들게 하는 약이었다. 그 때가 평제의 나이 14살로 임금된 지 5년 때의 일이었다.

평제가 돌아와 그길로 병상에 눕게 되자, 왕망은 주나라 때 주공이 한 것처럼 자기가 임금을 대신해 죽기를 바라는 기도문을 써서, 임금만이 볼 수 있는 비밀궤에 넣어두었다.

자기가 독약을 먹여 죽게 만들어 놓고, 그 임금을 대신해 죽고싶다는 기도문을 썼다니 그가 하늘이 있다고 믿었을 리 만무하다.

크게 어진 사람은 바보같다는 말이 있는가 하면, 크게 간악한 사람은 항상 성인처럼 사람들의 눈에 비추게끔 연극을 잘한다는 말도 있다. 왕망은 자기가 하는 일을 남들이 주공같은 성인으로 알게끔 만들었다.

그리고 평제가 죽자 이번에는 태후의 의견을 반 거역하다시피 하여 겨우 2살밖에 안된 어린아이를 임금으로 정하고, 자신은 주공처럼 대신 천자의 일을 맡아했다. 백성들은 그를 섭천자(攝天子)라 불렀다.

그리고 3년 뒤에는 마침내 신이라는 나라를 세우고 자기가 천자가 되었다. 그것도 태후가 그렇게 한 것처럼 꾸몄다.

나라를 세우고 나서 왕망이 민심을 얻기 위해 실시한 것은 토지개혁이었다. 부자의 땅은 물론이요 모든 개인의 땅을 나라 땅으로 만들고, 큰 논밭은 아홉 개의 옛날식 우물정자(井)로 똑같게 나누어, 한 집이 하나씩 농사를 짓게 만들었다.

땅을 빼앗긴 땅임자는 말할 것도 없고, 내 땅을 얻게 된 농민들도 많은 불편을 느끼었다.

왕망이 실시한 제도는 이미 천년 전에 없어진 제도로 사람은 적고 땅이 남아 돌았을 때 필요했던 제도였다. 바둑판처럼 아홉으로 똑같게 나누어 둘레에 있는 여덟은 여덟 농가가 농사를 짓고, 한 가운데 있는 것은 공동으로 농사를 지어, 거기에 난 곡식으로 세금을 바치는 제도다.

그것이 뒤에 사람은 점점 많아지고 땅은 모자라게 되자, 가운데 있는 둑을 허물고 힘이 있는 사람은 더 많은 땅에 농사를 지을 수 있게 됐다. 그리고 새땅을 일구면 일군 땅은 그 사람이 차지하고, 다만 그 땅에서 난 곡식의 십분의 일만 바치도록 했던 것이다.

그리하여 땅만 넓고 사람은 별로 살지 않는 변두리 땅을 얻어 임금이 되어 간 천대 받던 제후들이, 중앙의 좁은 땅에 임금이 된 귀염 받던 나라보다 점점 부자 나라가 되어 갔던 것이다.

진시황이 천하를 통일하게 된 것도 그런 버려진 서쪽의 황무지를 개척한 때문이었다.

그것은 시대의 변천에 따라 그렇게 된 것이었다. 옛날 제도를 고치고 새제도를 남보다 먼저 실시한 진나라가 천하를 삼키게 된 것이다.

그런 것을 왕망이 민심을 얻겠다는 헛된 생각에서 이미 시대에 맞지 않는 버려진 옛 제도를 따라 새로 경계를 만들고, 그 안에서 농사를 짓게 만든 것이다.

그리고 왕망은 그 제도를 반대하는 사람은 모조리 변두리 국경지대로 옮겨가 살게 만들었다.

그리고 한나라의 왕족과 귀족들은 모두 평민으로 만들었다. 그것까지는 좋았는지 모른다.

그러나 그의 위신을 세우기 위해서 흉노로 불리우는 서북쪽의 유목민족을 무찌르는 전쟁을 일으켰다. 그것이 성공을 거두어도 백성들이 좋아할 리가 없었는 데다가, 거꾸로 패해서 국경지대의 백성들이 죽고 소와 말들을 빼앗기고 말았다.

일이 이렇게 되자 왕망은 마침내 민심을 얻기 위해 농민이 가지고 있는 땅을 개인의 것으로 만들고 사고 파는 것을 마음대로 해도 좋다는 영을 내리기에 이르렀다.

왕망은 주공의 행세를 하며, 남이 자기를 주공같은 성인이라고 아첨하는 말을 듣게 되자, 정말 주공이 된 기분으로 천년 전 주공이 편 제도를 다시 폈던 것인지도 모른다.

결국 안팎으로 원망만을 사는 정책을 이랬다 저랬다 고치고 뒤집고 하는 사이에 세상은 걷잡을 수가 없게 되고, 또 옛날 왕족들이 들고 일어나자 그의 정책에 시달려 온 백성들은 일제히 반란군에 가담하게 되었고, 왕망은 한나라 왕족들 손에 죽고 만 것이다.

공자가 말한,

"지금 세상에 살면서 옛날 길을 되풀이 걸으면 재난이 그 몸에 미친다."

라는 이치를 왕망이 알았을 리 없다. 가짜가 진짜를 흉내내면 어딘가 헛점이 드러나 결국은 망신스런 꼴을 당하고 마는 것이다.

자사는 공자의 이 말을 받아 자기의 의견을 말한 다음, 다시 끝에 가서 공자가 한 말로 이렇게 끝을 맺고 있다.

"나는 천년 전의 하나라 제도도 말할 수 있다. 그러나 그 자손들이 가지고 있는 문헌이 부족해서 자세한 것은 말할 수가 없다. 6백년 전의 은나라 제도는 내가 배웠다. 그에 관한 문헌들이 송나라에 그대로 보관되어 있기 때문이다. 나는 주나라 제도를 배웠는데 그것은 지금 그대로 쓰이고 있다. 그러므로 내가 만일 새제도를 만든다면 그때는 주나라 제도를 따를 것이다."

공자는 사랑하는 제자 안자가 나라를 다스리는 방법을 묻자,

"책력(册曆)은 하나라를 따라 봄이 시작되는 달로 그 해의 첫달로 삼고, 수레는 사치스런 주나라 것보다는 튼튼하고 쓸모 있는 은나라 수레를 타도록 하고, 제도와 법률은 주나라의 발달된 것을 쓰도록 하고 아첨하는 무리와 음탕한 음악들은 멀리하고 내몰아야 한다."

하고 대답했던 것이다.

옛것 가운데 편리하고 쓸모 있는 것은 그것을 옛것이라 하여 묻어두지 말고 다시 써야 하며, 제도와 법령같은 것은 시대에 따라 발달하는 것이므로 그것을 바로 잡는 경우라도 항상 오늘을 바탕으로 해야 한다는 것을 말한 것이다.

제29장은 위 28장의 말을 이어받아 천하를 다스리는 데 있어서, 비록 그 자신이 어리석지 않다 하더라도 자기 혼자 생각대로 해서는 안되며, 비록 자신이 높은 지위에 있다 하더라도 내 마음대로 해서는 안되며, 지금 세상에 살며 옛길을 되풀이해서는 안되지만 그렇다고 옛것을 완전히 버리지 말고, 그것을 거울삼아 역사의 흐름 속에서 영원히 변하지 않는 이치를 밝혀 오늘에 살리는 것이 중요하다는 것을 말하고 있다.

맹자는 제나라 선왕을 보고 정치에 있어서 중요한 것은 사람을 쓰는 일이니 무엇보다 신중히 해야 한다고 말하고, 그 보기로써 다음과 같은 말을 했다.

"가까이 옆에 있는 신하들이 어느 사람을 훌륭하다며 쓰라고 권하더라도 그들 말만 듣지 말고, 대신들에게 물어 보아 대신들 역시 훌륭하다고 하거든 그 때 비로소 나라 안의 여론을 살펴 보고, 여론이 역시 그를 훌륭하다고 하면 그 때 비로소 써야 합니다. 한

번 쓴 사람을 버리는 것도 역시 그래야 하며, 누가 죽을 죄를 지었다 하더라도 역시 그렇게 해서 그가 과연 죽을 죄를 지은 것이 틀림없다고 생각되었을 때 죽여야 합니다."

임금이란 높은 자리에 앉아 사람을 쓰고 버리고 죽이고 하는 권한을 쥐고 있는 만큼, 더더욱 조심을 하고 깊이 생각을 해야 실수하거나 후회하는 일을 막을 수 있다고 한 것이다.

맹자의 이런 생각이 민주주의 나라의 한 제도로 발전하여, 공무원의 신분이 보장되는 법이 생겨나 아무리 대통령이라 하더라도 자기 마음대로 사람을 쓰거나 버리거나 하지 못하게 되어 있고, 사람에게 죄를 줄 때는 재판을 세 번이나 거듭하는 이른바 삼심제라는 것이 생겨난 것이다.

미국같은 나라도 처음에는 대통령이 한 번 갈리면 우체국의 집배원까지 모두 바뀔 지경이었다고 한다. 그래서 생긴 것이 공무원 신분보장법이라 한다. 그러니 임금의 말 한마디로 멀쩡한 사람이 죽기도 하고, 죽어야 할 사람이 살아나기도 한 옛날에야 오죽했겠는가?

맹자가 말한 그와 같은 생각을 여기서는 보다 넓고 깊이 다루어,

"그러므로 어진 임금은 자기가 옳다고 생각되는 것을 바탕으로 하여, 그것을 모든 백성들이 다 믿고 따를 것인지를 확인하고, 그런 다음에 옛날 어진 임금들이 어떻게 했으며 그 결과가 어떠했던가를 참고로 하고, 그리고 그것이 자연의 이치에 벗어나지 않다는 확신과 내 양심에 물어보아 한 점의 부끄러움이나 의심이 없고, 그것이 후세에 길이 본받을 일이 되리라는 믿음이 생긴 뒤에 비로소 새제도와 새법을 만들어 세상을 바로잡아야 한다."

하는 내용의 말을 하고 있다.

아무리 어진 임금이라 하더라도 세상을 바로잡는 일이 얼마나 어려운 것인가를 잘 말해 준 것이라 할 수 있다.

나라가 어지럽고 백성들이 고통을 겪는 일을 나타내는 말에 조령

모개(朝令暮改)란 말이 있다. 법령을 만들어 실시한 지 얼마 되지 않아 그것이 어떤 어려움에 부딪히거나, 잘못된 것임을 깨닫게 되어 금방 또 그것을 고치거나 다른 법령으로 대신하는 것을 말한다.

글자 뜻대로는 아침에 만든 법령을 저녁에 고친다는 것이다. 그런 일이 때로는 없지도 않겠지만 생각없이 이랬다 저랬다 법을 자주 만들고 고치고 해서, 백성들은 어느 장단에 춤을 추어야 좋을 지 모르게 되고, 언제 또 바뀔지 모른다는 생각에서 아예 법은 법대로 나는 나대로 하는 식으로 되고 마는 것을 가리켜 하는 말이다.

그것이 대개는 권력을 쥔 사람이 백성은 생각하지 않고 자기 욕심만 채우려 하기 때문이요, 위에서부터 물길을 돌리려 하지 않고 터진 둑만 막으려고 이리 뛰고 저리 뛰고 하기 때문이다.

그리고 또 이렇게 말했다.

"내 양심에 물어 부끄러움과 의심이 없는 것은 하늘을 아는 것이 되고, 후세에 길이 본받을 일이 된다고 믿는 것은 사람을 아는 것이 된다."

이렇게 거룩한 임금은 하늘을 알고 사람을 알기 때문에, 그가 한 번 고친 제도는 온 천하가 그대로 따르게 되고, 그가 행한 일과 그가 한 말은 그대로 천하의 법이 된다고 말했다.

그리고 마지막에서는 이렇게 끝을 맺고 있다.

"〈시경〉에 말하기를 저기 있어도 나를 싫어하는 사람이 없고, 여기 있어도 나를 귀찮아 하는 사람이 없다. 밤이나 낮이나 잠시도 게을리 함이 없어야 길이 아름다운 이름을 잃지 않게 된다고 했다. 여기서 말한 것처럼 되지 않고서 일찍이 천하의 아름다운 이름을 얻은 사람은 없었다."

비단옷 삼베옷

문신불애전 무신불석사 칙천하평의
文臣不愛錢, 武臣不惜死, 則天下平矣.

"문신이 돈을 탐내지 않고, 무신(武臣)이 목숨을 아끼지 않으면 천하는 태평하다."

제30장에서 자사는 공자를 하늘에 비유해 말했다.

"공자는 위로 요임금 순임금의 일을 바탕으로 하고, 아래로는 문왕과 무왕의 일을 중심으로 하여 나라 다스리는 법칙을 세웠다. 위로는 하늘과 때를 본받고, 아래로는 물과 땅을 따랐다."

요임금 순임금을 바탕으로 했다는 말은 천하를 임금 개인의 것으로 생각하지 않고, 천하의 주인은 백성이라는 생각에서 주인인 백성의 올바른 심부름꾼으로서 책임을 다하고, 그리고는 내 핏줄에게 천자의 자리를 물려주지 않고 백성들을 위해 참다운 심부름꾼 노릇을 할 수 있는 사람을 골라 천자의 자리에 앉도록 한 것을 가장 거룩하게 여겼다는 뜻을 밝힌 것이다.

문왕과 무왕의 일을 중심으로 삼았다는 것은 요임금과 순임금처럼 가장 어진 사람을 골라 천하를 맡아 다스리게 하지 못하고, 자기핏

줄에게 자리를 물려주는 이른바 세습제도로 인하여 마침내는 천하를 자기 개인 것으로 생각하고 주인인 백성을 자기 종으로 생각하기 이르러, 세상이 어지럽고 백성이 살 수 없게 된지라, 부득이 백성 편에 서서 못된 임금인 주를 무찔러 어지러운 세상을 바로잡고 백성을 건져, 새로운 제도와 법령으로 주나라 새왕조를 세우게 된 것을 그 나름대로 잘한 것으로 생각했음을 밝힌 것이다.

맹자가 제나라 선왕의 물음에 대해.

"임금이 백성의 지지를 받지 못하면 그것은 한 지아비에 지나지 않습니다. 무왕이 주를 무찌른 것은 신하가 임금을 죽인 것이 아니라, 백성의 지지를 잃은 한 지아비를 죽인 것입니다."

라고 대답하여 백성의 편에서 일으킨 혁명은 하늘의 뜻으로 보아 마땅하다는 것을 밝혔는데, 맹자의 그같은 생각은 공자에게서 이미 비롯되었던 것이다.

위로 하늘과 때를 본받고 아래로 물과 땅을 따랐다는 것은 모든 것을 자연의 이치에 따라 그 이치에 맞게끔 일을 했다는 뜻이다.

공자가 노나라 사공(司空)이란 벼슬에 오르자, 맨 먼저 노나라 전체의 산과 들의 토질을 조사했다. 사공이란 벼슬은 국토 관리와 건설을 맡는 것으로 그때까지는 성이나 쌓고 대궐이나 짓고 했을 뿐이었는데, 공자는 전 국토를 조사하여 그 토질에 맞게끔 곡식을 심고 나무를 심으며, 강물을 흐르게 하고 못을 만들어 가뭄과 장마의 피해를 막으려 했던 것이다.

이것이 바로 위로 하늘과 때를 본받고 아래로 물과 땅을 따른 한 가지가 된다고 말할 수 있다.

그러나 이런 것은 밖에 나타난 것의 한 부분일 뿐, 공자의 위대함은 한낱 그런 것에 그치지 않았음을 이렇게 말하고 있다.

"공자의 덕은 하늘과 땅이 모든 것을 그 위에 담아 싣고 그 아래에 감싸 덮지 않은 것이 없는 것과 같고, 봄과 여름과 가을과 겨울 사계절이 차례를 따라 이어지는 것과 같으며, 해와 달이 번갈아 하늘과 땅을 비쳐주고 있는 것과 같다."

이것은 도를 통한 공자의 마음을 하늘과 하나가 되어 있음을 비유로 말한 것이다.

또한 공자의 위대한 도와 사랑 속에 모든 백성이 그 혜택을 입고, 제자를 비롯한 모든 인류가 길이길이 공자의 가르침 속에 있음을 이렇게 비유하고 있다.

"모든 물건이 하늘과 땅 사이에 함께 자라면서도 서로 해치지 않는 것과 같고, 봄과 여름과 가을과 겨울이 나란히 뒤를 이어 돌고 돌아도 서로 엇갈리는 일이 없는 것과 같다. 작은 것은 그 속에서 흐르는 냇물과도 같고, 큰 것은 하늘과 하나로 된다. 이것이 바로 하늘과 땅이 크기 때문이고, 공자의 도와 덕이 큰 때문이다."

자사가 말한 공자에 대한 평은 한낱 헛자랑에 그치는 것이 아니다. 옛말에

"성인만이 성인을 알 수 있다."

라고 했다. 자사같은 성인이기에 공자의 위대함을 이렇게 평할 수 있었던 것이다.

〈논어〉에서 노나라 세도재상인 숙손무숙이란 사람이,

"자공이 공자보다 더 훌륭하다."

는 말을 대신들이 모인 자리에서 했다는 것을 전해 들은 자공은 그 숙손무숙의 어리석음을 이렇게 비유해서 말했다.

"담과 집을 비유로 들어 말하면 내 담은 어깨에 닿으므로 누구나가 내 집의 아름다움을 볼 수 있다. 그러나 공자의 담은 몇 길이나 되는지라 대문 안으로 들어가기 전에는 대궐의 웅대함과 그 안에 많은 벼슬아치들이 있음을 볼 수 없다. 그 대문 안으로 들어간 사람이 흔하지 않으니 숙손대감의 말은 당연하지 않은가?"

숙손무숙을 가리켜 자공은 담이 높은 대궐에는 들어가 보지도 못

하고 대궐을 가리켜 어느 부잣집만도 못하다고 말하는 시골 사람이 나 철부지 아이에 비유해 말한 것이다.

자공의 말대로 공자의 밑에서 직접 배운 사람이 아니면 공자의 위대함을 잘 알 수 없는 것이다. 또 직접 배웠다 해도 자공같은 사람이 아니면 참을 알 수 없는 것이므로, 역시 성인만이 성인을 알 수 있다고 한 것이다.

그 숙손무숙이 자공을 만난 자리에서 또 공자를 얕잡아 말하자 자공은 이렇게 말했다.

"다른 사람의 위대함은 산과 같아 오를 수도 있고 넘을 수도 있다. 그러나 공자는 해와 달과 같아 오를 수도 없고 넘을 수도 없다."

또 공자의 제자인 자금이 역시 공자보다 자공을 더 위대하다고 말하자,

"공자에게 미칠 수 없는 것은 하늘을 사다리를 딛고 올라갈 수 없는 것과 같다."

라고 말했던 것이다.

공자에게 배운 바 있는 자금도 공자가 자공만 못한 줄로 알고 있었으니, 공자의 겉에 드러나는 것과 속에 숨겨져 있는 것이 얼마나 틀렸는지 알 수 있다.

예수도 그러했다. 자신은 하나님의 오른 편에 앉아 있을 하나님의 아들이라고 말하고, 또 새도 둥지가 있고 여우도 굴이 있거만 나는 잘 집도 없다고 했다.

잘 집도 없는 자신을 말할 때는 사람의 아들이란 말을 썼다. 영혼은 하나님의 아들이지만 몸은 사람의 아들이기 때문이다. 예수의 위대함은 영혼이지 육신이 아니다. 이 땅에 태어난 예수는 집도 없는 떠돌이 신세였던 것이다. 공자를 하늘에 비유한 것도 역시 육신이 아닌 영혼, 즉 몸 속에 숨겨져 있는 하늘과 하나로 된 도와 덕을 말

한 것이다.

제31장에서도 자사는 공자의 위대함을 말하고 있다. 제30장의 말을 이어받아 공자를 지극한 성인으로 말하고, 또 지극한 성인만이 가지고 있는 그 특성을 하나하나 들어 말하고 있다.

"오직 천하의 지극한 성인만이 그 총명함과 지혜로움으로 사람들 위에 설 수 있고, 그 너그러움과 넉넉함, 따스함과 부드러움이 모든 사람을 감싸 안을 수 있다. 그 굳세고 씩씩함은 옳고 바른 것을 끝까지 잡고 나갈 수 있고, 그 단정하고 엄숙하고 옳고 바른 것은 모든 사람의 존경을 받을 수 있으며, 글과 이치에 대한 세밀한 관찰은 모든 것을 바르게 판단하고 분별할 수 있다."

이 세상이 필요로 하는 인격과 품성과 재주를 두루 갖추고 있어, 정치·경제·문화·과학 등 모든 분야에 걸쳐 발전과 향상을 가져오게 할 수 있음을 말한 것이라 볼 수 있다.

공자가 만일 당시에 높은 벼슬에 올라 뜻을 펼 수만 있었다만 그렇게 될 수도 있었을 것이다.

그러나 공자가 그렇게 할 수 없었으므로 인해, 도리어 보다 더 큰 일을 할 수 있었던 것이다.

석가와 예수를 왕 중의 왕이라고 말하는 사람이 있다. 그것은 아마도 그들의 가르침이 뒷날 왕들을 지배하기에 이르렀기에 하는 말이리라. 공자도 죽은 뒤에 세월이 지날수록 천자니 황제니 하는 사람들의 존경을 받아,

'대성지성문선왕(大成至聖文宣王)'

이라는 이름으로 불리우며, 그들이 직접 제사를 올리고 그 앞에서 절을 하곤 했던 것이다.

그것을 마치 예언이라도 하듯 31장 끝에서는 이렇게 말하고 있다.

"그러므로 그 이름이 중국에서 넘쳐 흘러가 다른 미개한 나라에까지 미치게 되어, 사람의 힘이 가 닿는 곳이면 살아 있는 모든 사

람이 마음으로 높이 받들고 따스한 정을 느끼게 되는 것이다. 그러므로 이를 가리켜 하늘과 짝한다고 하는 것이다."

하늘과 짝한다는 말은 하늘과 같다는 뜻이다. 예수가 하나님 오른편에 있는다고 말한 것도 같은 뜻이라 할 수 있다.

공자도 그 뜻이 중국에만 있지는 않았다. 〈논어〉에 보면 공자는,

"내 뜻이 행해질 수 없는지라 뗏목을 타고 바다에 뜨고 싶다."

라고 말하기도 하고, 또 다른 곳에는 다음과 같은 내용도 실려 있다.

'공자가 아홉 오랑캐(九夷(구이))로 불리우는 땅으로 옮겨가서 살고 싶어 했다.'

공자 당시 동북쪽에는 많은 다른 민족들이 살고 있었다. 지금의 산뚱반도를 비롯해 만리장성 안팎에는 우리 한민족도 많이 살고 있었다.

공자는 당시 문명한 민족으로 자처하는 중국 사람들 보다는 미개한 편인 다른 민족들이 훨씬 진실하게 여겨졌던 것이다. 그곳으로 가서 그들을 통해 뜻을 펴보고 싶었던 것이다.

그러자 어느 사람이 말했다.

"그 미개한 곳에 가서 어떻게 사실려구요?"

그러자 공자는 여러 말 하지 않고 이렇게만 말했다.

"군자가 사는데 무슨 미개한 점이 있겠는가?"

이 군자는 누구를 가리킨 것이냐? 하는 것에 대해서 두 가지 풀이가 있다.

하나는 공자 자신을 가리킨 것이라고 하는 풀이요, 다른 하나는,

"그곳에도 어진 사람이 살고 있을 텐데, 미개할 리가 있겠는가?"

라는 뜻으로 풀이하는 것이다.

두 가지 뜻이 다 들어 있다고 보아야 할 것이다. 공자가 그리로 가서 살고 싶어 했을 때는 그 어느 사람이 생각하는 것처럼 미개하지

는 않았던 것이다. 비록 옷차림이나 생활하는 모습은 뒤져 있지만, 순박하고 진실된 그 마음은 군자였기 때문에 한 말이었을 것이다. 착한 사람을 착하게 여기고, 부모에게 효도하고, 어른을 공경할 줄 아는 그런 점에서는 중국보다 앞서 있었던 것이다.

그러므로 〈논어〉에서도 공자는 이런 말을 했다.

"오랑캐 나라의 백성들은 그래도 임금다운 사람을 임금으로 앉히고 모두 그를 임금답게 섬기고 있다. 중국에서처럼 이름만 임금일 뿐 임금 노릇을 제대로 하지 못하거나, 또 겉으로만 임금으로 모실 뿐 속으로는 꼭두각시에 지나지 않는 그런 임금으로 여기고 있지는 않다."

이름과 실상이 서로 맞지 않고, 입으로만 착한 말을 늘어놓을 뿐 속으로는 제 욕심만 채우는 허울 좋은 지배층들에게 실망한 나머지 중국을 뜨려했던 것이다.

공자는 그런 순진하고 소박한 사람들이 사는 곳으로 가서, 중국에서 펴지 못했던 뜻을 펴보려고 한 것이다. 그들을 미개하다고 평한 사람은 보통사람으로 겉모양만을 두고 한 말이었고, 공자가 말한 군자가 살고 있다고 한 것은 그들의 마음을 두고 한 말이었다.

아무튼 공자는 나라니 겨레니 하는 구별이나 차별은 하지 않았다. 그러므로 온 세계의 모든 인류가 다 공자를 존경하게 된 것이다.

영국의 어느 종교학자는,

"…… 머지 않은 장래에 공자의 가르침이 전 세계 모든 인류의 길잡이가 될 것이며, 공자가 모든 인류의 삶의 본보기가 될 것이다. 공자가 그 자신이 하늘과 같다고 말할 수 있었던 것은 그가 행한 하나 하나는 그대로 모든 사람이 따라 할 수 있는 떳떳한 일이었기 때문이었다. 석가는 집을 버리고 부모와 처자를 버렸으니, 석가의 그런 것은 본받을 수 없는 일이며, 예수는 평생을 독신으로 마쳤으니, 사람마다 예수를 본받아 모두 독신자가 된다면 인류는 없어지고 말 것이다. 공자는 어디까지나 사람이 해야 할 일을 바탕으로 높고 깊고 넓은 이치를 밝혔을 뿐이다. 공자는 말과 행동 그 어느 것 하나 우리의 본보기가 안되는 것이 없었다……."

라는 내용의 말을 했다.

제32장은 지극한 성인의 바탕을 이루고 있는 것은 바로 지극한 정성이란 것을 말하고 있다. 지극한 정성이 있음으로 해서 지극한 성인이 되는 것이니, 지극한 성인의 모습을 가진 사람이라면 지극한 정성은 그 성인의 자격과도 같은 것이다.

곧 이렇게 말하고 있다.

"오직 지극한 정성만이 천하의 큰법이 될 수 있는 일을 할 수 있고, 천하의 가장 큰뿌리가 될 수 있는 것을 세울 수 있으며, 하늘과 땅이 만물을 진화시키고 키워나가는 이치를 알 수 있다. 그러므로 지극한 정성은 어느 한쪽으로도 치우치는 일이 없다."

모양만 사람일 뿐, 그 성인이 속에 지니고 있는 참은 하늘과 조금도 다를 것이 없다는 것을 되풀이하여 말한 것이다.

또 이어 이렇게 말했다.

"그 지극한 사랑은 세상 만물에 미치지 않는 것이 없고, 그 고요함은 깊은 못과 같으며, 그 넓고 큰 것은 하늘과 같다."

지극한 정성이 어떤 것이냐 하는 것을 밝힌 것이다. 지극한 정성은 곧 지극한 사랑을 말하고, 지극한 정성은 깊고 고요하기가 못과 같으며, 지극한 정성은 크고 넓기가 하늘과 같다는 것이다.

석가는 처음 도를 깨우치기 위해, 집과 태자의 자리를 버리고 부모와 처자를 버렸다. 그러나 진리를 깨닫는 순간 세상 모든 것이 가엾고 불쌍하게만 보였다. 참을 모르고 거짓에만 이끌려 헤매고 있는 꼴이 그렇게 느껴졌던 것이다. 곧 없어지게 될 육신의 헛된 욕심에 사로잡혀 영원히 없어지지 않을 영혼을 돌보지 않는 것이 너무도 안타까웠던 것이다.

그것은 사람만이 아니었다. 새와 짐승과 벌레도 마찬가지였다. 이것을 가리켜 대자대비(大慈大悲)라고 한다. 큰사랑과 큰슬픔이란 뜻이다. 그러므로 석가는 모든 살아 있는 것을 죽이지 말라고 가르쳤다. 석가는 사람이 발을 옮겨 디뎠을 때, 그 발에 밟혀 죽는 벌레의 아파하는 소리까지 들었다고 한다.

그 사랑이 모든 사람만이 아니고 모든 생물에게까지도 미쳤으므로 큰사랑이라 불렀고, 그 슬픔 또한 그러했으므로 큰슬픔이라 부른 것이다.

그리하여 우주의 바탕을 이루고 있는 것이 어떤 것이며, 어떻게 사는 것이 가장 바르게 사는 것인가를 가르치고 깨우쳐 주기 위해 다시 고향으로 돌아와 전도를 시작했고, 버림받은 천한 직업의 사람들에게도 똑같은 사랑과 가르침을 베풀었던 것이다.

미국을 새로 개척하는 데 앞장섰던 청교도들은 기독교 도로 불교와 비슷한 생활을 했다. 청교도들은 산 것을 죽이지 않았고, 다른 사람이 잡은 생선반찬도 먹지 않았다.

그러나 그것은 아무나 할 수 있는 쉬운 일은 아니다. 사람이 사람을 죽이는 전쟁도 말리지 못하는 마당에, 사람이 살기 위해 짐승을 길러 잡아먹고, 고기를 잡는 것을 말릴 수는 없는 일이다.

산 것을 죽이지 않는 것이 어질고 복 받는 일이라 하여, 불교를 잘못 믿은 권력자들이 사람보다 짐승의 목숨을 더 소중히 여기는 정책을 펴고 법령을 만들었다가, 결국은 복이 아닌 화를 입고 망한 일이 종종 있었다.

어떠한 것이 죄가 되는 줄 알면서도 그것을 완전히 버리지 못하는 것이 세상이요, 그러기에 가엾고 불쌍하고 딱한 것이 또한 사람인 것이다.

죄가 되는 줄 알고도 그럴 수밖에 없고, 착한 일인 줄 알고도 그대로 하지 못하는 일이 너무도 많다. 그래서 그것을 원죄(原罪)라고도 한다. 사람으로 태어난 이상 피할 수 없는 죄란 뜻이다.

그것을 보다 높은 곳에서 내려다보며, 거기에 맞는 삶을 말하는 것이 각각 다르기 때문에 종교마다 가르치는 것이 조금씩 다를 수밖에 없고, 같은 종교이면서도 종파와 계파라는 것이 자꾸만 생겨나는 것이다.

공자는 사람을 생명이 있는 것 가운데 가장 중요하게 여겼으므로, 필요에 따라 사냥도 하고 고기도 낚고 하는 것을 말리지 않았다. 말려도 될 일이 아니라는 것을 안 때문이었다.

〈논어〉에서 이렇게 말했다.

"공자는 낚시질을 해도 그물질은 하지 않았고, 새를 활로 쏘기는 해도 잠든 새를 잡지는 않았다."

공자는 사람들에게 그렇게 하라고 가르친 것이다.

공자의 제자 복자천이 한 고을의 장관이 되어 어진 정치를 한다는 평을 듣자 공자는 무마기란 제자를 시켜 알아보고 오게 했다.

무마기는 암행어사처럼 변장을 하고 밤에 경계를 넘어 들어갔다.

한 곳에 이르니 어두운 밤에 고기잡이가 강가에 배를 띄워 두고 낚시질을 하고 있어 무마기는 숨어서 지켜보았다.

고기잡이는 낚시에 걸린 고기를 자주 도로 물에 던져 넣곤 했다.

얼마를 지켜보던 무마기는 가까이 가서 물어보았다.

"고기를 도로 물에 놓아주던데 그건 무슨 까닭입니까?"

그러자 고기잡이는 이렇게 대답했다.

"우리 고을 장관께서 어린 고기와 알을 밴 고기는 잡지 않는 것이 좋다고 가르쳤습니다. 그래서 장관의 뜻에 따라 그랬을 뿐입니다."

무마기는 더 볼 것도 없다 싶어 돌아오고 말았다. 아무도 보지 않는 어두운 밤에 고기잡이가 고을 장관의 어진 말에 따라 그대로 행하고 있으니 다른 것은 보지 않아도 알 수 있는 일이었기 때문이다.

공자의 가르침을 받은 제자가 공자의 가르침대로 백성들을 가르치고, 백성들도 그 가르침에 따른 것이니, 살생에 대한 공자의 가르침이 가장 이치에 맞고, 또 누구나가 행할 수 있는 일이었음을 이로써도 알 수 있다.

그리고 끝에 가서 이렇게 말했다.

"참으로 밝고 거룩하고, 그 지혜로움이 하늘과 통한 사람이 아니면 누가 그같은 것을 알 수 있겠는가?"

끝이 없는 사랑, 그러나 이치에 맞는 사랑, 호수처럼 조용하면서 하늘처럼 넓고 큰 사랑을 펼 수 있는 것은 지극한 정성이 하늘과 통한 사람뿐이란 것이다.

마지막 장인 제33장은 모두 여섯 마디로 되어 있다.

먼저 〈시경〉에 있는 옛말을 하나하나 끌어다 쓴 다음 그 뜻을 바탕으로 자사가 자기 뜻을 덧붙여 설명하고 있다.

이것이 앞에서 말한 온고지신(溫故知新)이라 볼 수 있다. 옛 사람이 한 말을 깊이 새겨 그 속에서 새것을 찾아낸다는 것이다.

첫마디에는 〈시경〉에 있는,

"비단 옷을 입고 그 위에 굵은 삼베 옷을 입는다."

라는 말을 끌어 쓴 다음 다음과 같이 설명했다.

"이것은 그 화려하고 아름다운 무늬가 밖에 드러나는 것을 싫어하기 때문이다. 그러므로 위대한 사람이 걸어가는 길은 어두운 것 같으면서도 날로 더 빛나게 되고, 보통사람이 걸어가는 길은 겉으로는 뚜렷이 보이면서도 날로 사라져 없어지게 된다. 어질고 바른 군자의 길은 색다른 맛이 없으면서도 싫지가 않고, 단순한 그 속에 아름다운 무늬가 있고, 따스한 가운데 정해진 이치가 있다. 그러므로 먼 곳에 나타난 것이 바로 가까운 데서 비롯된 것임을 알고, 바람이 부는 것을 보고 그것이 어디서부터 오는 것임을 알며, 눈에 보이지 않는 작은 것이 가장 잘 나타난다는 것을 안다. 이래야만 비로소 참으로 들어갈 수 있는 것이다."

한마디로 겉에 드러나 보이는 공부를 하지 말고 속에 숨겨진 참 공부를 하라는 것이다. 숨겨진 공부란 무엇이겠는가? 그것은 마음의 공부다.

맹자는 이렇게 말했다.

"사람들은 집에서 기르는 개나 닭이 도망가면 찾을 줄을 안다. 그런데 자기 마음이 달아나면 불러들일 줄을 모른다. 마음이 달아난 것을 어떻게 알며, 그것을 어떻게 불러들일 것인가? 그 방법이 곧 생각이다. 생각하면 있고, 생각하지 않으면 없어지는 것이 바로 마음이다."

이처럼 생각하는 공부가 바로 정성이다. 내 양심을 잃지 않으려고 늘 생각하는 정성을 쏟는 것이 참다운 공부라는 것이다.

자사는 이런 뜻을 다음 절(節)에서 밝히고 있다.

"〈시경〉에 말하기를 물밑에 아무리 깊이 엎드려 숨어 있어도 역시 너무나도 훤히 드러나 보인다고 했다. 그러므로 어진 사람은 내 스스로를 살펴 이치에 어긋남이 없고 내 양심에 부끄러움이 없게 한다. 어진 사람이 하는 일을 보통사람이 따를 수 없는 것은 바로 사람의 눈에 보이지 않는 공부이기 때문이다."

성인이나 군자도 보통사람과 크게 다를 것이 없다. 보통사람도 성인처럼 꾸며 보일 수 있는 것이다. 우리는 그같은 것을 연극에서 얼마든지 볼 수 있다. 〈거지와 왕자〉라는 소설에서 볼 수 있는 것처럼 옷차림만 바꾸어도 거지가 왕자가 되고, 왕자가 거지가 된다.

악한 사람도 착한 사람 행세를 할 수 있고, 악마도 천사처럼 보이기도 한다. 그러나 그것으로 악한 사람이 착한 사람이 되는 것도 아니고, 악마가 천사로 변하는 것도 아니다. 문제는 그 자체인 것이다. 그 자체가 무엇인가? 그것이 바로 속에 숨어 있는 마음인 것이다.

여기서 사람의 눈에 보이지 않는 것이라고 한 것은 바로 사람의 생각이요, 마음이다. 그 마음의 공부를 쌓고 쌓으면 보이지 않는 사람의 마음을 볼 수 있다. 그때가 하늘과 하나가 될 수 있는 이치를 깨닫게 되는 순간이다.

다음절에서는 그 마음의 공부가 양심에 부끄럽지 않게 행동하고 생각하는 것임을 이렇게 말하고 있다.

"〈시경〉에 말하기를 그대가 방안에 혼자 있을 때 살펴보아 어두운 구석을 부끄럽지 않게 하라고 했다. 그러므로 군자의 마음은 행동으로 나타나기 전에 항상 공경으로 차 있고, 말로써 나타나기 전에 항상 참으로 차 있는 것이다."

남이 보는 앞에서의 행동이 공경에 가까운 것은 보통사람도 할 수 있는 일이다. 보통사람은 남을 위해 행동하기 때문이다. 그러나 군자는 하늘과 신명이 보고 있다는 것을 알기 때문에, 사람이 보지 않는 가운데서도 공경하는 마음을 늘 잊지 않는 것이다.

사람은 누구나 내가 하는 말을 다른 사람이 참으로 믿어주기를 바란다. 참을 말하는 사람은 물론이요, 거짓말을 하는 사람도 그렇다. 어느 의미에서는 거짓말을 하는 사람이 더 그럴지도 모른다. 그들은 사람을 위해 말하기 때문이다. 그러나 군자는 하늘이 듣고 신명이 듣고 있다는 것을 알기 때문에 양심을 속이는 거짓을 말하지 못하는 것이다. 그것은 말하기 전에 마음이 참으로 차 있기 때문이다.

다음 넷째절에서는 군자의 그같은 공부가 다른 사람에게 미치는 영향에 대해 말하고 있다.

"〈시경〉에 말하기를 제사를 지내며, 더 나아가 참된 마음으로 신명을 감격하게 할 때는 말도 없고 다투는 일도 없다고 했다. 그러므로 군자는 마음으로 백성들은 감화시킨다. 군자가 다스리는 고을의 백성들은 상을 주지 않아도 착한 일에 힘쓰고, 벌을 주지 않아도 죄 짓는 것을 무서워 한다."

앞에서 소개한 바 있는 강신동(江神童)은 아홉 살에 지은 식전론(息戰論)에서 앞으로 전쟁이 없는 세계를 만들려면, 그것은 오직 참된 종교의 힘뿐이다 라고 말했다.

말로만 하느님을 외치지 말고, 하느님이 우리 양심을 통해 우리를 감시하고 있다는 것을 알게 되면 정치인이고 군인이고 과학자이고 할 것 없이 남을 해치고 나만이 잘살겠다는 헛된 욕심을 버리게 된다는 말이다.

다음 절에서는 위대한 군자의 덕과 가르침이 전 세계·전 인류의 본보기가 된다는 것을 말하고 있다.

"〈시경〉에 말하기를 겉에 드러나 보이지 않는 거룩한 천자의 덕을 온 천하의 모든 임금들이 본받는다고 했다. 그러므로 군자가 자기 몸을 참되게 갖고 자기 마음을 참되게 하면, 온 천하가 태평을 누리게 되는 것이다."

공자가 노나라의 정권을 잡았을 때, 석 달이 안되어 죄를 짓는 백성이 한 사람도 없었다고 한다. 소와 양을 팔러 가는 사람이 무게를 늘리기 위해 물을 먹이는 일이 없고, 길에 떨어진 물건을 집어가는 사람이 없었다. 이것이 바로 앞에 말한 상을 주지 않아도 착한 일에 힘쓰고, 벌을 주지 않아도 죄를 무서워 한다는 것이다. 그것이 바로 여기서 말한 자기 한 몸과 마음을 참되게 가지고 있으면 천하는 절로 태평하게 된다고 한 것이다.

그러나 공자는 그러기에 앞서 백성들에게 보여준 것이 하나 있었다. 이 세상에 가장 큰죄는 자기 양심을 속이고서, 거짓을 참이라 말하고 악한 것을 착한 것으로 만드는 것임을 보여 준 것이다.

공자가 살던 시대에 가장 아는 것이 많고, 누구보다도 말을 잘하고, 또한 그가 마음만 먹으면 천하에 가장 악한 사람이 가장 훌륭한 사람도 될 수 있고, 반대로 훌륭한 사람이 악한 사람도 될 수 있었다. 그래서 임금을 비롯한 귀족과 세력가들이 그를 가장 무서워 했고, 지식인들은 그를 가장 훌륭한 재주꾼으로 부러워하고 있었다.

그는 바로 소정묘라는 사람이었는데 공자처럼 학교를 세워두고 많은 제자들을 가르치고 있었다. 공자는 참된 사람이 되라고 가르치고 있었는데, 그는 거짓된 사람만이 어지러운 세상을 행복하게 살 수 있다고 가르쳤다. 이 세상은 양심을 지키는 사람만이 손해를 보게 되어 있으니 양심을 버리라고 가르쳤다. 그리고 거짓을 참인 것처럼 만드는 지혜와 말재주를 배우라고 외쳤다.

그래서 공자의 제자가 소정묘의 학당으로 가서 배우기도 하고, 소정묘의 제자가 공자를 찾아오기도 했다고 한다.

공자는 정권을 잡은 그날로 그 소정묘를 잡아 사형에 처하고 그의 시체를 큰길가에 사흘씩이나 걸어두고 오가는 사람들이 보게 만들었다. 천사를 악마로 만들려고 하던 악마의 우두머리가 벌을 받아 죽는 것을 보여주기 위해서였다.

소정묘 그 하나를 죽임으로써, 거짓을 참인 것처럼 꾸미는 죄가 가장 큰 것임을 깨달은 백성들은 하루아침에 지난날의 자기 생각이 잘못된 것임을 깨닫고 양심으로 돌아온 것이다. 하늘이 준 성품은 누구나가 다 똑 같이 바르고 착한 것이기 때문에 그럴 수 있었던 것이다.

마침내 맨 끝에 가서 자사는 이런 말로 매듭을 지었다.

"〈시경〉에 말하기를 상제께서 문왕에게 이르기를 나는 너의 밝은 성품이 소리를 크게 하거나 얼굴빛을 좋게 보이려 하지 않는 것을 아름답게 여긴다고 했다. 그러므로 공자께서도 말하기를 소리나 얼굴빛은 백성들을 교화(敎化)하는데 있어서 가장 마지막에 해당된다고 하셨다. 또 〈시경〉에 말하기를 덕은 그 가볍기가 털과 같다고 했다. 그래도 털은 무게도 있고 빛깔도 있다. 〈시경〉에 또 말하기를 저 높고 높은 하늘 끝은 소리도 없고 냄새도 없다고 했다. 그 소리도 없고 냄새도 없다고 한 말은 참을 잘 나타낸 말이라 할 수 있다."

이것은 〈시경〉의 말을 끌어 왔을 뿐, 결국은 자사 자신의 말을 한 것이다.

소리도 없고 냄새도 없다는 말은 불교에서 말하는 공(空)과 무(無)와 같은 것이다. 그러나 그런 생각은 불교의 철학에만 있는 것이 아니요, 도교에도 있고 유교에도 있는 것이다.

도교의 최고 경전인 〈도덕경〉은 맨 첫머리에서 이렇게 말하고 있다.

"도(道)를 도(道)라고 말할 수 있는 것은 참 도가 아니다. 이름(名)을 설명할 수 있으면 그것은 참 이름이 아니다. 이름을 붙여 설명할 수 없는 것이 하늘과 땅이 생겨난 처음이요, 이름 붙여 설명할 수 있는 그것이 모든 만물을 낳게 된 것이다."

철학에서 말하는 없는(無) 것에서 있는(有) 것이 생겨났다는 것과 같은 말이다.

불경 가운데 가장 으뜸이라고 하는 〈반야심경〉은 이런 내용의 말로 시작된다.

"이 세상에서 모든 형체를 가진 것과 피부로 느끼는 것과 마음으로 생각하는 것과 몸으로 움직이는 것과 그렇다고 믿고 있는 것 등이 다 참으로 있는 것이 아닌 빈 것(空)이라는 것을 깨달아야, 비로소 모든 고통과 재난에서 벗어나 참으로 돌아갈 수 있다."

이 말은 한마디로 육신의 세계는 잠시 나타나 보이는 헛것에 지나지 않음을 깨닫고, 그 육신을 벗어나야 한다는 말이다.

공자는 자공이란 제자에게,

"나는 말을 하지 않을까 한다."

하고 참 공부는 말로서 나타낼 수 없는 것이라는 것을 일깨워주었다. 소리도 없고 냄새도 없는 참은 그 자신이 마음으로 깨달아 아는 방법밖에 없다는 것을 말해 준 것이다.

공자는 제자들을 평하는 가운데 가장 공부가 뛰어나 공자 자신과 같다고 칭찬한 바 있는 안자를 가리켜

"그는 거의 공에 가깝다(度乎其屢空)."

라고 말했다.

공자는 공이 무엇을 뜻하는지 설명한 일은 없다. 그러나 공에 가깝다고 한 그 안자를 다른 곳에서 이렇게 칭찬한 일이 있다.

"다른 제자들은 하루 한 번이나 한 달에 한 번 정도 자연의 어진 마음으로 돌아오곤 하는데, 안회는 석 달을 계속해서 자연의 어진 마음을 그대로 지키고 있다."

이 자연의 어진 마음은 바로 아무것도 없는 텅 빈 상태인 것이다.

육신은 물론이요 내 마음까지도 잊고 만, 하늘과 하나가 된 그런 상태를 말한 것이다. 곧 소리도 냄새도 없는 하늘 끝까지 오른 상태이다.

小說 四書五經

周易

예언(豫言)은 가능(可能)한가?

번수작운복수우 분분경박하수수
飜手作雲覆手雨 紛紛輕薄何須數.
"손바닥을 젖히면 구름이 되고, 손바닥을 엎으면 비가 된다.
이 분분한 경박함을 어찌 다 헤아릴 필요가 있겠는가."

"정 선생님께서는 예언이 가능하다고 보십니까?"

"원칙론을 두고 하는 말인가?"

"그렇습니다."

"김 군은 어떻게 생각하는가?"

"가능한 것으로 모두들 보고 있는 모양인데, 저는 도무지 잘 믿어지지가 않습니다."

"자네가 지금 한 말이 곧 내 대답이 될 것 같군."

"예?"

"가능하다고 보면서도 잘 믿어지지 않는 것이 예언이기에 하는 말일세."

남쪽으로 나 있는 유리창으로 따스한 겨울 햇볕이 비쳐드는 서재에서, 일흔이 가까워 보이는 학자 모습의 노인과 대학생으로 보이는 젊은이 사이에 진지한 대화가 진행되고 있었다.

김 군이란 대학생은 어느 철학관의 박도사란 별명을 가진 사람의 소개로, 정 선생의 서재를 찾아오게 되었다는 것이다.

김 군이 박 도사란 사람을 알게 된 것은 어머니에 의해서였다.

김 군의 어머니가 박 도사를 알게 된 것은 김 군 때문이었다. 그러니까 3년 전 김 군이 대학에 들어가기 얼마 전의 일이었다.

김 군의 학력고사 점수는 꼭 애타기 좋을 만한 정도였다. 과연 일류대학에 붙을 수 있을 것인지, 같은 일류대학이라도 어느 대학의 무슨 학과에 지원을 해야만 적당할 것인지, 김 군 자신은 정치·경제계통의 경영학과를 원하고 있는데, 경쟁이 치열할 것으로 보이는 그 학과에 배짱지원을 해도 괜찮을 것인지, 실은 김 군 본인보다도 어머니가 더 애를 태우고 있었던 것이다.

그러던 어느 날 김 군의 어머니는 친구의 소개로 박 도사를 찾아가 아들의 입학문제를 상의하게 된 것이었다. 고등학교의 담임교사나 지도교사를 찾아가 상의를 해보아야, 자신있는 대답을 듣지 못하고 언제나,

"글쎄올시다. 어쩌면 가능할 것도 같은데 경쟁률이 어떨지는 누구도 예측할 수 없는 일이어서……"

하며 책임을 회피하는 말만을 듣곤 했기 때문에, 고민하던 끝에 점을 잘 친다는 박 도사를 찾게 되었던 것이다.

박 도사가 있는 철학관은 대학입시를 앞둔 때문인지, 김 군의 어머니와 비슷한 차림과 비슷한 나이의 여인들로 앉을 자리가 없을 정도로 붐벼 서서 차례를 기다릴 정도였다.

거기서 김 군 어머니는 그 박 도사의 말에 따라, 되고 안되고는 둘째치고, 우선 결심을 굳히게 되었다.

이 대학 저 대학, 이 학과 저 학과를 점쳐 본 끝에 지금 다니는 대학의 경영학과에 입학원서를 낼 수 있었던 것이다.

결과는 점괘대로였다. 아슬아슬한 점수로 붙게 된 것이었다.

이때부터 김군 어머니는 박도사를 자주 찾아가 하찮은 일까지도 묻고 상의하며 결정하곤 한 것이다.

김 군은 최근에야 그런 내막을 알게 되었다. 아침 밥상을 받은 자리에서 김 군이 걱정되는 일이 있어, 무심코 이야기를 꺼냈던 것인데 어머니는 그것을 심각하게 받아들이며,

"아니다. 내가 오늘 박 도사를 찾아가 물어보고 오마."

하는 것이었다.

그래서 김 군은,

"박 도사가 누구입니까?"

하고 물어보았다.

이때서야 어머니는, 입학 때의 일에서부터 그동안 자주 박도사의 도움을 받게 된 이야기를 들려 주었다.

점이니 사주니 관상이니 하는 것을, 미신으로만 알고 있는 김 군에게는 그 이야기들이 약간 충격적으로 받아들여졌다.

"그래요? 그럼 제가 직접 그 박 도사를 찾아가 물어 보겠습니다."

하고 철학관으로 박도사를 찾아간 것이었다.

대학입시가 끝난 시기라서 그런지 점을 치러 오는 사람도 별로 없었다.

김 군은 점을 치는 것보다 그런 예언이 과연 가능한 것인지, 가능하다면 그 근거는 무엇이며 그 방법은 어떤 것인지를 알고 싶었던 것이다.

"한마디로 그 근거는 주역(周易)에 있지요. 그러나 우리같은 점장이들이 쓰고 있는 방법은, 주역에 뿌리를 두고 있으면서도 훨씬 뒷날에 발달한 육효(六爻)라는 것이지요. 주역의 원리에다 오행(五行)과 육갑(六甲)을 곁들여, 수천 수만의 갖가지 일들을 날짜

와 시간과 정확한 액수까지 세밀하고 정확하게 알 수 있게 되어 있지요."

"날짜와 시간까지를 말입니까?"

김 군은 더욱 믿어지지가 않았다.

"맞고 안 맞고는 별개로 하더라도, 점괘를 보면 그것을 정확하게 알 수 있도록 되어 있는 것이 육효라는 점치는 방법이니까요."

"어떤 경우를 말하는 건지 들려 주시겠습니까?"

"육효점을 치는 것은, 중국 명나라 때 와서 크게 발달했어요. 명 태조가 거지 왕초에서 원나라를 뒤엎고 명나라의 태조가 되기까지, 뒤에서 예언과 점으로 도와 준 사람이 유기(劉祺)였습니다. 우리 나라 이태조와 무학대사 같은 사이였지요. 거지 왕초인 주원장(朱元章)을 보고, 유기는 만세야(萬歲爺)라고 자주 불렀어요. 우리말로 상감마마란 뜻이지.

한번은 적을 무찌르기 위해 명태조 주원장이 많지 않은 군사를 거느리고 진군하고 있을 때, 도중에 갑자기 적의 복병을 만나게 되었어요. 참모들은 후퇴를 건의했는데, 유기만이 말 위에서 육효점을 쳐보고 진격을 건의했지요. 결국 그 싸움에 이김으로써 통일 천하를 하게 되었던 겁니다.

그 유기가 지은 〈천금부(千金賦)〉란 것이 있어요. 육효의 점괘를 풀이하는 원칙을 담은 내용입니다. 우리는 그 〈천금부〉의 원칙에 따라 괘를 판단하고 풀이하고 있어요. 그런데 그 원칙에 따르면서도 또 사람에 따라 주장이 틀리곤 해요.

내가 공연한 이야기를 하고 있군. 시간까지를 안다는 것이 어떤 것이냐고 물었지? 그 대답을 한다는 것이 옆 길로 들었군. 나는 여러 가지 점책 가운데서 〈증산복역(增刪卜易)〉이란 것을 많이 참고로 하고 있어요. 이 책은 야학(野鶴)이란 호를 가진 사람이 자기 경험을 토대로, 더할 것은 더하고 없앨 것은 없앤 내용입니다.

이 책 가운데 야학이 직접 경험한 내용이 점괘와 함께 실려 있거든.

그 책의 내용 중에 한 가지 이야기를 해 드리지요. 어느 날 한 사람이 아침 일찍 점을 치러 왔어요.

'내가 빚 받을 사람이 강 건너 사는데, 그가 오늘 어디로 이사를 간다는 소식이 어제 저녁에 들려 왔습니다. 지금 건너가서 받지 못하면 영영 돈을 떼일지도 모릅니다. 그래서 지금 돈을 받으러 가는 길인데 과연 받을 수 있을는지 점을 쳐 주십시오.'

하는 것이었어요. 야학은 점괘를 얻고 이렇게 설명해 주었습니다.

'돈을 받는 것보다 생명의 위험이 앞에 가로놓여 있습니다. 가시지 않는 것이 좋겠습니다.'

그러나 돈놀이 하는 사람으로서는 쉽게 단념할 수 없는 일이었지요.

'설마 그놈이 나를 죽이기야 하겠습니까? 어디로 이사를 가는지, 언제 주겠다는 약속이라도 받아야 하지 않겠습니까?'

하고 시간이 늦기 전에 강을 건널 생각으로 일어서는 것이었어요. 그래서 야학은 다시 이렇게 권했습니다.

'그럼 조금만 기다렸다가 가십시오. 지금 이 괘를 보면 진(辰)이라는 흙이 당신 자신인 세(世)의 물인 해(亥)를 되돌아서서 이기고 있어요(回頭克 회두극). 진(辰)은 곧 진시(辰時)를 말하는 것이니 진시를 넘기면 불행한 일은 없을 것입니다.'

'그거야 어렵지 않지요. 이왕 점괘가 그렇게 나왔다니 잠시만 기다렸다 가기로 하겠습니다.'

그리고 조금 기다렸다가 진시가 지난 다음 집을 나간 그 사람이 이내 숨을 헐떡이며 되돌아와 이런 말을 하는 것이었어요.

'죽은 목숨을 살려 주신 선생님의 은혜를 어떻게 갚아야 좋을지 모르겠습니다. 글쎄, 조금 전에 떠난 나룻배가 강 중간에 이르자 사람을 너무 많이 태운 탓인지, 간밤에 온 비로 물이 불은 탓인지, 배가 뒤집혀 수십 명이 몰사했지 뭡니까!'

하는 내용이 나옵니다. 주역으로 점을 친다면, 가지 말라는 뜻을 전할 수는 있어도, 진시를 피하라는 말은 할 수가 없지요. 이런 점이 육효의 특색이요 장점이라 말할 수 있겠지요."

"저도 그 육효점을 좀 배웠으면 합니다만, 얼마나 배우면 가능한지요? 저같은 사람도 배울 수 있는 건지요?"

"글쎄요, 미안한 말이지만 안될 거요. 먼저 한문에 대한 기초지식이 있어야 하고 괘를 만들고 풀고 하는 기본 법칙을 알아야 하는데, 한두 달이나 한두 해로 되는 것이 아닙니다. 또 지식으로 그것을 훤히 알고 있다 해도, 점괘가 반드시 바르게 나온다고는 볼 수 없으니까요. 말하자면 우리같이 이것으로 생활하게끔 타고난 소질이랄까, 영감이랄까 하는 것을 갖고 있지 않으면 안되는 것이니까, 그보다 학생의 경우는 육효보다는 주역점을 배우는 것이 좋을 거요. 학문적으로 철학공부가 될 수도 있고 점을 치는 방법만 배우면 누구나 간단히 괘를 얻을 수 있는 일이며, 괘를 얻은 다음에는 〈주역〉 원문을 참고로 보면 되니까요. 한문을 잘 모르면 요즘은 번역된 책도 많으니까 문제가 없지요."

"그럼 주역점은 어떻게 치는 것인지 간단히 배울 수 있습니까?"

"글쎄, 어느 정도가 간단한 건지는 알 수 없으나 말처럼 간단하지는 않지요. 학생이 꼭 〈주역〉의 이치와 주역점을 배우고 싶다면, 내 좋은 선생님을 한 분 소개하지요."

"어떤 분인데요?"

"대학에서 동양철학과 한문을 주로 강의하던 분인데, 지금은 정년퇴직을 하시고 집에서 한가로이 지내고 있어요. 언젠가 찾아갔더니 무언가를 쓰고 있더군요. 무엇이냐고 물었더니, 〈주역〉을 알기 쉽게 우리말로 옮기려 한다고 하더군요. 그런데 육효도 〈주역〉에 있는 차례를 완전히 무시한 새로운 법칙으로 차례를 정하고 있지만, 그 정 선생도 역시 독특한 법칙에 의해 순서를 정해 두고 있더군요. 국민학교 학생이라도 그 책만 있으면 쉽게 점을 칠 수 있는 그런 것이었어요. 말하자면 민주주의 시대의 한글 세대를 위한 〈주역〉이 되는 셈이지요."

"그 정 선생도 철학관 같은 것을 하고 있나요?"

"천만에요. 그 분은 점잖으신 학자이시니까요. 나도 가끔 찾아가 장래를 묻곤 합니다만, 그분은 좀처럼 점같은 것을 치지 않습니다. 아주 중대한 일로 앞일이 걱정될 때에만, 어려운 결심을 얻어내기 위해, 그야말로 목욕제계를 하고 점괘를 얻곤 합니다. 우리같은 직업적인 점장이는, 돈벌이라는 목적이 있기 때문에 때로는 바른 말을 하지 않기도 하고, 때로는 상대의 비위를 맞추기 위해 적당한 거짓말을 하기도 하지요. 때로는 점을 빙자해서 사기를 치는 사람도 없지 않은 형편이니 점괘가 제대로 나오기도 어려운 일이지요. 욕심이 없어진 뒤가 아니면 올바른 점괘가 나올 리 없지요."

"박 선생님은 엽전 세 개로 점괘를 얻곤하시는데, 그것이 주역에 정해져 있는 방법입니까?"

"아니지요, 원래 주역점은 시초(蓍草)라는 쑥의 일종인 풀대궁 50개를 가지고 괘를 얻게 되어 있어요. 자그마치 18번의 복잡한 절차를 거쳐야만 괘 하나를 얻게 됩니다. 그럴려면 자리도 거창하게 차려야만 하고, 시간도 반 시간 가량 걸려야 합니다. 우리같은 직업적인 점장이에게는 맞지 않는 것이지요."

"그 시초라는 풀대궁은 어디서 구합니까?"

"우리 나라에는 나지 않습니다. 중국에도 흔치 않은 모양입니다. 들리는 말로는 공자의 무덤이 있는 곳에서만 나는데, 한 뿌리에 백 개의 줄기가 한꺼번에 돋아난다고도 합니다. 정 선생 댁에도 있다는 말을 들었어요."

"그러면 주역 점은 아무나 칠 수 없지 않습니까?"

"그래서 대나무가지를 대신 쓰고 있어요. 옛날에도 마찬가지였겠지요. 그래서 점친다는 뜻의 서(筮)가 대죽 밑에 무당무가 붙어 있게 된 것이지요. 무당이 대나무 가지로 점을 쳤던 것으로 보입니다."

"돈으로 점괘를 얻는 것은 뭐라고 합니까?"

"돈을 던진다 해서 척전(擲錢)이니 척전법이니 하고 말합니다."

"그것이 시초나 대나무가지보다 간단하고 쉬운 이유는 어디에 있습니까?"

"대나무가지로 세 번 뽑아 복잡한 방법으로 세고 하던 것을 한꺼번에 던져 금방 알 수 있으니까요. 여섯 번 던지면 끝이 나고, 손으로 세는 시간도 절약되니까 1분이면 끝나게 되지요."

"돈은 꼭 엽전이라야 합니까?"

"오래 된 물건을 귀하게 여기는 생각에서지요. 지금 쓰는 백 원짜리든 오백 원짜리든 상관이야 없겠지만 문제는 정신통일에 있는 것이지 물건에 있는 것은 아닐 테니까요."

"돈을 던지고 나서, 어떻게 괘를 알 수 있는 것이지요?"

"글자가 없는 쪽을 양(陽)으로 하고 글자가 있는 쪽을 음(陰)으로 합니다. 지금 백 원짜리나 오백 원짜리의 경우라면 그림이 있는 쪽이 양이 되고 글자만 있는 쪽이 음이 되는 거지요. 셋이 다 그림이 나왔을 때는 노양(老陽)이라하여 동그라미(○)를 그리고, 셋이 다 글자가 나왔을 때는 노음(老陰)이라 하여 가위표(×)를 그리고, 하나만이 그림이 나왔을 때는 소양(小陽)이라 하여 하나를 가로(ㅡ)긋고, 하나만이 글자가 나왔을 때는 소음

(小陰)이라 하여 중간이 떨어져 있는 하나를 가로(--)그으면 됩니다. 이 네 가지 이외는 나올 수가 없으니까. 이렇게 여섯 번 던진 결과를 놓고 괘를 만들면 일단 끝나는 거지요. 그 다음 육효점인 경우는 육갑(六甲)으로 따져서 달이 무슨 달이고 날이 무슨 날인가를 놓고 괘를 풀게 되고, 주역점인 경우는 〈주역〉에 쓰여 있는 원문을 대조하여 판단하면 됩니다."

"그밖에 더 쉬운 방법은 없습니까?"

"있지요. 옛날에는 시골에서 솔잎점이란 것을 하기도 했어요. 산이나 들에 흔히 있는 것이 소나무였고, 그 잎이 깨끗하고 대나무가지를 대신할 수 있었으니까요. 솔잎점은 세 번을 뽑는 것이 특징입니다. 처음에는 오른손에 솔잎을 쥐고 왼손으로 갈라 잡은 다음, 왼손에 든 솔잎을 8개씩 덜어 가면 8개 이내의 남은 수가 위에 있는 괘를 나타내게 됩니다. 돈을 던지는 경우는 아래서부터 그려 올라가는데, 솔잎의 경우는 첫번째 나온 수로 위에 있을 세 획을 그리게 되는 셈이지요. 다음은 반대로 솔잎을 왼손에 쥐고 오른손으로 갈라 잡은 다음, 역시 8개씩 덜어나가다가 8개 이내의 남는 수로 아래 괘를 그리는 것입니다.

그리고 세번째로 다시 솔잎을 오른손에 쥔 다음 왼손으로 갈라 잡고, 이번에는 그것을 6개씩 덜어나가 6개 이내의 수에 해당되는 효를 얻게 됩니다. 이것을 움직인 효라 하여 동효(動爻)라고 합니다. 이 동효가 가장 핵심적인 구실을 하게 됩니다. 〈주역〉의 경우는 그 괘의 그 동효가 있는 곳의 글을 가지고 판단하게 되고, 육효의 경우도 그 동효를 가지고 판단합니다."

"어쩌다 길을 가다 보면, 다리 옆 같은 곳에서 장님이 점을 치곤 하는데, 자그만 쇠통을 흔들며 뭐라고 중얼중얼한 다음, 쇠통에서 쇠로 된 가느다란 윷가치같은 것을 하나씩 뽑아들고는, 거기에 새겨져 있는 눈금을 손끝으로 훑어보곤 하더군요. 그것은 무슨 점입니까?"

"자세히 보았군요. 그것도 육효점의 하나입니다. 그리고 그 방법은 솔잎점에 해당됩니다. 그 흔드는 통을 산통(算筒)이라 하는데, 수를 세는 산가지가 들어있는 통이란 뜻입니다. 그리고 장님의 그 점을 산통점이라고 합니다."

"그것으로 어떻게 점괘를 얻지요?"

"그 통 속에는 산가지가 8개 들어 있습니다. 하나에서 여덟 개까지의 눈금이 새겨져 있으므로 손끝으로 더듬으면 금방 알게 됩니다."

"세번째 7이나 8의 눈금이 나왔을 때는 어떻게 합니까?"

"여섯을 뺀 1과 2로 보면 됩니다."

"정 선생님을 찾아가면 잘 가르쳐 주실까요?"

"그건 김 군의 태도에 달린 문제지요. 배우고 싶은 진지한 태도만 보이면 원래 후배양성에 열을 가진 분이니까 반가워 할 수도 있을 것입니다."

그리하여 김 군은 방학도 되고, 아직은 3학년이라 시간여유도 있었으므로 정 선생의 서재를 찾게 된 것이다.

"예언의 시초는 어디서 찾을 수 있겠습니까?"

"역사적인 시기 말인가?"

"아닙니다."

"심리적인 동기 말인가?"

"동기와 근거같은 것 말입니다."

"동기는 장래에 대한 불안과 기대와 희망이 되겠지. 그리고 근거는 그것을 예측하거나 판단할 능력이 없는 것에서 찾아야 하겠지."

"그것은 모든 사람에게 공통된 것이 아닙니까?"

"물론이지. 그러니까 사람의 지능을 뛰어넘은 것으로 생각되는 귀신이나 신명을 통해 알고 싶어질 수밖에."

"그럼 점이라는 것은 귀신이나 신명이 일러주는 것입니까?"

"쉽게 말하자면 그렇다고 할 수 있지."

"거북점이니 시초점이니 하는 것은 귀신과는 다른 것이 아닙니까? 무당들이 하는 점만을 귀신이 일러주는 것으로 알고 있었는데요?"

"무당이 하는 말을 신탁(神託)이라고 서양 역사는 말해 주고 있지. 페리클레스는 페르샤의 침략군이 아테네를 침략해 들어왔을 때, 무당의 신탁을 들었던 것으로 전해지고 있네. 그 때 무당은 나무성(木城)을 의지하고 싸우라는 신탁을 전했다지 않는가? 이 때 페리클레스는 그 나무성이란 말의 뜻을 나무로 만든 전선(戰船)으로 풀이했지. 그는 바다에서의 싸움만이 이길 가능성이 크다고 믿었기 때문에 자기 생각을 신탁과 결부시킨 것이었겠지. 결국 결정권을 쥐고 있는 사람의 생각과 미래를 알고 있는 신의 뜻이 일치한다고 생각되었을 때, 사람은 힘과 용맹을 얻게 되는 것이지. 결국 해전에서 적을 무찌르게 되고, 그로써 아테네의 문화가 꽃피게 되었으니 무당의 힘이 컸다고 보아도 좋겠지."

"우리 속담에 이런 말이 있지 않습니까? 무당을 찾아가면 굿을 하라고 하고, 의원을 찾아가면 약을 쓰라고 한다고 말입니다. 그것은 무엇을 뜻합니까?"

"그야 떡집에 가면 떡을 권하고 술집에 가면 술을 권하는 것과 같은 이치겠지. 직업의식이 돈벌이라는 욕심과 결부되기 쉽다는 말이 아니겠는가?"

"결국 필요없는 굿을 하게 되고 필요없는 약을 먹게도 된다는 뜻이 아니겠습니까?"

"속인다는 뜻의 무(誣)란 글자를 알겠지? 말씀언변(言)에 무당무

(巫)가 아닌가? 무당의 말이 곧 속이는 말이란 경험에서 만들어진 글자임을 알 수 있지."

"가장 원시적이고 초보적인 점이 있다면 어떤 것이 되겠습니까?"

"좋은 질문이군. 그것은 점의 발달사와 깊은 관계가 있는 것이기도 하지. 요즈음도 그런지 모르겠으나, 우리 어릴 때는 침점이란 것을 곧잘 하곤 했지. 무엇을 찾거나 할 때, 그 물건이 어느 쪽에 있는가를 알기 위한 한 방법이었지. 넓은 잔디밭에서 뛰어놀다 무엇을 빠뜨리거나 했을 때, 그 작은 물건이 어디에 떨어져 있는지 찾는다는 것은 여간 힘드는 일이 아니지. 그럴 때 우선 그 방향을 안다는 것은 여간 중요한 일이 아니야. 그래서 한쪽 손바닥에 침을 탁 뱉고는, 다른 손의 집게 손가락과 가운데 손가락을 붙인 채 탁 치는 거야. 그리고 침이 튀어간 쪽을 밟으며 찾곤 했던 것인데, 신기하게도 그것이 잘 맞곤 했어요. 그게 아마 원시적이고 초보적인 점이 되겠지?

〈주역〉을 해설한 어느 학자는 점의 시초가 사냥에서 비롯되었다고 했지. 농경시대 이전의 수렵사회에서는 거의 날마다 사냥을 해야 했고, 추장은 사람들을 이끌고 앞장을 서서 사냥감을 찾아 나서야만 하지 않았겠는가? 그 날 하루의 성과가 좋고 나쁜 것은 무엇보다 가는 곳을 잘 고르느냐 못 고르느냐 하는 것에 달려 있다고 생각되기 때문에 앞장서서 가는 추장의 고민이 그 방향을 정하는 것에 있었을 것은 뻔한 일이지. 무슨 사전탐색이나 정보가 있는 것도 아니고, 단순한 생각과 짐작만으로 결정을 내려야만 했기에, 추장의 책임은 무거울 수밖에 없고 따라서 고민도 클 수밖에 없지 않겠어요?

그래서 그 방향을 결정하는 일을 막연한 자기 생각에 따르려 하지 않고 뭔가 신비스런 영감에 의해 결정지으려 했던 것이지. 그래서 손쉬운 방법의 하나로, 무리들을 불러 모을 때 부는 뿔피리

(角笛)를 던져 뾰족한 끝이 향한 쪽의 길이나 골짜기로 향하곤 했다는 거지."

"그럼 그 뿔피리가 가리킨 방향은 어떤 힘의 작용이라 볼 수 있습니까? 그것이 단순한 우연이 아니고, 뭔가 보이지 않는 것의 가리킴이었다고 가정했을 때 말입니다. 다시 말해 추장의 숨은 영감의 작용일까요. 아니면 그들이 위하는 산신령이나 조상의 영혼의 보이지 않는 힘에서일까요. 아니면 뿔피리 자체에 그런 신비한 힘이 있다고 보았던 것일까요?"

"그거야 알 수 없는 일이지. 때에 따라 사람에 따라 각각 달랐을 테니까. 그러나 적어도 정확한 방향을 알고 싶은 추장의 골독한 바람과 뿔피리라는 정해진 물체와의 결합으로 나타난 결과임에 틀림이 없으니까 맞고 안 맞고는 다음 일이고, 그것이 하나의 형식으로 굳어졌을 때는 언제나 그렇게 할 수밖에 없는 일이었겠지.

그리고 그 결과가 효과적으로 나타났을 때는 추장에 대한 존경과 신임이 두터웠을 것이고, 결과가 좋지 못했을 때는 그 반대였을 테니까. 추장은 더욱 정확한 판단을 얻으려 했겠지.

그 결과 추장 자신이 직접 결정을 내리지 않고, 신명과 잘 통한다고 생각되는 소녀를 시켜, 뿔피리를 던지거나 화살이나 창을 던지게끔 하는 방법을 쓰게도 되었을 것 아닌가? 그것이 무당의 시초가 아니었던가 싶어.

그것이 차츰 발달하여, 무슨 일이 시작하거나 먼 길을 떠나기 전에 미리 결정을 얻으려 했을 것이고, 맑은 정신보다는 취한 듯 한 상태에서 신의 계시나 영감을 얻을 수 있다 하여, 특별한 장소에 전문적인 직업 무당 같은 사람을 앉게 하고, 잠꼬대 같은 소리에 깊은 뜻을 담아 풀이하는 절차가 생겼을 것으로 짐작할 수 있겠지. 서양에선 무당이 신탁을 받을 때는 숯불이 벌겋게 타오르는 옆에 앉아 정신이 몽롱해졌을 때 잠꼬대 같은 말을 하곤 했다더군.

한자의 무당무(巫)란 글자를 보게. 천장과 방바닥 한가운데 장지문이 가로질러 있고, 양쪽에 사람이 앉아 있는 것이 무당이란 글자가 아닌가.

나는 어렸을 때 그런 장면을 구경한 일이 있었지. 무슨 뜻인지 '공진'이라 부르는 무당이 장지문 저쪽에서 새 소리 비슷한 목소리로 뭐라고 지껄이면, 장지문 바깥쪽에 있는 사람이 무엇을 묻기도 하고 고개를 끄덕이며 알았다는 시늉을 하곤 하더군. 사람들 이야기로는 새처럼 소리를 내는 것은 그 무당에게 들어 있는 어린 아이의 영혼이 내는 소리라고 했지. 역시 신탁의 한 가지로 볼 수 있겠지."

"그럼 무당의 신탁이 거북점과 시초점으로 발달한 것으로 볼 수 있겠군요?"

"〈주역〉 계사(繫辭)란 곳에는 '주역점은 은나라 말기에 발달한 것인가?' 하는 내용을 싣고 있어요. 적어도 글자가 생긴 뒤의 일로 보아야 하겠지."

"거북점과 시초점은 어느 쪽이 먼저였습니까?"

"거북점이 먼저였지."

"지금도 거북점이란 것이 있습니까?"

"춘추시대에 들어와서도 거북점이 더 잘 맞는 것으로 믿고 있었던 것이 기록에 나와 있고, 그 기록에 따르면 사실이 또 그러했던 것 같네."

"거북점과 시초점인 주역점과는 어떻게 다릅니까?"

"점괘를 얻는 방법 말인가?"

"네."

"거북점에 대한 것은 자세한 것이 전해지지 않고 있네. 다만 기록을 통해 짐작할 수 있는데, 거북 등딱지를 불 위에 올려놓고 그 꼭대기에 기름을 얹어놓으면 불기운에 기름이 끓어오르며 넘쳐 옆으로 흘러내리게 되어 있는 것으로, 등딱지 둘레에 번호가 새겨져 있어서 넘쳐흐른 기름이 가 닿은 번호를 알아, 그 번호 밑에 실려 있는 글의 내용으로 좋고 나쁜 것을 판단했던 것으로 보이네."

"그런데 더 잘 맞는다는 거북점이 왜 갑자기 없어진 것일까요?"

"거북의 등딱지를 구하기가 힘든 것과 그것을 보관하는 것이 쉽지 않았기 때문으로 볼 수 있겠지. 거북을 보관하는 집을 사치스럽게 꾸민 세도재상을 가리켜 공자는 지혜롭지 못하다고 평한 일까지 있었으니까. 주역점도 시초 대신 대나무가 널리 쓰여졌고, 그것이 뒷날에는 보다 간단하고 쉬운 돈을 던져 괘를 얻는 척전법이란 것이 생겨났지 않은가?"

"주역이 은나라 말년에 발달했다는 것은 무엇을 뜻합니까?"

"은나라 주(紂)임금의 노여움을 사서 감옥에 갇히게 된 주나라 문왕이, 그 안에서 주역 64괘를 풀이하여 단(彖)이라는 설명을 붙인 것으로 기록은 전하고 있네. 그리고 30년쯤 뒤에, 문왕의 아들인 주공이 간신들의 모함을 받아 잠시 벼슬에서 물러나 있을 때, 64괘에서 생겨난 384효에 각각 설명을 붙인 것으로 전해졌기 때문에 한 말이라 볼 수 있지."

"공자가 〈주역〉과 깊은 관계가 있는 것으로 전해지고 있지 않습니까?"

"〈주역〉을 철학적으로, 도덕적으로 또는 과학적으로 설명을 더한 것으로 십익(十翼)이라 불리우는 것들이 있는데, 그것을 공자가 지었다는 전설에 의해 생겨난 것일 뿐, 공자가 직접 〈주역〉에 풀이를 더하지는 않았다는 것이 옳은 것으로 지금은 믿고 있네.

그러나 사마천의 〈사기〉에 보면 공자가 늦게 〈주역〉을 좋아해서 책을 엮은 가죽끈이 세 번이나 끊어졌다는 것으로 나와 있네. 공자가 만년에 〈주역〉의 심오한 이치에 몰두해 있었음을 짐작하게 하는 내용이라 볼 수 있지."

"공자도 귀신이 있다고 믿었던 것인가요? 과연 귀신을 통해 예언을 얻어낼 수 있다고 본 것인가요?"

"김 군은 귀신이 없다고 보는가?"

"없다고 단정할 수도 없고, 있다고 단정할 수도 없는 것 아닐까요?"

"그게 아마 가장 바람직한 생각이겠지. 공자는 분명 귀신이 있다고 했네. 〈중용〉에 그런 말이 나와 있으니까. 그러나 귀신을 공경하되 멀리 하라고 했네. 귀신을 멀리하고 사람의 도리를 다하는 것이 지혜로운 일이라고 가르치기도 하고, 자로라는 제자가 귀신 섬기는 일을 물었을 때는,

'사람도 제대로 섬기지 못하면서 어떻게 귀신을 섬길 수 있겠는가?'

하고 부질없는 생각을 버리라는 뜻으로 대답했고, 다시 죽음에 대해 들려 달라고 하자.

'삶에 대한 것도 알 수 없거늘, 어떻게 죽음에 대한 것을 알 수 있겠는가?'

하고 대답을 회피했네. 스스로 깨우치거나 체험으로 느끼도록 가르친 것이라 볼 수 있지."

"그럼 귀신을 멀리하라고 가르친 공자가 주역점을 친다는 것은 모순된 일이 아닐까요?"

"좋은 질문이야. 나는 주역점이 귀신의 힘을 빌리는 것으로는 생각하지 않네. 사람에게는 영감이랄까, 초감각적인 신비한 힘이 누구에게나 있다고 보네. 사람에 따라 많은 차이가 있기는 하지만, 잠재의식이니 정신통일이니 지성이면 감천이니 하는 말들이 그런 체험을 바탕으로 생겨난 것 아니겠나? 칸트도 그런 말을 했다지? 사람들은 원인을 더 이상 캐내지 못할 때는 그것을 신(神)이니 섭리니 운명이니 하고 말한다고 말일세.

주역점은 자기 속에 숨어 있는 영감을 통해, 자기가 안고 있는 당면한 문제를 판단하고 풀고 해결할 수 있게 하는 것으로 보고 있네. 그 영감이 신명과도 통할 수는 있는 일이므로, 사람에 따라 또는 때에 따라 자기 영감 이외의 자연의 힘이라든가 신의 힘이 작용할 수도 있는 것이지.

공자가 만년에 〈주역〉에 심취했다는 것은, 주역점을 통해 예언을 할 수 있는 어떤 신비성에 심취한 것은 아니라고 보네. 〈주역〉에 담겨 있는 과학적인 인과법칙을 통해 동적인 면과 정적인 면의 상호관계에서, 생성발전하고 변화하고 퇴화하는 자연과 인간사회의 법칙이랄까, 진리 같은 것에 심취한 것으로 여겨지네.

요즘 컴퓨터 점이라는 것이 있다지 않는가? 〈주역〉의 이치는 수(數)에 있는 것일세. 물질세계가 모두 수로 되어 있듯이, 그 물질의 원동력인 정신적인 면도 수로 풀이될 수밖에 없네. 불교의 연기론(緣起論)이니 윤회설(輪廻說)이니 하는 것도 다 원인과 결과라는 수적 연계성의 테두리에 포함되는 거라고 볼 수 있지. 〈주역〉은 자연과학과 정신철학과 사회윤리가 하나로 뭉쳐진 총괄적이고 광범위한 모든 것들을 그 안에 담고 있는 것이 아닐까 하는 것이 내 생각일세."

"그런 깊은 것을 보통 사람이 알 수는 없는 것 아닙니까? 결국 그것이 과학적이든 철학적이든 지금은 점하는 책으로 알려져 있지 않습니까?"

"절간이 불공 드리는 곳으로 변하고 교회가 기도 드리는 곳으로 변한 것처럼, 〈주역〉의 깊은 뜻보다는 당장 궁금증을 풀어주는 점서로 속화된 결과로 보아야 하겠지."

"실은 저도 저 개인의 궁금증을 풀기 위해 철학관으로 박 선생을 찾아갔었습니다. 옆에서 구경을 하고 있노라니. 나도 한번 배워 보았으면 하는 생각이 들더군요. 그래서 배울 수 없겠느냐고 했더니 아무나 배울 수 있는 것이 아니라며, 누구나 배워서 금방 할 수 있는 것은 주역점이라며 선생님을 소개해 주었습니다. 선생님께선 주역을 누구나 금방 이용할 수 있게끔 차례를 다시 정하고 한글로 옮겨두기까지 하셨다고 들었습니다. 저같은 사람도 금방 그것을 가지고 저의 궁금한 일을 점칠 수 있겠습니까?"

"할 수 있지."

"저는 제 문제를 남에게 말할 수 없는 사정이 있습니다. 그것을 남에게 말하지 않고 내가 직접 괘를 얻어 거기에 나와 있는 말로 판단할 수도 있겠군요?"

"물론이지."

"저에게 한번 시험하게 해 주시겠습니까?"

"어렵지 않지."

"처음부터 너무 당돌합니다만……"

"배움에 있어서 당돌하고 말고가 있을 수 없지. 착한 것을 보거든 목마른 듯이 하라고 했으니까."

운명론(運命論)

한운담영일유유 물환성이도기추
閑雲潭影日悠悠 物換星移度幾秋.
"한가로운 구름이 못에 드리운 그림자는 예나 다름없건만, 세상은 바뀌고 세월은 흘러 몇 해가 지났는가."

정 선생은 문을 안으로 걸었다. 그리고 김 군에게 방 한쪽 구석에 놓인 바둑판과 바둑돌이 들어 있는 통을 가져오라 일렀다.

정 선생은 바둑통을 바둑판 위에 올려놓고 뚜껑을 열었다. 흰 돌과 검은 돌이 반 넘게 차 있었다.

"내가 먼저 방법을 일러 주지. 바둑돌을 대나무가지나 솔잎 대신 임시로 쓰는 거야. 성냥개비든 콩이든 구슬이든 무엇이든 상관없어.

먼저 눈을 감고 정신을 가다듬어 속으로 생각하는 거야. 내가 궁금해 하는 일이 내 손을 통해 이 바둑돌을 집는 것으로서 괘를 얻고, 그 괘를 통해 정확한 판단을 얻기를 바란다든가 아니면 그렇게 되게끔 신명의 도움을 얻고 싶다든가 뭐 그런 생각을 하며 정신을 하나로 모으는 거지.

그런 다음 먼저 왼손으로 왼쪽에 있는 흰 돌을 집어내는 거야. 몇 개가 되었든 집히는 대로, 집을 때는 영감의 힘이 손끝까지 뻗는 그런 느낌으로 집는 것이 좋지.

그리고는 눈을 뜨고 집어낸 돌을 세면 돼. 8개까지는 나와 있는 돌의 수로 위에 있는 괘를 삼고, 8개가 넘으면 8개씩 덜어내고 남는 것이 괘가 되는 거지. 괘를 그릴 것 없이 숫자를 쓰면 돼.

그 다음은 오른손으로 오른쪽 통의 검은 돌을 같은 방법으로 집어낸 다음, 같은 방법으로 남는 돌의 수를 숫자로 쓰면 되지.

그리고 나서 끝으로 다시 왼손으로 왼쪽통의 흰 돌을 집어내어, 이번에는 6개씩 덜어나가 남는 수를 쓰면 돼. 효가 여섯이니까 밑에서부터 몇 번째 효가 움직였는지를 알게 되는 거지.

그리고 그 나와 있는 세 숫자가 적혀 있는 곳을 순서에 따라 〈토정비결〉 보듯 하면 되는 거야.

그러니까 자기 혼자 생각하고, 자기 손으로 집어내어, 자기 손으로 센 다음, 자기 눈으로 주역에 나와 있는 글을 보고 그것으로 좋고 나쁜 것을 판단하게 되는 거지. 그럼 어디 한번 해보지. 내가 방금 말한 그 방법으로."

그렇게 하여 김 군이 얻은 괘는 644였다. 정 선생이 아이들을 위해 고쳐 썼다는 타이프로 친 책의 644란 곳을 보니, 거기에는 이런 내용의 글이 적혀 있었다.

'644=말을 타고도 망설인다. 장가를 들면 좋은 아내를 맞게 될 것이다. 망설이지 말고 나아가라 모든 일이 잘 풀릴것이다.'

그런 내용을 읽는 순간, 어딘가 모르게 고민이 있었던 듯이 보이던 김 군의 얼굴이 갑자기 밝아지는 것 같았다.

김 군의 고민은 과연 어떤 것이었던가? 정 선생은 반가운 표정을 지으며 그런 김 군을 바라보더니 조용히 입을 열었다.

"김군은 요즘 젊은이답지 않게 퍽 내성적이로군?"

"어떻게 아시지요?"

"얼굴이나 태도로 보아서도 알 수 있는 일이지만 지금 그 점괘를 보았을 때 더욱 분명해졌기에 하는 말이야."

"……"

"그만한 일을 가지고 혼자 고민 한다는 것도 그렇고, 부모나 선배에게 상의 못할 것도 없는 일을 숨긴 채 혼자 망설이고만 있었으니 말일세."

"뭘 말입니까?"

"주역점이란 대개가 코에 걸면 코걸이가 되고, 귀에 걸면 귀걸이가 되는 식으로 애매한 내용이 많은데, 지금 김군이 얻은 괘는 누구나 보면 짐작이 가고 판단이 설 수 있는 내용이기에 하는 말일세. 물론 비유로 그같은 말이 나올 수도 있지만, 아무래도 좋아하는 여자 친구에 관한 문제로 고민하고 있은 것 같군. 안 그런가?"

김군의 얼굴이 붉어졌다.

"내가 풀이를 해 줄까? 주역 원본에는 세번째로 나와 있는 둔(屯)이란 괘인데, 그 뜻은 앞이 막히고 하는 일이 잘 풀리지 않는다는 것이야. 그러니 당한 사람은 고민할 수밖에 없지.

주석에는 이런 내용이 담겨 있네. 속으로는 젊은 생명력이 약동하면서도 그것을 밖으로 내뿜을 수 없는 상태를 말한다. 사람으로 말하면 번민이 많은 청년기에 해당되고, 사업으로 말하면 어려운 일들이 첩첩이 쌓여 있는 초창기와 같은 것이라고 말일세.

그런 시기를 여섯으로 나누어 말할 때, 맨 처음에는 지나친 모험을 하지 말고 경험이 있는 사람의 힘을 빌리는 것이 좋겠지. 그것이 제4기에 이르렀으니 이제는 더 망설일 것 없이 자기가 직접 발벗고 나서서 자기 일을 손수 처리하라는 뜻으로 한 말이라 볼 수 있어.

보기를 들어서 말한다면, 마음에 드는 결혼상대가 있어서 그 동안은 다른 친구나 여자를 통해서 인사도 나누고 말도 주고받고 했지만, 이제는 직접 나는 당신을 사랑합니다라든가, 나와 결혼합시다 하고 적극적인 태도를 보여도 좋을 때가 되었다는 이야기야.

그 집을 찾아가려고 말에 올라 있으면서도 대문 앞에서 쫓겨나지나 않을까 하고, 말고삐를 잡은 채 머뭇거리고 있는 것을 꼬집어 말하고,

'청혼을 하라. 그러면 좋은 아내를 맞게 될 것이다. 망설이지 말고 당장 말을 달려 찾아가라.'

하고 소리치고 있는 거야.

아마 그 여자 친구도 자네가 청혼해 주기를 속으로 바라고 있을 거야. 먼저 말을 하고 싶어도 여자라는 생각 때문에 자네 눈치만 보고 있는 것일지도 몰라. 그러다가 다른 사람이 청혼이라도 해오면, 사내답지 못한 자네 태도에 반발심이 생겨 그쪽으로 결정해 버릴지도 모르네. 그러니까 택시라도 타고 찾아가 청혼을 하라는 뜻이겠지."

김 군의 얼굴에 약간 당황해 하는 모습이 바람처럼 스치고 지나갔다.

"비유를 하면 그렇다는 거지, 지금 당장 가라는 뜻은 아니야. 나는 관상 보는 법도 조금은 알고 있는데, 사람의 얼굴에는 한 해 운수가 빛으로 나타나고 있지. 턱은 동짓달을 가리키는 곳인데 턱에 밝은 기운이 떠 있으니 좋은 일이 있을 걸세."

김 군의 얼굴이 다시 누그러지기 시작했다. 내성적이면서 무척 민감한 젊은이인 것 같다.

"다른 궁금한 일을 또 하나 물어보고 싶은데 괜찮겠습니까?"

"괜찮다마다, 무슨 일이기에?"

"저와 관계가 깊은 분이 무슨 일을 벌이려 하고 있는데, 그것을

말려야 할지, 내버려 두어야 할지 몰라서……"

"처음 주역점을 배울 때는, 그런 궁금한 일이 있을 때마다 점을 쳐보는 것이 경험을 쌓고 판단의 기준을 얻는 계기가 될 수 있네. 한번 괘를 얻어 보게, 그리고 돌아갈 때 내가 타이프 친 책이 있으니 한 권 가져다 참고도 하고 시험도 해보지"

"그렇지않아도 부탁 말씀을 드려 볼까 하던 참이었는데, 정말 감사합니다."

김 군이 이번에 뽑은 괘는 161이었다. 거기에는 이런 내용이 적혀 있었다.

'송사는 오래 끌어서는 안된다. 쉽게 끝내려 한다고 불평을 하는 사람이 있을지도 모른다. 그러나 결국은 쉽게 끝내는 것이 좋을 것이다.'

"무슨 뜻인지 잘 모르겠군요."

"〈주역〉 점괘는 거의가 그런 애매모호한 내용으로 되어 있네. 결국 일을 벌이기는 하되 혼자 욕심만을 채우려 하지 말고, 적당한 선에서 타협을 보려는 마음만 가지고 있으면 잘 끝맺음을 하게 된다는 뜻이 되겠지. 민사소송의 경우라면 화해와 타협의 여지를 두고 그런 방향으로 끌고 나가면 원만한 해결을 볼 수 있다는 뜻이 되겠지. 무슨 일을 벌이려는 건가?"

"역시 재판건입니다. 승소하기 어려운 사건으로 보이는데, 그 분은 당하고만 있을 수 없다며 소송을 하려 하고 있습니다. 민사로 해서 안되면 형사로 끌고 가겠다는 겁니다."

"사기를 당한 모양이군."

"동업을 하던 사이입니다."

"내버려 두게. 적당히 해결을 볼 수 있을 걸세. 상대도 생각이 있을 테니까."

"선생님께선 아까 관상도 조금은 안다고 하셨는데, 예언에 속한 현재와 미래의 판단에는 어떤 종류들이 있는지요?"

"이루 다 말할 수 없을 정도로 많겠지. 옛날부터 전해 오는 말에 이런 것이 있지 않은가? 사주불여상(四柱不如相)이요, 상불여심(相不如心)이라고 말일세. 사주가 관상만 못하고 관상이 마음만 못하다는 뜻이지."

"구체적으로 무슨 뜻인지요?"

"사주팔자란 말을 들어 보았겠지?"

"듣기는 했습니다만, 사주는 무엇을 말하고 팔자는 무엇을 말하는지는 잘 모릅니다."

"같은 말이야. 지금도 우리는 4, 5천년 전부터 쓰여지고 있었던 60진법의 육갑(六甲)이란 것을 책력을 통해 알고 있고 또 쓰고 있어요. 어느 달을 그 해의 첫달로 삼느냐 하는 것은 시대에 따라 틀렸었지. 4천년 전인 하(夏)나라 시대 이전부터는 지금의 음력 정월로 첫달을 삼았고, 그 뒤를 이은 은(殷)나라는 한 달 앞당긴 섣달로 첫달을 삼았고, 3천년 전의 주(周)나라는 다시 한 달 앞당긴 동짓달로 첫달을 삼았는데 지금의 양력과 비슷한 셈이지. 그런가 하면 진(秦)나라는 시월로 첫달을 삼기도 했네.

그런데 영원히 변하지 않고 내려온 것은 60진법의 60갑자에 의한 연월일시(年月日時)였지. 시대에 따라, 무슨 해 무슨 달 하고 쓰인 것이 정확히 언제였는지를 알 수 없을 경우, 그것을 판단하는 기준이 바로 이 60갑자였으니까. 그래서 공자가 동짓달에 났기 때문에 72살에 세상을 버렸느니 73살에 버렸느니, 하고 한 살 차이가 생기게도 된것이지. 다시 말해 주나라 책력으로 말하면 이듬해에 난 것이 되고, 하나라 책력으로 말하면 전 해에 난 것이 되기 때문이지.

그런데 공자가 책력은 하나라 것이 가장 좋다고 말했기 때문에, 한(漢)나라 이후로 유교를 국교로 삼으면서 하나라 책력인 지금의 음력이 그대로 계속 쓰여져 왔던 걸세.

그러나 60갑자의 원리로 따지면, 갑자년(甲子年) 갑자월(甲子月) 갑자일(甲子日) 갑자시(甲子時)가 첫 책력의 기원(紀元)이 시작되는 순간이었던 것으로 보아야지, 즉 해가 다시 길어지기 시작하는 동지 때가 기원이 되는 셈이야.

그때부터 시작해서 해는 60년마다 되풀이되고, 달은 1년에 12달이 있으니까 5년마다 되풀이되고, 날은 60일마다 되풀이되며, 시간은 5일마다 되풀이되는 거지.

그러니까 사람이 태어난 해와 달과 날과 시간, 이 넷이 그 사람의 일생을 떠받들고 있는 네 기둥과 같다 하여 네 기둥이란 뜻의 사주(四柱)란 말을 붙이게 된 것이고, 그 넷은 각각 두 글자씩 여덟 글자로 되어 있기 때문에 팔자(八字)란 말이 생겨나게 된 것이지.

팔자란 말이 타고난 운명이란 뜻과 같이 쓰이고 있는 것만 보아도, 사주라는 것에 대한 일반 사람들의 관심이 거의 신앙처럼 굳어져 있었음을 알 수 있네."

"그런데 그 사주가 관상만 못하다는 것은 어떤 근거에서였나요?"

"중국 사주책으로 가장 권위있는 것에 삼명통회(三命通會)란 책이 있네. 거기에는 사주에 대한 원리원칙은 물론이요, 누구라도 자기의 생년과 월일과 시만 알면 그 책 속에서 자기의 일생을 점칠 수 있게 되어 있어요. 그러니까 60의 세제곱을 한 1296만이라는 각각 다른 사주를 풀이한 내용을 담고 있는 것이 되지.

그런데 그 서론에 재미있는 말이 나와 있네. 사주가 전혀 근거가 없는 것은 아니지만 절대적인 것은 아니라는 거지. 과학적인 통계를 가지고 설명하고 있는 거야. 같은 사주를 가진 사람이 수십만 수백만이 될 수 있지만, 같은 운명의 사람은 있을 수 없다는 거야.

또 역대의 유명한 사람들의 사주와 그의 일생을 비교해 볼 때, 그것이 맞지 않는다는 거야. 이치로 따져도 같은 운명이란 있을 수 없는 일이며, 실제로 놓고 보아도 맞지 않는다는 거지.

그러니까 사주를 전문으로 연구한 사람이, 그 방대한 책을 쓰면서 사주의 정확성을 부인한 셈이야."

"관상이 사주보다 정확하다는 근거는 무엇일까요?"

"첫째 아무리 같은 시간에 난 쌍동이라도 얼굴이 완전히 같을 수는 없다는 것이 하나의 전제가 될 수 있겠지. 그리고 우리 말에, '사람은 다 제 얼굴 뜯어먹고 산다'는 말이 있네. 또 '얼굴값을 한다'느니 '얼굴값도 못한다'느니 하는 말이 있네. 모두의 얼굴 생김새가 그 사람의 운명을 좌우하고, 그 인격을 상징한다는 뜻이 아니겠나?

관상이 마음만 못하다는 것은, 얼굴만 가지고는 그 사람의 마음을 가늠하기 어렵다는 뜻도 되고, 아무리 얼굴이 복스럽게 생긴 사람이라 해도 마음을 나쁘게 쓰면 화를 입게 되고, 얼굴이 복이 없어 보여도 마음씨가 바르고 착하며 부지런하기만 하면 복있는 생활을 할 수 있다는 뜻으로 보아야 하겠지. 사주에 관한 재미 있는 이야기에 이런 것이 있네.

중국에 유명한 재상으로 배도(裵度)란 사람이 있었어. 쌍동이로 둘이 맞붙어 태어난 배탁(裵度)이란 형이 있었는데, 배탁은 평생을 고기잡이로 살다가 죽었다네. 아우는 뭍을 지배하고 형은 물을 지배했다는 것으로 사주가 맞는다고 하는 뜻도 되고 맞지 않는다는 뜻도 된다고들 말하네.

또 조선조 중기의 숙종(肅宗)임금은 여러 가지로 재미있는 이야기들을 많이 남기고 있는데, 사주가 과연 맞는 것일까 하는 생각에서, 자신과 같은 사주를 가진 사람을 찾아내어 올려 보내라는 명령을 내렸다는 거야. 그런데 강원도 어느 산골에서 꿀벌을 수십

통 기르고 있는 농부 한 사람이 불려 올라왔다네. 하나는 임금이요 하나는 이름없는 백성이었지만, 그의 말대로라면,

'상감께서는 수백만 백성을 거느리고 계시고, 소인은 수백만 벌을 거느리고 있지 않습니까? 상감께서는 왕실에서 태어나시고, 소인은 농부의 집에서 태어났기 때문에 그 대상이 다를 뿐이옵니다.'

하는 것으로, 사주에도 이치가 있다는 것이 되겠지요"

"관상법에 대한 것을 상식적으로 간단히 들려 주실 수 있겠습니까?"

"옛날에는 한 나라의 재상이 되려면 관상법을 배워야 한다고 했어요. 정치를 바로 하려면 무엇보다 사람을 바로 써야했기 때문이지.

관상법에 보면, 그 사람의 운명과 인품은 얼굴이 8할을 차지하게 되고, 얼굴 가운데서는 눈이 5할을 차지하고, 이마가 3할을 차지하며, 나머지 코와 입과 귀와 턱과 같은 것이 모두 합쳐서 2할을 차지한다고 했어요.

눈이 5할을 차지한다는 것은 마음이 중요하다는 뜻이지. 눈은 마음의 창문이란 말도 있지 않나? 맹자도 이런 말을 했네.

'사람에게 있어서 가장 착한 것은 눈동자다. 눈동자는 악한 것을 숨길 수가 없다. 마음이 바르면 눈동자가 맑고, 마음이 바르지 못하면 눈동자가 흐리다. 상대가 하는 말을 듣고, 그의 눈동자를 자세히 보게 되면 그 누구도 나를 속이지 못한다.'

관상법의 기준이 되는 것을 맹자가 말했다고 볼 수 있지.

그러니까 관상을 배우려면 먼저 눈을 보는 법부터 배워야 하네. 거짓말 탐지기는 속일 수 있어도 자기 눈동자만은 속이지 못한다는 것이 맹자의 생각이었고, 관상을 잘 본다는 사람들의 말이었지."

"이마가 3할을 차지한다는 것은 무엇 때문일까요?"

"그것은 지능을 말한 거라고 보아야겠지. 이마를 보면 지능의 특성과 수준을 짐작할 수 있다는 것이지. 훌륭한 학자 들은 대개가 이마에 특색이 있어. 넓고 높고 번듯하고 맑고 한 것들이 특색이 되겠지. 높은 벼슬에 있는 사람들도 대개는 이마가 잘 생겼지."

"아까 얼굴빛을 보면 기쁜 일이 있을 것을 안다고 하시고, 또 턱은 동짓달을 가리킨다고 하셨는데 구체적으로 어떤 것인지요?"

"그저 해본 소리지, 나도 잘은 모르네. 자네를 안심시키기 위한 것뿐이야."

"상식적으로 어떤 것인지……?"

"모든 동물에게는 자기보존을 위한 초감각적인 특이한 감각을 가지고 있네. 그것은 자연현상에 대한 첨단과학의 탐지기능 이상의 것일 수도 있지. 〈주역〉의 점이란 것도 바로 그 기능의 촉매역할을 하는 것이라고 볼 수 있네.

지금 과학자들은 지진을 예언하지 않는가? 동물들은 그런 기능을 갖고 있네. 그것이 몸에 자극을 주기도 하고 사람의 경우 얼굴에 빛을 풍기게도 한다고 보아야겠지. 중국 당산(唐山)인가 하는 곳에서 큰 지진이 일어났을 때, 한 달 전부터 그 지방의 동물들이 이상한 움직임을 보이고 있었다는 보고가 나와 있네. 사람은 기계에 의존하기 시작한 뒤로 그런 초감각적인 기능이 점점 퇴보한 나머지, 곧 닥칠 재난을 느끼지 못하고 있다고 보아야겠지.

아침에 일어나 공연히 출근하고 싶지 않은 생각이 들었을 때는, 대개 좋지 못한 일을 당한다는 경험들을 말하곤 하는데, 그것이 퇴보상태에 있는 초감각기능이라고 볼 수도 있네. 일본에서 한동안 컴퓨터 계산기에 그날 신수를 점치는 것이 들어 있었던 것도, 실은 미신에 속하는 것이지만 같은 성격의 기능을 계산기에 의지하려는 생각에서였다고 볼 수 있지.

자신은 그것을 분명히 알지 못하고 있지만, 초감각적인 현상은 이미 나타나 있다고 보는 것이 관상가들의 주장일세. 대개 4, 5개월 전이면 그것이 얼굴에 나타나게 된다는 것이지.

6·25 때 내 시골 집에 피난 온 관상가 한사람이 있었네. 학교에 있을 때 우연히 알게 된 분인데, 관상을 잘 본다고 내가 소개를 했더니 많은 사람들이 찾아왔지. 서울에서 피난온 부녀자들이 헤어진 가족을 언제 만나게 될지 궁금해서 신수를 보아 달라는 거였네.

그런데 그 친구의 결론이 이런 것이었네.

'음력 8월에는 서울이 수복될 수 있을 거야. 서울서 피난온 부녀자들이 모두 8월 운에 밝고 누른 기운이 떠 있으니 가족을 만나게 되는 것 아니겠는가?'

그것이 두 달 전의 예언인데 그대로 맞았던 거야.

그런데 그때 어느 한 남자가 관상을 보러 왔는데, 그때 그 관상 보는 분이 옆에 있는 나를 보고 이런 말을 했어요.

'정 선생, 지금 저 분의 왼쪽 눈썹 가를 보시오. 검은 빛이 뚜렷이 나타나 있지 않은가?'

과연 보니 나로서도 알아볼 수 있는 검은 빛이 떠 있었네. 그는 그 사람을 보고 말했어,

'7월 그믐을 전후해서는 절대로 밖에 나가지 마십시오. 뜻하지 않은 재난을 만날지도 모르니까.'

그런데 그가 그 고비를 넘기지 못하고, 같이 살다가 헤어진 여자의 고발을 당해 치안대인가 하는 곳의 호출을 받고 불려나가게 되었어. 그때 일반인들은 모르고 있었지만 인민군이 후퇴하기 시작한 때였지. 그들도 정신이 없는 판이라 다음날 오라면서 돌려보냈던 거야. 그런데 죽을 운명은 피할 수 없는 건지, 돌아오다가 다시 찾아가 이렇게 말한 거야.

'나는 바쁜 사람이오. 혐의가 있으면 지금 밝히고, 없으면 없다고 분명히 말해 주시오. 30리 먼 길을 또 올 수는 없지 않겠소?'

이렇게 해서 결국 수백 명이 함께 참살을 당했던 거야."

"결국 알아도 소용이 없다는 결론이 나오겠군요?"

"그렇게 말할 수 있지. 그것을 우리는 운명이니 숙명이니 팔자니 하고 말하는 것일세. 그러기에 공자와 맹자도 그것을 명(命)이라 하여 불가항력인 것으로 말하고 있지 않은가.

공자의 제자 자로가 공백료(公伯寮)란 사람의 모함을 받아 세도 재상인 계손(季孫)의 총참모에서 쫓겨나게 된 일이 있었네. 이때 자복경백(子服景伯)이란 고관이 찾아와 공자에게

'대감이 그 공백료란 놈의 말에 솔깃해 있습니다. 하지만 내가 그놈의 숨은 죄를 폭로하여 시장바닥에 목을 베게 할 수도 있습니다.'

하고 말했을 때,

'모든 것은 명(命)에 있다. 공백료 제가 명을 어떻게 하겠는가?'

하고 공자는 내버려 두라고 말했던 것일세. 그러기에 공자는 〈논어〉 맨 끝장에 이런 말을 했지.

'명을 알지 못하면 군자가 될 수 없다.'

이 말은 사람의 도리를 다할 뿐, 그 결과는 자연의 운명에 맡겨야만 바른 길을 걷고 바른 일을 할 수 있는 어진 사람이 될 수 있다는 뜻이겠지.

맹자도 같은 말을 했네.

'군자는 옳지 않은 일을 하지 않기 때문에, 뜻밖의 재난 같은 건 걱정하지 않는다.'

또 이런 말도 했지.

'오래 살고 일찍 죽는 것에 관심을 두지 말고 자기 할 일에만 충실하는 것이 명에 서는 것(立命)이다.'

명에 선다는 것은 운명을 당연한 것으로 받아들이는 마음가짐을 말한 것일세.

그러기에 공자는,

'마음이 떳떳하지 못한 사람은 하는 일이 또한 떳떳하지 못할 것이니, 그런 사람은 하는 일의 결과가 좋고 나쁜 것을 점치지 않는 것이 좋다.'

주역 점괘에는 이정길(利貞吉)이란 말이 자주 나오네. 글자대로라면 다 좋은 것이 되겠지. 그러나 실은 그것이 아니고, 옳고 떳떳한 일일 경우에만 좋다는 뜻으로, 하는 일이 떳떳하고 옳은 일이 아닐 경우는 도리어 손해를 보게 되고 좋지 않은 결과를 가져오게 된다는 뜻으로 풀이하게 되는 거지.

아는 것과 운명과의 관계를 말해 주는 재미있는 이야기에 이런 것이 있네. 일본의 어느 기록에 실제로 있었던 일이었는데, 사람의 이름은 잊었어. 벌써 몇 백년 전 이야기로, 종소리와 북소리의 울림을 듣고 지진이 일어날 것을 미리 아는 사람이 있었던 거야.

그는 한 달 전부터 지진이 날 것을 말하며 그에 대한 준비를 하라고 권하며 돌아다녔는데, 그 자신은 지진이 일어나는 전날 가장 안전한 곳으로 알고 찾아간 굴속에서 굴이 무너지는 바람에 죽고 말았다는 거야.

어떻게 보면 아는 것이 도리어 죽음을 부른 셈이지. 운명을 옅은 지식으로 피하려는 어리석음이라고나 할까?

항우(項羽)의 스승이요, 참모였던 범증(范增)은 항우의 초청에 쾌히 응했다가 뒤늦게 항우가 성공하지 못할 것을 알았지. 그러나 이미 인연을 맺고 난 뒤라 버릴 수도 없어 통일천하를 할 상대인 유방(劉邦)을 죽여 없애는 것으로 운명을 거역하려 했으나, 결국 항우의 배신으로 울화병에 걸려 죽고 말지 않았던가?

운명을 안다는 그가, 운명과 대항하는 어리석음을 스스로 범했으니 출세하려는 욕심 때문이었겠지. 결국 지혜가 어진 마음만 못하다는 결론일 수도 있지."

정 선생의 말을 들으며 혼자 무슨 생각에 잠긴 듯 말없이 앉아 있는 김 군을 바라보며 정 선생이 말을 건넸다.

"김 군은 점이니, 예언이니 하는 것을 미신으로 알고 있었겠지?"

"그런 셈이었습니다."

"늦게 배운 도둑질이 날 새는 줄 모른다는 속담이 있지 않은가? 미신이라고 알고 있던 점이 맞는다는 생각이 들면 그때부터는 무조건 점에 의지하려는 반대현상이 나타나게 돼. 그것 또한 경계해야 할 일이야.

해방 직후 내가 어느 고등학교에 있을 때였어. 흔히 말하는 좌익계통의 교사가 있었는데, 유물사상에서였는지 점이니 예언이니 하는 것을 일체 부정하고 있었지.

그런데 내가 알게 된 관상가가 음력 설이면 찾아와 교장과 전 직원의 그 해 신수를 관상으로 점쳐 주곤 했는데, 토정비결 보는 기분으로 교사들도 다 관상을 보고 그것을 적은 쪽지를 받곤 했었지. 돈 내지 않고 그저 보아 주는 거니까 그 교사도 보게 되었어.

그 해가 바로 6·25가 터지던 해였는데, 다행히 그 교사는 무사했지. 미리 피해 숨어 있었기 때문에 사전검거를 당하지도 않았고, 밖에 나와 활동한 일도 없었기 때문이었어.

그런데 나중에 그 신수관상이 적힌 쪽지를 우연히 책 속에서 발견하고 돌이켜 생각해보니 그렇게 기막히게 맞을 수가 없더라는 거야. 음력을 두고 한 말인데, 7월과 8월 두 달은 벼랑에 거꾸로 매달려 있는 격이니 발버둥치지 말고 가만히 있으라는 글귀가 적혀 있더라는 거지. 그 뒤로 그는 정초에 관상신수 본 것을 신분증

속에 넣어두고 무슨 일만 있으면 그것을 펴보고 참고로 한다는 거였어. 말하자면 미신타파를 외치던 사람이 미신꾸러기로 변한 셈이지.

역시 수인사대천명(修人事待天命)이라는 유교적인 전통사상이 가장 옳다고 여겨지네. 당연히 해야 할 일에만 전념하게 되면, 결과야 좋든 나쁘든 운명에 맡기면 그만이라는 거지, 사람은 오늘을 위해서보다 내일을 위해서 사는 거니까, 예수처럼 비참한 최후를 마친 사람이 없지만 그보다 더 위대한 죽음은 없는 걸로 되어 있지 않은가?

미국 케네디 대통령의 불행한 운명을 막아 보려고 애쓴 진·딕슨이란 여자 예언가가 있었지.

그녀의 사진과 그 과정을 설명한 내용이 잡지에 실린 것을 보고 느낀 바가 컸네.

이미 정해진 운명을 예언가의 힘으로는 돌이킬 수 없다는 것과 그 불행한 운명에 따라 죽은 케네디의 죽음은, 한번밖에 없는 죽음에 깊은 뜻을 담은 죽음이었다는 점에서 행복한 죽음이었다고 느껴지기도 했기 때문이었어."

"어떤 내용인지 듣고 싶군요."

"그녀는 일곱 살 때, 스페인 집시 여자로부터 수정구슬을 선물로 받았다는 거야. 집시들의 광대놀이를 구경하고 있는 어린 그녀를 보자, 그 집시여자는

'너의 눈에는 신비의 힘이 숨쉬고 있다. 너는 내 뒤를 이을 수 있을 것이다. 이 수정구슬을 들여다보면 미래에 대한 환상이 나타날 것이다. 이 구슬을 선물로 주는 것이니 고이 간직하기 바란다.'

하고 자기가 가지고 있던 구슬을 건네주었다는 거야. 진·딕슨은 그 뒤 예언자가 되었고, 결혼을 한 뒤에는 죽을 뻔한 남편을 구한

일도 있었다는 걸세."

"어떻게 죽을 남편을 구한 것이지요?"

"남편이 다음날 시카고로 가게 되어 있었는데, 그녀가 수정구슬을 들여다보자, 남편이 타게 될 그 비행기가 도중에 떨어지는 장면이 나타났던 거야. 그래서 그 비행기를 타지 말도록 남편을 말렸던 것인데, 과연 그 비행기가 사고를 일으켜 참변을 당하고 말았다는 거지."

"그럼 그 경우는 운명을 예언이 바꿔놓은 것 아닐까요?"

"그렇게도 말할 수 있겠지. 그러나 역시 그 남편은 죽을 운명이 아니었기에 아내의 충고가 있었고, 그것을 남편이 받아들인 거라고도 볼 수 있지. 다시 말해 아내는 아내의 일을 다한 셈이고 남편은 남편의 도리를 다함으로써 벗어나게 된 셈인데, 그 또한 운명이니 운이니 하는 것이 될 수 있지 않을까?

〈맹자〉에 보면 이런 내용이 있네.

맹자의 사랑하는 제자 악정자(樂正子)가 노나라의 재상이 되었을 때, 맹자는 제나라에서 그 이야기를 전해듣고 기뻐서 잠을 이루지 못했다고 할 정도로 노나라에 기대를 걸고 있었던 거야. 마침내 맹자는 노나라로 찾아가게 되었고, 악정자의 권고로 노나라 평공(平公)은 맹자를 스승으로 모시려고 수레까지 준비하여 찾아가기로 되어 있었지. 그런데 장창(臧倉)이란 간신이 맹자를 모함하여 길을 떠나려던 임금이 행차를 중지하고 말았던 거야. 악정자가 맹자에게 그런 사실을 보고하며 안타까워 하자, 맹자는 이런 말을 했다는 거야.

'사람이 시켜서 가는 경우도 있고, 사람이 말려서 가지 않는 경우도 있다. 그러나 가고 안 가는 것은 하늘의 뜻일 뿐이다. 내가 노나라 임금을 만나지 못한 것은 하늘의 뜻이다. 장창이란 사람이 어떻게 나를 만나지 못하게 할 수 있겠느냐?'

이것이 바로 군자는 사람을 탓하지 않는다는 이유이며, 천명을 알지 못하면 군자가 될 수 없다고 한, 숨은 뜻이라 볼 수 있지."

"그럼 그 진·딕슨이란 여자는 그 수정구슬을 들여다보고 케네디의 피살장면을 알게 되었던가요?"

"잡지에는, 검은 기운이 하늘에서 백안관을 향해 서서히 내려오고 있는 것을 그녀는 볼 수 있었던 것으로 되어 있었네.

그녀는 그것이 곧 백악관의 주인공에게 불행이 다가오고 있음을 알려주는 것으로 보고, 그것을 막을 방법은 없을까 하고 생각했었는데, 그뒤 그 검은 기운이 남쪽으로 방향을 바꾸기 시작했고, 곧 뒤이어 케네디의 남부여행이 발표되는 것을 본 그녀는, 자기 남편의 경우와 마찬가지로 여행을 취소하는 것이 케네디를 구하는 길임을 믿게 되었다는 거야.

그래서 그녀는 대통령과 가까운 사람들을 통해 여행계획을 취소시키려 했으나 어느 누구에게도 자신있는 대답을 얻지 못했지. 케네디가 자기 충고를 받아줄 리도 없거니와, 충고할 만한 힘도 갖고 있지 않다는 것이 공통된 대답이었어,

다급해진 그녀는 마지막으로 루즈벨트 여사에게 그런 부탁을 하게 되었지. 직접 만나지는 못하고 여비서를 통해서 말야.

그런데 역시 대답은 같았다는 거야. 케네디가 그런 말에 귀를 기울일 사람도 아니며, 설사 불행이 닥칠 것을 안다 하더라도 한번 결정한 일을 이유없이 바꾸거나 할 사람이 아니므로, 그런 말을 하는 사람만이 실없는 사람이 될 뿐이라는 대답이었다는 거지.

결국 이미 정해진 운명은 사람의 지혜나 힘으로는 어쩔 수 없다는 것을 증명된 것으로 보아야 하겠지."

"사람의 얼굴에도 기운이 비추고, 공중에도 기운이 비추고 한다는 것이 정말 믿을 수 없이 신비한 일이군요."

"이조 명종 때 남사고(南師古)란 사람은, 점을 잘 쳤을 뿐 아니라

관상도 잘 보고 천문도 잘 보고 했던 것으로 전해지고 있는데, 그는 늘 인왕산 밑을 가리키며 '저기에 왕기(王氣)가 떠있다'고 했다는 거야. 대궐이 아닌 곳에 왕기가 떠 있다고 하는 말은, 자칫 반역의 음모를 품은 유언비어로 풀이될 수도 있는 위험한 말이었는데, 결국 나중에 명종의 뒤를 이어 임금이 된 선조가 그곳에 살고 있었므로, 그가 한 말이 꾸며낸 거짓말이 아니었음을 증명한 셈이었지. 앞으로 첨단과학이 발달되면, 누구나 컴퓨터의 특수한 기능을 빌어 그런 신비의 정체가 파악될 것으로 생각 되네. 사진기는 사람의 눈이 볼 수 없는 것을 빛의 반응으로 잡아내어 사진으로 나타내 보이기도 하므로, 요즘 심령과학자들은 영혼을 사진으로 찍는다지 않는가? 영혼의 영체(靈體)도 빛을 반사하기 때문이겠지. 그런 특수한 신비한 기운이라든가 빛을 첨단과학의 첨단기술로 분석하고 비교검토하여, 경험적인 통계로써 원인과 결과의 상관관계를 알아낸다면, 그때는 점장이도 관상장이도 필요없게 되겠지."

"문헌에서 가장 오래 된 것으로는 어떤 것이 있습니까?"

"〈주역〉 말고 말인가?"

"그보다도 예언이라든가, 점을 소중하게 여긴 대표적인 증거 말입니다. 복희씨가 8괘를 그리고 문왕이 주석을 하고 했다는 전설보다도, 그것이 실제로 정치나 행사에 결정적인 역할을 한 내용 같은 것 말입니다."

"〈서경〉 주서편(周書篇)에 홍범장(洪範章)이 있네. 무왕이 새 왕조를 세우고 기자(箕子)를 찾아가서 정치하는 방법을 물었을 때 기자가 대답한 내용을 담은 것인데, 아홉 가지 큰법 가운데 일곱번째로 계의(稽疑)라는 것이 나오네. 계의는 의심을 푼다는 뜻으로, 이럴까 저럴까 망설여지거나 각 계층의 의견이 충돌하거나 엇갈리거나 했을 때 점을 쳐서 그 의심을 풀고 그 처리방법을 결정하라는 내용이 담겨 있지."

"어떤 내용인지요?"

"첫머리에 이렇게 말하고 있어,

'의심을 푼다는 것은 거북점(卜)과 시초점(筮)치는 사람을 골라 정해두고, 그들에게 점을 치도록 명령하는 것입니다.'

말하자면 가장 점을 잘 치는 사람을 뽑아 점치는 일을 맡게 하고, 의심이 생겼을 때는 그들의 점을 통해 의심을 풀도록 한다는 뜻이 되겠지. 요즘으로 말하면 대통령 직속으로 비서관 대우를 받는 두 점쟁이를 두고 점을 치게 한 다음, 그것을 참고로 마지막 결정을 내리도록 한다는 뜻이 되겠지. 그런데 그 결과에 대한 판단과 결정이 재미 있네."

"어떤 건데요?"

"민주주의 방식이라고 할까? 다수결의 원칙 같은 것을 볼 수 있네. 사람들이 여러 점장이를 찾아다니는 것도 같은 이유라 볼 수 있겠지. 이 책에서는 이렇게 말하고 있네.

'세 사람이 점을 쳤을 때는 두 사람의 말을 따르고, 임금 자신이 크게 의심이 생겼을 때는 먼저 자신의 마음에 물어보고 그 다음 대신과 중신들에게 물어보고, 그 다음 백성들의 의견을 물어보고 끝으로 거북점과 시초점에게 물어보십시오. 임금의 생각과 대신과 중신과 백성들과 점이 다 같았을 때는 이것을 대동(大同)이라 말합니다. 임금의 생각과 거북점과 시초점이 같게 나왔을 때는 대신과 중신들이 이를 반대한다 하더라도 임금의 뜻대로 하면 좋은 결과를 얻게 될 것입니다. 대신과 중신들의 뜻이 같고, 거북점과 시초점이 또 같을 때는 임금의 생각과 백성들의 생각이 거스른다 해도 그쪽을 따르는 것이 좋습니다. 백성들이 다 그것을 원하고 거북점과 시초점이 또 백성의 뜻을 따르면 그때는 임금과 대신과 중신들의 생각이 다르다 해도 백성의 뜻을 따르는 것이 좋습니다. 임금의 생각과 거북점이 같고, 시초점과 대신과 중신들의 생각이 이와 다르며 백성들 또한 받아들이지 않을 때는, 대궐 안의 일이라면 임금의 뜻을 따르는 것이 좋고 대궐 밖의 일인 경우는 해서는 안됩니다. 거북점과 시초점이 사람의 생각과 다르게 나왔을 때는, 조용히 있으면 무사하고 일을 벌이면 결과가 나쁠 것입니다.'

무언가 여기에서 정치의 원칙 같은 것을 배울 수 있을 것 같네. 점이 맞는다는 전제 아래에서 말일세."

거북점(卜) 시초점(筮)

萬人逐兎, 一人獲之.

"만인이 토끼를 쫓아도 이것을 잡는 자는 하나이다."

"거북점과 시초점이 다르게 나올 수 있다는 것이 이상하군요? 그것은 어떤 이유에서일까요?"
한참 생각에 잠겨 있던 김군이 문득 물었다.
"당연한 의문이야. 그것은 두 점의 성격 때문이라고 보아야겠지. 거북점은 결과만을 있는 그대로 말하고, 시초점은 그 동기와 하는 일의 옳고 그른 것을 더 중요하게 여기기 때문이지. 맹자는 이런 말을 했네.

'화살을 만드는 사람이 방패를 만드는 사람보다 착하지 않을 이유는 없다. 그러나 화살을 만드는 사람은 그 화살에 의해 보다 많은 사람이 다치기를 원한다. 반대로 방패를 만드는 사람은 사람이 다치지 않기를 원한다. 그러므로 먹고 살기 위한 천한 일이라도 가려서 할 일이다.'

맹자의 이 말은 〈주역〉의 원칙과 같은 것으로 볼 수 있지. 어떤 사람이 살인무기를 만드는 공장을 세우려고 돈벌이가 잘 될지 어떨지를 몰라 점괘를 물어보았다고 가정했을 때, 거북점은 묻는 것에 대한 결과만을 말해 주는데 반해 주역점은 살인무기를 만드는 그 자체를 가지고 나쁘다고 말할 것이므로 다를 수밖에 없지. 그래서 앞에서 말한 홍범에서도, 거북점과 시초점을 동시에 물어보라고 한 거겠지.

거기서 기자는 이렇게 말하고 있네.

'거북점은, 비가 오겠다 날이 개이겠다 안개가 끼겠다 날이 맑아지겠다 서로 얽히겠다 하는 다섯 가지를 말할 것이며, 시초점은 바른 일이냐 뉘우침을 남기는 일이냐 하는 두 가지를 말할 것이다.'

이것만 보아도 주역점의 특성을 알 수 있지. 거북점은 단순하게 객관적인 판단만을 말하고, 주역점은 도덕성을 바탕으로 한 주관적인 판단을 곁들이고 있다고 보면 되겠지."

"그럼 거북점이 더 잘 맞는다는 결론이 되겠군요?"

"그렇게도 말할 수 있겠지. 그러나 또 한편으로는 이렇게 말할 수도 있을 것 같네. 거북점은 가까운 앞일을 말하고, 주역점은 먼 미래를 동시에 말해 주는 거라고."

"구체적인 보기 같은 것이 있으면, 그것으로 설명을 곁들여 주셨으면 좋겠습니다."

"춘추시대 기록에 그런 것들이 종종 보이고 있네. 그 중 하나를 들면 이런 것이 될 수 있겠지."

춘추 초기에 진(晋)나라 헌공(獻公)이 서쪽으로 영토를 확장할 욕심으로 여융(驪戎)이란 나라를 친 일이 있었지. 땅은 오랑캐 땅으로 불리웠지만 그 땅의 임금은 천자의 임명을 받아 부임한 주나라 왕족들이었어.

여융의 임금도 주나라 왕족이었는데, 그는 그의 어여쁜 두 딸을 헌공에게 바치는 것으로 화친을 맺게 되었어. 큰 딸을 여희(驪姬)라 불렀고 작은 딸을 소희(少姬)라 불렀는데, 이 여희란 여자는 얼굴의 아름다움과 그 영리함과 교활함에 있어서는 중국 역사상 첫손 꼽히는 여자였지. 중국에서 여희같은 여자라고 하면, 바로 우리말의 여우같은 여자란 생각이 떠오르곤 하는데, 정말 전설에 나오는 천년 묵은 불여우같은 여자였지.

헌공이란 사람은 원래가 여자에 약한 사람으로, 세자로 있을 때부터 늙은 아버지의 어여쁜 첩들과 놀아나며, 자식까지 낳아 몰래 길러오곤 했으니 여희의 손아귀에 놀아날 수밖에 없는 일이었지. 그래서 끝내는 여희를 부인으로 삼고 그녀의 몸에서 난 어린 아들을 세자로 삼기 위해, 이미 정해져 있는 세자를 죽이고 덕망이 있는 공자들을 추방하는 사태로까지 몰고가게 된걸세. 그렇게 해서 일단 뜻대로 되기는 했으나, 헌공이 죽는 즉시 반란을 일으킨 세력에 의해 모자가 다 비참한 죽음을 당하게 되고, 그 일을 전후한 20년 동안 큰 혼란기를 겪게 되었지.

이때 망명길에 올랐던 공자 중이(重耳)가 19년만에 돌아와 패천하를 하게 되는데, 그가 바로 5패의 한 사람인 유명한 진문공(晋文公)이야.

헌공이 이 여희란 여자를 부인으로 앉히려고 하는데 대신들이 반대를 하자, 헌공은 홍범에 말한 것처럼 거북점과 시초점에 기대를 걸고 물어보았던 거야. 그래서 거북점을 맡고 있는 태복(太卜)이란 벼슬의 곽언(郭偃)에게 점을 치게 했지.

곽언이 얻은 점괘의 내용은 이런 것이었어요.

'골독한 마음의 흔들림이여, 임금의 아름다움을 앗아가도다. 향긋한 풀과 냄새나는 풀이 각각 하나씩 있으나 고약한 냄새가 10년까지 이어지도다.'

설명을 들을 것도 없이 아주 나쁘다는 것을 말해 주고 있는 것이었어. 그러나 미련을 버리지 못한 헌공은 태사(太史) 소(蘇)란 사람에게 주역점을 치게 했지. 태사가 얻을 점괘는 관(觀)괘로 2효가 움직였어. 그 관괘 2효의 내용은 이런 것이었지.

'틈사이로 엿보는구나. 여자는 마음이 곧아야 이로울 것이다.
규 관 리 여 정
(闚觀利女貞).'

그 내용은 지금 〈주역〉에도 그대로 나와 있네. 그러나 한자는 뜻글자라 여러 가지로 달리 풀이할 수 있는데다가, 〈주역〉에는 직접적인 표현보다 간접적인 표현을 즐겨 쓰고 있기 때문에 깊이 새겨보지 않으면 정확한 뜻을 알 수 없는 것이 특성이기도 하지.

헌공은 기어코 자기 뜻대로 할 결심이었는데다가, 이롭다(利)는 글자와 여자가 정숙하다는 뜻의 여정(女貞)이란 글자에 눈이 번쩍 뜨인 거야.

그래서 그는 태사의 설명을 들을 것도 없이,

'괘가 제대로 나왔군 그래. 여자가 안에 있으면서 밖을 내다보는 것은 당연한 일이 아닌가? 그것은 정숙한 여자가 하는 일이므로 모든 일이 이롭게 잘 풀릴 거라는 뜻이 아니겠는가?'

하고 태사의 설명을 가로막고 말았던 거야.

태사는 헌공의 마음을 이미 알고 있었으므로 더 이상 말다툼을 하지 않을 생각으로 잠자코 있었지.

그러나 태복인 곽언은 단호한 태도로 반대하고 나섰던 거야.

'하늘과 땅이 생겨난 뒤로 먼저 모양(象)이 생기고, 그 다음에 수(數)가 생겼습니다. 거북점은 모양을 바탕으로 하고 시초점은 수를 바탕으로 하고 있습니다. 그러므로 시초점보다는 거북점을 따르는 것이 옳습니다.'

하고 말야. 어느 쪽이 낫고 못하고 하는 이야기에 태사 소도 가만히 있을 수만은 없었겠지.

'주역 점괘로도 좋다고는 말할 수 없습니다. 정(貞)은 바르고 떳떳한 것을 말합니다. 법에 없는 일이 어찌 떳떳한 일이 될 수 있겠습니까? 임금은 두 부인을 둘 수도 없고, 부인이 죽은 뒤 새 장가를 들어도 부인이 될 수 없게 되어 있습니다. 이미 세자가 정해져 있기 때문입니다. 틈사이로 엿보는 것은 여자는 물론이요, 남자도 옳지 못한 것으로 되어 있습니다. 그것이 좋을 리는 없습니다. 여자가 곧아야만 이롭다고 한 것은 틈사이로 엿보는 일이 곧을 수는 없으므로 이롭지 않다는 뜻이 됩니다.'

그런데 여기서 약간 문제로 남는 것이 있네. 지금 〈주역〉에는 바로 이것을 풀이한 상(象)의 말로

'이것은 또한 부끄러운 일이다.'

라고 나와 있는 말을 태사가 말하지 않은 사실이라 볼 수 있지. 지금 〈주역〉에는 상왈(象曰)하고 각효(爻)마다 풀이말이 붙어 있는데, 이것을 주공이 지었다고 하기도 하고 공자가 지었다고도 하는데, 이 당시는 이 풀이말이 쓰이지 않았던 것이 아닐까 하는 추측을 가능하게 하는 것이라 볼 수 있지.

태복과 태사 두 사람이 다 좋지 못하다고 말하자, 헌공은 이제 의지할 곳을 잃게 된 셈이지. 그는 기대에 벗어난 결론을 내려야 옳았을 텐데 임금이란 특권의식에서 염치없는 말을 하고 말았던 거야.

'거북점이니 시초점이니 하는 것이 어찌 다 맞는다고 볼 수 있겠는가? 한낱 죽은 물고기의 등딱지에 지나지 않고, 말라붙은 풀대궁에 지나지 않지 않은가?'

하고는 여희를 부인으로 삼고, 소희를 둘째 부인으로 삼았던 거지.

여기서 우리는 거북점과 시초점의 특성과 차이를 분명히 알 수 있네.

주역점은 좋지 못한 여자이니 부인을 삼아서는 안된다는 원칙만을 말했을 뿐인데, 거북점은 그 결과에 대한 구체적인 내용을 담고 있다는 것일세.

여희에 빠져 있는 헌공의 골독한 생각이 그의 마음을 뒤흔들어 착한 세자를 죽이는 결과를 가져 왔고, 여희와 소희 두 여자 가운데 소희는 착한 편이어서 언니인 여희의 그늘에 묻힌채 아무 말이 없이 지냈으니 향기 있는 풀에 비유될 수도 있는 일이었지만, 여희의 간악한 음모가 10년을 계속한 끝에 이들 자매의 목숨과 그녀들이 낳은 두 아들의 목숨이 칼날의 이슬로 사라지고 마는 것으로 끝을 맺었으니, 고약한 냄새가 10년을 계속된다고 한 점괘의 말이 정확히 맞은 것이라 보아야겠지?

그런데 거북점은 전국시대로 들어오며 차츰 사라지고 말았어. 지금은 전혀 어떤 것인지조차 알 수 없는 것이 되어 버렸네."

김 군은 책상에 꽂혀 있는 책 이름들을 바라보며 또 질문을 계속했다.

"선생님 말씀대로, 점이니 예언이니 운명이니 하는 것을 믿지 않는다기보다 부인해 왔습니다. 그것은 무슨 근거에서라기보다 감정적인 요소가 강했던 것으로 여겨집니다. 억지로라도 부인하고 싶었던 것입니다. 그런데 늦게 배운 도둑질이라고 말씀하셨듯이 한 번 그것에 관심이 쏠리 게 되자 부인하고 싶은 감정과 함께 깊이 파헤쳐 보고 싶은 욕구 같은 것이 더해지는 것 같군요."

"그건 김 군의 경우만이 아니야. 정상적인 사람이면 젊었을 때는 누구나 그런 생각과 감정에 빠지게 되기도 하지. 나 자신도 그랬으니까. 운명론자가 된다는 것은 그만큼 성숙했다는 뜻도 되지만, 무기력한 사람이 되고 만 증거일 수도 있지. 한창 자라날 때는 자기보다 큰 사람도 힘을 겨루면 이길 것만 같은 생각이 드는 것이 생리적인 자연현상이야, 그러기에 공자도 젊었을 때는 무엇보다 싸우는 일을 삼가라고 했지 않은가. 객관적인 현실을 자기 힘으로 파괴하거나 바로잡을 수 있다는 자신감이 뜻하지 않은 충돌과 마찰을 빚게도 되고, 그런 착각과 환상이 좌절과 절망을 가져오기 때문이기도 하지. 학생들의 행동이 과격해지는 것은, 다른 어느 요소보다 그런 생리적인 요소가 가장 크다고 보아야 하겠지."

"그밖의 요소가 있다면 어떤 것을 들수 있겠습니까?"

"두 가지를 더 들 수 있지 않을까?"

"무엇 무엇입니까?"

"자네가 한번 생각해 보게."

"글쎄요, 이상을 추구하는 학구적인 정신과 다수의 힘을 믿는 약간 무비판적인 군중심리 같은 것이 될 수 있지 않을까요?"

"내 생각과 일치된다고 여겨지는군. 역시 요즘 대학생들은 옛날보다는 지성적인 데가 돋보이는 것 같아. 그러니까 그런 특성이 좋게 작용될 수도 있고 나쁘게 작용될 수도 있다는 것을 항상 잊지 말아야겠지. 4·19 학생운동이 부패된 독재정권을 넘어뜨리는 데는 성공했으나, 무책임한 군중심리를 자극하고 확산시킴으로 해서 5·16쿠데타를 불러오기도 했으니까. 이야기가 옆으로 흐른 것 같군.

공자는 나이를 두고 자기 일생의 성장과 변화과정을 밝힌 자리에서,

'나는 쉰 살에 명(命)을 알았다.'

라고 말했네. 여기서 명이란, 천명이니 운명이니 하는 불가항력의 초인간적인 힘을 말한 거라고 보아야 하겠지. 이것은 공자 자신의 경험이나 체험에서라기보다 일반적인 공통된 자연현상을 원칙론적으로 말한 거라고도 볼 수 있네.

다시 말해 운명을 부인하고 거역하며 투쟁만을 일삼던 사람들도, 그 과정을 통해 무언가 보이지 않는 힘이 지배하고 있다는 것을 깨닫게 되며, 40살에서 50살을 고비로 체력과 투지의 한계를 느끼면서 보이지 않는 힘의 존재를 깨닫게 된다는 뜻으로 한 말이겠지.

그러나 공자도 맹자도, 천명을 거역하지 않는다고 하면서도 끝까지 천명을 거역하며 일생을 마쳤네. 도탄에 빠진 인류를 전쟁과 굶주림에서 벗어나게 하기 위해 보이지 않는 몸부림을 치며 돌아다녔으니까.

〈논어〉에 보면 이런 내용이 있네.

공자가 세상을 건지려고 각 나라들을 돌아다닐 때, 당시 은사(隱士)로 이름이 높은 장저(長沮)와 걸익(桀溺)이 숨어사는 마을 앞을 지나게 되었던 거야. 두 사람이 마침 밭에서 같이 일을 하며, 한 사람은 씨앗을 뿌리고 한 사람은 뿌린 씨앗을 덮고 하는 것을 본 공자는, 수레를 멈추게 하고 수레를 몰던 제자 자로를 시켜 그들과 말을 걸어 보고 오라 일렀네.

자로는 그들에게로 다가가 먼저 장저란 사람에게 말을 건넸어.

'강을 건너려는데 어디로 가면 나룻배를 탈 수 있습니까?'

하고 말야. 자로는 생판 남남인 사이에 말을 걸려니, 그렇게 묻는 방법밖에 없었겠지. 공자가 그들이 누구인가를 짐작할 수 있었던 것처럼, 그들도 공자라는 것을 눈치채고 있었겠지.

장저는 묻는 말에는 대답하지 않고,

'저 수레에서 고삐를 잡고 있는 사람은 누구인가?'

하고 묻는 것이었어.

'공구(孔丘)올시다.'

'공구라면, 노나라 공구 말인가?'

'그렇습니다.'

'노나라 공구라면 나루를 알고도 남을 터인데……'
하고는, 더 이상 거들떠 보지도 않고 일만 계속하는 것이었어. 그래서 이번에는 걸익에게로 다가가 같은 말을 물었어.

걸익은 장저와는 달리

'자네는 누구인가?'
하고 대답 대신 되묻는 거였어.

'중유(仲由)올시다.'
자로가 성과 이름을 말하자,

'공구의 제자인가?'

'그렇습니다.'

'세상이 온통 급류 속에 휘말려 흐르고 있는데, 누가 그것을 바로잡을 수 있겠는가?'
하며 홍수처럼 넘쳐 흘러가는 운명의 물줄기를 바로잡겠다는 공자의 어리석음을 비웃고 나서는,

'천하를 바로잡겠다고 이 나라 저 나라를 찾아다니며, 임금이 마음에 들지 않는다고 피해만 다니는 공자보다는 더러운 세상을 피해 숨어 사는 우리를 따라 함께 있는 것이 더 좋지 않겠는가?'
하고, 공자를 버리고 자기를 스승으로 섬기라는 뜻의 말을 했던 거야.

자로로부터 그들과의 주고받은 이야기를 다 듣고난 공자는 잠시 착잡한 표정을 지으며 이렇게 말했어.

'사람이 사람을 버리고 새나 짐승과 함께 지낼 수는 없지 않은가? 내가 세상 사람과 함께 살지 않고 누구와 함께 지낼 수 있겠는가? 세상이 바른 길로 흘러가고 있다면, 내가 이러고 다니지도 않을 것이다.'

세상 사람들을 친자식처럼 여기는 대자대비의 성자 마음은, 물

에 빠진 자식을 건지려는 어머니와도 같은 본능을 누를 길이 없는 거라고 보아야겠지.

우리는 해도 좋고 안 해도 그만인 일은 성패와 이해를 따져도 보고 판단이 힘들 때는 점도 쳐보고 남의 의견도 들어야 하겠지. 그러나 그것이 꼭 해야 할 일이며, 옳고 바른 일이라면 죽음도 마다하지 않는 대장부의 기개를 가지고 밀고 나가야겠지.

그러기에 공자는 〈논어〉에서,

'뜻있는 선비(志士)와 어진 사람(仁人)은 살기 위해 옳은 일을 해치는 일이 없고, 내 몸을 죽여 옳은 일을 이룩하는 경우는 있다.'

라고 말했네. 점이니 운명이니 하는 것은, 옳고 바른 일을 성공적으로 이끌어가기 위한 한 방편일 뿐, 개인의 이해관계에만 매달리는 이기주의자나, 무사안일만을 꾀하는 무기력한 사람을 위해서 있는 것은 아니라는 것을 알아야 되네."

"이야기가 달라집니다만, 〈정감록〉이 어떻고 누구의 비결이 어떻고 하는 이야기를 공원같은 곳에서 노인들이 주고받는 것을 지나치다 듣곤 했습니다. 저는 한문을 몰라 잘 알아들을 수가 없었습니다만, 노인들은 그것이 틀림없이 맞는다고 하더군요. 지난 가을에 남산공원엘 갔었는데, 누구의 비결이라든가? 금년 9월에 바다의 운이 열린다는 것을 백 수십 년 이 전의 누구인가가 예언을 했는데, 9월에 열린 올림픽 성공으로 인해 공산권 국가들까지 우리나라의 도움을 청하기에 이르렀으니, 그 바다의 운이라는 것이 해외로 뻗어나갈 계기를 말하는 것 아니겠느냐며 자신에 찬 결론을 내리더군요. 거기에 대해 아시면 좀 자세히 설명해 주시기 바랍니다."

"그 이 아무개란 사람은, 이씨조선 말기에 전라감사를 지낸 바 있는 이서구(李書九)를 말한 걸세."

"맞습니다. 이서구라고 하더군요."

"그 이서구는 전라감사로 있을 때 이런 일이 있었다고 야사에 전해지고 있네.

어느 날 아침 일찍 형리(刑吏)를 불러 이렇게 일렀다는 거야. 그때 감영은 전주가 아닌 나주였던 모양이지.

'너, 저 산 밑에 있는 마을에 가면 간밤에 태어난 아기가 있을 것이다. 사내아이거든 그대로 안고 와서 없애버리고 계집아이거든 내버려 두고 오너라!'

결국 계집아이라서 그대로 두고 왔다는 보고를 받자,

'오냐 알았다. 계집아이라면 아무리 요물이라 하더라도 나라를 망하게까지는 몰고 가지는 않겠지. 굳이 죽일 것까지야…….'

라고 혼잣말처럼 했다는 거야.

옆에 있던 이방이 그 까닭을 묻자, 간밤에 그 마을에 이상한 기운이 뻗쳐 있는 것을 보았다는 거였어.

그 계집아이가 자라나 나주의 명기(名妓)가 되고, 뒤에 세도재상 김좌근(金佐根)의 첩이 되어 사실상 김좌근의 참모비서 구실을 하며, 북청 물장수에게 돈 3백 냥씩 받고 고을 원을 내보내는 등, 구한 말기의 비리의 온상을 만든 나합(羅閤)이란 여자였다는 거야."

"그가 남긴 비결이란 어떤 건가요?"

"한시로 되어 있는데, 융사칠월이화락(隆四七月李花落) 육대구월해운개(六大九月海運開)라는 거야."

"무슨 말인가요?"

"지나간 뒤에야 그 말뜻을 알게 된 셈이지. 비결(秘訣)이란 글자의 뜻이 숨겨져 있는 말이란 뜻이니까 자연 그럴 수밖에 없지. 즉 지난 뒤에 보니, 융사칠월은 융희(隆熙) 사년(四年) 7월을 말한 것이고, 이화락은 오얏꽃이 떨어진다는 뜻인데 이씨조선이 망한다는 것을 암시한 것임에 틀림없다고 볼 수 있지."

"그럼 육대(六大)는 무슨 뜻인가요?"

"융사칠월이 맞았다고 해서 육대구월도 틀림없이 맞는 것으로 보고 그것이 담고 있는 정확한 내용이 무엇이냐 하는 것에 관심이 쏠릴 수밖에 없는 일이었지. 우리 어릴 때부터 심심찮게 이야깃거리가 되었고, 해방이 되자 한결 더 관심이 높아진거야. 그러다가 마침내 육대는 육대대통령을 가리킨 것이 틀림없다는 말이 나오게 되었지, 박대통령이 6대 대통령이 되었을 때, 전라도에 사는 어느 노인이 그같은 말로 박대통령의 환심을 샀다는 것이 신문에까지 났었으니까."

"그런 일이 있었군요? 그런데 그것이 어떻게……?"

"역시 지난 다음의 이야기가 되겠는데, 6대 대통령이 아니라 6공화국의 대통령이란 뜻이었다고 보아야겠지. 올림픽을 고비로 우리나라의 국제적 지위가 갑자기 떠오르고, 전세계에 그 실체가 과장된 상태로 알려지며 그동안 철의 장막이니 죽의 장막이니 하면서, 우리와는 딴 세상으로 여겨졌던 소련과 중국이 우리 나라와 무역사무소를 설치하기에 이르렀으니, 그만하면 해외로의 운이 열렸다고 보아야 하지 않을까?"

"그럴 것 같군요. 그것이 그렇게 맞을 수 있는 것은 어떤 근거에서일까요?"

"역시 환상(幻像) 같은 특이한 영감에서가 아닐까 싶어요."

"환상이라면 정확한 시기 같은 것은 알 수 없을 텐데요?"

"당연한 의문이야. 그러나 환상으로도 알 수는 있는 일이지. 말하자면 융희 4년이란 책력이 환상으로 나타나고 그 해 7월이란 기록과 함께 나라가 망하는 장면이 나타날 수도 있겠지. 요한 〈계시록〉보다 더 과학적인 실체로서의 환상이 말이야."

"그럼 6공화국이란 신문활자와 9월의 올림픽이라든가, 또는 올림픽 뒤의 장면 같은 것이 환상으로 나타난 것일까요?"

"하나의 가정으로 말했을 뿐이야. 요즘도 그런 환상에 의한 예언가가 있다는 기록이 있기에 해본 말이야. 병적인 환각작용으로, 그들은 때로는 미래와 과거를 혼동하기도 한다더군. 어제 비가 내린 광경을 바라보며 내일 비가 온다고 말하기도 한다는 것이지.

그런 병적인 사람도 예언을 할 수 있다면, 흔히 말하는 도를 통한 사람은 보다 정확한 것을 말할 수도 있겠지. 기독교 〈성경〉에도 예언이 많이 나오고 있고, 예수도 제자들이 묻는 말세에 대해,

'나라와 나라가 싸우고, 민족과 민족이 싸우고, 지진이 나고……'

하고 장면들을 말하면서도 정확한 시기는 하느님만이 안다고 하지 않았던가? 요즘 공상소설의 시간기계(타임머쉰)란 것도 그런 가능성을 말한 것이라 볼 수 있고, 아인쉬타인은 상대성원리를 말하며 오늘 비행기를 타고 출발해서 어제 목적지에 도착할 수도 있다고 했다지 않는가? 칸트도 〈순수이성비판〉에서, 과거와 미래는 인간이 느끼는 개념일 뿐 시간은 고리처럼 앞뒤가 없는 것일 지도 모른다고 했다더군."

"가장 먼 미래를 알아맞힌 것으로는 어떤 것을 들 수 있을까요?"

"마침 생각나는 것이 있군. 513년의 미래를 점친 기록이 야사에 나와 있네."

"513년 미래라고요?"

"〈이조오백년야사〉라는 책을 읽은 적이 있는데 이런 내용이 있었네.

이태조가 아들 태종과의 갈등으로 혼자 함흥으로 가 있을 때 무학대사가 찾아간 일이 있었지. 무학대사는 파자점(破字占)이란 것을 잘 친 것으로 유명했지."

"파자점이란 어떤 것인가요?"

"점치러 온 사람에게 글자를 짚게 하고는, 그 글자를 풀어서 점을 친다는 뜻이지."

"어떻게 점괘를 푸는 것이지요?"

"이태조가 젊었을 때 우연히 장터를 지나다 보니, 웬 스님이 사람들을 상대로 길가에서 파자점을 치고 있었어. 집집마다 다니며 동냥하는 대신으로 그러고 앉아 있었겠지. 그 사람이 바로 무학대사였어. 호기심으로 지켜보고 있노라니 마침 한 사람이 와서 평생운을 보아 달라며 글자를 짚었는데 물을문(問)이었어.

무학대사는 이렇게 풀었다는 거야.

'대문 사이에 입을 대고 외치고 있으니 당신은 얻어먹을 팔자요.'

얼굴도 괜찮게 생겼고 옷도 깨끗이 입었는데, 그같은 결론을 내리자 모인 사람들은 뜻밖이란 표정을 지으며 바라보고 있었겠지.

그러나 장본인은

'에잇 빌어먹을! 언제나 거지신세를 면할까 하고 옷을 얻어입고 왔는데, 결국 거지란 말인가? 대사의 말대로 나는 거지요. 돈이라고는 이것밖에 없으니 받으시오.'

하고는 엽전 한 푼을 집어던지는 것이었어.

이를 본 젊은 이태조는 무학대사를 놀려줄 생각으로,

'나도 어디 내 운을 한번 점쳐 봅시다.'

하고 그 앞에 앉으며 눈을 감는 척하고 아까 그 거지가 짚었던 같은 글자를 짚었어요.

'당신도 거지 팔자요.'

하는 말이 나올 것을 기대하고 같은 글자를 짚었던 것인데, 이를 본 무학대사는 약간 놀라는 빛을 띠며,

'오른쪽으로 보아도 임금이요 왼쪽으로 보아도 임금이니, 임금

이 되시겠습니다.'

하는 것이었어.

물을문(問)의 입구(口)와 문문(門)의 각 한 쪽인 (𠁣)과 (𠃛)을 합치면 임금군(君)처럼 보이네. 이른바 꿈보다 해몽으로 판단하는 사람의 영감같은 것이 그렇게 작용한다고 볼 수 있고, 점을 치려는 사람의 생각 또한 그와 맞아 떨어진다고 보아야 되겠지. 이렇게 해서 이태조와 무학대사는 인연을 맺게 되었던 거야.

함흥에서 외로운 나날을 보내며 울분을 못 삭이던 이태조는 대사를 반가이 만나 쌓인 회포를 푼 다음,

'대사, 내 눈에 흙도 들기 전에 자식들이 서로 죽이는 골육상쟁을 서슴지 않고 있으니 모처럼 힘겹게 세운 왕조가 얼마나 계속될 수 있을지 걱정이오.'

하고 말을 건넨 거야.

'모든 것이 다 천명 아니겠습니까?'

'그 천명이 언제까지 이어질지 대사께서 한번 말씀해 주시구려.'

'그럼 글자를 하나 짚으십시오. 그럼 소승이 풀어 보겠습니다.'

그래서 이태조는 순수천명(順受天命)이란 생각에서 순할순(順)을 짚었던 거야.

글자를 바라보며 무학대사는 이렇게 예언을 했어.

'5백13년이옵니다.'

'어떻게 해서 그 글자가 5백13년을 나타내고 있다는 거지요?'

하고 이태조가 묻자 무학대사는 이렇게 풀었어.

'머리혈(頁)은 백(百)이 여섯(六)입니다. 그런데 그 여섯의 위의 한 획이 떨어져나간 모양(亠)이니 다섯이란 뜻이 됩니다. 그 다음 내천(川)은 백 다음의 셋을 말한 것이니 30이 되지 않겠습니까? 그런데 그 30이 바로 서 있지 않고 옆으로 누워 있습니

다. 그러니 삼십(三十)이 십삼(十三)이 되지 않겠습니까? 그래
서 드린 말씀입니다.'

몇 해 못 가서 망할까 걱정이 되었던 이태조는 마음이 푹 놓였겠지. 그래서 무학대사의 권고를 받아 서울로 되돌아 오게 되었다는 거야."

"글자 풀이로는 과연 그럴 것 같군요. 그래 무학대사의 말처럼 되었나요?"

"나는 어려서 그 야사를 읽었는데, 그것을 읽는 순간, 과연 그대로 맞았을까 하는 생각에서 연표(年表)를 대조해 보았지. 그런데 과연 나도 그만 놀라고 말았어. 글쎄, 개국(開國) 513년이 바로 을사보호조약(乙巳保護條約)이 맺어졌던 을사년(乙巳年)이 아니겠어? 외교권과 국방권이 일본인 손으로 넘어가는 조약을 맺었으니 사실상 일본의 속국이 된다는 항복이 아니고 무엇이겠나? 그러니까 합방은 5년 뒤인 경술년(庚戌年)이었지만, 사실은 을사년에 망하고 만 거야.

그런 글자가 일부러 만들어 낸 것처럼 있었다는 것도 신비스런 일이며, 그 많은 글자 가운데 하필이면 그 글자를 짚고 싶었던 것도 신비스런 일이 아니겠나? 무학대사가 그렇게 푼 것은 사실 신비스러울 것도 없는 일이지."

"말씀을 듣는 가운데 자꾸만 그런 신비감에 끌려드는 것 같군요. 환상으로 미래가 보였다는 그 이상으로 말입니다. 과연 운명이란 피할 수 없는 것일까 하는 생각과 그 운명의 정체란 대체 무엇일까 하는 생각이 안개처럼 피어오르는 것 같습니다."

"〈중용〉에도 이런 말이 있어요.

'지극한 정성은 앞일을 미리 알 수 있다. 나라가 장차 일어나려
하면 반드시 좋은 징조가 나타나는 법이며, 나라가 장차 망하려
하면 반드시 이상한 재난이 있기 마련이다. 그것이 시초점과 거

북점에 나타나기도 하고 온 몸에 나타나기도 한다. 좋은 일과 좋지 못한 일이 장차 이르려 할 때면, 반드시 그것의 좋고 나쁜 것을 알게 된다. 그러므로 정성이 지극하면 신(神)과 같아지는 것이다.'

사람의 정신상태가 모든 잡념에서 벗어나 있으면, 거울이 앞에 있는 것을 있는 그대로 비추듯이 된다는 뜻으로 풀이할 수 있겠지."

"온 몸에 나타난다고 한 것은, 관상법이니 기색이니 하는 것을 말한 것일까요?"

"원문에는 동호사체(動乎四體)라고 되어 있네. 네 몸이란 팔다리를 포함한 몸 전체를 뜻한 것이라 볼 수 있겠지. 환상같은 것도 그 속에 포함될 수 있지 않을까? 우리가 문득 느껴지는 것을 예감이라고 하지 않는가. 정도의 차이겠지만 그 예감이 영감인 경우도 있고, 사람에 따라서는 환상처럼 감각적으로 느껴질 수도 있는 일이지. 그러니까 〈중용〉에 있는 것처럼 정성이 얼마나 지극하냐 하는 것이 문제가 되는 거겠지.

〈주역〉 이치에 가장 밝았던 것으로 전해지고 있는 북송(北宋) 때의 소강절(邵康節)은 원회운세(元會運世)라는 운명주기론(運命週期論)을 주장하기도 했었는데, 그가 미래를 점친 것에 관매점(觀梅占)이란 것이 있네."

"어떤 것이지요?"

"나도 잘은 모르네. 단편적으로 들은 것을 기억하는 대로는 말할 수 있겠지."

"저 역시 그 이상은 바라지 않습니다. 말씀하셔야 알아들을 수도 없을 거고요."

"먼저 운명주기론부터 말하지.

소강절은 정주학(程朱學)의 창시자인 정명도(程明道)·정이천

(程伊川) 형제와 같은 때 학자였어, 나이가 좀 많은 편이었지. 〈주역〉 해석에 있어서 정이천과 소강절은 많은 다른 점과 상반된 점을 갖고 있었네. 특히 두드러진 점은 소강절이 신(神)과 영혼이 있다고 주장하는 것에 대해 정이천은 정면으로 반대하고 있었지."

"그럼 무신론자였군요?"

"그런 셈이지. 사람이 신이니 영혼이니 하고 말하는 것은 자연의 신비한 이치를 상징적으로 말한 것일 뿐, 인격적인 실체는 없다는 거야. 그런데 강절은 죽은 사람의 영혼을 눈으로 직접 보기도 하고, 신의 존재를 몸으로 느끼기도 한 것 같애. 그리고 눈을 감고 미래의 환상을 보기도 했고……. 이야기가 또 옆길로 흐르는군. 원회운세에 대해 아는 대로 간단히 설명하지. 하루는 12시간이야. 옛날 법으로는 말이야. 지금도 자정(子正)이니 정오(正午)니 하고 말하지 않는가? 하루에 같은 시간이 둘이 있다는 것은 사실상 이치에 맞지 않는 것이라 볼 수 있지. 12시간이 하루가 되고 30일이 한 달이 되지. 그 하루에 낮과 밤이 있고 한 달에 달이 둥글었다 없어졌다 하는 보름이 있고 그믐이 있지 않은가? 12시간이 하루가 되듯, 12달이 또 한 해가 되지 않는가? 이 한 해는 하루의 밤낮과 한달의 보름과 그믐 처럼, 뜨거운 여름과 추운 겨울이 되풀이 되며 영원히 이어지고 있어.

여기에서 강절은 12라는 수와 30이라는 수에 대해 어떤 자연의 율동 같은 흐름을 발견했던 것 같애. 그래서 생각해 낸 것이 원회운세라는, 12와 30이란 수의 연계성과 반복성을 바탕으로 한 주기론이 되었겠지.

즉 12달이 1년이 되었으니 이번에는 30년을 한 주기로 하는 무엇이 있어야 한다는 것이었지. 그것을 세(世)라고 했네. 30년을 단위로 세(世)라고 부른 것은 강절 이전부터 내려온 전통적인 부름이었어. 이것은 서양에서도 마찬가지로 30년을 1세대라고 하지 않는가?

이상하다고나 할까? 아버지에서 자식에게로 대가 이어지는 기간을 통계적으로 계산해 보면 30년이라는 평균치가 나오거든. 신라 말기의 우리 시조가 37대 할아버지였는데 30을 곱하면 1110년이란 수가 나오게 되지. 그때가 서기9백년쯤이니까 정확한 수라 볼 수 있지. 서양도 마찬가지로 요즘도 세대차이란 말을 많이 쓰는데, 30년마다 시대적 차이가 생긴다는 뜻이 아니겠나?

공자도 〈논어〉에서 이런 말을 했네.

'아무리 훌륭한 임금이라도 반드시 한 세(世)를 지나야만 천하를 바르게 만들 수 있다.'

여기 말한 세(世)는 30년이란 뜻이었어. 강절이 말한 세(世)도 같은 뜻으로 쓴 거지.

이번에는 그 세가 12가 모여 운(運)이 된다는 것이지. 그러니까 30×12로 360년을 주기로 대상의 운이 크게 달라진다는 거지, 운이 좋으니 나쁘니 할 때 그 운으로 움직여 흘러간다는 뜻으로 쓴 것이겠지.

다음에 나오는 것이 회(會)란 것인데, 360년을 30곱한 1만8백년이 한 회가 되는 셈이지. 1만 8백년마다 같은 운명을 만나게 된다는 뜻으로 모임이란 회(會)를 쓴 것이야.

이번에는 이 회가 12번 합쳐 한 원(元)이 되는 거야. 자그마치 12만 9천 6백년이란 큰 주기를 놓고 세상은 발전과 쇠퇴와 성장과 멸망을 되풀이한다는 거지. 바다가 육지가 되고 육지가 바다로 변하는 그런 상반된 현상이 12만년이란 시간을 두고 서서히 되풀이 된다는 이야기야. 그 12만년이 12억년이 되든 120만년이 되든 그것은 그리 문제가 될 수 없다고 보네. 우주가 생성변화하는 과정을 환상으로 내다본 것일지도 모르니까."

"히말라야 산맥이 먼 옛날에는 인도양에 있었다니까 이치에 맞는

추리라고 볼 수도 있을 것 같군요."

"그런 생각은 옛날부터 있어 왔네. 신선전(神仙傳)이란 것에 상전벽해(桑田碧海)란 말이 나오는데 마고(麻姑)라는 할머니에게 몇 살이냐고 물어보았더니,

'나이를 어떻게 알겠는가? 다만 저 푸른 바다가 뽕나무밭으로 변했다가 다시 또 푸른 바다로 변하기를 세 번 거듭하는 것을 보았지.'

하고 말했다는 거야. 만들어낸 이야기겠지만 시간의 무한함과 공간의 무상함을 잘 말해 준 좋은 비유로 볼 수 있지. 그것을 수(數)라는 개념과 되풀이 되는 길고 짧은 율동의 개념으로 파악하고 있는 것이 〈주역〉의 원리이고 그 원리를 깨우치고 그것을 바탕으로 보다 구체적이고 장기적인 가설을 세운 것이 소강절의 원회운세라는 주기론이라 볼 수 있겠지."

"원회운세의 주기론이 어떤 것인지는 대충 알겠습니다. 그런데 소강절은 그 당시를 어느 시기에 해당한다고 보았던가요?"

"가장 핵심을 찌른 질문 같군. 소강절은 그 당시를 오회(午會)라고 보고 있었어요. 1회가 1만 8백년이니까 지구에서 사람이 살기 시작한 지가 6만년쯤 된다고 본 셈이 되지. 그러니까 암흑기인 원시시대에서 가장 문명이 발달된 한낮으로 접어든 시기라는 뜻이 되는 거야. 우리가 가장 행복된 시기에 살고 있다는 결론이기도 하지."

"재미있는 가설이군요. 관매점이란 어떤 건가요?"

"아까 말했듯이 전설같은 이야기야. 소강절이 서재 마당 가에 서 있는 매화나무를 바라보며 거기서 나타나는 특이한 현상을 보고, 그것을 바탕으로 앞으로 어떤 일이 결과로 나타나게 될 지를 점을 쳐서 알았다고 해서 관매점이란 말이 생긴 거야."

"어떤 내용인지 듣고 싶군요."

"어느 날 새벽에 일어나 그 매화나무를 바라보고 있노라니 그 나무가지에 자고 있었던 건지, 새가 한 마리 뚝 떨어져 죽고 말았어. 산 짐승이 까닭없이 죽고 말았으니 좋은 징조로는 볼 수 없는 일이지. 점을 했는지 환상을 보았는지는 알 수 없으나 식구들을 모으게 한 다음 이런 당부를 했다는 걸세.

'오늘 저 우물 가에 서 있는 매화나무에 누가 올라가 열매를 딸지 모른다. 아이가 되었든 어른이 되었든 마음대로 따서 먹거나 가져가거나 하게 내버려 두어라. 절대로 소리를 치거나 욕을 하거나 해서는 안된다.'

그리고 나서 얼마를 지나자, 이웃에 사는 젊은 여자 하나가 매화나무로 올라갔더라는 거야. 아마 아기를 가지게 된 여자가 신 것이 먹고 싶어 그랬겠지. 식구들은 보고도 못본 체 말없이 있는데, 때마침 어젯저녁 건넛마을로 심부름을 갔다가 그곳에서 자고 일찍 집으로 돌아오던 하녀가 이를 보고는,

'누구야! 매실 따는 게 누구야!'

하고 소리를 질렀겠지. 여인은 그만 놀라 떨어지고 말았어. 엉겁결에 내려오다가 미끄러졌거나 어디에 옷이 걸렸거나 했겠지. 부끄러움이 노여움으로 변하는 것이 사람일세. 여인은 다리를 절름거리며 배를 움켜잡고 악담을 퍼붓기 시작했어. 요즘은 축복이니 저주니 하는 말을 쓰는데, 옛날에는 덕담이니 악담이니 하고 말했지. 말하자면 저주를 한 거야.

'아이구 다리야! 아이구 배야! 그까짓 매실 하나가 무엇이기에 사람을 놀래켜 이 지경을 만든단 말인가? 뱃속에 든 아이라도 잘못되면 그 죄를 어떻게 풀 것인가? 당대에 화를 받지 않으면 자손이라도 화를 입을 것이다.'

하고 듣기 거북한 악담을 퍼부으며, 돌아서서 침을 탁탁 뱉었을지도 모르는 일이지.

소강절은 올 것이 결국 오고 말았구나 하는 생각으로 착잡한 마음이었는데, 그 악담과 그 여자의 원한이 어떤 결과로 나타날 것인가를 점쳐 보았어. 아마 특이한 방법으로 환상 같은 것이 보였겠지.

결국 그 새 한 마리가 까닭없이 죽게 된 것이, 강절의 9대 손자가 죄없이 죽게 되는 것을 알리는 것이었어. 불교에서 말하는 연기(緣起)라는 것도 같은 이치를 말한 것이라고 볼 수 있지. 윤회(輪廻)의 고통에서 벗어나려면 원한은 맺지도 말 일이며, 갚는 대신 용서하고 풀어야 한다는 부처의 가르침도 마음을 착하게 쓰라는 단순한 가르침 이상의 깊은 뜻이 있다고 보아 좋겠지.

강절은 또 다른 환상을 보았어. 9대 손자를 잡아다 죽이려던 고을의 수령이, 낡은 집이 지진으로 무너져 죽게 되는 장면을 본 거야. 거기서 강절은 9대 손자를 구할 수 있는 방법을 찾아내게 되었던 거야. 구해낼 수 있는 정도의 운명이었는지도 모르지. 앞에서 말한 진・딕슨이란 여자가 비행기사고로 죽게 될 남편을 구해낸 것처럼 말이야."

"어떤 방법을 썼기에요?"

"강절은 자그만 궤짝 속에 편지를 하나 써서 넣고 자물쇠를 굳게 채운 다음, 그 자물쇠를 봉한 종이에다 이렇게 썼어.

'이 궤짝은 절대 열어서는 안된다. 9대 손자 대에 이르러 억울한 죄로 관에 불려갈 일이 생길 것이다. 그 때 이 궤짝을 열거나 부수고 안에 있는 편지를 즉시 수령에게 올리도록 해라. 그러면 억울한 일을 면할 수 있을 것이다.'

아니나 다를까, 살인범의 누명을 쓰고 9대 손자가 잡혀 가는 변을 만났던 걸세. 그래서 유언대로 궤짝 속에 있는 편지를 가지고 가서 수령에게 올렸어.

그 편지에는 이렇게 쓰여 있었던 거야.

'내 9대 손자는 죄가 없소. 그보다도 당신이 있는 집이 곧 무너지게 되었으니 어서 밖으로 나와 피하시오.'

소강절은 살았을 당시보다 죽은 뒤에 더 이름이 높았던 분이므로 고을 수령은 허겁지겁 밖으로 뛰어나왔어. 신발을 신을 겨를도 없이 마당으로 달려 나오자, 땅이 크게 흔들리며 방금 그가 앉아있던 집이 무너지며 마른 먼지가 치솟는 것이었어.

그랬으니 살인누명을 쓴 9대손자가 풀려났을 것은 뻔 한 일이지. 오히려 사과를 하고 살려준 보답으로 논밭을 선사했을지도 모르는 일이 아니겠는가?"

"거짓말 같군요."

"거짓말 같은 이야기야."

"어떻게 그럴 수가 있을까요?"

"소강절이 그런 재주를 얻게 된 것에 대해 이런 전설이 함께 전해지고 있네."

"어떤 것인데요?"

"어느 여름 낮에 사기로 된 베개를 베고 누워 있는데, 쥐가 한 마리 앞에 나타나 사람을 놀리듯 바라보고 있지 않았겠어. 강절같은 도학자가 자기도 모르게 베고 있던 베개를 들어 쥐를 향해 던지고 만 거야. 쥐는 맞지 않고 베개만이 두 쪽으로 딱 갈라지고 말았겠지.

그런데 그 갈라진 사기 베개 속에 글이 쓰여 있었어.

'이 베개가 쥐를 보고 깨진다(此枕(차침), 見鼠而破(견서이파)).'

하는 뜻의 6글자가 쓰여 있었던 거야. 베개를 만들 때 미리 써 둔것이 틀림없다는 이야기지.

강절은 그 사기베개를 만든 도기장이의 짓인 줄 알고 찾아가 물어보았어요. 그랬더니 도기장이는 이렇게 말하더라는 거야.

'그래요? 정말 신가한 일이군요. 아마 바로 요 등너머 사시는 이 선생님이 그러신 것 같습니다. 그 선생님이 어쩌다가 구경오신 일이 있고, 또 도술이 높은 분으로 보는 사람도 있었으니까요.'

그래서 그 집을 찾아갔더니 이 선생이란 분은 이미 죽고 그 아들이 나와 반가이 맞으며,

'오실 줄 알고 있었습니다. 아버님께서 유언을 하셨습니다. 오늘 찾아오는 손님에게 아버님이 쓰신 점서(占書)를 다 넘겨 주라고 말입니다.'

하더라는 거야. 이 선생이란 분은 자기가 못다한 연구를 소강절에게 넘겨주어 대성하게 한 것이라 볼 수 있는 이야기지. 꾸며낸 이야기일지도 모르나, 그럴 수도 있다는 정도로 생각해 두는 것이 옳은 일이 아닐까?"

김 군은 벌써 해가 지기 시작한 것을 알고 자리에서 일어났다.

"유익한 말씀 감사하게 들었습니다. 틈이 있는 대로 찾아뵙고 싶은데 그래도 되겠습니까?"

"한가한 때면 얼마든지 좋아요. 그러나 궁금한 일이 있어 점을 치기 위해서라면 올 것까지 없어요. 내 김 군같은 초보자를 위해 알기 쉽게 엮은 〈주역〉이 있으니 그것을 한 권 주지."

"아까 점을 쳐 보았던 그 책 말씀인가요?"

"응, 바로 그거야. 한글만 아는 사람이면 누구나 할 수 있는 점법이 되겠지? 그러나 지나치게 거기에 매달리는 일은 없어야 해. 가끔 망설여질 때는 많은 참고가 되기도 하지만 말야. 또 점괘를 얻으려고 정신을 통일하는 것은 좋은 수양이 될 수도 있네. 또 〈주역〉을 통해 자연의 이치를 아는 계기 같은 것도 될 수 있겠지."

그리고 정선생은 아까 보던 그 책의 복사판 한 권을 건네 주었다. 겉장에 〈알기 쉬운 주역풀이〉라는 제목이 붙어 있었다.

주역(周易)

죽영소계진불동 월윤천소수무흔 수류임급경상정 화
竹影掃階塵不動, 月輪穿沼水無痕, 水流任急境常靜, 花
락수빈의자한
落雖頻意自閒.

"죽영(竹影)이 층계를 쓸어도 먼지는 움직이지 않으며 월광이 못속까지 비치나 수면엔 흔적이 없다. 물살이 빨라도 사방은 고요하며 낙화가 어지러워도 내 마음은 절로 한가롭다."

지금 보통 주역으로 불리우는 역경은, 〈시경〉과 〈서경〉의 경우와 마찬가지로 원래의 이름은 역(易)이었습니다. 경은 성인의 글이라 하여 뒤에 붙은 것입니다.

주역이란 주(周)나라 역(易)이란 뜻입니다. 옛날부터 전해지고 있었던 것을 주나라 때 들어와서 모양을 갖추게 되었기 때문입니다.

역은 바뀐다는 뜻입니다. 잠시도 그칠 사이 없이 계속 바뀌고 변하고 하는 것이 살아 움직이는 우주의 참 모습입니다.

그 바뀌고 변하는 이치를 과학적으로 그리고 철학적으로 설명한 것이 〈주역〉입니다. 오늘 우리가 보고 읽고 하는 것은 공자 때에 와서 이룩된 것으로 전해지고 있습니다. 그러나 후세 사람이 공자의 뜻을 살려 보충한 곳이 많았을 것으로 여겨지고 있습니다.

주역은 깊는 진리를 설명한 책이기도 하지만, 그 진리를 바탕으로 앞으로 어떻게 바뀌고 달라질 것인가를 판단하는 책으로 더 많이 이용되어 왔습니다.

사람이 알지 못하고 판단할 수 없어 망설여지는 일을, 이 〈주역〉의 이치로써 알고 판단하는 데 쓰여온 것입니다. 그것을 우리는 점이라고 합니다.

보통사람으로서는 앞으로 어떻게 바뀌고 달라질 것인가를 올바로 알기가 어렵습니다. 우리가 알고 있는 것 외에 우리가 알지 못하는 것들이 더 많기 때문입니다. 그것을 다 알고 있는 사람을 이인이라고 불렀습니다. 이치를 훤히 아는 사람이란 뜻입니다.

그런 이인의 구실을 하는 것이 이 〈주역〉입니다. 〈주역〉에 물으면 〈주역〉이 일러주곤 하는 것이지요. 그러나 거기에는 정성이 필요합니다. 귀신과 통한다고 하는 무당이 점을 치듯, 우리도 마음을 가다듬고 정신을 통일하여 일정한 방법에 의해 주역의 점괘를 얻은 다음, 거기에 나와 있는 말로써 판단하는 것입니다.

그것은 일기예보와도 같은 것입니다. 우리로서는 앞으로의 날씨가 어떻게 달라질지 잘 모르지만, 기상대에서는 미리 알고 이를 알려주고 있습니다. 우리가 알지 못하는 것을 알고 있기 때문입니다. 일기예보가 잘 맞지 않는 것은, 나타나 있는 것들을 가지고도 올바로 판단할 수 없었기 때문입니다. 점이 잘 맞지 않는 것은 일기예보가 잘 맞지 않는 것과 같은 이유에서입니다.

꿈보다 해몽이란 말이 있습니다. 해몽은 꿈풀이란 뜻입니다. 꿈은 제대로 꾸었지만 풀이를 잘못하면 아무 소용이 없기에 생긴 말입니다.

내가 아는 건설업자 한 분이 이런 꿈 이야기를 했습니다.

큰 공사를 맡을 생각으로 서울로 올라왔습니다. 내일은 입찰이 있는 날입니다. 그런데 그 날 밤 꿈에, 입찰을 하러 가던 도중 값을 적어 넣을 쪽지를 그만 빠뜨리고 말았습니다. 입학원서를 내러 가던 사람이 그 원서를 빠뜨린 셈이니 아무리 실력이 있었던 들 무슨 소용이 있겠습니까?

깜짝 놀라 꿈을 깬 그는, 공연히 서울로 왔다는 생각이 들었습니다. 그러나 밑져야 본전이란 생각에서 적당히 적어 입찰 절차를 마쳤습니다.

그런데 뜻밖에도 그가 그 공사를 맡게 되었습니다. 그때서야 꿈풀이가 잘못 되었음을 알았습니다. 공사를 맡게 되는 것을 낙찰이라고 합니다. 쪽지를 떨어뜨린 것도 낙찰입니다. 낙찰이 되어 공사를 맡게 될 것을 미리 일러준 꿈이었습니다.

주역점에도 이런 이야기는 수없이 많습니다. 주역괘는 제대로 나왔는데 그것을 풀이하는 사람이 잘못 풀이하면 점을 물은 보람이 없게 됩니다.

많은 경험과 〈주역〉의 이치를 깊이 생각하면 그같은 일은 없어질 수도 있습니다.

생활 속에서 우리가 알고 싶어 하는 것은 수도 없이 많습니다. 그 가운데서도 당장 앞에 닥친 일을 어떻게 하면 좋을까 하는 것을 알고 싶어하는 마음이 제일 간절합니다.

그래서 점이란 것이 생겼습니다.

여러분도 어쩌면 그런 경험이 있을지 모르겠습니다.

잔디밭에서 뛰놀다가 호주머니 속에 들어있던 물건이 없어졌거나 하면, 그 넓은 잔디밭에 떨어진 작은 물건을 찾기란 여간 힘들지 않습니다. 만일 그것이 어느 쪽에 떨어져 있는지를 안다면 훨씬 힘들이지 않고 찾을 수 있습니다.

그래서 침점이란 것이 생겼습니다. 왼손 바닥에 침을 뱉고, 오른손 집게손가락과 가운데 손가락으로 침을 탁 내리치는 것입니다. 그리고 침이 튀어간 쪽으로 더듬어 걸어가며 자세히 살피면 곧잘 빠뜨린 물건이 그곳에 있곤 합니다.

맨 처음 점이란 것이 생겨난 것도 이와 비슷한 생각에서였습니다.

〈주역〉의 원리는 그림에서부터 비롯됩니다. 그 그림을 맨 처음 그린 것이 복희씨라고 합니다. 복희씨는 유목생활을 했을 시대의 우두머리였습니다. 왕이니 황제니 하는 이름 대신 씨란 말을 쓴 것도, 아직 나라라는 것이 생겨나지 않았기 때문입니다.

앞에서 말한 침점과 비슷한 점이 생겨난 것은, 날마다 사냥을 해서 먹고 살던 원시 시대였습니다.

추장으로 불리우는 우두머리가 부하들을 이끌고 사냥을 떠납니다. 산 밑에 이르면 두 갈래나 세 갈래 길이 나옵니다. 어느 길로 가면 보다 많은 사냥감을 만날 수 있을까 하고 망설이게 됩니다. 그것을 판단하고 결정하는 것은 추장입니다.

추장은 자연 망설일 수밖에 없습니다. 그것은 하루의 재수를 결정하는 일이기 때문입니다. 결과가 좋든 나쁘든 그것은 추장의 책임입니다. 그래서 추장은 그 책임을 벗어나고 싶은 생각과, 좋은 결과를 얻고 싶은 마음에서 점치는 방법을 생각해 냈습니다.

제일 쉬운 방법은 흩어진 부하들을 불러 모을 때 부는 뿔피리였습니다. 무소 뿔이나 산양의 뿔로 만든 피리를 두손으로 모아 잡고, 하느님이든 산신령이든 그들이 믿는 그 어떤 신비로운 높은 분을 머리속에 그리며, 좋은 길로 인도해 달라고 비는 것입니다.

그리고는 뿔피리를 높이 던집니다. 그리고 땅에 떨어진 뿔피리의 뾰족한 끝이 어느 쪽으로 향하고 있는지를 보고 그쪽으로 가는 것입니다. 만일 어느쪽도 아닌 엉뚱한 곳을 향하고 있으면 되돌아 나와 다른 곳으로 가라는 뜻으로 풀이하게 되는 거지요.

그러던 것이 차츰 발전하여 보다 복잡한 것을 점치게 되었고, 따라서 복잡한 모양의 무엇이 필요하게 된 것입니다.

그래서 생겨난 것이 8괘였습니다. 괘란 신비한 뜻을 담고 있는 모양을 말합니다. 그 모양은 거북의 등껍질에 새겨진 줄을 보고 생각해 낸 것으로 짐작됩니다. 주나라때까지는 거북의 등껍질로 점을 쳤으니까요.

8괘는 양(陽)으로 불리우는 붙은 획과, 음(陰)으로 불리우는 떨어진 획, 즉 —과 --을 그 수와 자리 모양을 달리하여 셋씩 모으게 되면 여덟 가지 모양이 되기 때문입니다. 한데 붙고 떨어진 모양의 둘이, 그 수와 위치에 따라 여덟 가지 모양으로 된다는 것은 신기하다면 신기한 일입니다.

어떤 사람은 말하기를, 남자와 여자가 결혼을 하면 많은 아들과 딸을 낳는 이치와 같다고 합니다. 사실 주역의 여덟 괘는 —이 셋이 합친 모양의 三을 아버지로 보고, --이 셋이 합친☷을 어머니로 보며, —이 하나 아래 있고 --이 둘 위에 있는☳을 맏아들로 보고, —이 중간에 있고 --이 위아래로 있는☵을 가운데아들로 보고, —이 맨 위에 있고 --이 아래에 둘있는☶을 막내아들로 보며, --이 아래에 하나 있고 위에 —이 둘 있는☴을 맏딸로 보고, --이 가운데 있는☲을 가운데딸로 보고, --이 맨 위에 있는☱을 막내딸로 보고 있는 것입니다.

그러다가 다시 그 8괘를 차례로 둘씩 다른 모양으로 합치면 8×8=64괘가 된다는 것을 알아냈습니다.

아들과 딸들을 서로 주고 받으며 사돈을 맺게 됨으로써, 많은 자손이 생겨나는 이치와 같다고나 할까요.

맨처음 뿔피리를 던져 이거냐 저거냐 하는 것만을 결정하고 판단하던 것이, 8괘를 가지고 보다 복잡한 것을 점치게 되었고, 그 8괘로는 부족해서 다시 8의 8배인 64괘를 만들게 되었으며, 그것이 다시 한 괘가 여섯 획으로 되어 있는 것을 생각하고 그 획 하나하나가 가지고 있는 이치를 생각해서, 64×6=384 가지의 다른 뜻을 담은 모양을 설명하기에 이른 것입니다.

후에 다시 이 384가지만으로도 부족하다 하여, 그것의 384배도 더 되는 복잡한 것을 알아내는 점법이 생겨났습니다. 그 이치는 〈주역〉에서 나왔지만, 점치는 달과 날에 따라 갖가지로 풀이되는 이른바 6효점이란 것이 그것입니다.

그러나 그것은 전문가들에게도 어려울 정도로 복잡한 것이므로 여기서 이야기할 내용은 아닙니다.

아무튼 앞날을 미리 알고 싶은 생각에서 점은 갖가지로 발전해 왔습니다.

우리 나라 국기를 태극기라고 합니다. 그것은 바로 〈주역〉의 이치를 본받아 만들어진 것입니다.

태극이란 영원히 변하지 않는 것을 뜻합니다. 쉴새 없이 변하고 바뀌고 하는 것 속에 영원히 바뀌지 않는 것을 말합니다.

기 한가운데 있는 둥근 모양이 태극입니다. 둥근 테두리는 우주를 뜻합니다. 우주는 크면 큰 대로 작으면 작은 대로 모두 둥근 모양을 하고, 둥글게 돌고 있는 것임을 나타낸 그림입니다.

그 둥근 우주를 쉴새없이 돌며 움직이게 하는 것은, 우주라는 테두리 속에 빈틈없이 꽉 차 있는 양과 음의 두 힘 때문입니다. 윗쪽에 있는 붉은 빛은 양을 뜻하고, 아랫쪽에 있는 푸른 빛은 음을 뜻합니다. 양은 밝고 더운 낮을 뜻하고 음은 어둡고 찬 밤을 뜻합니다. 낮과 밤이 맞물려 되풀이되는 가운데 하루하루가 지나고, 더운 여름과 찬 겨울이 맞붙어 되풀이 되는 가운데 한 해 두 해가 지나갑니다.

그렇게 잠시도 멈추지 않으면서도, 영원히 일정한 원칙에서 벗어나지 않는 것이 우리가 사는 세계입니다. 그것이 바로 태극의 이치요 〈주역〉의 이치입니다.

네 귀에 그려져 있는 것이 8괘 가운데 넷만을 나타낸 것입니다. 원래는 8괘를 다 그리려 했었는데 모양이 좋지 않다 하여 넷만을 남기게 되었다고 합니다.

국기봉이 있는 윗쪽에 있는 것이 건괘란 것입니다. 건괘는 세 획이 모두 양으로 되어 있습니다. 전부가 양으로 되어 있기 때문에 가장 밝고 가장 뜨거운 한낮을 뜻하게 되고, 그때는 해가 남쪽에 있기 때문에 방향으로는 남쪽이 됩니다.

맞은편에 있는 것은 세 획이 모두 음으로 되어 있는데, 이것을 곤이라 합니다.

앞에 있는 건과는 반대로 어둡고 추운 밤을 뜻하고 따라서 남쪽의 반대인 북쪽을 나타내고 있습니다.

남과 북이 결정되었으므로 시계 도는 방향에 따라 남쪽을 향한 왼쪽이 동쪽이 될 수밖에 없습니다. 복판에 음이 들어 있고 양쪽은 맑은 양으로 되어 있는 것이 이괘란 것입니다. 밝은 아침을 뜻합니다.

그 맞은편은 자연 서쪽이 됩니다. 양은 가운데 숨어 있고 양쪽은 음이 가리고 있습니다. 해가 서쪽으로 들어가고 어둠이 쌓이는 모양입니다. 이것을 감괘라 합니다. 감은 구덩이란 뜻과 빠진다는 뜻을 가지고 있습니다.

이것은 단순히 동·서·남·북 사방을 나타낸 것뿐입니다. 양과 음의 조화를 이룬 문화를 가진 우리 겨레가 세계의 중심이 되고 사방에 있는 모든 나라들이 우리 나라를 우러러보게 되리라는 꿈과 희망을 담아 만든 것입니다.

우주는 맨 처음 한덩어리였습니다. 그것을 태극이라 부릅니다. 그리고 그것이, 가볍고 맑고 더운 것과 무겁고 어둡고 찬 것의 둘로 나누어 집니다.

가벼운 것은 공기로 된 하늘을 뜻하고 밝은 것은 낮을 뜻하며 더운 것은 여름을 뜻합니다. 하늘과 낮과 여름은 모두 양에 속합니다. 그리고 그것은 해와 깊은 관계를 갖고 있습니다. 해를 보고 태양이라고 한 것도 그런 뜻에서였습니다.

무거운 것은 흙과 돌로 된 땅을 뜻하고, 어두운 것은 밤을 뜻하고, 추운 것은 겨울을 뜻합니다. 땅과 밤과 겨울은 음에 속합니다. 그리고 그것은 달과 깊은 관계를 갖고 있습니다. 달을 보고 태음이라고 하는 것도 그 때문입니다.

해가 제자리에 돌아오는 것을 바탕으로 만들어진 책력을 양력이라 하고, 달이 한 번씩 둥글어졌다 줄어들었다 하는 것을 바탕으로 만든 책력을 음력이라고 하는 것도 그런 뜻에서 생긴 이름입니다.

앞에서 말했듯이 양은 남자의 뜻이 되고, 음은 여자의 뜻이 됩니다. 따라서 양은 아버지와 아들의 뜻으로도 변하고, 음은 어머니와 딸의 뜻이 되기도 합니다.

앞에서 말했듯이 〈주역〉의 이치를 맨처음 모양으로 나타낸 것이 8괘였고, 그 8괘가 다시 8제곱인 64괘로 변합니다. 8괘는 세 획의 모양으로 생겨나고, 64괘는 세 획을 다시 합친 여섯 획으로 되어 있습니다. 그러므로 64괘의 모양을 이룬 획은 모두 64×6=384개가 됩니다.

그런데 그 384개의 모양을 하나하나 떼어놓고 보면 ⚊와 ⚋ 둘 뿐입니다. 다시 말해 양과 음의 합쳐진 모양에 따라 우주의 자연이 어떻게 변하고, 인간사회가 어떻게 움직이고 있는지를 알게 되는 것입니다.

그러나 그 모양만 보고 변화를 안다는 것은 아무나 할 수 없는 일입니다. 그래서 그 모양을 놓고 그것이 지니고 있는 뜻을 설명해 둔 것이 점말입니다. 64괘에 대한 설명은, 은나라 마지막 임금인 주에 의해 감옥에 갇히게 되었던 주나라 문왕이, 감옥 안에서 지은 것이라 합니다. 괘에 대한 설명이라 하여 괘사라고 합니다.

그러나 64괘는 각 획마다 지니고 있는 뜻이 또한 다를 수밖에 없습니다. 그것은 괘사를 바탕으로 그 위치를 생각해서 결정할 수밖에 없는 일입니다. 그것 역시 아무나 할 수 있는 일은 아닙니다.

그래서 문왕의 아들인 주공이 아버지의 뜻을 이어 384효에 대한 설명을 붙이게 되었다고 합니다. 효는 획이란 뜻입니다. 효에 대한 설명을 효사라고 합니다. 점말이란 문왕이 지은 괘사와 주공이 지은 효사를 합쳐서 부르는 것입니다.

좀더 이해를 쉽게 하기 위하여 양을 뜻하는 一을 홀표라 부르고, 음을 뜻하는 --을 짝표라 부르기로 해 둡니다. 64괘의 384효는 홀표 아니면 짝표입니다. 양과 음이 합쳐 우주의 모든 것을 이룩하고 있는 것은, 홀수와 짝수가 모여 모든 수를 나타내는 것과 같은 이치라 볼 수 있기 때문입니다.

홀·짝하면 1과 2가 됩니다. 다시 홀·짝하면 3과 4가 됩니다. 이렇게 나가면 홀·짝 둘만으로 아무리 큰 수라도 모두 나타낼 수 있습니다.

주나라 당시는 나라마다 점을 치는 벼슬아치가 따로 있었습니다. 거북의 등껍질로 점치는 것을 복(卜)이라 하고, 시초라는 풀대궁을 가지고 점치는 것을 서(筮)라 했습니다. 다시말해 거북점과 시초점이 있었던 것이지요.

거북점은 거북의 등껍질 위에 기름을 올려놓고 그 등껍질을 불 위에 올려놓습니다. 그러면 기름이 끓어 오르며 넘쳐서 옆으로 흘러내리게 됩니다. 등껍질 둘레에는 모두 표시가 되어 있고, 그 표시에 따른 점말이 따로 정해져 있기 때문에, 그 점말을 가지고 좋고 나쁜 것을 설명했습니다.

시초점은 시초라는 쑥대 비슷한 풀대궁을 가지고, 점치는 방법에 따라 괘를 얻고, 그 괘와 효를 보며 좋고 나쁜 것을 판단했습니다. 이 시초점이 바로 주역점입니다.

그러던 것이 거북점은 차츰 없어지고 시초점인 주역점만이 전해지게 되었습니다.

그러나 그 시초란 풀이 귀한 풀이어서 아무나 쉽게 얻을 수 없으므로 대나무로 대신 쓰게 되었습니다.

시초가 되었든 대나무가 되었든 점치는 방법은 같습니다.

50개의 점대를 가지고, 복잡하고 까다로운 방법으로 열 여덟 번을 되풀이한 다음에야 점말이 적혀 있는 괘와 효를 얻게 됩니다. 30분쯤 걸려야만 합니다.

그래서 뒤에는 시초점 대신 간단한 척전법이란 것이 생겼습니다. 돈을 던져서 점치는 법이란 뜻입니다. 오래 된 돈이라야 영험이 있다 하여 옛날 엽전을 쓰곤 합니다. 이 척전법은 엽전 세 잎이 필요합니다. 그림이 있는 바깥쪽을 홀표인 양이라 하고, 글자가 있는 안쪽을 짝표인 음이라고 합니다. 그 세 잎을 던지고 위에 나타난 홀표와 짝표의 수를 가지고 효를 매깁니다. 이렇게 여섯 번을 되풀이하고 나 괘를 얻게 됩니다.

그러나 이것 역시 번거롭다 하여, 후에는 솔잎점이란 것이 생겼습니다. 솔잎을 가지고 세 번만 뽑으면 괘가 결정됩니다.

이 솔잎점을 본따서 보다 쉬운 방법이 발명되었습니다. 산통점이라고도 하고 소경점이라고도 하는 것입니다. 소경들이 점대롱을 흔들며 점대를 뽑아 점을 치기 때문에 생긴 이름입니다.

주석이나 놋쇠로 된 것으로 지름이 1센티쯤 되고 길이가 약 10센티 가량되는 대롱 속에, 8개의 쇠로 된 윷가치 모양의 점대가 들어 있습니다. 그 8개의 점대에는 하나에서 여덟까지의 금이 새겨져 있습니다.

소경은 왼손에 점대롱을 잡고 입으로 정해진 비는 소리를 외우며 점대롱을 흔듭니다. 그리고는 점대롱을 비스듬히 아래로 기울여 작은 구멍으로 나온 점대를 오른손으로 하나 집어내어, 엄지로 쭉 훑어보고는 그것이 몇 개인지를 기억해 둡니다.

이렇게 세 번을 하면 괘가 나옵니다. 가장 간편하고 시간이 절약되는 점법이라 말할 수 있습니다. 이치는 솔잎점과 같은 것이지만 훨씬 발달된 점법이라 말할 수 있습니다.

그래서 〈주역〉의 이치를 잘 모르는 어린이들을 포함하여 누구나가 다 점을 칠 수 있게끔 하고, 또 그렇게 함으로써 〈주역〉 공부도 할 수 있도록 하기 위해 다음과 같은 방법을 생각해 보았습니다.

한 가지 미리 말해 두고 싶은 것은, 시초점이나 돈을 던지는 척전법은 괘를 밑에서부터 그려올라 갑니다. 그러나 솔잎점은 위에 있는 괘를 먼저 얻고, 다음에 아랫 괘를 얻고 맨나중에 효를 얻습니다.

〈주역〉 본래의 이치는, 풀과 나무가 자라듯 아래서부터 차츰 자라 그 모양을 갖추기 때문에 아래서부터 시작하지만, 솔잎점의 경우는 이미 다 된 괘를 한 번에 얻는 것이 되기 때문에 하늘의 뜻과 임금의 뜻과 아버지의 뜻을 지닌, 위에 있는 괘를 먼저 그리게 되는 것입니다.

먼저 볼펜대나 젓가락같은 것을 8개를 준비합니다. 그리고 하나에서 여덟까지의 숫자를 그 하나하나에 달리 표시해 둡니다. 바둑돌이든 무엇이든 숫자만 적으면 됩니다.

그 여덟 개를 깡통 같은 그릇에 담습니다. 점대롱 속에 점대가 들어가 있는 셈이지요. 책상에 그냥 놓아도 됩니다

이제 준비는 다 되었습니다. 알고 싶은 일이 무엇이 되었든, 마음을 가다듬고 정신을 통일하여 엄숙한 태도로 눈을 감고 속으로 소리없이 외우는 겁니다. 하느님이나 공자나 예수나 부처님을 머리 속에 그리며 알려 주십사 하고 빌어도 좋고, 자기의 영감에 맡겨도 좋습니다.

사람은 누구나 영감이란 것이 있습니다. 다른 생각을 다 버리고 한 가지 일만 생각하면 영감이 떠오르는 것입니다. 그 영감은 자기가 믿는 하느님이나 다른 위대한 분과도 통하게 됩니다.

이렇게 정신을 하나로 모은 다음, 먼저 왼손으로 통에 담겨 있는 점대를 한 개만 집어듭니다. 손을 내밀 때 엄지와 집게손가락과 가운데 손가락에 영감이 가 있는 것처럼 힘을 모아야 합니다.

그리고 눈을 뜨고 그 점대에 적힌 수가 몇인지를 확인한 다음, 그것을 종이에 적습니다. 하나면 1, 둘이면 2하는 식으로 말입니다.

종이에 적었으면 그 점대를 다시 통에 집어넣고, 조금 전과 같은 방법으로 이번에는 오른손으로 하나를 집어냅니다. 그리고 그 숫자를 조금 전에 쓴 글자 다음에 적어 둡니다.

마지막으로 점대를 다시 통에 담은 다음, 이번에는 또 왼손으로 하나를 집어냅니다. 그리고 그 수를 조금 전에 적은 숫자 다음에 적습니다. 그리고 점대는 다시 통에 돌려놓습니다.

이러면 다 끝난 것입니다. 3분이나 5분 정도 걸린다고 보아야겠지요. 정신을 통일해야 되니까요. 절대로 장난치는 그런 생각으로 시험삼아 한번 해본다거나 해서는 안됩니다. 경건하고 엄숙한 마음으로 점괘를 얻게끔 힘쓰는 사이에, 손끝에 정성이 담기고 영감이 통하게 되는 것입니다. 손끝에 정성이 담기지 않고 영감이 통하지 않으면 정확한 점괘는 얻어질 수 없는 것입니다.

점을 친다는 것은 내 영감과 신명이 하나가 되는 것이기도 합니다. 그것은 곧 내 마음을 맑게 하고 정성되게 하는 수양을 쌓는 길이기도 합니다.

그러면 이번에는 종이에 적힌 숫자에 따라 책을 펴보면 됩니다.

원래 〈주역〉에는 깊은 철학적인 이유에서, 괘가 알기 어렵게 여기저기 뒤섞여 있습니다. 그래서 그것을 찾기 쉽게 숫자 차례에 따라 새로 엮어 두었습니다.

먼저 보기를 들겠습니다.

처음에 1이 나오고 다음에 2가 나오고 맨나중에 3이 나왔으면 123을 찾으면 됩니다. 처음에 2가 나오고 다음에 8이 나오고 맨나중에 6이 나왔으면 286을 찾으면 됩니다.

그런데 맨 나중에 뽑은 점대에는 약간 문제가 있습니다. 괘는 여덟이 있지만 효는 여섯뿐이니까요. 숫자가 1부터 6까지 나왔을 때는 아무 문제가 없지만, 7이나 8이 나왔을 때는 어떻게 하느냐 하는 것입니다. 7효나 8효는 없으니까요.

그래서 소경점에서는 7이 나오면 6을 뺀 1로 하고, 8이 나오면 6을 뺀 2로 했습니다.

그러나 그것은 잘못입니다. 7과 8이 나왔을 때는 0으로 해야 합니다. 1부터 6까지는 움직인 모양을 나타낸 것이므로 그 숫자에 따라 움직인 효를 얻게 되지만, 7과 8은 이미 그 움직임이 필요하지 않다는 것을 나타내는 것이므로, 0으로 보아야 합니다. 다시 말해 효가 아닌 괘가 바로 판단을 말해 주는 것입니다.

원래 주역점에는 효보다도 괘가 더 중요한 것인데, 7과 8을 1과 2로 해버리면 괘는 아무 소용이 없게 됩니다. 솔잎점이 효만 나타내고 괘를 나타낼 수 없는 것을 본받은 것이지만, 생각이 모자란 것으로 볼 수밖에 없습니다.

그럼 다시 보기로 들어가, 처음과 다음이 모두 1이고 나중이 7이나 8이었다면 이것은 110이 됩니다. 1은 8괘 가운데 건(乾)괘가 됩니다. 셋이 홀표인 三이요, 건은 하늘의 뜻입니다.

이 건괘가 위아래로 둘이 합친 것은, 64괘 가운데서도 건괘가 됩니다. 다른 8괘도 둘이 겹친 것은 다 본래의 이름 그대로 부르게 됩니다.

110은 곧 건괘의 본괘를 뜻하게 되므로 건괘의 괘사가 점말이 되는 것이지요. 솔잎점이 384효밖에 나타내지 못하는 것에 64를 더한 448가지의 점말을 얻게 되는 것입니다.

원래의 64괘가 찾기 어렵고, 여기 새로 엮은 64괘가 찾기 쉬운 것을 보기로 설명하면 다음과 같습니다.

1과 1이 합쳐 건괘가 되었으면, 다음은 1과 2가 합친 이(履)괘가 되어야 찾기가 쉬울 터인데 8과 8이 겹친 곤(坤)괘가 나옵니다. 그리고 두 번째 나와 있으면 찾기 쉬울 이괘는 열 번째에 들어 있습니다.

이 책에 따르면 이름은 모르더라도 글자 차례만 보고 찾으면 알고 싶은 일에 대한 대답을 얻게 되는 것입니다.

참고로 8괘의 차례를 들면 다음과 같습니다.

첫째는 건입니다. 괘 모양은 홀표가 셋이 겹친 ☰입니다. 건은 하늘을 뜻합니다. 그래서 외우기 쉽도록 '1건천'이라 부릅니다.

"첫째 괘는 건괘이니 그것은 하늘을 뜻한다."하는 말이 됩니다.

둘째 괘는 태(兌)입니다. 괘 모양은 짝표가 하나 맨 위에 있고, 홀표가 둘 아래에 있는 ☱입니다. 이것을 같은 방법으로 '2태택'이라 부릅니다. 택은 못을 말합니다.

"둘째 괘는 태괘이니, 그것은 못이란 뜻이다." 하는 말입니다.

이런 식으로 셋째 괘는 이(離)가 됩니다. 그 모양은 ☲인데, 이를 '3리화'라 부릅니다. 화는 불을 말합니다.

넷째는 진(震)괘로 '4진뢰'라 부릅니다. 진은 우뢰란 뜻으로 괘 모양은 ☳입니다.

다섯째는 손(巽)괘로 '5손풍'이라 부릅니다. 풍은 바람을 말합니다. 괘 모양은 ☴입니다.

여섯째는 감(坎)괘로 '6감수'라 부릅니다. 수는 물을 말합니다. 괘 모양은 ☵입니다.

일곱째는 간(艮)괘로 '7간산'이라 부릅니다. 산은 산으로 괘 모양은 ☶입니다.

여덟째가 곤(坤)괘로 '8곤지'라 부릅니다. 지는 땅을 말합니다. 괘 모양은 ☷입니다.

이 8괘는 앞에서 말한대로 같은 것이 둘 겹쳐졌을 때는 본래의 이름을 그대로 부르고, 다른 것과 합쳤을 때는 다른 이름을 붙이게 됩니다. 그 이름은 괘의 생긴 모양과 성격을 따서 붙인 것입니다.

이 8괘를 위에 말한 그대로 늘어놓으면 다음과 같이 됩니다.

☰ 1건천

☱ 2태택

☲ 3리화

☳ 4진뢰

☴ 5손풍

☵ 6감수

☶ 7간산

☷ 8곤지

효는 획이란 뜻으로 아래서부터 위로 올라가며 1효, 2효, 3효, 4효, 5효, 6효라 부릅니다. 주역에는 1효를 초효라고 합니다. 첫효란 뜻입니다. 6효를 상효라 합니다. 맨 위에 있는 효란 뜻입니다.

64괘 가운데 나머지 56괘는 본문에 가서 설명하기로 하겠습니다.

끝으로 하나 덧붙여 두고 싶은 말이 있는데 그것은 점을 칠 때의 주의할 점입니다.

옛날에는 점을 치려면 향을 피우고 아무도 들어오지 못하게 했으며 매운 것도 먹지 않았습니다. 정신을 맑고 깨끗하게 하기 위해서였습니다.

그러므로 더러운 손으로 점대를 만져서는 안됩니다. 술을 먹거나 담배를 핀 냄새를 맡아도 안됩니다.

그리고 옳지 않은 일은 점을 치지 못하게 되어 있습니다. 보기를 들어 누구를 속이려 한다든가, 남의 것을 빼앗으려 한다든가, 복권을 사려 한다든가 하는 따위는 점을 치지 말아야 합니다.

〈주역〉에는 곳곳에 곧아야 이롭다 하는 말이 나옵니다. 나쁜 짓으로 돈을 벌고 벼슬을 하는 것을, 〈주역〉에서는 그것의 성공이나 실패보다도 그 자체를 가장 불행하고 불길한 것으로 보기 때문입니다.

다음으로 같은 일을 놓고 한 자리에서 두 번 점치지 말라고 했습니다. 점괘가 나쁘게 나오면 다시 물어보고 싶은 것이 사람의 마음입니다. 그때는 벌써 마음이 흔들린 것이므로 점을 치지 않은 것만 못하기 때문입니다.

성공하기 어려운 일을 놓고, 성공하기를 빌며 치는 점도 제대로 나오기 어렵습니다. 밝은 마음에 욕심이 구름처럼 가려있기 때문이지요. 그런 때는 다른 사람을 시켜 점을 치게 하는 것이 좋다고 했습니다.

그리고 책에 대해 또 한 가지를 덧붙여 말하면, 괘 모양을 원래는 위아래로 그려져 있는 것을 왼쪽 오른쪽에 나란히 놓아두었습니다. 세로쓰기가 아닌 가로쓰기인만큼 그렇게 하는 것이 편리하고 모양도 좋기 때문입니다. 왼쪽에 있는 것이 위에 있는 것으로 알면 됩니다.

주역 본문

우방수방 우원수원
盂方水方, 盂圓水圓.
"바리가 네모이면 물이 네모이고 바리가 둥글면 물도 둥글다."

≡·≡건(乾) 하늘이 겹쳐 있는 모양.

건은 하늘을 뜻한다. 또 쉬지 않고 움직이는 힘을 지닌 것을 말한다. 그래서 그 성격을 하늘을 날아오르는 용으로 나타내고 있다.

그러나 그것은 때를 만나야 그 힘을 나타낼 수 있고, 또 지나치면 그 힘이 넘쳐 엉뚱한 실수를 할 수도 있다.

110=건은 하늘의 뜻으로, 그것은 모든 것의 바탕이 되고 사방으로 뻗는 것이 되며, 모든 것을 이롭게 하는 것이다. 그러므로 하는 일이 올바르고 떳떳하고 곧아야 한다. 그렇지 못할 경우 조용히 있는 것이 좋다.

111=1효는 물속 깊숙이 숨어 있는 용의 모양이니 움직이지 말고

가만히 있는 것이 좋다. 착한 사람이 어지러운 세상을 만난 격이니 조용히 때를 기다리는 것이 옳다.

112=용이 물위로 올라와 뭍에 있는 모양이니, 앞 일을 생각하며 나를 도와 줄 수 있는 힘 있는 사람이나 어진 사람을 만나 사귀는 것이 좋다. 어지러운 세상이 멀지 않아 바로잡히게 되는 격이니, 그날을 위한 준비를 조용한 가운데 해두는 것도 좋다.

113=아직 때가 이르지 않았는데도 하늘을 날으려 하는 용의 모습이니, 힘차게 쉬지 않고 내일을 위한 준비를 하는 것은 좋으나 밖에 그것이 드러나서는 안된다. 저녁에 돌아와 그날 한 일을 되새겨 보며 조심을 하게 되면, 비록 형편이 위험하다 하더라도 다른 탈은 없을 것이다.

114=때가 오지 않았는데도 때가 온 것으로 알고 하늘을 날아오르는 용의 모습이니, 자칫 힘이 부쳐 못으로 떨어지는 꼴이 될지도 모른다. 그러나 잘못을 뉘우치고 가만히 때를 기다린다면 별로 어려운 일을 당하거나 하지는 않을 것이다.

115=용이 마침내 못에서 뛰어나와 하늘에 오르는 모양이니, 이제 큰일을 할 수 있는 때가 온 것이다 뜻을 펴기 위한 임금이라든가 그밖에 함께 손잡고 일할 수 있는 사람들을 만나 큰일을 꾀하는 것이 좋다.

116=하늘에 있어야 할 용이, 하늘 위에까지 힘이 넘쳐 너무 올라간 격이니 지나친 욕심을 삼가하지 않으면 반드시 뉘우치는 일이 있게 될 것이다.

※ 이것은 건괘에 대한 설명입니다. 그러나 여기 설명된 이치는 그대로 다른 괘에도 통용되고 있습니다. 〈주역〉은 자연의 이치와 세상의 이치를 그대로 괘의 모양에 따라 설명하고 있습니다. 건괘에서 보았듯이 2효와 5효가 가장 좋은 효로 나타나 있습니다. 2효는 아래에 있는 안괘의 한가운데 있는 효이고, 5효는 위에 있는 바깥괘의 한가운데 있는 효이기 때문입니다. 미치지 못하거나 지나치거나 하는 일이 없이 알맞은 위치에 있는 것이니까요. 6효가 나쁘게 나타난 것은 지나치게 너무 위로 올라가 있기 때문입니다. 분수에 벗어난 짓을 하거나 힘에 벅찬 일을 욕심내어 하게 되면 반드시 뉘우치는 일이 있기 마련입니다. 〈주역〉이 단순히 점하는 책이 아니라, 사람이 세상을 살아가는 이치를 자연과 연관시켜 설명해 주고 깨우쳐 주기 때문에 훌륭한 철학책으로써 그 생명을 더욱 빛내가고 있는 것입니다.

☰☱ 이(履). 하늘 아래 못이 있는 모양.

이는 밟는다는 뜻이다. 실제로 행동하는 것을 말한다. 하늘이 위에서 비를 내리고 못이 아래에서 그 비를 받아 가득 채우듯이, 추운 겨울이 지나고 따뜻한 봄을 맞아 땅 속에서 겨울 잠을 깬 동물들이 밖으로 나오고, 풀과 나무가 새 움이 트기 시작하는 것이다. 그러나 그렇게 하는 데는 많은 어려움과 아픔이 따르게 된다.

120=하늘의 비와 빛을 받아 못에서 고기가 뛰놀고 풀이 돋아나는 격이니, 따스한 봄이 꽁꽁 얼어붙은 겨울을 이겨내는 모습을 나타낸 것이다. 겉으로 보기에 그것은 마치 아무것도 모르는 어린아이가 호랑이 꼬리를 밟는 것과도 같다. 그러나 호랑이는 물거나 하지는 않는다. 부드러운 새싹이 기지개를 켜면 얼어붙었던 땅이 길을 비켜주

는 것과도 같다. 때에 맞게끔 모든 것을 순리대로 해 나가야 한다.

121=아무 다른 생각이나 욕심 없이 당연한 일을 떳떳이 해 나가게 되면, 다른 실수 없이 내가 가고자 하는 길을 갈 수 있을 것이다.

122=평평한 큰길을 걸어가는 격이니, 한눈 팔지 말고 내가 갈 곳을 향해 꾸준히 걸으면 좋은 결과를 얻게 될 것이다.

123=애꾸눈도 물건을 볼 수 있고 절름발이도 걸을 수가 있다. 그러나 그것은 멋모르고 범의 꼬리를 밟게도 될 수 있는 것이니, 잘못하면 범에게 물릴 수도 있다. 자기가 생각하고 있는 것처럼 잘 볼 수도 없고 잘 걸을 수도 없는 격이니, 욕심에 사로잡히거나 분수에 벗어난 일을 하게 되면 큰 실패를 가져오게 된다.

124=범의 꼬리를 넘어가야만 하는 격이다. 그러나 되돌아설 것은 없다. 범의 꼬리를 밟아 범을 놀라게 하는 일이 없이 조심해 넘어가기만 하면, 끝내는 무사히 넘어가 내 뜻을 이루게 될 것이다. 무슨 일을 꾀하든 빈틈없는 계획을 세우고, 그 일을 끝낼 때까지 조심하지 않으면 안된다.

125=임금이 임금의 자리에 앉은 것과 같다. 무슨 일이든지 내 뜻대로 할 수 있고 이를 반대할 신하들도 없다. 그러나 하는 일이 아무리 옳은 일이라 하더라도 그것은 아주 위험한 일이다. 그런 위치에 있을수록 아랫 사람과 옆에 있는 사람들의 의견을 널리 물어서 행동해야만 실패를 막을 수 있고, 원만한 진행을 가져오게 되는 것이다. 독재는 금물이다.

126=지금까지 걸어온 자취를 되돌아보는 격이다. 호랑이 꼬리를

밟고 넘으며 위험한 고비를 무사히 지나왔고, 독단과 독재를 할 수 있는 자리에 있으면서도 남의 의견을 듣고 그것을 따라 원만한 처리를 해 온 것들을 마음에 새겨 잊지 않는다면 크게 경사스런 일이 있을 것이다.

☰☲ 동인(同人). 하늘 아래 불이 밝혀진 모양.

동인은 뜻을 같이 하는 사람을 말한다. 위에 있는 하늘의 밝은 빛을 받아 아래에서도 함께 불을 밝히고 있는 것과 같은 모양이다.

130=뜻을 같이하는 사람을 모아 큰 냇물을 건너가는 격이다. 하나에서 열까지 모든 것이 곧고 바르고 떳떳해야만 한다. 그러면 여러 사람이 힘을 한데 모아 어려운 일을 무사히 해낼 수 있을 것이다.

131=대문 밖에서 뜻을 같이하는 사람을 만나는 격이다. 떳떳하게 바른 길을 걸어가려 하는데, 망설일 것이 무엇 있겠는가? 그것을 탓할 사람이 누구겠는가? 다른 걱정은 하지 않아도 된다.

132=뜻을 같이 하는 사람을 널리 구해야 한다. 지난날 별로 가깝게 지내지 않던 사람도 나와 뜻을 같이 할 수 있다. 늘 가까이 사귀는 친구나 친척들 속에서만 뜻이 같은 사람을 찾는 것은 바람직하지 못한 일이다.

133=군대를 풀밭에 숨겨두고 혼자 높은 언덕에 올라가 있는 격이다. 떳떳하지 못한 계획을 가슴에 품고, 옳지 못한 목적을 달성하려는 것이니, 3년을 가도 그 뜻을 펴지 못할 것이다.

134=군대를 이끌고 성을 쳐도 이기지 못하고 돌아오는 격이다.

원래 쳐서 안될 싸움을 시작했다가 그 잘못을 깨닫고 돌아온 것이니, 이기지 못하고 돌아왔다는 그 자체가 앞으로 좋은 결과를 가져오게 될 것이다.

135=뜻을 같이하는 사람들이 처음에는 울부짖다가 나중에 웃는 격이다. 크게 군대를 움직여 마침내 크게 이기고 서로 만나는 것이다. 바른 일을 하기 위해 뜻을 같이하기 때문에 처음은 어려워도 끝내는 그 뜻을 이루게 되는 것이다.

136=큰 냇물을 건너려 하다가 건너지 못하고 다시 들에 모인 격이다. 비록 뜻을 얻을 수는 없었다 하더라도 그것을 후회하는 일은 없을 것이다. 아직 힘이 큰 냇물을 건널 수 있는 정도에 이르지 못하고, 큰 냇물은 건너갈 때가 되지 않은 것이다. 자신도 없이 너무 서둘렀기 때문이다.

☰☳ 무망(无妄). 하늘에서 천둥이 울리는 모양.

무망은 여러 가지 뜻으로 풀이된다. 첫째, 망령된 생각이 없다고 풀이한다. 하늘에서 천둥소리가 날 때는 사람들이 모두 두려워 한다. 죄가 있는 사람에게 벼락을 내린다고 알고 있기 때문이다. 둘째는 바라는 것이 없다고 풀이한다. 무엇을 얻고 싶다든가 무엇이 되고 싶다든가 하는 생각이 없는 것이다.

140=망령된 생각이나 바라는 마음이 없는 것은 원래 좋은 것이다. 이 괘를 얻은 사람은 그런 지나친 희망이나 기대 같은 것을 갖지 말아야 한다. 이치에 맞지 않는 희망이나 기대를 가지고 일을 시작하면 실패나 손해를 보게 될 것이다.

141=아무 다른 욕심 없이 찾아가거나 어떤 일을 하게 되면 좋은 결과를 얻게 될 것이다. 되어도 좋고 안되어도 그만이란 생각으로 나아가면 그 뜻을 얻게 될 것이다.

142=밭을 알뜰히 갈지 않고 된 그대로 거두고, 밭을 일구지 않고 씨만 뿌려 거두는 격이다. 많은 수확을 얻을 수는 없어도 힘에 맞는 일을 하며 계속 나아가게 되면 차츰 좋은 결과를 얻게 될 것이다.

143=생각하지 않은 재난을 당하는 격이다. 마을 앞에 매어둔 소를 지나가던 사람이 끌고 갔는데, 엉뚱하게 마을 사람이 소도둑으로 의심을 받는 것과 같다. 이 효를 얻은 사람은 계획한 일을 하지 않는 것이 좋다.

144=떳떳한 일을 다른 욕심없이 한다면 다른 탈은 없을 것이다. 굳이 두려워하거나 망설일 것은 없다. 세상에는 꼭 내게 좋은 일만이 있는 것이 아니다. 떳떳한 일이면 이해를 떠나서 할 수 있는 것이다.

145=뜻하지 않은 재난은 애써 벗어나려 하지 않는 것이 좋다. 억지로 그것을 벗어나려고 하면 또 다른 재난을 얻게 된다. 내게 큰 잘못이 없이 찾아온 불행은 가만히 있으면 시간이 해결해 준다. 원인을 잘 알 수 없는 병은, 약을 쓰지 않는 것이 슬기로운 일이 된다. 원인도 모르며 이 약 저 약 쓰게 되면, 나을 병이 도로 나빠지는 것과 같은 이치다.

146=생각없이 앞으로 나아가면 재난을 입게 될 것이다. 앞으로 나아가서 하나도 이로울 것이 없다.

☰☴ 구(姤). 하늘 아래 바람이 이는 모양이다.

구는 만난다는 뜻이다. 약속없이 우연히 마주치거나 뜻하지 않은 일을 당하는 것을 말한다. 좋은 뜻의 만남보다 좋지 못한 만남을 뜻한다.

150=이 괘의 모양은 맨 아래 짝표가 하나만 있고, 위 다섯은 모두 홀표이다. 이것은 아래에 있는 한 여자가 남자 다섯을 등에 업고 있는 격이다. 어떤 여자를 두고 점을 쳐서 이 괘를 얻으면 그 여자가 혼자서 남자 다섯을 당할 힘과 재주를 가지고 있다는 것을 말한 것이 된다. 그런 여자를 원하지 않는다면 같이 무슨 일을 한다든가 결혼상대로 삼지 말아야 할 것이다.

151=쇠말뚝에 매여 있는 격이다. 움직일 수 없는 상태에 놓여 있으므로 가만히 있으면 아무 일도 없다. 그러나 앞으로 나아가려 하면 불행한 일을 당할 것이다.

152=손님 대접할 생선이 밥상에 놓이지 않고 부엌에 그대로 있는 격이다. 왜 생선이 없느냐고 말할 수는 없는 일이다. 반찬이 없더라도 밥을 먹을 수는 있으니 다른 일은 없을 것이다.

153=다리에 힘이 없어 걸음이 휘청거린다. 위태롭기는 하지만 조심하면 넘어지는 일은 없을 것이다.

154=부엌에 생선이 없는 격이다. 방에 있는 손님에게 맛있는 반찬을 대접할 생각도 하지 않는 것이다. 임금이 백성의 존경을 받지 못하는 것이다. 장차 좋지 못할 일이 있을 것이다.

155=맛있는 참외를 산버들로 고이 싸고 있는 격이다. 반가운 사람을 만나면 대접하기 위해서다. 참되고 바른 마음으로 세상을 살면, 반드시 하늘로부터 좋은 상을 받게 될 것이다.

156=쇠뿔에 얹혀 있는 격이다. 부끄러운 일이기는 하지만 뿔에 찔리거나 받히는 일은 없을 것이다. 막다른 골목에 와 있는 것이니 도리가 없다. 가만히 있는 것이 좋다.

☰☵ 송(訟). 하늘 아래 물이 차 있는 모양.

송은 송사를 말한다. 물은 제 길을 찾아 아래로 흐르지 못하고, 위로 솟아오르거나 둑을 넘거나 하면 집과 곡식이 물에 잠기게 된다. 자연이 자연의 이치를 벗어나게 되면 그 곳에 바람직하지 못한 일이 생겨나고, 바람직하지 못한 일이 생기면 그 원인이 어디에 있는지를 따지게 된다.

사람이 사는 세상에도 그같은 일이 많다. 그래서 송사가 끊이지 않는 것이다.

160=송사란 부득이 해야 하는 경우도 있다. 그러나 아무리 내가 옳다 하더라도 옳은 것이 밝혀지지 못하고 막히는 일이 많다. 송사란 적당한 정도로 서로 타합을 보는 것이 상책이다. 오래 끌면 해를 입게 된다. 나를 도울 수 있는 힘 있는 사람을 만나는 것이 좋다. 지나친 욕심은 삼가는 것이 좋다.

161=송사는 오래 끌어서는 안된다. 쉽게 끝내려 한다고 불평을 말하는 사람이 있을지도 모른다. 그러나 결국은 쉽게 끝내는 것이 좋은 결과를 가져온다.

162=송사를 이기지 못한다. 멀리 피해 숨는 것이 좋다. 내가 힘이 없으므로 도리가 없다. 내가 멀리 피해 숨음으로써 내 주위에 있는 모든 사람도 해를 입지 않게 된다.

163=현재의 상태에 불만이 있더라도 그대로 참고 가만히 있으라. 내가 가만히 있으면 위태로울 때가 혹 있더라도 끝내는 좋은 결과를 가져올 것이다. 큰일을 벌여도 얻는 것이 없다. 그러니 윗사람이 하는 대로 따르는 것이 좋다.

164=송사에 이기지 못한다. 돌아와 내 분수를 지키고 모든 것을 운에 맡겨라. 그러면 마음도 편하고 좋은 결과를 얻게 될 것이다.

165=소송을 하면 크게 좋다. 소송을 하는 것이 당연하고 내가 옳기 때문이다. 그리하여도 날 보고 지나치다고 말할 사람은 아무도 없다.

166=송사를 하면 얻는 것이 있을 것이다. 그러나 그 얻은 것을 다시 남에게 빼앗길 것이다. 송사란 상대가 있는 것이다. 송사로 얻은 것은 상대에게서 빼앗은 것이나 다름없다. 그것을 빼앗게 해준 사람이 그것을 다시 빼앗거나 나눠달라고 할 지도 모른다.

☰☶ 돈(遯). 하늘 아래 산이 우뚝 솟아 있는 모양.

돈은 숨는다는 말이다. 산은 높은 뜻을 가진 사람의 기상에 비유하기도 한다. 그러나 그 산은 모든 것을 품 안에 안고 묵묵히 그 자리를 지키고 서 있다. 그것은 뜻이 높은 선비가 세상과 인연을 끊고 혼자 외롭게 서 있는 것과도 같다. 그것을 보고 숨어 산다고 한다.

죄를 짓고 숨는 것이 아니라 내 갈 길을 홀로 가는 것을 뜻한다. 또 세상을 등진 사람은 그 산속에 가서 산다. 산과 숨는 것과는 인연이 깊다 하겠다.

170=숨는 것이 좋다. 남을 바로잡으려 하지 말고 내 몸을 곧게 하면 모든 일이 잘 풀리게 된다. 그러므로 어진 사람은 간사한 무리들을 멀리는 하되 미워하지는 말아야 한다. 다만 그들을 엄하게 대할 뿐이다.

※ 송나라의 대학자인 주자가 천자를 모시고 글을 강론하는 시강이란 벼슬에 있을 때의 일입니다. 이때 권탁주라는 신하가 세도를 부리며 법에도 없는 짓을 함부로 하고 있었습니다. 보다못한 주자는 천자를 가까이 모시고 있으므로, 권탁주의 그같은 비행을 낱낱이 들어 그를 파면하라는 글을 올리려 했습니다.

그러나 이를 눈치챈 제자들이 기를 쓰고 말렸습니다. 천자가 이쪽 뜻을 따르지 않을 때는 글을 올린 사람만이 죄를 덮어 쓸 수 있기 때문입니다.

주자가 제자들의 말을 들으려 하지 않자, 제자들은 주역점을 쳐서 결정을 하자고 권했습니다. 그래서 점을 쳤는데 이 돈괘를 얻게 되었습니다. 이 점괘를 본 주자는 천자에게 올리려고 써 두었던 글을 아무 말없이 불에 태운 다음, 벼슬을 내놓고 물러나 있었다고 합니다.

세상을 바로잡을 힘이 없으면, 조용히 물러나 내 한 몸을 깨끗이 하라는 것이 이 돈괘의 이치입니다.

171=숨기에는 이미 때가 늦었다. 벼슬을 그만두고 물러나려 하면, 그것을 가지고 또 시끄러워질 것이다. 그대로 가만히 말없이 있

기만 하면 아무 탈도 없을 것이다.

172=굳이 물러나 숨어 살 것은 없다. 남의 일에 간섭하지 말고 내 할 일만 바르게 해나가며 내 뜻을 굳게 지켜나간다면, 아무도 나를 해치거나 더럽히지는 못할 것이다.

173=물러나 조용히 살고 싶어도 뜻대로 되지 않는다. 이미 그럴 수 없는 결점을 지니고 있기 때문이다. 몸을 조심하며 큰 일만 하려고 하지 않으면 좋은 결과를 얻게 될 것이다.

174=숨을 것까지는 없다. 하지만 물러나 숨어 사는 것이 좋다. 그러나 그것은 누구나가 다 그런 것은 아니다. 높은 지식이나 다른 큰 뜻을 지닌 사람만이 가능하다. 그 지식과 뜻을 살릴 수 없기 때문이다.

그러므로 그럴 가능성이 없는 사람은 그대로 가만히 있는 것이 좋다.

175=지금 숨는 것이 가장 좋다. 물러나는 이유도 떳떳하다. 내 뜻을 아는 사람은 나를 아름답게 여길 것이며, 내 뜻을 모르는 사람도 이상하게 여기지는 않을 것이다.

176=이젠 정말 그만두어도 좋을 때다. 그 누구도 내가 그만두는 것을 의심하지 않을 것이다. 물러나서는 조용히 편안하게 지낼 수 있을 것이며, 모든 사람이 빠짐없이 나를 좋게 볼 것이다.

☰☷ 비(否). 하늘과 땅이 서로 멀리 떨어져 있는 모양.

비는 서로 통하지 못하고 막혀 있는 것을 말한다. 하늘은 땅을 향해 비와 빛을 보내고, 땅은 하늘로부터 그 빗물과 따스한 빛을 받아야 한다. 그런데 하늘은 땅을 외면하고 높은 자리만을 지키고, 땅은 하늘을 바라보지도 않으며 아래에 가만히 있기만 하므로, 하늘과 땅 사이의 모든 것이 제대로 자라지 못하고 서로 막혀 있게 되는 것이다.

이것은 마치 아버지는 사랑방만을 지키고 어머니는 안방만을 지키며, 서로 오가는 일도 없고 말을 주고받지도 않는 것과 같다.

그런 부모 밑에 있는 자식들이 몸과 마음을 활짝 펴고 살 수는 없는 것이다.

180=곧고 바른 것이 행해질 수 없다. 몸을 깨끗이 하고 가만히 때를 기다려야 한다.

181=옳지 못한 사람들이 기승을 부리고 있을 때다. 겨울이 마지막 고비에 이른 것과 같으니 가만히 있는 것이 좋다. 그러나 뜻을 같이하는 사람들과 함께, 멀지 않아 바른 세상이 찾아올 것에 대비해 두는 것이 좋다. 추위가 극성을 부리면 곧 봄이 오게 되므로 농사 지을 준비를 해 두고, 눈과 얼음이 녹는 즉시 밭을 갈고 씨를 뿌릴 준비를 해두어야 하는 것과 같다.

182=극성을 부리던 옳지 못한 사람들이 물러가고 그 뒤를 물려받는 격이다.

보통사람의 경우는 좋을 것이다.

그러나 장차 큰일을 할 사람은 나설 때가 아니다. 옳지 못한 사람들과 어울린다는 평을 듣기 쉽고, 그로 인해 큰일을 하는데 방해가 되기 때문이다.

183=남에게 포섭되는 것을 부끄럽게 여기라. 바르지 못한 세상에 나가 부귀를 누리는 것은 자랑할 것이 못되기 때문이다. 그러나 몸을 바르게만 가지면 나쁠 것은 없다. 거절하기 어려운 경우는 응하는 것도 무방하다.

184=옳지 못한 세상이 바뀌어 바른 세상으로 옮겨가는 시기다. 권력을 잡은 사람이 부르면 나가도 좋다. 나로 인해 많은 친구들이 뜻을 얻게 되기 때문이다. 너무 내 한 몸만을 생각하여 망설일 것은 없는 일이다.

185=막힌 것이 마침내 확 뚫린다. 세상을 건질 힘과 재주를 가진 사람이 기를 펴고 일을 할 수 있을 것이다. 앞으로 나아가는 것이 좋다. 그러나 행여나 무슨 어려움은 없을까 하고 돌다리도 두드려 보고 건너는 마음가짐이 필요하다.

186=마침내 막힌 것이 완전히 사라질 시기에 이르렀다. 처음에는 어려움이 있더라도 끝내는 기쁨을 얻게 될 것이다. 재주를 가진 사람은 때를 놓치지 말 일이다. 그러나 그만한 자신이나 능력을 갖지 못한 사람이 무턱대고 나갈 일은 못된다.

☱☰ 쾌(夬). 못이 위에 있고 하늘이 아래에 있는 모양도 되고, 짝표 하나가 홀표 다섯을 누르고 있는 모양이기도 하다.

이것은 옳지 못한 사람이 맨 윗자리에 앉아 착한 사람들을 누르고 있는 격이므로 멀지 않아 뒤집히고 마는 것을 뜻한다.

210=옳지 못한 사람이 임금의 자리에 있다. 바른 소리를 외치게 되면 위험이 따를 것이다. 아직 전쟁에 나가는 것은 이롭지 않다.

내 아래 있는 사람들에게 내 것을 나누어 주며 때를 기다리라. 그러나 그것을 장한 일로 생각하지는 말라.

211=덮어두고 앞으로 나아가지 말라. 싸움을 벌였다가 이기지 못하면 나아가지 않은 것만 못하다. 신중하게 이것저것 따져본 뒤에 행동하라.

212=두려워 부르짖는다. 두려운 마음을 가라앉히기 위해서다. 한밤에 싸움이 벌어지더라도 걱정할 것은 없다. 왜냐하면 내가 하는 일이 옳고, 지금이 해야 할 때이기 때문이다.

213=지나치게 용감한 것은 결과가 좋지 않다. 혼자 조용히 내가 갈 길을 가라. 가다가 비를 맞아 옷이 젖게 되고 그로 인해 노여움이 생기게도 될 것이다. 그러나 조용히 뜻을 굽히지 않고 나아가면 끝내는 뜻을 펴게 될 것이다.

214=다리에 힘이 없어 걸음이 더디다. 서두르지 않으면 뉘우침은 없을 것이다. 내가 말을 해도 상대가 내 말을 믿지 않을 것이다. 내게 아직 그만한 힘이 없기 때문이며, 아직 그럴 시기가 오지 않았기 때문이다.

215=독재자도 이제 힘을 잃게 되었다. 내가 가고 싶은 바른 길을 가도 허물은 없다. 그러나 그것이 그리 빛나지는 않을 것이다. 어떤 사사로운 욕심이 있어서는 안된다. 욕심이 없어도 남들은 욕심 때문인 줄로 생각할 것이다.

216=자격이 없는 사람이 윗자리에 있는 격이다. 큰소리 치지 않

는 것이 좋다. 이제 물러가야 할 때가 온 것이다. 큰소리 치고 옛 자리를 지키려 하면 좋지 못한 결과를 가져오게 된다.

☱☱ 태(兌). 못이 겹친 모양.

태는 못의 뜻도 되고, 기쁘다는 뜻도 되고, 작은딸의 뜻도 가지고 있다. 괘의 생긴 모양이 못처럼 보이는 한편, 입을 벌리고 웃는 것처럼 보이기 때문이다.

220=태는 기쁨을 뜻하는 것이니 일이 잘 풀리게 되는 것을 말한다. 바른 마음을 가지고 흉허물 없이 사귀며, 항상 남을 위해 내가 어려운 일에 앞장서는 그런 마음을 가지면 반드시 좋은 결과를 얻을 것이다.

221=뜻이 맞아 서로 기뻐하게 된다. 하는 일이 옳고 또 시기에 맞으므로 망설일 필요가 없다.

222=참된 마음을 가지고 기뻐하는 격이다. 좋은 일이 있고 뉘우침은 없을 것이다. 그것은 옳은 일을 한다는 믿음을 잃지 않기 때문이다.

223=윗사람에게 마음을 두지 않고 아랫사람에게 마음을 두며 그들의 환심을 사려 한다. 그것이 좋을 리가 없다. 그것은 내가 하는 일이 내 위치에 맞지 않기 때문이다.

224=위로 붙을까 아래로 붙을까 하며 망설이는 격이다. 그러나 이롭고 해로운 것을 떠나 어느 것이 옳은가를 깊이 생각하여 결정하면 끝내는 기뻐하는 일이 있게 될 것이다. 남의 유혹에 넘어가지만

않는다면 경사가 있을 것이다.

225=내게 가까이 하며 환심을 사려는 무리들이 나를 둘러싸게 되므로 위태로움이 따르게 된다. 높은 자리에 있으면 누구나가 그렇게 되기 쉽다. 그런 사람들을 너무 가까이도 하지 말고, 너무 멀리하여 원망을 사는 일이 없게 해야 한다. 그것이 큰일을 하는 큰사람의 바른 길이기 때문이다.

226=기쁨을 너무 오래 누리려 하면 그 기쁨은 정도에 지나친 것이 된다. 기쁨이 지나치면 곧 슬픔이 닥치는 법이다. 이제 떳떳한 마음으로 돌아가야 할 때다. 더 기쁨을 누리려 하지 말라.

☱☲ 혁(革). 못이 위에 있고 불이 아래에 있는 모양도 되고, 작은 딸이 가운데딸을 누르고 있는 모양도 된다.

혁은 바뀐다는 뜻으로 혁신이니 개혁이니 혁명이니 하는 것을 뜻한다. 잘못된 것을 바로잡고 좋지 못한 것을 고치는 것이다.

못과 불이다. 그 못이 불 위에 있으므로 불이 꺼질지도 모른다. 불은 곧 따뜻한 해를 말한 것도 되므로, 해가 위에서 못을 내리쪼여야만 그것이 올바른 상태다. 또 작은 딸이 밑에 있어야 할 터인데, 언니를 누르고 위에 올라 있으니 이것도 바로잡아야만 한다.

230=바로잡아야 할 때가 이른 것이니 이를 바로잡으면 크게 좋을 것이다. 어디까지나 정당한 이유에서 정당한 일을 하게 되면 뉘우치는 일은 없을 것이다. 못된 임금이 백성을 괴롭히면 갈아치우는 것이 좋다. 그러나 때를 잘 맞춰서 해야 한다.

231=아직 개혁하기에는 때가 이르고 힘이 약하다. 뜻이 맞는 사람과 힘을 더 기르며 때를 기다리는 것이 좋다.

232=이제 개혁할 때가 왔다. 개혁을 방해하는 세력을 무찌르는 것이 좋다. 내가 하는 일이 떳떳하므로 다른 탈은 없을 것이다. 다만 시기를 잘 택하라. 결국에는 뜻을 얻게 될 것이다.

233=아직 개혁할 위치에 와 있지 않다. 개혁을 방해하는 무리를 무찌르게 되면 반드시 실패하고 만다. 아무리 내가 하는 일이 옳다 하더라도 위험한 일이다. 개혁해야 한다는 여론이 세 번 있은 다음에 일을 일으키면 그때는 성공할 것이다. 지금은 그럴 힘도 없거니와 그럴 시기도 아니다.

234=큰일을 해도 뉘우치는 일은 없다. 참된 마음이 있으면 혁명을 일으켜도 좋을 것이다. 내 뜻을 알아주고 나를 믿는 사람이 많기 때문이다.

235=거룩한 사람이 범처럼 변하게 된다. 숲 속에 가만히 엎드려 있다가 번개처럼 움직이게 되는 것이니, 결과는 물을 것도 없이 뜻을 얻게 될 것이다. 때를 기다렸다가 큰일을 하는 사람은 언제나 그렇게 움직이는 것이다.

236=이미 개혁의 시기가 무르익었다. 군대를 일으켜 무찌르지 않더라도 조용히 뜻을 이룰 수 있을 것이다. 어진 사람은 그 뜻을 남김없이 펴게 될 것이며, 보통사람들도 지금까지의 바르지 못한 태도를 고쳐 개혁에 따를 것이다.

☱☳ 수(隨). 나이 어린 여자가 위에 있고, 나이 많은 남자가 아래에 있는 모양이다. 이것은 그 위치를 말하기보다는 그 마음을 나타낸 것이다. 나이 어린 소녀의 마음은 위로 나이 많은 남자에게로 가 있고, 나이 많은 남자의 마음은 아래로 소녀에게 와 있는 것을 말한다. 서로의 마음이 상대를 따르게도 되고, 또 소녀가 나이 많은 남자를 따르게 된다는 것이다. 이것은 신하가 임금을 따르는 것도 되고 아내가 남편을 따르는 것도 된다.

240=따른다는 것은 크게 좋은 것이다. 위에 있는 사람의 마음이 아래로 내려오고, 아래에 있는 사람이 위에 있는 사람의 뜻을 따르는 것이니, 그것이 바른 일이라면 무슨 허물이 있겠는가?

241=벼슬이 바뀌게 된다. 그 이유가 정당하면 좋은 일이 있을 것이다. 안에서 밖으로 나가게 되면 공을 세우게 된다.

242=위를 따를까 아래를 따를까 망설이지 말라. 양쪽을 다 기쁘게 할 수는 없다. 떳떳하고 바른 것을 택해야만 앞일이 잘 풀릴 것이다. 위를 따르라.

243=위를 따르는 것이 옳은 일이기는 하다. 그러나 그렇게 되면 아랫사람을 잃게 된다. 아직 위를 따를 위치에 있지 않기 때문이다. 더욱이 정당한 일이 아닐 때는 윗사람이라고 해서 덮어두고 따를 수는 없는 일이다. 신중을 기하라.

244=임금을 따라가 얻는 것이 있다면 아무리 내가 욕심이 없었다 하더라도 남이 나를 의심하게 될 것이다. 임금을 따라가 그 주는 것

이 떳떳하지 않아 이를 사양한다면, 따라가는 것이 나쁠 것은 없다. 떳떳하지 못한 것을 얻고자 하는 마음을 버리면 그것으로 그만이다.

245=바른 일에 정성을 쏟으면 좋은 결과를 얻으리라. 내가 정당한 위치에 있으므로 내 뜻대로 할 수 있기 때문이다.

246=어려운 고비에 와 있다. 신하와 백성들의 뜻을 따르도록 하라. 조금이라도 지나친 일이 없도록 조심하면 무사할 것이다.

☱☴ 대과(大過). 못이 위에 있고 바람이 아래에 있는 모양도 되고, 작은딸과 큰딸이 등을 돌리고 있는 모양도 된다.

대과는 너무 지나치다는 뜻이다. 못이 아래에 있고 바람이 위에서 조용히 불어야 할 터인데, 바람이 아래로 불어와 못의 물을 위로 치솟게 하는 모양이니 너무 지나친 것이 된다. 또 언니가 위에서 바라보고 웃고 동생이 아래서 쳐다보고 웃어야 할 터인데, 서로 위치를 바꾸어 등을 돌리고 비웃는 모양을 하고 있으니, 여자들이 시샘이 많다지만 너무 지나친 것이 된다.

250=대들보가 꺾이는 격이다. 지금은 모든 것이 뒤바뀐 세상이니, 장차 있을 어려움에 대비해 갈 곳을 찾는 것이 좋다. 어려운 세상에서 어진 사람은 고생을 고생으로 여기지 않는 것이다.

251=조심하고 또 조심하라. 몸을 굽히고 어려움을 참으면 허물이 없을 것이다. 지위가 낮고 힘이 없을 때는 못난 사람 행세를 하는 것이 슬기롭다.

252=마른 버드나무에 새싹이 나고 늙은 홀아비가 처녀에게 장가드는 격이다. 그것이 떳떳하지 못한 일이기는 하지만, 그 결과는 이롭지 않은 것이 없다. 부부 사이는 정이 두터워지고 아들 딸도 낳게 될 것이다.

253=대들보가 꺾인 격이다. 앞으로의 일이 어려울 것이다. 대들보가 꺾인 것은 나를 보살펴 줄 사람이 없게 되는 것을 말한 것이다.

254=대들보가 높게 있는 것과 같으니 모든 일이 순조롭다. 그러나 이치에 맞지 않는 일을 하면 부끄러운 경우가 있다. 아랫 사람들의 달콤한 소리에 끌려들지 말아야 한다.

255=마른 버드나무에 새싹이 나는 격이다. 늙은 홀어미가 남편을 얻는 것과 같다. 나쁠 것도 없지만 자랑스런 일은 못된다. 마른 나무에 새싹이 났으니 얼마나 오래 가겠는가? 늙은 홀어미가 남편을 얻었으니 시집은 갔어도 자식은 얻지 못한다.

256=너무 깊은 물을 건너다가 이마까지 물에 빠져 되돌아나오는 격이다. 그러나 다른 탈은 없다. 분수에 벗어난 것을 하게 되면 오래 가지 못한다.

☱☵ 곤(困). 못 바닥 밑으로 물이 내려가 있는 모양이다.

곤은 꼼짝하기 어렵게 된 상태를 말한다. 떳떳한 상태를 벗어나 고통스러워 하는 것을 말한다. 못에 차 있어야 할 물이 땅 속으로 내려가 있으니, 그 안의 고기와 같은 어려움을 겪는 것이다.

260=어려움에 처한 격이다. 어려움을 슬기롭게 이겨내는 것은 뜻이 굳은 어진 사람만이 할 수 있다. 어려운 가운데서도 뜻을 바꾸지 않으면 끝내는 뜻을 펼 날이 있을 것이다.

261=궁둥이가 나무등걸에 걸려 있는 격이다. 깊은 골짜기에 빠져들어 3년을 나오지 못할 것이다. 조용히 있는 것이 상책이다.

262=세상을 비관하고 타락하는 일이 없어야 한다. 나를 알아 줄 임금이 곧 오게 될 것이다. 하늘을 믿고 신명을 믿고 바른 길을 걸으면, 지금은 고통스러워도 때가 이르면 좋은 일이 있을 것이다.

263=돌에 발이 걸려 내를 건너지 못하고, 내가 의지하고 있던 가시나무에 내가 찔리게 된다. 내 집에 들어가도 아내를 볼 수 없으니 화가 두렵다.

264=나를 구해 줄 사람이 천천히 온다. 그 동안에 나는 앞뒤로 쇠수레가 막고 있어 오도가도 못한다.

그것은 내가 너무 아래에 있기 때문이다.

그러나 끝내는 나를 도울 사람이 나타날 것이다.

265=가장 어려운 고비를 만나 말 못할 시달림을 당한다. 그러나 내 뜻을 바꾸지 않으면 곧 기쁜 일을 만나게 될 것이다. 뜻을 굽히지도 말고 지나치게 반항을 하지도 말라. 그러면 곧 복을 받게 될

것이다.

266=어려운 때를 만나 함부로 움직이면 안된다. 칡덩굴에 얽히어 괴로움을 겪게 될 것이다. 칡덩굴에 얽힌 채 움직이게 되면 벗어나지 못하고 뉘우침만 남게 된다. 가만히 있으면 뉘우침이 없게 된다.

☱☶ 함(咸). 산 위에 못이 있는 모양도 되고, 젊은 여자 앞에 젊은 남자가 무릎을 꿇고 사랑을 청하는 모양도 된다.

함은 다라는 뜻이다. 그러나 그 밑에 마음을 붙이면 느낀다는 뜻이 된다. 모든 것을 다 바치는 마음은 사랑을 뜻한다. 그것은 곧 감격스런 마음이요, 남을 감동하게 하는 감정이다.

270=일이 잘 풀린다. 장가들고 시집가는데 좋은 괘다. 남자와 여자의 마음이 서로에게 미치기 때문이다. 그러나 그것은 어디까지나 정당한 절차를 거친 뒤에 이루어져야 한다.

271=지금은 사랑을 발끝에서부터 느낄 때다. 내 속에 있는 마음을 가볍게 입밖에 낼 시기가 아니다.

272=지금은 사랑이 조금 나아간 상태이기는 하나, 아직 발끝에서 무릎 사이에 머물러 있다. 좀더 시기를 기다리며 행동을 삼가해야 한다. 모든 일을 순리대로 하면 해로울 것은 없다.

273=그 넓적다리를 보고 감동된다. 상대가 나를 따르는 것을 보고 이를 잡으면 뜻을 이룰 것이다. 그러나 성급하게 서두르면 부끄러움만 당하고 뜻을 얻지 못할 것이다.

274=내 몸을 바르게 가지면 좋은 결과를 얻어 뉘우치는 일이 없을 것이다. 서로 자주 오가는 것은 해로울 것이 없으나 그것도 아직은 떳떳한 것이 되지 못한다.

275=상대의 착한 마음씨와 태도에 감동한다. 그것이 가장 바람직한 일이므로 약속을 하거나 어떤 결정을 본다 해도 후에 뉘우치는 일이 없을 것이다.

276=그 볼과 위턱과 혀에까지 감동하게 된다. 이미 정도에 벗어난 떳떳하지 못한 일이다. 장차 말썽을 일으키거나 남의 구설수에 오를 것이다. 지나친 행동과 성급한 일을 조심해야 한다.

☱☷ 췌(萃). 땅 위에 못이 있는 모양이다.

췌는 모인다는 뜻이다. 땅 위에 못물이 넘치게 되면 겨울이 지나가고 봄이 온 것이다. 그 둘레에 풀이 무성하게 자라 고기가 뛰논다. 자연 거기로 사람이 모이게 되는 것이다. 사막 위의 오아시스와도 같은 것이므로, 이곳에 풀과 나무가 자라고 새와 짐승이 모이고 사람이 모여 살게 되는 것과도 같다.

280=임금이 도읍을 정하고 대궐을 꾸미는 것과도 같다. 태평성대을 만났으니 벼슬을 하는 것이 좋다. 많은 사람들을 모아 크게 잔치를 벌인다 해도 누가 이를 탓하겠는가? 전쟁을 끝내고 군대를 풀어 집으로 돌아가게 하여 농삿일을 돌보게 하는 것이 좋다. 그러나 만일에 대비한 방위책은 잊지 말아야 한다.

281=아직은 자리가 잡히지 않는다. 한쪽은 어지럽고 한쪽은 모여든다. 그러나 성실한 마음으로 나아가면 허물이 없을 것이다.

282=사람들을 모으고 뜻을 합치면 모든 일이 잘 되어 허물이 없을 것이다. 내 성실한 마음과 본래의 뜻을 바꾸지 말 것이다.

283=모으려 해도 모을 수가 없으니 탄식만 하게 될 것이다. 이대로 밀고 나가도 이로울 것이 없다. 다른 탈은 없다. 그러나 약간 부끄러운 일을 당하게 될 것이다. 아직 때가 오지 않았기 때문이다.

284=아직은 움직일 때가 아니다. 사람을 모을 때도 되었고, 그럴 힘도 있다. 그러나 위에 있는 사람과 먼저 마음이 맞아야 하므로 그의 의사에 따라 그의 이름으로 움직여야 한다. 그것이 마음먹은 뜻과 다르면 가만히 있는 것이 좋다.

285=높은 위치에 있으므로 사람을 모은다 해도 허물은 없을 것이다. 그러나 그것이 백성이 원하지 않는 것이라면, 내 뜻대로 할 수 있다 하더라도 내 뜻을 빛나게 할 수는 없다. 서두르지 말고 한결같은 마음으로 나아가면 뉘우침은 없을 것이다.

286=너무 지나친 일이므로 탄식하고 눈물을 흘리게 된다. 아직도 임금의 자리가 제대로 잡히지 않고, 신하들과 백성이 나를 잘 따르지 않기 때문이다.

☲☰ 대유(大有). 뜨거운 해가 하늘 높이 떠 있는 모양이다.

대유는 풍부하게 갖고 있다는 뜻이니 풍년을 뜻하기도 한다. 이는 곧 나라가 태평하고 백성들의 살림이 넉넉한 것을 말한다.

310=모든 일이 시원스럽게 잘 풀릴 것이다. 위와 아래가 다 마음이 맞아 각각 맡은 일에 충실하므로 어느 것 하나 막히는 일이 없을 것이다.

311=크게 갖기에는 아직 이른 시기다. 어려움이 있을 것을 항상 마음에 새겨둘 일이다. 큰일은 삼가해 한다.

312=큰 수레에 짐을 실은 격이다. 수레는 크고 짐은 무겁지 않으므로 앞으로 나아가도 허물은 없을 것이다.

313=작은 나라의 임금이 천자의 초청을 받아 큰 모임에 참석한 것과 같다. 그 초청을 받을 만한 힘과 재주가 없으면서 우쭐하는 마음이 도리어 천자의 사랑을 잃게 된다. 겸손한 태도를 잃지 말아야 할 것이다.

314=지나치게 권세만 부리지 않는다면 아무 허물도 없을 것이다. 내 분수를 알아 몸가짐을 바르게 하는 슬기를 갖도록 힘쓸 일이다.

315=내가 설 자리에 서게 된 것이니 너무 부드럽게만 나가는 것도 좋지 않다. 내 정성을 다하되 임금으로서의 위엄을 갖추면 크게 빛날 것이다. 신하와 백성들의 뜻을 따르는 것은 좋으나, 그들의 생각이 우선 편한 것만을 바라는 것이라면 그릇된 생각을 깨우쳐 주고 위엄으로 밀고 나갈 일이다.

316=위로부터 하늘이 도와 주고 있다. 모든 일이 순조로우니 크게 뜻을 펴고 복을 누리게 될 것이다.

☲☱ 규(睽). 불이 위에 있고 물이 아래에 있는 모양이다.
규는 일이 뜻대로 되지 않고, 마음이 서로 맞지 않는 것을 말한다.

320=뜻이 서로 맞지 않고, 일이 제대로 잘 되지 않을 때다. 작은 일은 하되 큰일은 벌이지 않는 것이 좋다.

321=뉘우치는 일은 없다. 말(馬)이 달아나더라도 뒤쫓지 말라. 내버려 두어도 제 발로 돌아오게 될 것이다. 굳이 나쁜 사람이라고 멀리할 것은 없다. 서로 믿지 못하고 시기하는 세상일수록 둥글게 살아야 하기 때문이다.

322=어려운 때에 서로 만나기 어렵던 임금을 우연히 좁은 골목에서 마주친 격이다. 이렇게 좁은 골목에서 만난다 해도 그것은 도리에 벗어난 일이 아니다. 세상이 어지럽기 때문이다. 이 만남이 앞으로 좋은 결과를 가져올 것이다.

323=수레가 제대로 구르지 못하고 바퀴가 땅에 끌리게 된다. 소는 나아가지 못하고 사람은 크게 다치게 될 것이다. 그러나 하는 일이 옳고 믿음이 있다면 끝내는 뜻을 얻게 될 것이다.

324=일이 어긋나 외로움을 맛보게 된다. 그러나 뜻맞는 사람이 있음으로 위험하지만 무사할 것이다. 끝내는 내 뜻을 펼 수 있게 된

다.

325=뉘우침이 없을 것이다. 어진 신하와 친척들이 마음이 서로 같으니 앞으로 나아간들 무슨 허물이 있겠는가? 나아가면 기쁜 일이 있을 것이다.

326=혼자 고집을 피우므로 외롭다. 더러운 것을 보게 되고 헛것을 참으로 여길 수도 있다. 고집을 버리고 가슴을 터놓고 이야기를 나누면 다시 화합하게 될 것이다.

☲☲ 리(離). 불과 불이 겹쳐 있는 모양.

리는 불이다. 그것은 해를 뜻한다. 따라서 밝고 뜨겁고 활활 타오르는 것을 나타내기도 한다.

330=해와 달이 하늘에서 빛나고, 풀과 나무가 땅에서 무성하게 자라는 격이다. 어진 임금이 나라를 크게 밝히는 격이다.

331=걸음을 내딛기가 어렵다. 조심하면 허물이 없을 것이다. 밝은 세상이라고 지나친 자유를 누리려 하면 스스로 그 자유를 잃게 된다.

332=내가 바른 자리에 있으니, 내 뜻에 따라 바른 길을 걸을 수 있다. 자기 자리와 분수를 지키며 바른 일을 행하니 이보다 더 떳떳한 일이 또 어디에 있겠는가.

333=해가 이미 기울었지만 하늘은 아직 밝다. 밝은 것만을 보고 해가 아직 이른 줄로만 알면, 어둠이 갑자기 닥쳤을 때 어찌하겠는

가? 장단을 맞추는 북소리는 사라진 지 오래인데 혼자 노래하는 격이다.

334=뜻밖의 일이 갑자기 들이닥칠 것이다. 환하던 것이 금방 어두워지고, 싱싱하던 것이 금방 시들어지고, 사랑하던 사람이 갑자기 돌아서는 것과 같다.

335=눈물이 비오듯 한다. 걱정과 슬픔 때문이다. 비록 임금의 자리에 있으나 내 뜻대로 되지 않기 때문이다. 그 슬픔과 아픔을 참고 견디라. 그러면 곧 좋아질 것이다.

336=임금이 떨치고 일어나 직접 도적을 무찌르면 좋은 일이 있다. 그러면 적의 우두머리를 꺾을 것이다. 그러나 우두머리만을 무찌르고 그 아랫사람은 죽이지 말아야 한다.

☲☳ 서합(噬嗑). 위에는 해가 밝아 있고 아래는 천둥과 번개가 치는 모양이다. 또 맨 위와 아래의 홀표는 턱의 모양이고, 그밖의 짝표는 이빨의 모양인데, 중간에 홀표가 하나가 위아래 이빨 사이에 끼어 있는 모양도 된다.

서합은 씹어 깨뜨리는 것이다. 구름 없는 하늘에 벼락이 치는 것은 하늘이 죄가 있는 사람을 벌하는 것이다. 씹어 깨뜨리는 것은 위아래 이빨 사이에 가로 놓인 것을 없애는 것이다.

340=가로막고 있는 것을 없애라. 악한 사람을 옥에 가두고 재판으로 그 죄를 밝혀라. 밝은 하늘에 벼락이 내리듯, 이빨 사이에 가로놓인 것을 씹어 삼키듯 하면 크게 이로울 것이다.

341=발에 고랑을 채우면 허물이 없을 것이다. 걸어다니지 못하기 때문이다.

342=볼기를 치고 코를 베는 형벌을 내려도 지나친 것은 아니다. 내가 그 자리에 있으면서 임무를 다하는 것이 되기 때문이다.

343=단단한 마른 고기를 씹다가 이빨이 상하게 될 것이다. 약간 부끄러운 일이기는 하나 다른 탈은 없을 것이다. 내가 그럴만한 자리에 있지 않기 때문이다.

344=갈비에 붙은 질긴 고기를 씹다가 그 속에서 황금으로 만든 화살촉을 얻는 격이다. 힘든 일을 힘들다 하지 말고 바른 마음으로 꾸준히 밀고 나가면 끝내는 뜻을 얻을 것이다.

345=마른 고기를 씹다가 그 속에서 황금을 얻는다. 하는 일이 바르면 위태로워도 허물이 없다. 그것은 내가 있는 위치가 정당하기 때문이다.

346=목에 큰칼을 씌우고 얼굴을 덮히는 꼴을 당한다. 죄가 무거워 벗어날 길이 없다. 스스로 앞을 내다보는 슬기가 없기 때문이다. 지나친 일이 없도록 미리 조심할 일이다.

☲☴ 정(鼎). 밑에서 바람이 들어가고 위에서 불이 활활 타는 모양이다.

정은 세발솥을 말한다. 바람을 받아 불이 활활 타는 것은 솥에 음식을 만들기 위해서이다.

350=일이 잘 풀릴 것이다. 임금의 자리에 올라 위로 하늘의 제사를 받들고, 아래로 어진 신하를 불러들여 나랏일을 도모한다.

351=솥을 뒤집어도 좋다. 그 안에 있는 더러운 찌꺼기를 버리는 것이 좋기 때문이다.

352=솥에 먹을 것이 있다. 원수들은 미워할 것이다. 그러나 그들이 올 수는 없다. 두려울 것은 하나도 없다.

353=솥을 옮기려 해도 옮길 수가 없다. 솥 안에 기름진 고기가 있어도 남을 먹이지 못한다. 장마철을 만났기 때문이나 끝내는 좋아질 것이다. 그러니 때가 아니면 움직이지 말라.

354=솥의 발이 부러지니 여럿이 먹을 음식을 엎지르게 된다. 뜻하지 않은 일로 많은 사람의 신뢰를 잃게 될 것이다.

355=솥 귀와 고리가 누런 구리로 되어 있다. 내 위치를 지키고 바른 일을 하면 크게 이로움이 있을 것이다.

356=솥 고리가 구슬로 되어 있으니 크게 좋다. 어느 것이고 이롭지 않은 것이 없다.

☲☵ 미제(未濟). 불은 위로 타오르고 물은 아래로 흐르는 모양이다.

미제는 일이 서로 어긋나 뜻대로 되지 않는 것을 말한다. 물을 건너지 못한다는 뜻이다.

360=어린 여우가 냇물을 다 건너가려 할 때, 꼬리를 적시고 마는 격이다. 이로울 것이 없다. 아직 냇물을 건널 때가 아니기 때문이다.

361=냇물을 건너지 말라. 꼬리를 적시게 될 것이다. 내 힘을 헤아리지 못하고 마음이 앞서면 실패가 따른다.

362=수레가 멈추게 된다. 나아가지 않는 것이 좋다. 자리만을 지키고 때를 기다려야 한다.

363=물을 건너면 나쁘다. 기다렸다가 물이 차거든 배로 건너는 것이 좋다. 배로 건너기에는 물이 얕고, 다리를 걷고 건너기에는 물이 너무 깊기 때문이다.

364=가만히 있으면 좋다. 그래야 뉘우침이 없다. 3년을 기다렸다가 힘이 모이고 때가 왔을 때, 먼 나라를 무찌르면 크게 공을 세워 큰 나라의 영주로 봉해질 것이다.

365=가만히 있는 것이 좋다. 그래야 뉘우침이 없다. 부하를 통솔할 덕은 있어도, 내가 직접 움직일 재주가 없기 때문이다. 그것이 어진 임금이 취할 태도이기도 하다. 부하들의 공이 곧 내 공이 되는 것이니 부하를 시켜 내 뜻을 펼 일이다.

366=술을 마시며 때를 기다리는 것이 좋다. 이미 권력을 잃었기 때문이다. 그러나 술에 빠져 체통을 잃는 일은 없어야 한다.

☲☶ 여(旅). 불이 산 위에 있는 모양이다.
여는 여행을 말한다. 집안에 있어야 할 불이 산 위에 가 있으니, 이는 떳떳하지 못한 험한 나그네 길에 오른 것을 뜻한다.

370=법령을 펴고 죄인 다스리기를 조심하고 바르게 하라. 산처럼 움직이는 일이 없고, 불처럼 밝게 할 일이다.

371=길을 떠나 하찮은 일로 더 나아갈 수 없게 될 것이다. 내 뜻을 펼 때가 아니기 때문이다. 굳이 나아가려 하면 재난이 따를 것이다.

372=여행을 떠나 여관에 들른 격이다. 노자를 넉넉히 갖고 있고, 따르는 아이도 믿을 수 있으니 여행을 계속해도 다른 탈은 없을 것이다.

373=여행을 떠났으나 잠자는 여관이 불타고, 데리고 간 아이까지 잃고 만다. 여행하는 것이 나쁘지는 않지만 위태롭다. 아이까지 잃었으니 무슨 보람이 있겠는가?

374=여행을 떠났으나 한 곳에 머물러 있다. 노자는 넉넉히 가지고 있으나 도적이 길목을 지키고 있기 때문이다. 아직 마음놓고 여행할 시기가 아니다.

375=사냥을 떠나 화살 한 개로 꿩을 쏘아 맞춘다. 그 재주가 임금에게까지 알려져 상을 받게 될 것이다.

376=새가 둥지를 태우는 격이다. 길 떠난 사람이 처음에는 기뻐하다가 나중엔 울부짖게 될 것이다. 소를 몰고 가다가 도둑에게 빼앗기고 만다.

☷☲ 진(晋). 밝은 해가 땅을 비추고 있는 모양이다.
진은 나아간다는 뜻이다. 해가 땅 위를 밝게 비추고 있으니 희망찬 아침을 뜻한다.

380=공을 세운 신하에게 많은 말(馬)을 상으로 주고, 하루 세 번 그들을 잔치에 초대한다. 어진 임금이 자기 뜻을 밝게 펼 수 있다.

381=나아갈 듯이 하다가 다시 주저앉고 만다. 마음을 곧게 가지면 좋다. 뜻대로 되지 않더라도 마음을 넉넉하게 가지면 뒤가 잘 풀릴 것이다.

382=망설이게 된다. 마음이 곧으면 후회가 없을 것이다. 할머니로부터 큰 복을 받을 것이다.

383=나를 따르는 모든 사람들의 마음이 진실하다. 그러므로 나아가도 허물이 없을 것이다. 끝내는 뜻을 펴게 된다.

384=나아가려 하면서도 나아가지 못한다. 생쥐가 먹이 냄새를 맡고 가다가 사람이 두려워 두리번거리는 격이다. 나아갈 때가 아니다.

385=뉘우침이 없다. 얻고 잃는 것을 두려워 말고 나아가는 것이 좋다.

나아가면 반드시 좋은 일이 있을 것이다.

386=지나치게 밖으로 뻗으려 하면 위태롭다. 아직 그럴 힘이 없기 때문이다. 그런 힘을 밖으로 뻗지 말고 안을 다지는 데 쓰도록 하라.

☳☰ 대장(大壯). 천둥이 하늘에서 울리는 모양이다.

대장은 매우 씩씩하다는 뜻이다. 구름 한 점 없는 하늘에서 갑자기 천둥소리가 울리듯 사람을 놀라게 하는 그런 것을 말한다.

410=큰 힘을 가진 사람일수록 그 힘을 바르게 써야 한다. 움직이지 않고 위엄만으로 이끌어가는 것이 좋다.

411=발꿈치만이 씩씩하다. 마음의 준비도 없이 나아가려고만 하면 넘어지게 된다. 마음을 참되게 하고 서두르지 말라.

412=지금은 바른 자리에 있다. 떳떳하게 움직이려면 나아가도 좋다.

413=모자란 사람은 그 용맹을 뽐내지만, 점잖은 사람은 그렇지 않다. 그 자리에 있지 않고 아직 그 때가 아니기 때문이다. 성급한 수염소처럼 날뛰면 뿔이 울타리에 걸려 오도 가도 못할 것이다.

414=가만히 있으면 좋다. 그래야 뉘우치는 일이 없다. 그러면 울

타리에 걸린 뿔도 저절로 빠져나오게 될 것이다.

415=높은 자리에 있더라도 성급함이 없도록 하라. 매사에 부드럽게 대하는 것이 좋다. 지금은 위엄과 힘을 보일 때가 아니다.

416=수양이 울타리에 뿔을 들이박고 앞으로도 뒤로도 움직이지 못하는 격이다. 움직이지 말고 가만히 있으라. 그러면 저절로 벗어나게 될 것이다.

☳☱ 귀매(歸妹). 못 위에 천둥이 울리는 모양이다. 또 맏아들인 남자와 막내딸인 여자가 어울린 모양이다.

귀매는 나이 어린 여자가 시집가는 것을 말한다.

420=시집가면 좋지 않다. 이로운 일이 하나도 없을 것이다. 남자 쪽에서는 원하지 않는 것을 여자 쪽에서 매달려 이룬 결혼이기 때문이다. 애정이 없어 헤어지기 쉽다.

421=처녀로 시집을 가서 첩의 대우를 받게 된다. 남편이 다른 여자를 이미 보았기 때문이다. 또 순종하는 도리를 잃으면 남자가 다른 여자에게로 마음이 갈지도 모른다.

422=한쪽 눈이 멀었어도 볼 수는 있다. 갇혀 사는 신세가 되어도 마음이 곧으면 이로울 것이다. 내 도리를 잃지 않기 때문이다.

423=시집을 가서 오래 살지 못하고, 돌아와 남의 첩이 된다.

여자가 너무 억세기 때문이다.

424=시집을 보내려 해도 마땅한 상대가 없다. 아직 시기가 아니기 때문이다. 서두르지 말고 때를 기다리면 좋은 상대가 나타날 것이다.

425=임금이 그 누이를 시집보내면서도 호화스런 잔치를 하지 않는다. 그것은 겉치레보다 마음을 더 소중히 여기기 때문이다. 신부의 행실이 바르고 마음이 곧아 그 아름다움이 둥근달과 같다.

426=아내는 빈 광주리를 물려받고, 남편은 죽은 양을 얻는다. 이로울 것이 하나도 없다. 모두 그 행실과 마음은 생각하지 않고 겉만을 보기 때문이다.

☳☲ 풍(豊). 위에는 천둥이 울리고 아래는 번개가 번쩍이는 모양이다. 맏아들인 남자와 둘째딸인 여자가 만난 모양이다.

풍은 풍족하다는 뜻이다.

430=모든 일이 잘 풀리니 밝은 한낮에 임금이 나타난 격이다. 법을 밝히고 죄인을 바르게 다스리는 것이 좋다.

431=그 짝지을 주인을 만난다. 비록 열흘이 된다 해도 허물은 없을 것이다. 그대로 나가면 좋은 일이 있을 것이다. 열흘이 되어도 괜찮다는 것은 그 이상 너무 오래끌면 재앙을 초래한다는 것이다.

432=밝은 신하가 어두운 임금을 따르는 격이다. 남이 나를 이상하게 여길 것이다. 그러나 정성으로 받들면 신임을 얻어 뜻을 펴게 될 것이다.

433=겉으로만 풍족해 보인다. 오른팔을 꺾게 되나 다른 허물은 없다. 그러나 그 오른팔은 끝내 쓸 수 없을 것이다.

434=겉만 그럴듯하고 실속이 없다. 어두운 세상을 만나 장차 임금이 될 사람을 찾아 남이 알지 못하게 움직이는 것이 좋다.

435=이제 때가 왔다. 훌륭한 부하들을 오게 하면 좋은 일과 자랑스런 일이 겹치게 될 것이다.

436=집만 크고 화려할 뿐, 방문으로 엿보아도 고요하고 사람이 없다. 세도를 하늘 끝까지 뻗으려다 집마저 잃고만 것이다.

☳☳ 진(震). 천둥이 위와 아래에서 한꺼번에 울리는 모양이다.

진은 천둥소리를 가리키기도 하고 하늘의 노여움을 뜻하기도 한다. 또 허풍을 치며 허세를 부리는 것을 말하기도 한다.

440=천둥소리가 요란하다. 하늘을 믿고 마음을 바르게 하면 비록 놀라더라도 두려울 것은 없다. 조심하면 모든 일이 잘 풀릴 것이다.

441=처음엔 크게 놀란다. 그러나 뒤에는 웃음소리가 들린다. 두려운 마음을 잃지 않으면 복을 받게 되기 때문이다.

442=천둥이 칠 때는 위험하다. 그러니 미리 안전한 곳으로 피한다. 그들을 뒤쫓지 말라. 이레가 되면 되돌아올 것이다.

443=요란한 천둥소리에 어리둥절해진다. 그것은 내가 있는 자리

가 떳떳하지 못하기 때문이다. 그러나 다른 해는 입지 않는다.

444=천둥소리도 마침내 가라앉게 된다. 위엄을 보이려 해도 그 위엄이 빛을 내지 못하기 때문이다.

445=천둥 소리가 그치지 않으니 언제 벼락이 떨어질지 모른다. 그러나 내 자리를 지키고 분수를 잃지 않는 사람은 아무것도 잃지 않는다.

446=천둥이 그치지 않는다. 불안을 떨칠 수 없다. 하던 일을 계속하면 나쁘다. 청혼을 하면 말썽만 빚게 된다. 이웃이 당하는 것을 보고 조심하면 큰일은 없을 것이다.

☳☴ 항(恒). 맏아들과 맏딸이 짝을 이룬 모양이다.

항은 떳떳한 것이다. 변하지 않는다는 뜻도 되고, 안정된 것을 뜻하기도 한다. 다 자란 남자와 여자가 결혼하여 떳떳하고 안정된 생활을 하는 것이다.

450=일이 잘 풀려 다른 허물은 없을 것이다. 앞으로 나아가는 것이 이롭다.

451=너무 남에게 복종만 하는 것은 그것이 옳은 일이라 하더라도 좋을 것은 없다. 자기 뜻을 밝히는 것이 옳다.

452=뉘우침은 없다. 내가 떳떳한 자리에서 떳떳한 일을 하기 때문이다.

453=분수를 지키지 못하고 부끄러움을 당할지도 모른다. 내 마음이 바르다 해도 남이 나를 용납하지 않을 것이다.

454=사냥을 해도 잡을 새가 없다. 한 자리에 가만히 있지 않으면 어떻게 새를 잡을 수 있겠는가.

455=마음과 몸가짐을 한결같이 한다. 정숙한 것을 말한다. 그러므로 여자가 이 괘를 얻으면 좋으나 남자는 좋을 것이 없다.

456=순종하는 도리를 잃고 높은 자리에 앉아 있는 것은 나쁘다. 하는 일이 하나도 잘되는 것이 없다.

☳☵ 해(解). 하늘에서는 천둥이 울리고 땅에서는 얼음이 녹아 물이 차 있는 모양이다.

해는 풀린다는 뜻이다. 봄에 천둥소리가 울리면 눈과 얼음이 녹으며 땅은 자연 풀리게 된다.

460=서남쪽이 이롭다. 갈 곳이 마땅치 않으면 되돌아가는 것이 좋다. 갈 곳이 있으면 시기를 놓치지 말고 빨리 가는 것이 좋다.

461=남을 좇아도 허물은 없다. 어려운 때가 지나갔으니 아래 있는 사람이 위에 있는 사람을 좇는 것은 떳떳한 일이다.

462=사냥을 나가 여우 세 마리를 얻고 또 황금 화살을 얻는다. 떳떳한 위치에서 떳떳한 일을 하기 때문이다.

463=짐을 지고 수레를 탔다. 도둑에게 빼앗길까 두렵기 때문이

다. 그 모양이 보기에 흉하다. 도둑이 그것을 눈치채고 덮친다. 내가 부른 것이니 누구를 탓하겠는가.

464=간사한 사람을 물리쳐라. 그래야 참된 벗이 찾아올 것이다. 아래에 있는 아부하는 부하들이 옳은 친구가 오는 것을 가로막고 있기 때문이다.

465=어진 사람이 뜻을 펴게 된다. 좋은 일이 있을 것이다. 내 참된 마음이 아래에까지 미쳐, 그들이 마음을 바꾸거나 물러가기 때문이다.

466=임금이 높은 성 위에 앉아 있는 새매를 쏘아 잡으니 이롭지 않은 것이 없다. 간악한 신하를 없애고 어진 사람을 가까이 하기 때문이다.

䷽ 소과(小過). 천둥이 산 위에서 울리는 모양이다. 맏이와 막내가 마주 흘겨보고 있는 모양이기도 하다. 또 짝표인 음이 넷이고 홀표인 양 둘이 안에 둘러싸여 있는 모양이다.

소과는 지나치다는 말이다. 간사한 무리가 어진 사람을 가로막고 있기 때문이다.

470=작은 일은 하되 큰일은 하지 말라. 올라가려 하지 말고 내 몸을 낮게 가지라. 그러면 크게 좋을 것이다.

471=날개가 작은 새가 하늘로 날아오르려 하니, 반드시 떨어지고 말 것이다.

472=그 임금을 만나지 못하고 그 신하를 만나니 허물이 없다. 아직 임금을 직접 만날 위치에 있지 않기 때문이다.

473=어려운 때다. 지나칠 정도로 조심하며 살펴 미리 막지 못하면, 해를 입을지도 모른다.

474=허물은 없다. 그러나 너무 곧은 체 하지 않는 것이 좋다. 내 위치가 약하기 때문이다. 내 뜻대로 밀고 나가면 위태로우니 중용의 길을 지켜야 한다.

475=구름만 잔뜩 끼고 비가 오지 않는다. 찬 기운이 높이 올라가 있기 때문이다. 여자가 임금의 자리에 앉은 격이다.

476=나는 새가 나뭇가지에 걸린다. 너무 올라갔다가 지쳐 떨어진 것이다.

☳☷ 예(豫). 천둥이 땅 위에서 울리는 모양이다. 늙은 여자가 젊은 남자와 마주보고 있는 모양이기도 하다.

예는 기뻐하고 즐긴다는 뜻과 미리 알아서 한다는 뜻과 게으르다는 뜻이 있다.

480=임금을 세우고 군사를 내보는데 이롭다. 때를 따라 순하게 움직이는 것이다. 하늘과 땅도 이와 같다. 하물며 임금을 세우고 군사를 내는 것이 무엇이 다른가.

481=미리부터 기뻐 좋아하니 좋을 것이 없다. 끝내 그 뜻을 이루지 못한다.

482=뜻을 굳게 지켜라. 마음이 바르면 좋을 것이요, 어려움이 오래 가지 않을 것이다.

483=분수에 벗어난 것을 바라보고 미리 기뻐하면 뉘우치는 일이 있다. 분수를 지키도록 하라.

484=높은 사람으로 인해 기쁨을 얻게 된다. 크게 얻는 것이 있을 것이다. 의심하지 말라. 나를 도울 친구가 어찌 모이지 않으랴?

485=마음이 곧아도 걱정은 가시지 않는다. 그러나 그 믿음은 없어지지 않으니 끝내는 뜻을 얻게 될 것이다.

486=지나치게 기쁨에 빠진다. 잠시 어두워져 있더라도 이를 깨우치면 허물이 없을 것이다. 기쁨이 어찌 오래 갈 수 있겠는가.

☴☰ 소축(小蓄). 맏딸이 아버지를 누르고 있는 모양이다.
소축은 약간 쌓아둔다는 뜻이나 정지시킨다는 뜻이기도 하다. 맏딸이 아버지를 대신해서 살림하는 모양이다.

510=임금이나 아버지를 대신해서, 신하나 딸이 나랏일과 집안일을 보살피는 격이다. 임금이나 아버지가 하는 일이 떳떳하지 못하기 때문이다.

511=곧 바른 길로 돌아가게 될 것이다. 잠시 물러났던 자리로 되돌아가는 것을 누가 탓하겠는가.

512=뜻이 같은 사람을 이끌고 돌아온다. 떳떳한 일이므로 좋다.

513=수레바퀴에 살이 벗겨진다. 지아비와 지어미가 서로 눈을 흘긴다. 어떻게 집안을 바로잡겠는가?

514=성실한 마음을 가지면, 위험한 일이 있더라도 무사히 빠져나올 수 있을 것이다. 힘 있는 사람이 나와 뜻을 같이 하기 때문이다.

515=참된 마음으로 사람을 이끈다. 내 이웃과 나의 넉넉함을 함께 나눠 갖는다.

516=지금은 착한 일을 할 때다. 아내는 집안 일을 보살피라. 남편은 남과 다투지 말라. 모든 일에 겸손하라.

☴☱ 중부(中孚). 못 위로 바람이 내려오는 모양. 맏딸과 막내딸이 위아래에서 서로 마주보고 웃는 모양도 된다.
중부는 마음이 참되고 알뜰한 것을 말한다.

520=내 참된 마음이 짐승에게까지 미치게 된다. 큰일을 하는 것이 이롭다. 임금은 죄인을 용서하고 은혜를 베푼다.

521=조심하며 가만히 있는 것이 좋다. 딴 마음을 가지면 편하지 못하다.

522=시원한 곳에서 두루미가 운다. 새끼들이 마주 운다. 내게 좋은 술이 있으니 그대와 함께 마시고 즐기리라. 바라는 것이 이루어진다.

523=적을 만나게 된다. 북을 쳐도 나아가지 않는다. 우는 사람도 있고 노래하는 사람도 있다. 내 지위가 떳떳하지 못하기 때문이다.

524=내 짝을 버려도 된다. 사사로운 정을 끊고 큰일을 위해 큰사람을 따라야 하기 때문이다.

525=높은 자리에 있으면서 마음은 아래 백성에게 있다. 그것이 임금의 참된 모습이다. 무슨 허물이 있으랴.

526=암탉이 지붕에 올라가 소리쳐 울려고 한다. 제 도리를 잃었으니 어찌 오래 가랴.

☲☴ 가인(家人). 맏딸과 가운데딸, 혹은 올케와 시누이가 그 자리를 지키고 있는 모양이다. 불이 바람을 일으키는 모양도 된다.
가인은 집안에 있는 사람을 말한다. 집안이 잘되고 못되는 것은 여자들에게 달려 있다.

530=여자들이 조용하고 마음이 밝아야 모든 일이 잘 풀린다. 불이 조용히 타면 바람은 저절로 위로 오른다. 바람이 불을 휘몰아치면 화재가 생긴다.

531=법도로써 집안을 다스리면 뉘우치는 일은 없을 것이다. 떳떳하지 못한 것은 핑계다. 핑계가 없도록 하라.

532=밖에 나가면 이롭지 않고 가만히 있으면 좋다. 그것이 떳떳하기 때문이다.

533=너무 엄격한 것은 좋지 않다. 지나친 것을 뉘우치면 좋은 일이 있을 것이다. 즐거워만 해도 부끄러운 일이 있다. 중용을 지켜라.

534=집을 넉넉하게 한다. 크게 좋다. 착한 아내요 어진 어머니가 된다.

535=임금이 왕후를 맞는다. 무엇을 근심하랴? 좋은 일이 있을 것이다. 서로가 사랑하기 때문이다.

536=지나친 일이 없도록 조심하면 끝내는 좋을 것이다.

☴☳ 익(益). 다 자란 여자와 남자가 서로 사랑하며, 상대를 내 몸처럼 생각하는 마음을 나타내고 있다.

익은 유익하다는 말이다. 여자는 순종하고 남자는 활동적이기 때문이다.

540=나아가서 이롭지 않은 것이 없으니 큰 물을 건널 수 있다. 있는 사람의 것으로 없는 사람을 도우니 백성의 기쁨이 끝이 없다.

541=크게 사업을 일으키는 것이 좋다. 크게 좋아 허물이 없을 것이다.

542=남이 나를 유익하게 하는 일도 있다. 점을 칠 것도 없이 좋다. 반드시 성공할 것이다.

543=전쟁이나 처형을 한다 해도 허물은 없을 것이다. 참된 마음으로 떳떳한 길을 걸으면 임금의 신임을 얻는다.

544=내 바른 길을 걸으며 임금의 뜻을 따른다. 나라를 옮기는 것도 좋을 것이다.

545=내 마음이 참되고 은혜로우니, 점을 칠 것도 없이 좋다. 큰 뜻을 얻게 되리라.

546=지나치게 남을 도우려 하면 상대가 도리어 나를 의심하게 된다. 떳떳한 마음으로 한결같이 대하지 않으면 나쁜 결과를 가져오게 된다.

☴☴ 손(巽). 바람이 마주 불고 있는 모양이다.
손은 공손하다는 뜻이다. 바람이 마주 불면 조용해진다. 다만 시원하고 고마움을 느끼게 할 뿐이다.

550=작은 일을 하는 것이 좋다. 훌륭한 사람을 만나면 이로울 것이다. 일을 조심하고 몸을 겸손하게 가져라.

551=망설이게 된다. 생각을 굳게 다져라. 한번 뜻한 일을 바꾸지 말라.

552=조심하라. 겸손하라. 시끄러운 일이 있어도 마음을 바꾸지 않으면 좋은 결과를 얻고 다른 허물이 없을 것이다.

553=자주 자신을 굽히는 일이 있을 것이다. 부끄러운 일이다. 뜻

을 펼 수 없기 때문이다.

554=아무 뉘우침도 없다. 사냥을 하러 가서 세 가지 물건을 얻을 것이다. 공을 세우게 된다.

555=떳떳하게 나아가면 좋을 것이다. 처음에는 뜻대로 잘 되지 않지만 끝내는 모든 일이 잘 풀릴 것이다.

556=지나치게 조심하며 몸을 낮게 가지면, 상대방으로부터 업신여김을 받는다. 아무리 내마음이 곧다 해도 이로움이 없을 것이다.

☴☵ 환(渙). 바람이 물 위를 지나가는 모양이다.
환은 흩어버리는 것을 말한다.

560=큰 물을 배를 타고 건너는 것이 좋다. 임금이 어지러운 때를 만나 옛 것을 고쳐 새것을 만들 때다.

561=남을 돕는다. 내가 탄 말이 튼튼하므로 뜻을 얻게 된다. 나를 도와 줄 상대를 얻게 되는 것을 뜻하기도 한다.

562=흩어졌다가 다시 합치게 된다. 뉘우침은 없다. 뜻대로 되리라.

563=내 몸을 돌보지 않고 남을 돕는다. 뉘우치는 일은 없다. 생각이 밖에 있다.

564=나쁜 무리들을 흩어버려야 크게 좋다. 다시 새것을 모으게

될 것이니 크게 빛을 보게 되리라.

565=옛 것을 흩어버리고 크게 호령을 한다. 임금으로 행세해도 허물이 없다. 내가 설 떳떳한 자리이기 때문이다.

566=위험한 시기다. 크게 뒤집히게 될 것이니 미리 멀리 피하는 것이 좋다. 해를 입지 않기 위해서다.

☴☶ 점(漸). 바람이산 위에 있는 모양이다. 여자가 조용히 있는 모양도 된다.

점은 차츰차츰 차례를 밟아 나아가는 것을 말한다.

570=여자가 시집가는 데 좋다. 나이가 차고 때가 되었으니 갈 곳을 찾아 가는 것이다.

571=어린 기러기가 물가로 날아간다. 위태롭고 말썽이 따를 것이다. 그러나 허물은 없다.

572=기러기가 반석 위로 날아간다. 기쁜 모습으로 먹이를 먹게 될 것이다. 떳떳한 일을 하고 밥을 먹는 것이다.

573=기러기가 물을 떠나 뭍으로 간다. 남편은 나가 돌아오지 않고, 아내는 아이를 낳아도 기르지 못한다. 도둑을 미리 막는 것이 좋다.

574=기러기가 나무 위로 날아가 큰 가지에 앉는다. 떳떳하지 못한 일이나 허물은 없다. 조용히 쉬기 때문이다.

575=기러기가 산으로 날아간다. 아내가 3년이 되어도 애를 갖지 못한다. 서두르지 말고 편안히 기다리면 끝내는 소원을 이룰 것이다.

576=기러기가 높이 하늘로 날아간다. 그 차례를 지키며 옛 땅으로 돌아가는 것이니 좋을 것이다.

☷☴ 관(觀). 바람이 땅 위를 덮고 있는 모양이다.
관은 자세히 살펴본다는 뜻이다. 바람이 땅 위로 세차게 불어닥치므로 정신을 차리고 자세히 보지 않으면 바로 볼 수 없기 때문이다.

580=손을 깨끗이 씻었으나 식탁에 가 앉지 않는다. 다른 사람과 함께 앉으려는 것이다. 백성의 실정을 두루 살핀 다음, 거기에 맞는 정책을 펴야 한다.

581=너무 겉만 바라보는 것이 된다. 보통의 위치에 있는 사람이면 허물이 없다. 그러나 높은 자리에 있는 사람은 부끄러운 일이다.

582=문틈으로 엿보는 것과 같다. 여자의 도리로는 부끄러운 일이다. 아랫사람도 마찬가지다. 떳떳하지 못하고 제대로 보지 못하기 때문이다.

583=내 자신을 먼저 살펴본 다음, 나아가고 물러갈 것을 결정하라. 그러면 허물이 없을 것이다.

584=나라가 빛나는 것을 바라 본다. 임금의 초청을 받아 그 손이

나 스승이 되어 나랏일을 도우면 좋다.

585=내 삶을 돌아보고 백성들의 삶을 견주어 본다. 백성들의 삶이 편하고 떳떳하면 그것은 정치가 바른 것이다. 그래야만 허물이 없다.

586=권력의 자리에서 물러나 있더라도 백성들은 우러러보고 있다. 내 삶을 되돌아 보고 부끄러움이 없어야 내마음이 편할 것이다.

☵☰ 수(需). 물구덩이를 앞에 두고 해와 같이 불타는 뜻을 품고 있으면서도 건너뛰지 못하는 모양이다.

수는 기다리는 것을 말한다. 위험이 앞에 가로놓여 있으므로 참고 견디며 때를 기다리는 것을 뜻한다.

610=참고 견디며 바른 길을 걸으면 크게 빛날 것이다. 큰 물도 건널 수 있다.

611=멀찌감치 밖에서 기다린다. 떳떳한 마음을 지니고 있으면 허물이 없다.

612=조금 가까이서 기다린다. 약간 말썽이 있지만 끝내는 뜻을 얻게 된다.

613=너무 가까이서 기다리니 도둑의 해를 입게 된다. 그것은 내가 스스로 가져 온 것이니 조심하면 면할 수 있는 일이다.

614=싸움터에서 기다린다. 몸을 조심하며 남의 의견에 따르면 위

험한 곳을 빠져 나오게 된다.

615=술과 고기를 먹으며 편안히 기다린다. 내가 하는 일과 태도가 바르고 겸손하면 모든 일이 잘 풀린다.

616=굴로 들어간다. 청하지도 않은 손님이 세 사람 찾아 온다. 그들을 공손히 대하면 끝내는 좋을 것이다. 어려움 속에서도 주인의 도리를 잃지 않기 때문이다.

☵☱ 절(節). 못에 물이 담겨 있는 모양이다.

절은 절도를 말한다. 분수를 지키고 아껴쓰는 것을 말한다. 또 절개를 지키는 것을 뜻한다.

620=매사에 절도를 지키면 일이 잘 풀린다. 마지못해 절도를 지키고, 모자라서 물건을 아끼는 것은 바른 것이 되지 못한다. 힘이 있을 때 분수를 지키고 넉넉할 때 아껴 쓸 일이다.

621=문 밖이나 마당에도 나가지 않는 것이 좋다. 그러면 허물이 없다. 형편 따라 행동할 줄 알기 때문이다.

622=마당에는 나가도 되는데 여전히 나가지 않는다. 때를 알지 못하고 지나치게 조심 하면 때를 놓치고 말 것이다. 일을 망치고 만다.

623=분수를 지키고 아껴쓰지 않으면 곧 슬픈 일이 닥칠 것이다. 앞을 내다보지 못한 것이니 누구를 탓할 것인가.

624=분수를 지키고 절약하는 것을 편안하게 여긴다. 그것이 윗사람을 받드는 바른 길이다.

625=높은 자리에 있으면서도 절약하는 것을 달게 여긴다. 아랫사람의 본보기가 되는 일이니 이대로 나가면 좋은 일이 있을 것이다.

626=마지못해 절약을 하게 된다. 뉘우침은 없으나 자랑이 될 것은 없다.

☵☲ 기제(旣濟). 물이 위에 있고 불이 아래에 있는 모양이다. 그것은 위에서 비가 아래로 내려오고, 아래에서 더운 기운이 위로 올라가는 것을 뜻한다.

기제는 모든 것이 이미 이루어졌다는 것을 뜻한다. 다 끝났다는 뜻도 된다.

630=일이 잘 풀린다. 그러나 큰일을 삼가하고 작은 일을 해야 한다. 큰일을 벌이면 처음에는 잘 되다가 나중에 감당할 수 없게 된다.

631=수레바퀴가 끌리게 된다. 그 꼬리를 적신다. 다른 허물은 없을 것이다.

632=부인이 수레 위에 가린 장막을 잃게 되니 나다닐 수 없다. 잠시 참고 기다리라. 이레 뒤에는 다시 장막을 얻게 될 것이다.

633=임금이 오랑캐를 쳐서 3년이 걸려서야 이기게 된다. 사람을 잘못 썼기 때문이다. 쉽게 끝낼 일을 오래 끈 것이다. 어찌 지치지

않겠는가.

634=배에 올라 옷이 물에 젖을까 잠시도 마음을 놓지 못한다. 일을 시작하고도 의심을 버리지 못한 때문이다. 조심하면 허물은 없을 것이다.

635=동쪽 이웃에서 소를 잡고 큰 잔치를 벌여도 먹을 것이 없다. 서쪽 이웃의 소문 없는 잔치가 훨씬 더 먹을 것이 많고 마음 편하다.

636=마음 놓고 너무 치닫지 마라. 다 건너와서 머리까지 적시게 된다. 조심하지 않으면 오래 가지 못한다.

☵☳ 둔(屯). 위에서는 비가 쏟아지고 아래서는 천둥이 우르릉거리는 모양이다.

둔은 일이 뜻대로 잘 나가지 않는 것을 말한다. 비가 오고 천둥이 으르릉거리는 속을 향해 달려나가려 하기 때문이다.

640=지금은 일이 뜻대로 안되는 때다. 그러니 참고 기다리는 것이 좋다. 큰사람을 만나 그를 받들면 이로울 것이다.

641=머뭇거리게 된다. 가만히 있는 것이 좋다. 큰 사람을 받들고 아랫 사람을 모으면 뜻을 크게 얻을 것이다.

642=머뭇거리며 앞으로 나아가지 못한다. 말에 올라탔다가 다시 내려온다. 여자가 청혼을 해도 듣지 않다가 10년 뒤에야 승낙한다. 오래 참고 기다리면 뜻을 얻게 된다.

643=사냥길을 떠났으나 안내하는 사람이 없다. 그냥 돌아오는 것이 좋다. 그렇지 않으면 혼자 새를 쫓아가는 부끄러움을 당하게 된다.

644=말을 타고도 망설인다. 장가를 들면 좋은 아내를 맞게 될 것이다. 망설이지 말고 나아가라. 모든 일이 잘 풀린다.

645=은혜를 베풀려 해도 뜻대로 되지 않는다. 작은 일은 바른 것이면 좋다. 그러나 큰일은 그것이 옳아도 이로울 것이 없다.

646=말을 타고도 나아가지 못한다. 피눈물이 나올 것만 같다. 어찌 오래 갈 것인가? 진작 말에서 내리는 것만 못하다.

☵☴ 정(井). 물 밑에 바람이 있는 모양이다. 물이 바람을 타고 위로 오르는 것은 곧 우물을 뜻한다.
정은 우물을 말한다. 우물은 사람이 살아가는데 없어서는 안될 귀중한 것이다.

650=고을은 옮겨도 우물은 옮기지 못한다. 잃는 것도 없고 얻는 것도 없이 바쁘게 오가기만 한다. 물을 곧 뜨게 되었을 때 두레박을 깨고 만다. 크게 나쁘다.

651=우물이 흐려서 먹을 수가 없다. 오래 버려두었기 때문이다. 물을 퍼 올린들 무슨 소용이 있겠는가?

652=골짜기의 작은 우물은 많은 사람의 목을 축이지 못한다. 아

직은 내 힘이 윗사람을 받들 수도 없고, 아랫사람을 거느릴 수도 없다.

653=우물을 깨끗이 했는데도 먹지 않는다. 애써 세운 공을 임금이 몰라 주니 슬플 뿐이다. 총명한 임금을 만나 정성을 다하면 함께 복을 누릴 것이다.

654=우물에 돌을 새로 쌓는다. 허물이 없을 것이다. 바닥만 치운 것이 아니라 완전히 헐어 새로 쌓았기 때문이다.

655=우물이 맑으니 새로 솟는 찬 샘물을 먹을 수 있다. 우물이 제 구실을 하기 때문이다.

656=우물의 뚜껑을 덮지 말라. 오가는 사람이 아무리 먹어도 우물물이 줄지 않는다. 은혜가 널리 미치고 물은 여전히 맑아 있다. 모든 사람을 널리 사귀고 다 반갑게 대하는 것이 좋다.

☵☵ 감(坎). 습감(習坎). 8괘의 다른 괘는 거듭되어도 본래의 이름을 그대로 갖고 있다. 그런데 이 감괘만이 거듭이라는 뜻의 습(習)을 붙여 습감이라고 한다. 감은 물이란 뜻과 구덩이란 뜻이 있다. 따라서 빠진다는 뜻과 험난하다는 뜻으로 변한다. 그래서 거듭이란 뜻으로 그 어려움을 나타낸 것이다.

660=어려움 속에서도 마음이 굳세면 형통할 것이다. 하늘은 높아 오를 수 없고, 땅에도 물과 언덕이 있다. 임금과 대신은 험한 것을 이용해서 나라를 지킨다. 어진 사람은 어려운 때일수록 더욱 바르게 행동한다.

661=웅덩이 속에 빠진다. 길을 잘못 든 것이다. 나아가면 위험하다.

662=웅덩이가 깊어 빠져나올 수는 없다. 그러나 구하면 조금은 얻을 것이다.

663=앞에도 뒤에도 웅덩이다. 지금 있는 곳에서 그대로 잠시 쉬라. 움직이면 웅덩이에 빠진다. 얻는 것이 없다.

664=헐벗고 굶주리며 오두막집에 산들 어떠랴? 멀지 않아 어려움을 벗어나게 될 것이다. 분수를 지키라.

665=위험은 아직 끝나지 않았다. 그러나 그 위험을 헤치고 나갈 위치에 있으니 참고 견디면 반드시 벗어날 것이다.

666=두 겹 세 겹으로 꽁꽁 묶이어 가시덤불에 놓여 있는 격이다. 3년이 되어도 벗어나기 어렵다. 분수를 지키지 못한 때문이다.

☵☶ 건(蹇). 안쪽에는 산이 가로막고 바깥쪽에는 물이 가로막고 있는 모양이다.

건은 다리를 전다는 뜻이다. 일이 뜻대로 되지 않는 것을 말한다.

670=서남쪽은 이롭고 동북쪽은 이롭지 않다. 큰사람을 만나는 것이 이롭다. 어려움이 있으니 드러내놓고 움직이면 안된다.

671=앞으로 나아가면 일이 막힌다. 가만히 기다리는 것이 좋다.

672=대신이 다리를 절뚝거린다. 임금을 부축하고 가기 때문이다. 끝내는 허물이 없다.

673=가면 험한 일을 당하고 돌아오면 기쁨이 있을 것이다.

674=앞으로 나아가면 위험하다. 가만히 있으면 나를 도와줄 사람을 만나게 될 것이다.

675=크게 어렵다. 일이 막힌다. 그러나 내가 할 도리를 지키면 도울 사람이 찾아올 것이다.
676=나아가면 막힌다. 물러나 도와줄 사람을 만나라. 어려움은 안에서 풀어야 한다. 귀한 사람의 도움이 필요하다.

☵☷ 비(比). 물이 땅 위에 있는 모양이다.
비는 나란히 있는 것을 말한다. 서로 다투지 않고 뜻이 맞는 것을 나타내는 괘다.

680=서로 돕고 함께 하는 것이니 무슨 허물이 있으랴? 떳떳하고 바른 일로 모든 사람을 차별없이 대하라.

681=모든 일을 공평하게 하라. 뜻하지 않은 좋은 일이 밖에서 찾아오리라.

682=진심으로 정답게 대하라. 그것이 내가 지켜야 할 도리다.

683=남과 친하는 것은 좋은 일이다. 그러나 그는 친할 사람이 못

된다. 마음이 바르지 못한 사람과 친하게 되면 마음만 상하게 된다.

684=밖에 있는 높은 사람과 친하라. 내 마음이 참되면 좋은 일이 있을 것이다.

685=드러내놓고 모든 사람과 친하라. 내가 그 위치에 있으므로 그 누구도 나를 이상하게 볼 사람이 없다.

686=내가 있을 자리에 있지 않으므로 아랫사람이 나를 따르지 않는다. 좋은 끝을 맺기 어렵다.

☶☰ 대축(大蓄). 산이 하늘에 치솟아 있는 모양이다.

대축은 크게 쌓는다는 뜻이다. 흙이 쌓이고 쌓여 높은 산이 되고, 그러는 사이에 다시 하늘 위로 솟는 듯이 되는 것을 말한다.

710=마음을 곧게 가져야 한다. 밖에서 생활하는 것이 좋다. 큰 강을 건너는 것이 좋다. 앞으로의 큰 일을 위해 완전한 준비를 갖추어야 한다.

711=앞에 위험이 있다. 움직일 때가 아니다. 재난을 조심하라.

712=수레바퀴가 빠져나온다. 나아가지 않고 분수를 지키면 허물이 없다.

713=좋은 말을 타고 달린다. 일을 어렵게 여기고 뒷말이 없게 하라. 나아가면 위에 있는 사람과 뜻이 맞을 것이다.

714=어린 소가 외양간에 있다. 크게 좋을 것이다. 기쁜 일이 있다.

715=앞으로 내닫지 말고 가만히 위엄만 보이라. 이미 힘이 차 있으므로 일이 순조롭게 풀려 기쁜 일이 있을 것이다.

716=내 마음이 하늘에 가 닿았다. 내가 계획하는 일이 크게 빛을 보게 될 것이다.

☶☱ 손(損). 산이 위에 있고 못이 아래에 있는 모양이다.

손은 던다는 뜻이다. 산 밑에 있는 못을 파서 그 흙을 산에 보태면, 못은 더욱 깊어지고 산은 더욱 높아진다. 나 자신을 덜어 남을 도우면 서로가 다 좋을 수도 있고 나쁠 수도 있다. 산 밑의 못이 너무 깊어지고, 못 위의 산이 너무 높아지면 산이 무너져 못을 메우고 말기 때문이다.

720=남에게 베푸는 일은 참된 마음에서 해야 한다. 내가 좋아서 남을 돕는다면 그보다 더 좋은 일이 어디에 있으며 무슨 허물이 있겠는가?

721=하던 일을 버려두고 빨리 가라. 허물이 없을 것이다. 상대와 뜻을 합칠 수 있다. 그러나 잘 짐작해서 신중히 해야 한다.

722=내 마음이 곧으면 이로울 것이다. 상대를 치면 안된다. 남을 해치지 말고 도와라. 그러면 상대와 뜻이 맞을 것이다.

723=세 사람이 가면 한 사람을 잃게 되고, 혼자 가면 친구를 얻게

될 것이다. 혼자 일을 하면 도울 사람이 나타나고, 여럿이 하면 서로 의심을 하게 된다는 뜻이다.

724=병은 아는 즉시 빨리 없애야 한다. 그래야 아픔도 덜하고 몸과 마음이 빨리 회복되어 기쁨을 얻게 된다. 잘못된 것을 발견하고도 그대로 두면 일은 점점 더 꼬이게 된다.

725=유익함이 있을지도 모른다. 의심하지 말고 나아가라. 하늘의 도움이 있을 것이다.

726=나 자신이 손해를 보지 않고도 남을 이롭게 한다. 무슨 허물이 있겠는가? 나아가면 이롭다. 많은 부하를 얻게 되고 크게 뜻을 펼 수 있을 것이다.

☶☲ 비(賁). 산 밑을 해가 비추고 있는 모양이다.

비는 빛난다는 뜻이다. 저녁 해가 산 밑을 비추고 있으므로 풀이며 나무가 다 아름답게 보이는 것이다.

730=모든 것을 순리로 다스려야 한다. 모든 일을 밝게 다스리고, 사사로운 생각으로 말썽이 생길 일을 함부로 해서는 안된다.

731=탄 수레를 버리고 걸어서 간다. 내 몸을 낮추는 것이 도리에 맞기 때문이다.

732=몸가짐을 떳떳이 해야 한다. 그것이 자신을 빛나게 하는 일이다.

733=너무 겉치레만을 하는 것은 좋지 않다. 끝까지 내 참된 마음을 바꾸지 않아야 한다. 분수를 지키고 바르게 살려는 나를 누가 업신여기겠는가.

734=흰 말을 탄 사람이 나는듯이 달려온다. 도둑이 아니라 청혼을 하러 오는 것이다. 처음에는 의아해 하지만 끝내는 아무 허물도 없을 것이다.

735=농삿일을 힘쓰게 하고 쓰는 것을 아끼라. 인색하다는 말을 듣지만 끝내는 백성들이 다 넉넉하게 살 것이다. 이것이 임금된 사람의 참다운 기쁨이다.

736=아무것도 꾸미지 않는다. 누가 이것을 탓하랴? 이것이 임금으로서 뜻을 얻는 길이다.

☶☳ 이(頤). 위는 산이요 아래는 천둥이다. 산은 가만히 있는 것을 뜻하고 천둥은 움직이는 것을 뜻한다. 또 괘의 모양이 위턱과 아랫턱이 마주보고 있는 것과 같다. 위턱은 가만히 있고 아랫턱만이 움직이는 것을 말한다.

이는 턱을 말한다. 턱이 움직여 입 안에 있는 것을 씹어 삼킨다. 그로 인해 몸이 영양을 얻게 된다. 그래서 이괘는 기른다는 뜻으로 변한다.

740=이는 기르는 것이다. 턱은 음식을 씹어 삼키기도 하고 말을 내뱉기도 한다. 그러므로 음식은 조심해 먹고, 말은 조심해서 해야 한다. 그것이 내 몸을 기르는 가장 중요한 일이다.

741=내 입 안에 있는 맛있고 좋은 음식을 뱉아버리고, 남의 손에 들려있는, 그것만 못한 것을 탐내는 것과 같다. 이로울 것도 없는 떳떳하지 못한 일이다.

742=아랫턱은 움직이지 않고 위턱을 움직이려 한다. 하는 일이 뜻대로 될 리가 없다. 나아가면 실패하리라.

743=하는 일이 이치에 맞지 않다. 턱을 움직이지 않고 그대로 삼키려 하는 것과 같다. 잘 넘어갈 리도 없거니와 잘못하면 큰일이 벌어지게 될 것이다. 생각이 옳아도 결과는 나쁘다. 10년 동안 움직이지 말고 가만히 있는 것이 좋다.

744=호랑이가 먹이를 노려보듯 야심에 불타고 있다. 다른 허물은 없다. 위에서 영광을 베풀게 될 것이다.

745=떳떳한 일이 되지 못한다. 가만히 있는 것이 좋다. 배 없이 강을 건너지는 못한다. 어진 사람의 의견을 따르는 것이 좋다.

746=모든 사람이 다 나를 보고 살 길을 얻으려 하고 있다. 일이 벅차고 위험하지만 결과는 좋을 것이다. 큰 강을 건너는 것이 이롭다. 그러면 큰 경사가 있을 것이다.

☶☴ 고(蠱). 산 밑을 바람이 휩쓰는 모양도 되고, 나이 많은 여자가 젊은 남자를 유혹하는 모양도 된다.

고는 좀이 나무 접시를 먹어 못 쓰게 만드는 것을 말하니 재난이 생기고 변화가 이는 것을 말한다.

750=모든 것이 어려운 때다. 임시방편으로 그때그때를 넘기려 하지 말고 근본적으로 뜯어고치도록 해야 한다. 두려워 말고 원칙을 세워 꾸준히 밀고 나가면 끝내는 잘 될 것이다.

571=아버지의 잘못을 바로잡는다. 아들이 있으면 아버지는 허물이 없다. 끝내는 좋을 것이다. 아들이 아버지의 뒤를 이어 아버지의 뜻을 이루게 된다.

752=어머니의 잘못을 바로잡는다. 정에만 이끌려 의리를 저버리는 것이 어머니의 잘못이다. 그것을 그대로 버려두면 점점 더 어렵게 된다. 깊어지기 전에 바로잡아야 한다. 그것이 자식의 도리다. 중요한 위치에 있는 신하가 정에만 이끌리는 임금의 잘못을 바로잡는 것도 같은 이치다.

753=아버지의 잘못을 바로잡는다. 약간 뉘우침도 있을 것이다. 그러나 끝내는 허물이 없을 것이다.

754=아버지의 잘못을 너그럽게만 보지 마라. 이대로 계속되면 부끄러운 일을 당하게 될 것이다. 순종하는 것도 모른 체하는 것도 때에 따라 불효가 된다.

755=아버지의 잘못을 바로잡으면 좋은 이름을 얻게 될 것이다. 내가 그럴 위치에 있기 때문이다. 아버지와 어머니는 위에 있는 모든 사람을 뜻한다.

756=임금의 뜻을 따르지 않고 내가 하는 일을 바르게 여긴다. 내가 하는 일이 바르고 그래야만 일이 잘 풀리기 때문이다. 신하로서

도리에 벗어난다 하더라도 그 뜻만은 본받을 만하다.

☶☵ 몽(蒙). 산 밑에 샘물이 흐르는 모양이다.

몽은 어리다는 뜻이다. 산 밑에 솟아나는 샘물은 장차 흘러 강이 되어 바다로 들어간다. 사람이 태어나 차츰 자라는 것도 이와 같다. 어린아이를 어떻게 기르고 어떻게 가르치느냐 하는 것이, 그 아이의 장래를 결정짓게 된다.

760=내가 가르침을 청하는 것이 아니다. 아이가 배우기를 청해 오는 것이다. 그 뜻이 참되면 받아들이되, 그 뜻이 참되지 못하면 거절할 일이다. 참되지 못하면 헛되기 때문이다. 여기서 아이는 어린 나이를 말하는 것이 아니고 그 지식과 생각이 모자라는 사람을 뜻한다.

761=어리석은 사람을 일깨우는 데는 아픔을 주는 것이 좋다. 잘못에 대한 벌을 주어야 한다. 내버려두면 바람직하지 못한 일이 생긴다.

762=어리석은 사람을 감싸주는 것이 좋다. 며느리를 맞아들이면 좋다. 자식이 집안을 잘 다스릴 것이다.

763=이 여자를 맞아들여서는 안된다. 여자의 분수를 지킬 줄 모르기 때문이다. 돈 있는 남자만을 좋아하고 자기 몸가짐을 바르게 할 줄 모른다. 여자가 남자의 흉내를 내려 하니 그 행실이 바를 리가 없다.

764=어리석음 때문에 괴로워 한다. 부끄러운 일이다. 안에 있는

참을 살피지 않고 겉에 나타난 것만을 보기 때문이다.

765=높은 위치에 있으면서 스스로 몸을 낮추어 어리석은 듯이 아랫사람에게 묻는 것이니, 이보다 더 아름다운 것이 어디 있겠는가? 내가 아무리 아는 것이 많고 밝다 해도, 많은 사람의 의견 가운데는 보다 다른 것과 나은 것도 많은 법이다.

766=어리석은 사람을 일깨우는 데는 도둑처럼 여기는 것은 이롭지 못하다. 도둑을 막아내듯이 해야 한다. 그 마음이 나빠서가 아니라 밖으로부터의 유혹을 받기 때문이다.

☶☶ 간(艮). 산이 겹친 모양이다.
간은 움직이지 않는 것을 말한다. 산은 움직이지 않기 때문이다. 모든 일을 깊이 생각하고 가볍게 움직이거나 행동하지 말라는 뜻이다.

770=그 등을 바라볼 뿐 그 사람은 오게 하지 말라. 그 마당을 지나가도 그 집 사람을 아는 체 하지 말라. 그러면 허물이 없을 것이다.

771=그만두어야 할 것을 알고 그만두는 것이니 허물이 없다. 길이 마음을 곧게 가지면 이로울 것이다.

772=가다가 머무른다. 미리 말리지 못한 것을 뉘우치며 마음이 편하지 못하다. 알고 있으면서도 말리지 못하고, 그 스스로도 물러가지 못한 것이다.

773=이미 중간까지 왔으나 머무른다. 허리에 머물러 등뼈가 부러진 격이다. 마음이 위태로워 갈피를 못잡게 된다.

774=위험한 고비를 넘기고 머무를 때에 머무른 것이니 다른 허물은 없다. 일을 망치는 일은 이제 없을 것이다.

775=이제 멈출 곳에 와 멈추었다. 스스로 모자란 것을 알고 그 하는 말이 이치가 있고 차례가 있으니 뉘우치는 일은 없다.

776=내가 머무를 곳에 머물러 있다. 무슨 허물이 있겠는가? 내 뜻을 참되게 지킨 것이니 좋은 일이다.

☶☷ 박(剝). 산이 땅 위에 높이 서 있는 모양이다. 맨 위에 양인 홀표가 하나 얹혀 있을 뿐, 밑에는 모두가 음효인 짝표뿐이다. 이것은 가장 깊은 겨울, 꽁꽁 얼어 붙은 땅 위에 해가 잠시 빛을 쪼였다가는 금방 서쪽 산으로 넘어가고 마는 모양이기도 하다.

박은 깎아 없애는 것을 말한다. 기후로 말하면 한겨울이요, 세상으로 말하면 극도로 부패해서 손을 댈 수 없는 상태를 말한다.

그러나 한겨울은 봄이 멀지 않다는 것을 뜻하고, 세상이 극도로 부패하면 곧 새로운 변화가 온다는 뜻도 된다.

이 괘의 참뜻은 가장 어려운 처지에 있을 때일수록 희망을 잃지 말고 가만히 엎드려 숨을 죽이고 있으라는 것에 있다.

780=나아가면 이로운 것이 없다. 찬 기운이 땅을 뒤덮고, 악한 무리들이 권력을 한손에 잡고 있다. 세상 돌아가는 이치를 생각해서 내 몸을 바로잡고 내 집을 편안히 할 때다.

781=자고 있는 침대의 다리가 기우뚱거리기 시작한다. 이를 선불

리 고치려 하면 부러지고 만다. 몸을 함부로 움직여도 넘어지기 쉽다. 조용히 조심하지 않으면 떨어지거나 다치는 일이 있을 것이다.

782=침대 허리가 좀이 먹었다. 곱게 다루지 않으면 침대가 부러지고 만다. 다른 나무를 대고 고치려 해도 그럴만한 나무가 없다.

783=침대를 바꾸어도 다른 탈은 없을 것이다. 극도로 부패한 무리를 버리고 다른 곳으로 자리를 옮기는 것을 말한다. 그 동안은 가만히 참고 지내왔지만, 이제 더 이상 그대로 있다가는 침대가 부러져 내 몸을 다치게 되기 때문이다.

784=침대가 자는 사람의 살을 찌른다. 그 침대에 그대로 누워 있으면 잠든 사이에 크게 다칠지도 모른다. 이미 침대를 다른 것으로 바꿔야 할 시기가 다가온 것이다. 용단을 내려 침대를 바꾸어라. 그렇지 않으면, 뜻하지 않은 재앙이 몸에 미치게 될 것이다.

785=마지막 고비에 이르렀다. 이제 곧 바르지 못한 것이 물러날 시기가 온 것이다. 간사하고 힘없는 무리들을 억눌러 손아귀에 휘어잡고, 바른 사람을 모시고 바른 길을 걸어야 할 때다. 그 바른 사람에게 신임을 얻으면 이롭지 않은 것이 없을 것이다.

786=맨 꼭대기에 있는 과일은 아무도 따먹지 못한다. 하늘이 내린 거룩하고 어진 사람은 간악한 무리들도 끝내 해치지 못한다. 어진 사람은 오두막집에서 나와 수레를 타게 되고, 간사한 무리들은 지금까지 살던 좋은 집에서 쫓겨나게 될 것이다.

☷☰ 태(泰). 땅이 위에 있고 하늘이 아래에 있는 모양이다. 이것

은 겉에 나타나 있는 모양이 아니고, 속에 있는 마음의 상태를 뜻하는 것이다. 땅은 마음이 하늘에 가 있고, 하늘은 마음이 땅에 와 있는 것을 나타내고 있는 것이다.

앞에 180의 비(否)괘는 이와 반대로 하늘은 위에 있고 땅은 아래에 있었다. 언뜻 보기에는 떳떳하고 바른 위치에 있는 것 같지만 그것은 겉 모양이 아니고 속에 있는 마음을 나타낸 것이므로, 나쁜 것이 되는 것과 같은 이치다.

태는 여러 가지가 두루 다 좋은 것을 뜻한다. 크다는 뜻도 되고 넓다는 뜻도 된다. 마음이 편안하고 일이 순리대로 잘 풀리는 것을 말한다. 태산은 큰 산이란 뜻이고 태평은 크게 편안하다는 뜻이다.

하늘은 아버지의 뜻과 임금의 뜻이 있다. 남편의 뜻도 되고 남자의 뜻도 된다. 땅은 어머니의 뜻과 신하의 뜻을 가지고 있다. 아내의 뜻도 되고 여자의 뜻도 된다.

180의 비괘에서 말했듯이, 그 반대의 이치로써 아버지의 마음은 어머니에게 와 있고, 어머니의 마음은 아버지에게 가 있을 때, 집안은 언제나 웃음꽃이 활짝 피게 되고, 그 밑에 있는 온 집안 식구들이 다 행복해질 수 있는 것이다.

〈주역〉의 이치는 이렇게 겉에 나타나 있는 모양보다, 그 안에 있는 마음의 참 모습이 어떤가를 꿰뚫어보는 데에 있다.

810=신하와 백성들의 마음은 위로 임금에게 가 있고, 임금의 마음은 신하와 백성들에게 와 있다. 어머니와 아내의 마음은 아버지와 남편에게 가 있고, 아버지와 남편의 마음은 어머니와 아내에게로 와 있다. 모든 일이 다 잘 풀리고 크게 좋다. 나라와 집안은 떳떳하며 바른 것이 날로 그 빛을 나타내게 되고, 떳떳하지 못하고 바르지 못한 것은 날로 그 빛을 잃어 없어지게 될 것이다.

811=잔디는 하나를 뽑으면 여러 뿌리가 한꺼번에 딸려 나온다. 옳지 못한 무리들은, 그 우두머리 하나만 치면 그 아래 있는 것들은 무리를 따라 한꺼번에 다 뽑히고 만다. 나가 무찌르면 좋은 결과를 얻게 될 것이다. 무찌를 상대는 안에 있지 않고 밖에 있다.

812=오랑캐들을 내편으로 끌어들여, 그들과 함께 무기를 버린 채 강을 건너간다. 군대를 한 손에 잡고 있는 사령관이 오랑캐를 죽이는 일 없이 항복을 받아 내편으로 만들고, 서로 의심하지 않고 행동을 함께 한다는 뜻이다. 그러면 온 나라 안이 모두 믿고 따를 것이다. 위엄을 보이며 어진 마음으로 모든 사람을 감싸주기 때문이다.

813=평탄한 물건 치고 기울어지지 않는 것이 없고, 가고 돌아오지 않는 것이 없다. 어려운 가운데서도 바른 마음과 바른 행동을 잃지 않으면 허물이 없을 것이다. 장차 어떻게 될까 하고 걱정하지 않아도 정성만 있으면 먹는 것에 복이 있으리라.

814=있는 체 하지 말고 이웃과 사귀라. 그들을 경계하지 말고 정성으로 대하라. 남을 경계하지 말고 나 자신을 경계하라.

815=높은 위치에 있으면서 몸을 겸손하게 갖는다. 태평성대를 맞이하여 때를 당해 신하와 백성을 가까이 하는 것이 내가 원하는 일이기 때문이다. 크게 복을 누리게 될 것이다.

816=성이 무너져 다시 웅덩이가 된다. 태평이 오래 계속된 나머지 마음이 게을러졌기 때문이다. 전쟁과 같은 큰일을 벌이지 말라. 내 명령이 제대로 받아들여 지지 않는다. 내가 하는 일이 옳다 해도 부끄러움을 당하게 될 것이다.

☷☱ 임(臨). 땅 아래 못이 있는 모양이다. 땅은 흙을 뜻한다. 흙이 못 위에 있으면 못이 평지가 된다. 그것은 좋은 일이 될 수도 있고 나쁜 일이 될 수도 있다. 못이 변해 논밭이 될 수도 있고 집터가 될 수도 있다. 그러나 못이 제 구실을 못하고 쓸모 없게 될 수도 있다. 그러므로 어떻게 하느냐 하는 것을 가르치고 배우는 것이 중요하다.

이 괘의 모양은 어머니가 위에서 아래를 바라보고 어린 딸이 위로 어머니를 쳐다보는 것이니, 서로 정다움을 나타내는 것도 되고 지나친 사랑에 빠지는 것이 될 수도 있다.

820=바르게 생각하고 바르게 행동하면 크게 좋다. 마음을 놓거나 게으름이 생기기 쉬우므로, 항상 살피고 경계하지 않으면 끝에 가서 뜻하지 않은 실패를 가져오게 될 것이다. 임금은 백성을 아끼고 깨우치는 일을 게을리하지 말아야 한다.

821=즐거운 마음으로 신하와 백성을 대하게 된다. 그것이 떳떳한 마음에서라면 그 보람을 얻게 되고 내 뜻을 펼 수 있을 것이다.

822=사랑으로 부하를 대하게 되니 이롭지 않은 것이 없다. 그러나 때로는 윗사람의 지시를 따르지 않는다. 윗사람의 지시가 옳지 않기 때문이다.

823=달콤한 말이나 조건만을 내세우고, 참다운 뜻이 전해지지 않으면 이로울 것이 하나도 없다. 그러나 그것을 미리 알고 조심을 하게 되면 다른 허물은 없을 것이다. 지금은 내가 있는 위치가 아랫사람의 신뢰를 받을 만한 것이 되지 못하기 때문이다.

824=정성스런 태도로 부하를 대하게 되면 허물이 없을 것이다. 내가 그러한 위치에 있기 때문이다.

825=지혜로써 신하와 백성을 대한다. 그것이 임금의 바른 길이다. 또 무슨 허물이 있겠는가? 모든 일이 순조롭게 잘 될 것이다.

826=알뜰한 마음을 가지고 신하와 백성을 대하면, 아무 허물 없이 일이 잘 될 것이다.

☷☲ 명이(明夷). 땅이 위에 있고 해가 밑에 있는 모양이다.

명이는 밝은 것이 그 밝음을 잃게 된다는 뜻이다. 해가 땅 밑으로 들어가 낮이 밤이 되는 것과 같다. 어진 사람이 그 자리를 잃고 물러나 숨어 살아야 하는 것을 뜻한다.

830=지금은 어둠이 판을 치는 세상이다. 어려움을 어렵게 여기지 말라. 내 마음을 바르게 가다듬고 떳떳하게 행동하라. 내 밝은 것을 드러내지 말고 조용히 있으라. 해가 땅 밑으로 들어가 내일 아침을 기다리듯 하라. 누가 나를 해칠 수 있겠는가.

831=어둠이 깃들면 새도 날개를 접고 둥지로 돌아온다. 어진 사람은 때를 미리 짐작하고 벼슬에서 물러나 숨는다. 사흘을 먹지 못하고 떠나가면 주인이 말이 있을 것이다.

832=어두운 때를 만나 왼쪽 다리마저 성하지 못하다. 튼튼한 말을 얻으면 무사히 어둠을 뚫고 지나갈 수 있을 것이다. 어두운 세상을 만나 행동의 자유를 잃더라도, 힘 있는 사람을 찾아 의지하게 되

면 아무 탈도 없을 것이다.

833=어지러운 때를 만나 세상을 어지럽게 하는 우두머리를 무찌르라. 그러나 너무 서두르지 말라. 조용하게 꾸준히 공격을 하면 끝내는 내 뜻을 크게 이룰 것이다. 그 우두머리는 남쪽에 있다.

※세상이 어지러운 것은 사치와 방탕과 게으름이 판을 치기 때문이다. 그런 것을 앞장 서서 부채질 하며, 그로 인해 제 사사로운 배를 채우려 하는 무리들의 우두머리가 남쪽에 있으니, 그 우두머리 하나만 무찌르면 세상이 바로잡히게 된다. 그러나 서두르면 안된다. 신중히 계획을 세워야 한다. 그 우두머리가 남쪽에 있다고 한 것은 날씨가 따뜻한 곳에 사는 사람들이 놀기를 좋아하고 사치와 방탕을 즐기기 때문에 한 말이다.

834=떳떳하지 않은 방법을 써도 괜찮다. 떳떳하지 못한 세상에서는 떳떳한 방법을 쓸 수 없기 때문이다. 방 안에만 있지 말고 밖으로 나가라. 그러면 장차 큰일을 할 사람을 만날 수 있을 것이다.

835=어둠이 극도에 이르렀다. 내 뜻을 꺾지 말고 몸을 깨끗이 지녀라. 한밤에 조용히 방 안에 잠들어 있듯 세상을 살 일이다. 그리하면 밤이 멀지 않아 밝을 것이다.

836=어둠이 극도에 이르렀다. 어둠의 기세가 하늘을 찌르듯 한다. 그러나 곧 땅 속으로 들어갈 것이다. 지금은 못된 임금과 무리들이 세상을 뒤덮을 듯이 기세를 떨치고 있지만, 이미 극도에 올랐으니 곧 몰락하게 될 것이다.

☷☷ 복(復). 음인 짝표가 다섯이 위에 누르고 그 밑에서 양인 홀표 하나가 생겨난 모양이다. 음은 어둡고 춥고 바르지 못한 것을 뜻하고, 양은 밝고 따뜻하고 바른 것을 뜻한다. 그 어둡고 춥고 바르지 못한 것만으로 꽉 차 있던 하늘과 땅 사이에, 비로소 밝고 따뜻하고 바른 싹이 움터 올라오고 있는 모양이다.

복은 다시 돌아온다는 뜻이다. 겨울이 지나가고 봄이 돌아오는 것을 말한다.

840=앞으로 모든 일이 잘 풀릴 것이다. 밖에 나다녀도 병을 얻지 않는다. 친구가 찾아와도 허물이 없다. 하늘의 이치도 7일이면 되돌아온다. 앞으로 나아가면 이로움이 있을 것이다.

841=멀지 않아 돌아올 것이다. 후회하는 일도 없을 것이다.

842=크게 회복될 것이다. 모든 일이 잘 될 것이다. 새로운 기운이 자라나고 있기 때문이다.

843=자주 망설이게 되고 갈팡질팡 하게 된다. 위태롭기는 하지만 허물은 없을 것이다.

844=떳떳하고 바른 길을 걸어 나 홀로 돌아온다. 성공하고 못하는 것을 마음에 둘 것은 없다. 그 길이 바른 길이요 내가 걸어야 할 길이기 때문이다.

845=이치에 맞게 내 자리를 지키며 내 길을 걸어 돌아온다. 뉘우침은 없다. 내 뜻을 이루게 될 것이다.

846=떳떳하지 못한 길에서 방황하게 된다. 나아가면 좋지 않다. 재앙이 있을 것이다. 군대를 일으켜 싸움을 벌이면 크게 패하게 되어 임금까지 해를 입게 될 것이다. 10년을 끌어도 끝내 이기지 못할 것이다.

☷☴ 승(升). 땅 아래에서 바람이 일어 땅을 뚫고 올라가려 하는 모양이다.

승은 올라간다는 뜻이다. 승은 나무의 뜻도 되므로 나무가 봄 기운을 타고 땅을 뚫고 차츰 올라오는 것을 뜻한다.

850=크게 일이 풀린다. 큰 사람을 만나게 될 것이다. 두려워 말고 남쪽을 치라. 반드시 뜻을 얻게 될 것이다.

851=내 참된 정성으로 인해 위로 오르게 된다. 크게 좋다. 위에 있는 사람과 뜻이 잘 맞을 것이다.

852=정성을 다해 큰일을 맡아 해도 허물이 없을 것이다. 반드시 기쁜 일이 있을 것이다.

853=비어 있는 고을로 승진되어 간다. 벼슬은 비록 올랐으나 비어 있는 고을이므로 크게 얻는 것도 없고 다른 어려움도 없을 것이다. 다만 지나친 일만을 조심하면 무사할 것이다.

854=임금이 옛 조상이 일어난 산으로 가서 제사를 드리는 격이다. 좋은 일일 뿐 다른 허물은 없다. 그것은 당연한 일이기 때문이다.

855=가만히 내 할 일만 하면 좋을 것이다. 크게 뜻을 얻어 내가 원하는 곳으로 오르게 된다.

856=너무 올라가려 하면 결과가 좋지 않다. 그 자리를 지키기도 어렵고 얻는 것도 없을 것이다.

☷☵ 사(師). 땅 밑에 물이 있는 모양이다. 풀과 나무가 땅에 뿌리를 박고, 땅 속의 물을 빨아먹으며 무성하게 자라는 것을 뜻한다.

사는 여러 가지 뜻이 있다. 무리라는 뜻과 군대라는 뜻도 되고, 그 무리와 군대를 이끄는 통솔자의 뜻도 된다. 그 통솔자가 곧 그 무리들을 이끌게 되므로, 그것은 곧 스승을 의미하기도 한다.

860=무리를 움직이는 일은 그것이 바르고 옳아야 한다. 훌륭한 사람이 바른 마음으로 무리를 이끌면 허물이 없고 좋을 것이다. 임금이 될 수도 있다.

861=군대를 출동시킬 때는 법에 따라 해야 한다. 그렇지 못하면 뜻을 얻지 못하고 패하게 될 것이다.

862=군대 거느리기를 바르게 한다. 법에 어긋나는 것을 용서하는 일이 있어도 안되고, 내 사사로운 생각으로 상과 벌을 마음대로 행해도 안된다. 장차 임금의 사랑을 받을 것이다. 상을 세 번이나 받고 그 이름이 온 세계에 알려지게 될 것이다.

863=싸움터에 나간 군대들이 시체를 싣고 돌아오게 될지도 모른다. 싸움이 이롭지 않은 것이다. 패하지 않는다 해도 무슨 공을 세울 수 있겠는가.

864=군사를 다른 길로 돌리게 된다. 싸워 이기는 일도 없거니와 패하는 일도 없다. 이롭지 못할 것을 알고 정면으로 충돌하는 것을 피하는 것은 지혜로운 장수만이 할 수 있는 일이다.

865=사냥을 나가 새가 있으면 잡는 것은 당연하고 이로운 일이다. 맏아들에게 무리를 거느리도록 하라. 작은아들을 시키면 일을 그르치고 돌아올 것이다. 맡기지 말아야 할 사람에게 맡겼기 때문이다.

866=임금의 명령이 있다. 나라를 세우고 집안의 뒤를 이어받는다. 임금의 명령이 있었으니 상과 벌을 바르게 해야 하고, 나라를 세우고 집안을 이어받았으니 여기에 옳지 못한 사람을 써서는 안된다. 반드시 나라를 어지럽게 할 것이다.

☷☶ 겸(謙), 땅 밑에 산이 있는 모양이다.

겸은 겸손한 것을 말한다. 내 몸을 낮추고 남을 존경하는 것이다. 낮은 사람이 더욱 몸을 낮추는 것은 비굴한 것이 되지만, 높은 사람이 그 몸을 낮추고 재물이 많은 사람이 사치를 버리고 검소한 생활을 하는 것은 아름다운 일이다.

겸은 또 공평하게 하는 뜻이 있다. 부자의 재물로써 가난한 사람을 돕고, 높은 사람의 권세를 억누르고 낮은 백성의 마음을 편안하게 하는 것을 말하기도 한다.

870=겸손하면 모든 일이 잘 풀린다. 어진 사람은 그 끝을 보게 되리라. 하늘은 위에서 밝은 해를 아래로 비추므로 더욱 높게 빛나고, 땅은 낮은 곳에서 하늘을 우러러봄으로 풀과 나무가 위로 뻗게 된다. 어진 임금은 많은 것을 줄이고 적은 것을 더하게 하며, 모든 것

을 저울질하여 백성에게 베풀기를 고르게 한다.

871=겸손하고 또 겸손한 것이 어진 사람의 도리다. 스스로 내 몸을 낮추는 것은 곧 남의 본보기가 된다. 몸을 스스로 낮추는 것은 곧 덕을 기르는 것이다. 겸손한 도리로써 세상을 다스리면 어떤 큰 일도 해낼 수 있다.

872=그 겸손함이 밖으로 나타나게 된다. 마음이 바르고 곧아 절로 그런 것이니, 무슨 허물이 있으며 좋지 않은 일이 또 무엇이 있겠는가?

873=높은 자리에 있으면서 수고스러운 일을 즐겨 한다. 어진 사람의 어진 마음에서 나오는 것이다. 모든 일이 좋은 끝을 맺게 될 것이며, 모든 백성들이 감복하게 될 것이다.

874=이롭지 않은 것이 없다. 내 지위를 자랑스럽게 생각하지 않고 분수에 벗어난 일이 없으며, 아랫사람 위하기를 내 몸같이 하기 때문이다.

875=부자이면서 부자인 체하지 않고, 이웃 사람들을 돕기를 좋아한다. 아무리 힘든 일도 해낼 수 있고, 아무리 무서운 적이라도 쳐서 이길 수 있다. 모든 사람이 내가 하는 일을 옳게 여기고 힘을 합쳐 도와주기 때문이다.

876=내 겸손한 것이 밖으로 나타나 모든 백성이 다 알게 된다. 나라 안의 옳지 못한 무리를 무찌르는 것은 좋으나 밖을 쳐서는 안된다. 백성의 신임을 잃게 된다. 백성을 해치는 무리들을 무찌르면 뜻

을 얻게 될 것이다.

☷☷ 곤(坤). 땅이 겹쳐 있는 모양이다. 땅이 겹쳐진 것은 두껍다는 것을 나타낸다. 또 땅이 땅의 모습을 지니고 땅의 구실을 다하는 것을 나타내고 있다.

땅은 어머니와 아내를 말하기도 한다. 어머니와 아내가 겉모양만이 아니고 속마음까지도 어머니답고 아내다운 것을 나타내고 있다.

곤은 땅을 뜻한다. 세상 만물이 땅에 뿌리를 박고, 땅을 삶의 터전으로 삼고 있다. 어머니와 아내가 자식을 낳아 기르고 돌봐주는 것과 같다.

880=모든 것을 막힘없이 이루게 된다. 암말처럼 순한 성격과 튼튼한 다리로 할 일을 하고 갈 길을 걸어가기 때문이다. 어진 사람은 어진 마음으로 어머니같은 사랑을 베풀 때다. 임금의 권위에 앞서 백성의 어머니가 되어야 하기 때문이다.

암말은 땅과 같다. 순하고 어진 마음으로 어려움을 어렵게 여기지 않고 새끼를 낳아 기르며 말없이 할 일을 한다. 땅이 비바람 속에서 아무 불평없이 풀과 나무를 기르고, 그 속에 있는 모든 새와 짐승을 품어주고 있는 것도 그와 같다. 사람도 여자로서는 약하지만, 자식을 위하고 남편을 위해서는 암말처럼 씩씩하고 힘차게 움직인다.

어진 임금은 이 땅과 암말의 성격과 같이 백성을 사랑하며 백성을 위해 나랏일을 다스린다.

881=서리를 밟게 되면 멀지 않아 땅이 굳은 얼음으로 덮이게 된다. 작은 낌새만 보아도 그 결과를 짐작할 수 있다. 그러므로 어진 사람은 아첨하는 사람을 가까이 하지 않는다.

882=곧고 바르고 크다. 그렇게 하려고 하지 않아도 스스로 그렇게 되니 이롭지 않은 것이 없다. 어느 여자가 시집가기 전에 자식 낳고 기르는 것을 배워 가지고 가겠는가? 그러나 시집을 가면 다 자식을 낳고 기르고 한다. 그것은 여자가 품고 있는 타고난 성격 때문이다. 나라를 위하고 백성을 위하는 마음이 있으면, 나라 다스리는 법과 백성 거느리는 법을 배우지 않아도 잘 할 수 있다. 그 마음이 곧고 바르고 크기 때문이다.

883=내 빛나는 것으로 남의 어두운 것을 감싸주라. 지금은 밖으로 뻗을 때가 아니다. 나랏일이나 큰일을 꾀하지 마라. 이룬 것도 없이 끝나고 말 것이다. 내 빛난 것을 안으로 숨기고, 장차 크게 빛나려 할 때를 기다리라.

884=주머니를 여미듯이 하라. 칭찬을 들을 일도 없거니와 허물 또한 없을 것이다. 모든 일을 조심하고 분수를 지키는 것이 좋다.

885=누런 치마를 입으라. 그러면 허물이 없고 크게 좋을 것이다.

886=용이 하늘로 오르지 못하고 들판에서 마주 싸우고 있는 격이다. 뜻을 얻지 못하고 검푸른 피만 흘리게 된다. 지금은 가만히 있을 때이니 욕심을 부려 움직이면 몸만 상하게 된다.

땅도 겨울이 되면 쉬어야 한다. 어머니도 아내도 늙으면 젊었을 때의 생각을 버려야 한다. 아버지나 남편을 위하려는 마음이 지나치면 간섭하는 것이 되고, 다 큰 자식을 아직도 어린아이처럼 여기면 사이만 멀어지게 된다. 암말이 암말의 성격을 버리고 하늘로 오르려는 용의 성격을 닮아서는 안 되는 것이다.

늙으면 자식에게 일을 맡기고 조용히 물러나 있을 일이다.

두레박을 깨지 말라

여기유락어신 숙약무우어기심
與其有樂於身, 孰若無憂於其心.
"몸에 즐거움이 있기보다는 그 마음에 근심 없는 편이 낫다."

〈주역〉의 이치를 빌려 보다 자세한 것을 알 수 있게 만들어 놓은 것을 6효점이라고 한다는 말을 앞에서 했습니다.

또 꿈보다 해몽이란 말이 있다는 것도 말했습니다. 모처럼 얻은 점괘를 풀이를 잘못하면 소용이 없기에 생긴 우리 속담입니다.

그러나 풀이를 옳게 해도, 듣는 사람이 욕심 때문에 말을 듣지 않는 경우도 많습니다. 점괘를 물어보고 그 점괘의 판단에 따르려는 생각에서라기보다 점괘가 좋게 나왔으면 하고 바라는 마음이 앞서 있기 때문입니다.

점이란 덮어놓고 믿어서는 안 됩니다. 잘못 나올 수도 있고, 또 잘못 풀이되기도 하기 때문입니다.

옛날 중국 전국시대의 유명한 장군인 오기란 사람은, 전쟁을 앞두고 이런 말을 했습니다.

"점이 좋든 나쁘든, 내일 싸우지 않으면 안되게 되어 있는 마당에 점은 쳐서 무엇하겠는가?"

하고, 부하들이 점을 쳐서 싸울 날짜를 정하자는 것을 듣지 않고 나가 싸워 크게 이겼습니다.

점이란 결정을 못하고 망설이는 경우에만 필요한 것입니다. 그리고 일단 점을 쳤으면 그 점을 한번쯤 믿어보는 것이 좋은 일입니다.

6효점으로 유명한 중국사람 가운데 야학이란 사람이 있었습니다. 야학은 들두루미란 뜻으로 목이 길어서 붙인 별명입니다.

그는 이런 말을 했습니다.

"〈주역〉에는 같은 일을 놓고 한꺼번에 두 번 점치지 말라고 했는데, 꼭 그런 것만은 아니다. 분명하게 나왔는데도 자기가 바라는 대로 나오지 않았다 해서 다시 치는 것은 좋지 않다. 그러나 그 점괘에 나타나 있는 것으로 판단하기 어려울 때는 두 번 아니라 몇 번이고 쳐볼 수 있다. 그러면 처음에 나온 점괘의 참뜻을 알게 되기 때문이다.

그래서 나는 점괘를 제대로 판단할 수 없으면 점치러 온 손님에게 괘를 뽑게 하여, 둘을 비교해서 판단한다. 어떤 때는 둘의 점괘만으로도 판단하기 어려워 내 아내를 불러내어 점괘를 뽑게 하고, 세 사람의 것을 합쳐서 바른 판단을 내린 일도 있었다. 앞일을 제대로 판단하지 못하면 그로 인해 엉뚱한 피해를 가져오기 때문이다."

확실히 이치에 맞는 이야기입니다.

그는 또 자기가 점친 이야기를 이렇게 소개하고 있습니다.

어느날 아는 친구가 일찍 찾아와 말했습니다.

"지금 강건너로 가서 빚을 받아 올 생각인데, 가면 받아올 수 있을지 6효점을 한번 쳐주게."

그래서 점괘를 뽑았더니 아주 좋지 못하게 나왔습니다.

"가지 말게. 가면 큰일 나겠네. 돈은커녕 목숨을 잃게 될지도 몰라."

그러나 친구는 곧이 들으려 하지 않았습니다.

"오늘 가서 꼭 받아야 해. 돈을 두고도 갚으려 하지 않고, 오늘이나 내일 이사를 가게 될 거라는 소문이야. 무슨 일이 있어도 꼭 가서 받아야 해."

그래서 나는 다시 점괘를 살펴본 다음 이렇게 권했습니다.

"그럼 진시(辰時)가 지난 다음에 가게. 그러면 재난은 피할 수 있을 걸세."

진시는 아침 7시부터 9시까지를 말합니다.

"그거야 어렵지 않지."

하고 진시가 지난 뒤에 방을 나갔습니다.

그런데 조금 뒤 숨이 차서 돌아오기가 무섭게,

"이 은혜를 무엇으로 갚아야 좋을까? 자네 아니면 나는 이미 죽은 몸이었어!"

"왜 무슨 일이 있었나"

"글쎄 내가 타고 가려던 첫 나룻배가, 사람을 너무 많이 태우고 가다가 강 중간에서 배가 뒤집혀 배에 탔던 사람이 다 죽고 말았다지 않는가!"

6효점이란 이렇게 시간까지 나타나 있는 점입니다.

주역점은 그렇게 자세한 것까지 모릅니다. 다만 좋고 나쁜 것만을 일러줄 뿐입니다. 그리고 언제나 교훈을 잊지 않습니다. 그러므로 주역점은 풀이가 어려운 대목이 더러 있습니다.

옛날 역사에 적혀 있는 주역점에 대한 것에 이런 것이 있습니다.

춘추시대 제나라 정승에 최저란 사람이 있었습니다.

그는 자기 친구가 죽었다는 말을 듣고, 그 친구의 처남되는 사람을 데리고 문상을 갔습니다.

친구의 부인이 어린 상주대신 나와 인사를 했습니다. 이 여자가 당강이란 여자였는데 절세미인이었습니다.

최저는 그 당강이란 과부를 보는 순간 엉뚱한 욕심이 생겼습니다. 당강을 자기 아내로 삼으려는 것이었습니다. 그는 그때 아내가 없었습니다.

그래서 점을 쳐 보았는데 곤(困)괘의 3효가 나왔습니다. 즉 263이 나온 것이지요.

263의 내용은 이렇습니다.

"돌에 발이 걸려 내를 건너지 못하고, 내가 의지하고 있던 가시나무에 내가 찔리고 만다. 내 집에 들어가도 아내를 볼 수 없다. 화가 있을 것이 두렵다."

이것은 누가 보아도 좋은 것이라고는 하나도 없는 내용입니다. 그러나 점을 친 부하는 최저의 속마음을 알고 있었기 때문에, 좋지 않은 것을 좋다고 대답했습니다.

그러나 최저는 당시 학자로 이름 있는 진문자에게 그 점괘를 보여주고 물었습니다.

진문자는 이렇게 대답했습니다.

"돌에 발이 걸린다는 것은 뜻하지 않은 불행이 있는 것을 말합니다. 내를 건너지 못한다는 것은 백년해로를 할 수 없게 된다는 것입니다. 내가 의지한 가시나무에 내가 찔린다는 것은, 내가 심복으로 알고 있는 부하에게 해를 입게 되는 것을 말합니다. 집에 가도 아내를 볼 수 없고 화가 두렵다고 했으니, 이 혼인은 절대로 해서는 안되는 혼인입니다."

그러나 당강의 얼굴에 반해버린 최저는 당강을 아내로 삼고 말았습니다.

그 뒤 최저는 재상이 되었는데, 임금 장공이 자기 없는 사이에 찾아왔다가 당강을 보고 반해 그녀와 몰래 만나고 내통한 일을 알게 되자, 당강과 짜고 임금을 죽이고 다른 공자로 임금을 세웠습니다.

그러나 뒤에 최저의 죽은 아내의 몸에서 난 큰아들과, 당강이 최저에게로 와서 낳은 아들과, 당강이 데리고 온 아들이 남몰래 서로 싸움을 벌이고 있었습니다.

이를 눈치챈 최저의 심복이요 좌상의 자리에 있던 경봉이, 이들 셋을 교묘하게 부추겨 서로 싸워 죽게 만듭니다. 그러자 당강은 목을 매어 죽습니다. 경봉은 최저에게 아들들이 서로 싸워 죽이려 한다는 사실을 알리고 급히 달려가 말리라고 거짓말을 합니다.

최저는 돌아와 세 아들과 당강이 목매어 죽은 것을 보자 자기도 목을 매어 죽고 말았습니다.

이렇게 분명하게 나온 점괘를 보고도 듣지 않고 욕심대로 했다가 그대로 화를 입고만 것입니다. 집에 가도 그 아내를 볼 수 없다고 한 것은 너무도 기막히게 맞았던 것이었습니다.

다음에 또 이런 이야기가 있습니다. 역시 춘추시대의 같은 때였습니다.

노나라 세도재상인 숙손교여가 반란을 일으켰다가 실패하고 외국으로 도망치고, 그의 아우 표가 돌아와 재상이 됩니다.

이 표가 태어나고 얼마 후에 그의 아버지가 새로 태어난 아들의 운명을 점쳐 보았습니다. 그랬더니 점괘가 명이(明夷)괘의 1효가 나왔습니다. 831이 나온 것이지요.

831의 내용은 이렇습니다.

"어둠이 깃들면 새도 날개를 접고 둥지로 돌아온다……. 사흘을 먹지 못하고 떠나면 주인이 말이 있을 것이다."

점친 사람은 이렇게 풀이했습니다.

"어둠이 깃들면 새도 날개를 접고 돌아 온다고 한 것은, 이 아기가 자란 뒤에 외국으로 가 있다가 늦게 돌아와 아버지의 집을 지키게 된다는 뜻입니다. 사흘을 먹지 못하고 떠난다는 것은, 병이 들어 먹지 못하고 세상을 뜬다는 뜻입니다. 주인이 말이 있다는 것은, 뉘우치는 말을 남기게 된다는 뜻입니다."

이 점괘는 그대로 맞고 맙니다.

숙손교여가 반란을 일으키고 달아나자 그의 아우 표도 제나라로 달아납니다. 그 뒤 나라에서 주모자인 교여대신 표를 불러 아버지의 뒤를 잇게 했습니다.

밖에 나가 있던 새가 늦게 집을 찾아와 둥지에 드는 것과 마찬가지였습니다.

그런데 그가 객지에 나가 있는 동안 우연히 어떤 여자와 알게 되어 아들을 하나 얻었는데, 얼굴은 못 생기고 곱사등이었으나 어찌나 영리하고 아버지에게 잘하는지, 그에게 집안일을 맡겨 보게 했습니다.

그 뒤 제나라에서 낳은 두 아들이 돌아왔습니다. 그러자 소처럼 생겼다 하여 소라고 부르게 된 사생아는, 제나라에서 늦게 돌아온 두 아들을 교묘한 방법으로 아버지를 속여 하나는 죽이고 하나는 달아나게 만듭니다.

그리고 숙손표가 늦게 자기가 속은 것을 알고 화병이 나서 앓고 누워 있자, 이 소는 그의 아버지마저 사흘 동안 아무것도 주지 않고 굶어 죽게 만들었습니다.

숙손표는 죽으면서 자기의 어리석음을 뉘우치는 말을 남겼습니다. 결국 사흘을 먹지 못하고 세상을 뜨며, 그 자신의 어리석음을 뉘우치는 한맺힌 말을 남긴 것입니다.

점괘도 용하게 나왔지만 그 풀이 또한 그럴 듯하다 하겠습니다.

꿈이니 점이니 하는 것이 다 그렇지만, 특히 주역점은 그 풀이가 더욱 어렵습니다. 점괘에 나온 말이 지니고 있는 참뜻이 언제나 바르고 옳은 것을 바탕으로 하기 때문이지요.

보기를 하나 들겠습니다. 역시 거의 같은 시대의 이야기로 공자가 살았던 때 있었던 일입니다.

노나라 최고 권력자인 세도재상 계평자는 그의 영지인 비 고을의 성을 임금이 있는 서울보다 더 튼튼하게 세우고, 땅을 개척하여 많은 밭을 만들어 창고에는 몇 해 먹을 양식이 늘 쌓여 있었습니다.

그리고 그 자신은 서울에서 재상으로 있으면서 권력과 사치를 즐기고, 그의 영지인 비 고을은 심복인 남궤를 보내 지키게 했습니다.

그 뒤 계평자가 임금과 다른 대신들의 미움을 받아 약간 흔들리게 되자, 남궤는 비 고을을 근거지로 하여 반란을 일으켰습니다.

그러나 2년 동안을 버틴 끝에 결국은 패해 제나라로 달아나게 됩니다.

남궤는 반란을 일으키기 전에 주역점을 쳤습니다. 얻은 괘는 곤괘 5효였습니다. 즉 885가 나온 거지요.

885의 내용은 이런 것입니다.

"누런 치마를 입으라. 그러면 허물이 없고 크게 좋을 것이다."

남궤는 그 점괘를 보고 매우 기뻐했습니다. 그러나 그의 심복인 자복혜백이란 사람은 이렇게 풀이했습니다.

"다섯 가지 색깔 가운데 누런색이 가장 안정되고 바른 색깔입니다. 누런 치마를 입으라고 한 것은 위험한 일이나 요행을 바라는 일을 하지 말라는 뜻입니다. 그래야만 크게 좋다고 한 것은, 그렇지 못할 경우 화를 입게 된다는 뜻입니다. 무슨 일을 꾀하시는지는 모르지만 위험하고 또 요행을 바라는 일은 절대로 해서 안됩니다. 실패를 해도 뉘우침이 없는 일이라면 모르겠습니다만……."

이 충고를 듣지 않고 반란을 일으켰다가, 결국 제나라로 도망을 치게 되었으니, 주역 점괘의 풀이는 언제나 자복혜백의 그런 정신으로 해야만 합니다.

다음은 내가 직접 듣고 본 이야기를 하겠습니다.

1931년 9월 18일, 만주 유조구란 곳에서 일본군이 저희 손으로 철도를 폭파시키고, 이것을 중국군이 한 짓이라 하여 전쟁을 일으킨 것을 만주사변이라고 합니다.

이 사변으로 만주를 점령한 일본군은, 그 이듬해 3월 선통황제로 불리우는 청나라 마지막 황제 부의를 허수아비로 삼아 만주국이란 독립국을 세우고, 2차 대전이 끝나는 1945년 8월 15일까지 14년 동안 기세를 부리고 있었습니다.

만주사변이 터지자 우리는 일본이 망할 것으로 생각했습니다. 이때 어느 분이 주역점을 쳐 보았습니다.

예괘 본괘가 나왔습니다. 480이 나온 거지요. 480의 내용에는 이런 말이 맨 처음에 나옵니다.

"임금을 세우고 군사를 내보내는 것에 이롭다……."
라고 말입니다.

처음엔 무슨 뜻인지 알 수 없었습니다. 그런데 나중에 보니, 그것이 바로 만주를 독립시킨다는 명분으로 부의를 황제로 앉힌 것과, 결국 전쟁을 이롭게 끌고 나간다는 뜻이었습니다.

그 뒤에 또 노구교 사건이란 것이 일어났습니다. 만주를 독립시켜 완전히 점령해 버린 일본은, 1937년 7월 7일 북경 서남쪽 노구교란 곳에서 군사훈련을 하고 있었습니다. 이때 중국군과 총격전을 벌이게 됩니다. 일본군은 이것을 트집잡아 그곳에서 전쟁을 일으키고 맙니다.

이 노구교 사건이 중일전쟁으로 이어지고, 다시 1941년 12월 8일 일본군이 하와이 섬의 진주만을 폭격하여 태평양 전쟁으로까지 이어져, 결국은 일본이 망하고 8·15 해방을 가져다주기에 이른 것입니다.

이 노구교 사건이 중일전쟁으로 확대되었을 때, 위에 말한 그 분이 또 주역점을 쳐보았습니다.

이번에는 정(井)괘 본괘가 나왔습니다. 650이 나온 거지요. 650의 내용은 이렇습니다.

"고을은 옮겨도 우물은 옮기지 못한다. 잃는 것도 없고 얻는 것도 없이 바쁘게 오가기만 한다. 물을 곧 뜨게 되었을 때 두레박을 깨고 만다. 크게 나쁘다."

이것으로 일본이 지고 만다는 것을 알 수 있었습니다. 그러나 고을은 옮겨도 우물은 옮기지 못한다는 것과, 잃는 것도 얻는 것도 없이 바쁘게 오간다는 것이 어떤 것인지는 자세히 알 수 없습니다. 마지막 두레박을 깨고 만다는 것은, 그동안의 노고가 다 헛수고가 되고 만다는 것이니 결국 패하고 만다는 것만은 확실했습니다.

나중에 보니 역시 다 맞는 말이었습니다. 고을을 옮긴다는 것은, 중국정부가 서울을 남경에서 중경으로 옮긴 것을 말한 것으로 풀이할 수 있습니다. 우물을 옮기지 못한다는 것은, 일본이 중국 땅을 내것으로 만들지는 못한다는 뜻으로 풀이됩니다. 잃는 것도 얻는 것도 없다는 것은, 그동안 그들이 빼앗은 한반도와 대만과 만주를 도로 내주고 자기 본국만을 갖게 된다는 뜻으로 풀이할 수 있습니다. 바쁘게 오간다는 것은, 전쟁이 오래 간다는 것을 뜻한 것이었습니다. 9년을 끌었으니까요. 물을 곧 길어 올릴 것처럼 보였을 때 두레박을 깨고 만다는 것은, 일본군이 중국의 주요도시를 거의 다 점령하고 동남아 일대와 필리핀 인도네시아 뉴질랜드까지 다 점령했으니, 그들 말대로 곧 아세아를 다 차지할 것처럼 보였습니다. 그러나 마지막 판에 진주만을 폭격함으로써 두레박을 깨고만 것입니다. 일본 해군이 전멸을 하고 히로시마에 원자폭탄이 떨어지고만 것입니다.

요행을 바라고 점에 유혹되면 안된다.

지금까지 보아 온 대로, 운명이란 쉽게 바뀌지는 것이 아닙니다. 점괘가 바로 일러 주었는데도 점괘에 따르지 않고 욕심 부리다가 결국은 점괘가 말한 불행을 초래하고 말았으니까요.

복은 요행으로 얻어지는 것이 아닙니다. 바른 일과 착한 일을 꾸준히 힘써 하면 불행 속에서도 우리는 평안을 찾을 수 있습니다. 요행을 바라고 위험한 짓을 하면 오던 행복도 달아나고 맙니다. 마음이 욕심으로 어두워지면 나쁜 점괘를 좋게 풀이하게 되고 실패한 뒤에야 그것을 알게 됩니다.

또 점장이니 예언자니 하는 사람들은 듣는 사람의 마음을 유혹하여 돈을 많이 우려 낼 생각으로 좋게만 말하는 경우가 많습니다. 거기에 유혹되면 안 됩니다. 그렇게 해서 화를 입고 망한 사람이 수없이 많습니다.

끝으로 앞일을 아는 사람도 불행을 막기 위해서는 슬기가 필요하다는 이야기를 하나 하겠습니다.

기독교의 〈성경〉도 하나의 예언서라고 볼 수 있습니다. 예수가 나올 것을 오랜 옛날부터 예언한 사람이 있었고, 예수도 그 예언을 들어 자신을 설명하기도 했습니다.

예수나 요한이 말한 말세론도 그 하나입니다. 그러나 그 예언이 사람을 구원하기보다는, 그것을 이용하려는 사람에게 나쁘게 쓰이는 경우가 많습니다. 우리는 우리가 해야 할 바른 일만 하면 됩니다.

우리 나라에도 〈정감록〉을 비롯한 예언이 수없이 전해지고 있습니다. 그러나 그것은 지난 뒤에야 맞는다는 것을 알 뿐입니다. 거기에 유혹당해 집을 망친 사람들이 이루 말할 수 없이 많습니다.

임진왜란과 병자호란에 대한 예언도 일찍부터 전해지고 있었습니다. 이율곡같은 분은 일본군이 머지 않아 쳐들어올 것을 알고 군대를 미리 길러두어야 한다고 나라에 여러 차례 글을 올렸지만, 임금과 대신들은 율곡 선생의 말을 잠꼬대로 알고 있었습니다.

병자호란 때도 우리를 죽이는 것은 오랑캐가 아니라 하늘에서 내려오는 눈이요, 우리를 살리는 것은 온돌방이라는 것을 아는 사람은 알고 있었습니다. 예언에 그런 말이 전해오고 있었으니까요.

한겨울에 청나라 군대가 압록강을 건너 서울로 향해 내려오자, 닥치는 대로 사람을 죽이고 여자들을 데려간다는 헛소문에 너나없이 거의 정신을 잃고 마을에서 산 속으로 피난을 했습니다.

그러자 그날부터 눈이 쌓이기 시작하여 피난간 사람은 산 속에서 다 얼어서 죽고 말았습니다.

이때 산 등성이를 사이에 둔 양쪽 마을에 앞을 내다보는 두 노인이 살고 있었습니다. 산 동쪽에 사는 노인은 그 식구들을 무사히 집에 머물러 있게 했으나 서쪽에 사는 노인은 그렇지 못했습니다.

서쪽에 사는 노인은 식구들이 거의 정신을 잃고 피난 길에 나서려 하자 모두 광안에 가두고 말았습니다. 그런데 길에 눈이 쌓인 이튿날 아침, 광 문을 열고 보니 한 사람도 보이지 않았습니다. 뒤벽을 뚫고 피난을 가버린 것입니다. 그러나 동쪽에 사는 노인은 광에 가두는 방법을 쓰지 않고 슬기로운 방법을 썼습니다.

노인은 식구들을 다 모아놓고 말했습니다.

"오늘 밤엔 피난을 가야 하지 않겠니?"

"그럼요. 어서 가야지요."

식구들은 들뜬 목소리로 대답했습니다.

"그런데 어디로 가지?"

"어디로든 가야지요."

"추운 겨울에 밖에서 얼어죽기라도 하면 어쩔려구?"

"그래도 집에 가만히 있다가 죽을 수는 없지 않습니까?"

"사실은 내가 피난갈 곳을 미리 마련해 두었느니라."

"네에 ?"

"그러니 저녁을 일찍 해서 먹고, 밤이 들면 곧 그리고 떠나야 한다."

그리하여 저녁을 먹고 피난 준비를 끝낸 다음, 노인은 긴 밧줄을 헛간에서 가지고 나와 식구들을 보고 말했습니다.

"자아 이제 떠나자. 이 밧줄을 모두 꼭 잡고 내 뒤를 따라야 한다. 어두운 밤에 한 사람이라도 길을 잃으면 큰 일이니까……."

그러고 노인은 밧줄을 잡고 대문을 나섰습니다. 그리고는 자기집 담을 빙빙 돌기 시작했습니다. 밤이 깊어지자 눈이 내리기 시작하여 눈은 자꾸 쌓여만 갔습니다. 식구들은 꿈을 꾸듯 밧줄만 잡고 앞에서 끄는 대로 따라만 갔습니다.

노인은 눈이 약간 쌓인 것을 보자 다시 자기 집 대문으로 들어갔습니다.

"자아 이제 다 왔다. 모두들 방으로 들어가자."

식구들은 그제야 꿈에서 깨어난 듯 눈을 뜨고 바라보았습니다.

"아버님! 꼭 우리집 같네요?"

"할아버지, 정말 우리집이예요!"

그리하여 식구들을 무사히 피난 아닌 피난을 시킬 수 있었습니다. 두 노인이 앞 일에 대해 아는 것은 같았지만, 그것을 살리는 지혜에는 큰 차이가 있었던 것입니다.

소설 **대학 · 중용 · 주역**

아침에 도를 듣고

*

초판 인쇄일 • 2006년 10월 9일
초판 발행일 • 2006년 10월 13일

*

지은이 • 김영수
펴낸이 • 김동구
펴낸곳 • 명문당 (1926. 10. 1 창립)
서울특별시 종로구 안국동 17~8
대체:010041-31-001194
전화: (영)733-3039, 734-4798
(편) 733-4748 FAX: 734-9209

*

Homepage: www.myungmundang.net
E-mail: mmdbook1@kornet.net
등록 1977. 11. 19. 제1~148호

*

ISBN 89-7270-823-2 03820
낙장이나 파본은 교환해 드립니다.

*

값 9,500원